suhrkamp taschenbuch 3190

Die Welt verliert am Ende der Geschichte beides: das Juwel des Morgen- und den Stolz des Abendlandes, die Titanic. Und die überaus wertvolle Handschrift von Omar Khajjam, einem der bedeutendsten Philosophen, Mathematiker und Astronomen des Orients. Doch bis es so weit ist, bis der legendäre Luxusliner in der Nacht vom 14. auf den 15. April 1912 mit dem Eisberg kollidiert und das Meer die in einer Goldschatulle verwahrte Kostbarkeit verschlingen kann, verfolgt der Leser in einem atemberaubend spannenden Leseerlebnis die eigentliche Handlung des Romans: das Leben des sagenumwobenen Weisen, seine Liebe zu der schönen Dschahane, seine riskanten Verstrickungen in die Macht – und die Entstehung des »Rubaijat«, dieser sagenhaften Handschrift, der Omar Khajjam im 11. Jahrhundert seine geheimen und gefährlichen Gedanken anvertraute. Wie in einem Märchen aus *Tausendundeiner Nacht* entführt Amin Maalouf in das alte Persien, entfaltet die exotische, fremde und geheimnisvolle Welt des Orients und führt gleichzeitig in die moderne Welt jener Länder der Seidenstraße, vor deren märchenhafter Kulisse *Samarkand* spielt.

Amin Maalouf, 1949 im Libanon geboren, lebt seit 1976 in Frankreich, wo er als Journalist und Schriftsteller arbeitet. Er ist anerkannter Spezialist für Fragen der arabischen Welt und der Beziehungen zwischen Okzident und Nahem Osten. Sein erstes Werk, *Die Kreuzzüge aus der Sicht der Araber*, 1983, ist ein Standardwerk geworden. Danach folgten mehrere historische Romane – *Leo Africanus*, *Samarkand*, *Der Mann aus Mesopotamien*, *Die Wiederkehr des Skarabäus*. 1993 erhielt er für seinen Roman *Die Felsen des Tanios* den Prix Goncourt. Maaloufs Romane sind internationale Erfolge; *Die Häfen der Levante* (st 3006) sind in zwölf Sprachen erschienen. Ebenfalls im Suhrkamp Verlag: *Leo Africanus. Der Sklave des Papstes*. Roman (st 3121) und der Essay *Mörderische Identitäten* (es 2159).

Amin Maalouf
Samarkand

Roman

Aus dem Französischen von
Widulind Clerc-Erle

Suhrkamp

Titel der Originalausgabe: *Samarcande*

Umschlagabbildung:
Jean-Léon Gérôme: Araber durchqueren die Wüste, 1870

Für meinen Vater

suhrkamp taschenbuch 3190
Erste Auflage 2001

Satz: MZ-Verlagsdruckerei GmbH, Memmingen
Druck: Ebner Ulm
Printed in Germany

2 3 4 5 6 – 06 05 04 03 02 01

Schau um dich nun auf Samarkand! –
Ist's nicht der Erde Königin?
Stolz aller Städte? In seiner Hand
*das Weltgeschick?**

Edgar Allan Poe
(1809-1849)

* In der Übersetzung von Richard Kruse

Auf dem Grunde des Atlantischen Ozeans liegt ein Buch. Seine Geschichte will ich hier erzählen.

Vielleicht weiß der Leser bereits, welches Ende sie genommen hat; die Zeitungen haben damals darüber berichtet, und in einigen Werken findet sich dazu mittlerweile Näheres: Als die »Titanic« in der Nacht vom 14. zum 15. April 1912 auf der Höhe von Neufundland unterging, war der traurigste und teuerste Verlust ein Buch, das einzige Exemplar der *Rubaïjat* von Omar Khajjam, dem persischen Weisen, Dichter und Astronomen.

Von dieser Schiffskatastrophe wird nicht viel die Rede sein. Andere als ich haben das Unglück in Dollars aufgewogen, andere als ich haben gewissenhaft die Opfer gezählt und letzte Worte aufgezeichnet. Jetzt, sechs Jahre danach, quält mich allein noch der Gedanke an dieses Geschöpf aus Pergament und Tinte, dessen unwürdiger Besitzer ich einen Augenblick lang gewesen bin. Habe ich, Benjamin O. Lesage, es nicht seiner asiatischen Heimat entrissen? Hat es sich nicht in *meinem* Gepäck auf der »Titanic« eingeschifft? Und wer, wenn nicht die Arroganz meines Jahrhunderts, hat seinen tausendjährigen Lebenslauf unterbrochen?

Seither hat sich die Welt mit Blut und Schatten bedeckt, jeden Tag ein wenig mehr, und das Leben war mir nicht mehr gewogen. Ich sonderte mich von den Menschen ab, um nur noch der Stimme der Erinnerung zu lauschen und mich einer naiven Hoffnung hinzugeben, einer hartnäckigen Vision: Morgen wird man das Manuskript finden. Unversehrt, geschützt durch das goldene Kästchen, in dem es liegt, wird es aus der unergründlichen See auftauchen, und sein Schicksal wird um eine Odyssee reicher sein. Hände werden es berühren können, es öffnen, die Blätter wenden. Gebannte Augen werden von Zeile zu Zeile die Chronik seines Abenteuers verfolgen, werden den Dichter entdekken, seine ersten Verse, seinen ersten Rausch und seinen ersten Schrecken. Und die Sekte der Assassinen. Und dann werden sie ungläubig vor einer smaragdgrünen und sandfarbenen Zeichnung verharren.

Weder ein Datum noch eine Signatur stehen darunter, nur jene inbrünstigen oder enttäuschten Worte: *Samarkand, das schönste Antlitz, das die Erde der Sonne je zugewandt hat.*

Erstes Buch

Dichter und Liebende

Sag, wer ist sündenlos auf Erden hier?
Wer könnte leben, ohne je zu fehlen?
Tust du für üble Tat einst Übles mir,
wo ist der Unterschied dann zwischen mir und dir? *

Omar Khajjam

* In der Übersetzung von Max Barth

I

Am Abend eines langen und ereignislosen Tages kommt es vor, daß die Müßiggänger in Samarkand durch die schmale Gasse mit den beiden Wirtshäusern unweit des Gewürzmarkts streichen. Doch nicht etwa, um sich am Muskatwein aus Sogdiana gütlich zu tun, sondern um das Kommen und Gehen der Menschen zu beobachten oder einem angeheiterten Trinker eine Lektion zu erteilen. Dazu werfen sie den Mann zu Boden, beschimpfen und verprügeln ihn, bis er sich in einer Hölle wähnt, deren Feuer ihn bis ans Ende seiner Tage an die rote Farbe des verführerischen Weins erinnern wird.

Aus einem solchen Zwischenfall wird im Sommer 1072 das Manuskript der *Rubaijat* entstehen. Omar Khajjam ist 24 Jahre alt und hält sich erst seit kurzem in Samarkand auf. Hat er an diesem Tag vor, in die Taverne zu gehen, oder schlendert er nur durch Zufall dort umher? Genießt das Abenteuer, eine unbekannte Stadt zu erkunden, fängt mit den Augen die tausend kleinen Begebenheiten des sich neigenden Tages ein: In der Straße am Rhabarberfeld rennt ein kleiner Junge barfuß über die breiten Pflastersteine und hält einen Apfel umklammert, den er an irgendeinem Stand gestohlen hat; im Basar der Stoffhändler spielt man in einem kleinen Geschäft, zu dem ein paar Stufen hinaufführen, im Licht einer Öllampe noch eine Partie Nard, zwei Würfel fallen, ein Fluch, ein ersticktes Lachen ertönt; in dem Laubengang der Schuhmacher bleibt ein Maultiertreiber neben einem Brunnen stehen, läßt das frische Wasser in seine hohlen Hände fließen und beugt sich darüber mit gespitzten Lippen, wie um die Stirn eines schlafenden Kindes zu küssen; erfrischt fährt er sich mit seinen nassen Händen über das Gesicht, murmelt einen Dank, hebt die Hälfte einer ausgehöhlten Wassermelone auf, füllt sie mit Wasser und bringt sie seinem Tier, damit es auch trinken kann.

Auf dem Räuchermarkt tritt eine schwangere Frau auf Khajjam zu. Sie hebt den Schleier – kaum fünfzehn Jahre mag sie alt sein. Ohne ein Wort, ohne ein Lächeln auf ihren unschuldigen Lippen nimmt sie ihm ein paar geröstete Mandeln aus der Hand, die er gerade gekauft hat. Omar wundert sich nicht darüber, es ist ein alter Brauch in Samarkand: Wenn eine werdende Mutter auf der Straße einen Fremden trifft, der ihr gefällt, soll sie ohne Furcht seine Nahrung mit ihm teilen, dann wird das Kind ebenso schön werden wie er, wird seine hohe Gestalt, die gleichen edlen und regelmäßigen Gesichtszüge haben.

Omar bleibt einen Augenblick stehen, ißt – voller Stolz – seine restlichen Mandeln und sieht der Unbekannten nach. Da dringt lautes Geschrei an sein Ohr. Er lenkt seine Schritte in die Richtung, aus der es kommt. Bald sieht er sich inmitten einer aufgebrachten Menge. Ein hochgewachsener, magerer Greis liegt bereits auf dem Boden, er ist barhäuptig, das weiße Haar steht ihm wirr um den braungebrannten Schädel; seine Schreie, vor Wut, vor Angst, klingen wie ein langgezogenes Schluchzen. Mit flehendem Blick sieht er den Neuankömmling an.

Etwa zwanzig Männer mit wirrem Bart und bedrohlich geschwungenem Prügel umringen den Unglücklichen; in gebührender Entfernung steht die Schar der neugierigen Gaffer. Einer von ihnen, der Khajjams entsetzte Miene bemerkt, ruft ihm beruhigend zu: »Keine Angst, das ist nur Jaber-der-Langbeinige!« Omar zuckt zusammen, Schamröte steigt ihm ins Gesicht, und er murmelt: »Jaber, Abu-Alis Gefährte.« Kein ungewöhnlicher Name, Abu-Ali. Aber wenn ein gebildeter Mann in Buchara, Cordoba, Balch oder Bagdad diesen Namen in einem Ton respektvoller Vertrautheit nennt, ist kein Irrtum möglich: Es handelt sich um Abu-Ali Ibn-Sina, im Abendland bekannt unter dem Namen Avicenna. Omar hat ihn nicht gekannt; er wurde erst elf Jahre nach Abu-Alis Tod geboren, doch er verehrt ihn wie den unumstrittenen Weisen seiner Generation, die Leuchte aller Wissenschaften, den Apostel der Vernunft.

»Jaber, Abu-Alis Lieblingsschüler«, sagt Khajjam noch einmal leise. Er war ihm zwar bisher noch nie begegnet, aber sein jammervolles, schreckliches Schicksal ist ihm wohl bekannt. Avicenna sah in ihm den Mann, der seine medizinischen und metaphysischen Lehren weiterführen würde, er bewunderte die Überzeugungskraft seiner Argumentation, warf ihm allerdings vor, seine Ideen zu selbstbewußt und zu rücksichtslos zu vertreten. Diese Untugend hatte Jaber bereits mehrere Gefängnisstrafen und drei öffentliche Auspeitschungen eingetragen; die letzte hatte auf dem Hauptplatz von Samarkand stattgefunden: hundertfünfzig Peitschenhiebe in Gegenwart seiner Familie und seiner Freunde. Von dieser Demütigung hatte er sich nie erholt. Wann mag seine Vermessenheit in Wahnsinn umgeschlagen sein? Wohl beim Tod seiner Frau. Seitdem sah man ihn umherirren, schwankend, in Lumpen, gottloses und wirres Zeug grölend. Kichernd rannten ihm ganze Scharen von Kindern nach, klatschten in die Hände und bewarfen ihn mit spitzen Steinen, die ihn zuweilen verletzten.

Während Omar das Geschehen verfolgt, kann er nicht umhin, insgeheim zu denken: »Wenn ich nicht aufpasse, werde ich eines Tages ein ebensolches Wrack sein.« Er fürchtet nicht so sehr die Trunksucht; er weiß, ihr wird er nicht verfallen. Der Wein und er haben gelernt, einander zu respektieren. Nie wird einer den anderen zu Boden strekken. Was er mehr als alles andere fürchtet, ist die Menge, die seinem inneren Schutzwall gefährlich werden kann. Durch das Schauspiel dieses heruntergekommenen, toll gewordenen Mannes fühlt er sich selbst bedroht. Er möchte sich am liebsten abwenden, das Weite suchen. Aber er weiß, er kann einen Gefährten Avicennas nicht der Menge überlassen. Er tritt drei Schritte vor, betont würdevoll, und setzt eine unbeteiligte Miene auf, um mit fester Stimme und einer überlegenen Geste zu sagen:

»Laßt diesen Unglücklichen gehen!«

Der Anführer der Bande, der sich gerade über Jaber beugt, richtet sich auf und pflanzt sich herausfordernd vor dem Eindringling auf. Eine tiefe Narbe geht quer durch seinen Bart, vom rechten Ohr bis zur Kinnspitze. Diese Seite, die entstellte Seite, wendet er seinem Gesprächspartner zu und sagt in einem Ton, als verlese er ein Urteil:

»Dieser Mann ist ein Säufer, ein Ungläubiger, ein Filassuf!«

Dieses letzte Wort stößt er aus wie einen Fluch.

»Wir wollen keinen Filassuf mehr in Samarkand.«

Durch die Menge geht ein beifälliges Murmeln. Für diese Leute ist ein »Philosoph« jeder, der sich den profanen Wissenschaften der Griechen verschrieben hat oder, allgemeiner gesagt, allem, was nicht Religion oder Literatur ist. Trotz seines jugendlichen Alters ist Omar Khajjam bereits ein berühmter Filassuf, also eine sehr viel interessantere Zielscheibe als dieser unglückliche Jaber.

Der Narbengesichtige hat ihn ganz offensichtlich nicht erkannt, denn er wendet sich von ihm ab, beugt sich erneut über den, inzwischen stummen, Greis, packt ihn an den Haaren, schüttelt ihn drei-, viermal; es sieht so aus, als wolle er ihm den Kopf an der nächsten Mauer zerschmettern, doch dann läßt er den Armen plötzlich los. Seine Geste, so brutal sie auch erschien, bleibt gewissermaßen in der Schwebe, als wolle er zwar seine Entschlossenheit beweisen, zögere aber, bis zum Mord zu gehen. Diesen Augenblick wählt Khajjam, um sich erneut zwischen die beiden zu stellen.

»Laß ab von diesem alten Mann, er ist ein Witwer, ein

Kranker, der seine fünf Sinne nicht mehr beisammen hat, siehst du nicht, daß er kaum noch die Lippen bewegen kann?«

Der Anführer springt mit einem Satz auf, geht mit ausgestrecktem Zeigefinger dicht auf Khajjam zu, bis er fast dessen Bart berührt:

»Wer bist du eigentlich? Du scheinst ihn ja gut zu kennen? Aus Samarkand bist du nicht. Niemand hat dich je in dieser Stadt gesehen.«

Mit bestimmter, doch keineswegs schroffer Geste schiebt Omar die Hand des Mannes beiseite, um zwar den Abstand zu wahren, ihm aber keinen Vorwand für Handgreiflichkeiten zu liefern. Der andere weicht einen Schritt zurück, fragt jedoch hartnäckig weiter:

»Wie heißt du, Fremder?«

Khajjam zögert, sich ihm auszuliefern, sucht nach einer Ausflucht, hebt den Blick zum Himmel, in dem eine leichte Wolke gerade den Halbmond verdeckt. Schweigen, ein Seufzer. Könnte er sich doch seinen Gedanken hingeben, die Namen der Sterne aufzählen – ach, wäre er doch weit weg, geschützt vor der Menge der Menschen!

Schon umringt ihn die Bande, einige Hände berühren ihn. Er nimmt seinen Mut zusammen.

»Ich bin Omar, der Sohn Ibrahims aus Nischapur. Und du, wer bist du?«

Eine rein rhetorische Frage, der Mann hat keineswegs die Absicht, sich vorzustellen. Er stammt aus dieser Stadt, und er ist es, der Fragen stellt. Später wird Omar seinen Namen erfahren, man nennt ihn den Studenten mit dem Narbengesicht. Mit dem Knüppel in der Hand und einem Spruch auf den Lippen wird er schon bald ganz Samarkand in Schrekken versetzen. Im Augenblick jedoch reicht sein Einfluß nicht weiter als bis zu dem Kreis junger Leute, die ihn umgeben und aufmerksam jedes seiner Worte, jede seiner Gesten verfolgen.

Mit triumphierendem Blick wendet er sich jetzt an seine Anhänger, dann an die Menge und ruft:

»Bei Gott, wie konnte ich Omar nicht erkennen, den Sohn Ibrahim Khajjams aus Nischapur? Omar, den Stern von Chorasan, das Genie Persiens und der beiden Iraks*, den Fürsten der Philosophen!«

Er mimt eine übertrieben tiefe Verbeugung, fingert dabei mit beiden Händen an seinem Turban herum und löst damit unweigerlich schallendes Gelächter unter den Gaffern aus. »Wie konnte ich den Verfasser dieses so frommen und gottesfürchtigen *Rubai* nicht erkennen:

Du zerschlugst meinen Krug – es hat mich verdrossen, o Herr;
du hast mir das Tor des Entzückens verschlossen, o Herr,
meinen klaren Wein auf die Erde gegossen, o Herr –
du mußt trunken sein: was treibst du für Possen, o Herr!«**

Khajjam hört entrüstet und beunruhigt zu. Eine solche Provokation ist ein Aufruf zu unverzüglichem Mord. Ohne eine Sekunde zu verlieren, ruft er seine Antwort laut und deutlich, damit jeder in der Menge seine Worte auch vernimmt:

»Diesen Vierzeiler höre ich aus deinem Mund zum ersten Mal, Unbekannter. Aber das zum Beispiel ist ein *Rubai*, den ich wirklich verfaßt habe:

Die Toren herrschen über diese Erde,
die nichts begreifen, eine stumpfe Herde.
Und nennen gottlos den, der einer nicht der Ihren.
Folg deinem eigenen Weg, Khajjam, und laß dich nicht verführen.

* Gemeint sind der persische Irak, Irak-Adschmi, und der arabische Irak, Irak-Arabi (A.d.Ü.)

** In der Übersetzung von Max Barth

Omar hat offensichtlich einen Fehler begangen, als er die Worte »eine stumpfe Herde« mit einer verächtlichen Geste in Richtung seiner Gegner begleitete. Hände packen ihn jetzt, zerren an seinem Gewand und fangen an, es zu zerreißen. Er taumelt. Sein Rücken stößt gegen ein Knie, dann spürt er nur noch das Pflaster unter sich. Er würdigt die Meute, die ihn zu Boden drückt, keines Verteidigungsversuchs; er findet sich damit ab, daß man sein Gewand zerfetzt und seinen Körper mißhandelt; er gibt sich bereits der schläfrigen Benommenheit des Opfers hin, er fühlt nichts, er hört nichts, er hat sich in sich selbst zurückgezogen, in eine Welt mit geschlossenen Mauern und Toren.

Und die zehn bewaffneten Männer, die schließlich seinen Opfertod unterbrechen, betrachtet er wie Eindringlinge. Auf ihren Filzmützen tragen sie das hellgrüne Zeichen der *Ahdath*, der städtischen Miliz von Samarkand. Die Angreifer haben von Khajjam sogleich abgelassen, als sie ihrer ansichtig wurden; aber sie fangen, um ihre Tat zu rechtfertigen, jetzt an zu schreien, rufen die Menge zum Zeugen an:

»Alchimist! Alchimist!«

Ein Philosoph zu sein, ist in den Augen der Behörden noch kein Verbrechen. Wer sich jedoch mit der Alchimie befaßt, ist des Todes würdig.

»Alchimist! Dieser Fremde ist ein Alchimist!«

Der Chef der Patrouille hat jedoch nicht die Absicht, sich auf einen Streit einzulassen.

»Wenn dieser Mann wirklich ein Alchimist ist«, bestimmt er, »muß er dem Richter Abu-Taher vorgeführt werden.«

Während Jaber-Langbein, von allen vergessen, zur nächsten Taverne kriecht, sich hineinschleicht und schwört, nie wieder einen Fuß auf die Straße zu setzen, gelingt es Omar, ohne fremde Hilfe wieder aufzustehen. Er geht aufrecht und schweigend; seine hochmütige Miene bedeckt wie mit einem schamhaften Schleier seine zerfetzten Kleider und sein blutendes Gesicht. Mit Fackeln in der Hand bahnt die Miliz sich den Weg. Die Angreifer sowie die schaulustige Menge folgen ihnen auf dem Fuß.

Omar sieht sie nicht, hört sie nicht. Für ihn sind die Straßen verlassen, ist die Erde ohne einen Laut, der Himmel ohne Wolken, und Samarkand ist noch immer dieser Traumort, den er ein paar Tage zuvor entdeckt hat.

Nach dreiwöchiger Reise ist er hier angekommen und ohne sich ein wenig Ruhe zu gönnen, hat er beschlossen, bis in jede Einzelheit den Ratschlägen der Reisenden vergangener Zeiten zu folgen. Steigt, so schlagen sie vor, auf die Terrasse des Kuhandis, der alten Zitadelle, laßt euren Blick von dort oben umherschweifen und ihr werdet nur Wasser und Grün entdecken, Blumenbeete und Zypressen, die von den besten Gärtnern so raffiniert beschnitten sind, daß sie Rinder darstellen, Elefanten, liegende Kamele und Panther, die im Kampf bereit zum Sprung scheinen. Und tatsächlich, innerhalb der Stadtmauer, von dem Klostertor im Westen bis zum Chinator, sah Omar nur dichte Obstgärten und kleine plätschernde Flüßchen. Hier und da ein alles überragendes Ziegelsteinminarett, das Schattengeflecht auf einer Kuppel, das blendende Weiß einer Aussichtsmauer. Und am Ufer eines von Trauerweiden gesäumten Teichs eine nackte Badende, die ihr langes Haar im heißen Wind trocknen ließ.

Hat der anonyme Maler vielleicht diese Vision vom Paradies beschwören wollen, als er sehr viel später das Manuskript der *Rubaijat* zu illustrieren begann? Und hat Omar nicht diese Bilder vor Augen, während man ihn in das Asfi-Sar-Viertel führt, wo Abu-Taher, der oberste Kadi von Samarkand, residiert? In Gedanken wiederholt er sich immer wieder: »Ich werde diese Stadt nicht hassen. Selbst wenn meine Badende nur ein Trugbild war. Selbst wenn die Wirklichkeit so aussieht wie der Narbengesichtige. Selbst wenn diese kühle Nacht für mich die letzte sein soll.«

2

In dem weiträumigen Diwan* des Richters läßt das Licht der entfernten Leuchter Khajjams Züge wächsern erscheinen. Er war kaum eingetreten, da packten ihn zwei ältere Wachen bei den Schultern, als sei er ein gefährlicher Verbrecher. Und in dieser Haltung wartet er an der Tür.

Der Kadi, der am anderen Ende des Raumes sitzt, hat ihn nicht bemerkt. Er ist damit beschäftigt, einen Streit zu schlichten, diskutiert mit den Parteien, appelliert an die Vernunft des einen, ermahnt den anderen. Uraltes Nachbargezänk, so scheint es, angesammelter Groll, leere Spitzfindigkeiten. Abu-Taher gibt schließlich seinen Überdruß zu erkennen, befiehlt den beiden Familienältesten, sich hier in seiner Gegenwart zu umarmen, als wäre nie etwas zwischen ihnen vorgefallen. Der eine geht einen Schritt auf den anderen zu, dieser jedoch, ein Koloß mit niedriger Stirn, sträubt sich. Der Kadi versetzt ihm ein paar Ohrfeigen, so daß die Umstehenden sichtlich zusammenzucken. Der Riese mustert einen Augenblick diesen dicken, zornbebenden Mann, der sich hochrecken mußte, um ihn zu ohrfeigen, dann senkt er den Kopf, reibt sich die Wange und gehorcht.

Nachdem er seine Besucher hinauskomplimentiert hat, winkt Abu-Taher die Milizsoldaten zu sich. Diese erstatten ihm Bericht, beantworten einige Fragen, bemühen sich zu erklären, warum sie es zugelassen haben, daß sich ein solcher Auflauf in der Stadt bildete. Dann ist die Reihe an dem Narbengesichtigen, sich zu rechtfertigen. Er beugt sich zu dem Kadi herab, den er schon seit langem zu kennen scheint, und ergeht sich in einem lebhaften Monolog. Abu-

* Amtszimmer des Kadis

Taher hört ihm aufmerksam zu, ohne seine Gedanken zu verraten. Er überlegt einige Augenblicke und befiehlt schließlich:

»Seht zu, daß die Menge sich augenblicklich zerstreut. Ein jeder kehre heim, und zwar auf dem kürzesten Weg, und« – damit wendet er sich an die Angreifer – »ihr geht ebenfalls nach Hause! Vor morgen wird nichts entschieden. Der Beschuldigte bleibt über Nacht hier, unter der Obhut meiner Wachen, aber sonst niemand.«

Der Narbengesichtige, überrascht, daß man ihn so rasch wieder entläßt, schickt sich an, zu protestieren, besinnt sich jedoch eines Besseren. Er rafft sein Gewand zusammen und zieht sich mit einer Verbeugung zurück.

Als außer seinen engsten Vertrauten niemand weiter anwesend ist, wendet Abu-Taher sich an Omar und heißt ihn mit diesen nicht allzu aufschlußreichen Worten willkommen:

»Es ist mir eine Ehre, an diesem Ort den berühmten Omar Khajjam aus Nischapur zu empfangen.«

Keine Ironie, aber auch keine Herzlichkeit. Nicht die geringste Gefühlsregung. Ein neutraler Ton, eine ausdruckslose Stimme. Unter dem tulpenförmigen Turban buschige Augenbrauen, ein grauer Bart, jedoch kein Schnurrbart, und ein langer, forschender Blick.

Der Empfang ist um so schwieriger zu beurteilen, als Omar bereits eine Stunde lang stehend und in seiner zerrissenen Kleidung wartet, allen Blicken und spöttischem Lächeln und Flüstern ausgesetzt.

Nach ein paar Augenblicken wohldosierten Schweigens fügt Abu-Taher hinzu:

»Omar, du bist in Samarkand kein Unbekannter. Trotz deines jugendlichen Alters ist dein Wissen fast schon sprichwörtlich, in den Schulen erzählt man sich von deinen Geniestreichen. Hast du dir nicht in Isfahan ein umfangreiches Werk von Ibn-Sina siebenmal durchgelesen und es nach deiner Rückkehr in Nischapur Wort für Wort aus dem Gedächtnis niedergeschrieben?«

Khajjam fühlt sich geschmeichelt, daß man sogar in Transoxanien von dieser seiner – tatsächlich vollbrachten – Leistung weiß. Aber seine Besorgnis ist noch nicht ganz verflogen. Die Erwähnung Avicennas von seiten eines Kadis schafiitischer Prägung ist nicht dazu angetan, ihn zu beruhigen: Im übrigen wurde ihm noch immer nicht angeboten, sich zu setzen. Abu-Taher fährt fort:

»Es sind nicht nur deine Heldentaten, die in aller Munde sind; man schreibt dir auch recht sonderbare Vierzeiler zu.«

Die Bemerkung ist maßvoll; sie klagt ihn nicht an, spricht ihn aber auch nicht frei und enthält höchstens eine indirekte Frage. Omar glaubt den Augenblick gekommen, das Schweigen zu brechen:

»Der *Rubai,* den der Narbengesichtige zitiert, ist nicht von mir.«

Mit einer ungeduldigen Handbewegung wischt der Richter den Einwand beiseite. Zum ersten Mal klingt seine Stimme streng:

»Es ist mir gleich, ob du den einen oder den anderen Vers verfaßt hast. Man hat mir Aussprüche von dir hinterbracht, die derart gottlos sind, daß ich mich allein durch ihre Wiedergabe ebenso schuldig machen würde wie ihr Urheber. Ich will dir kein Geständnis entlocken, und ich will dich nicht strafen. Diese Anschuldigungen, die die Alchimie betreffen, gingen bei mir zum einen Ohr rein und zum anderen wieder raus. Wir sind allein, wir sind zwei gebildete Männer, ich will nur die Wahrheit wissen.«

Omar fühlt sich noch immer unsicher, er fürchtet eine Falle, er zögert mit der Antwort. Schon sieht er sich dem Henker ausgeliefert, sieht sich verstümmelt, entmannt oder gekreuzigt. Abu-Taher hebt die Stimme, er schreit fast:

»Omar, Sohn Ibrahims des Zeltmachers aus Nischapur, erkennst du einen Freund nicht?«

Die Aufrichtigkeit, die in diesen Worten liegt, macht Khajjam bestürzt. »Einen Freund erkennen?« Er denkt angestrengt nach, sieht dem Kadi forschend ins Gesicht, beobachtet dessen Ausdruck, das Zittern der Barthaare. Langsam gewinnt das Vertrauen die Oberhand. Seine Züge entspannen sich allmählich. Er macht sich aus dem Griff der Wachen frei, die ihn, auf einen Wink des Kadis, nicht daran hindern. Dann setzt er sich, ohne weitere Aufforderung. Der Richter lächelt freundlich, fährt jedoch hartnäkkig in seinem Verhör fort:

»Bist du der Ungläubige, als den dich manche bezeichnen?«

Es ist weniger eine Frage als ein Schrei, ein Appell, den Khajjam nicht enttäuscht:

»Ich mißtraue dem Eifer der Allzufrommen, aber nie habe ich gesagt, daß eins zwei sei.«

»Hast du es jemals gedacht?«

»Nie, Gott ist mein Zeuge.«

»Mir genügt das. Und ich glaube, auch dem Schöpfer. Aber dem Volk? Man belauert jede deiner Gesten, jedes deiner Worte und ebenso die meinen und die der Fürsten. Hast du nicht einmal gesagt: ›Ich gehe gelegentlich in die Moscheen, weil es sich in ihrem Schatten so gut schlafen läßt‹ . . .«

»Nur ein Mann, der mit seinem Schöpfer im Reinen ist, kann in einem Gotteshaus Schlaf finden.«

Trotz Abu-Tahers zweifelnder Miene ereifert Omar sich und fährt eindringlich fort:

»Ich gehöre nicht zu denen, deren Glaube auf der Furcht vor dem letzten Gericht beruht, deren Gebet nur ein Fußfall ist. Meine Art zu beten? Ich betrachte eine Rose, ich zähle die Sterne, ich bewundere die Schönheit der Schöpfung, die Vollkommenheit ihres Zusammenspiels, den Menschen, das schönste Werk des Schöpfers, seinen Geist, der nach Wissen, sein Herz, das nach Liebe dürstet, seine Sinne, all seine – geschärften oder schläfrigen – Sinne.«

Nachdenklich steht der Kadi auf, setzt sich neben Khajjam, legt väterlich seine Hand auf dessen Schulter. Die Wachen wechseln erstaunte Blicke.

»Hör zu, mein junger Freund, der Herr der Welten hat dir die kostbarsten Gaben verliehen, wie sie sich ein Sohn Adams nur wünschen kann: Intelligenz, Redegewandtheit, Gesundheit, Schönheit, Wissensdurst und Lebenslust. Du genießt die Bewunderung der Männer und vermutlich auch die Zärtlichkeit der Frauen. Ich hoffe, er hat dir auch die Weisheit geschenkt, die Weisheit des Schweigens, ohne die nichts von alledem Wert und Bestand hat.«

»Soll ich vielleicht warten, bis ich alt bin, um das auszudrücken, was ich denke?«

»An dem Tag, an dem du all das ausdrücken kannst, was du denkst, werden die Nachkommen deiner Nachkommen selbst alt sein. Wir leben in einer Zeit der Heimlichkeit und der Angst, du mußt zwei Gesichter haben, das eine, das du der Menge und das andere, das du dir selbst und deinem Schöpfer zeigst. Wenn du deine Augen, deine Ohren und deine Zunge behalten willst, vergiß, daß du Augen, Ohren und eine Zunge hast.«

Der Kadi verstummt; ganz unerwartet schweigt er. Es ist kein Schweigen, das der Worte des anderen harrt, eher ein beredtes, ein raumfüllendes Schweigen. Omar wartet, blickt zu Boden, läßt den Kadi die Gedanken ordnen, die sich in seinem Kopf überstürzen.

Abu-Taher holt tief Luft, gibt seinen Männern einen kurzen Befehl. Sie entfernen sich. Kaum hat sich die Tür hinter ihnen geschlossen, geht er auf eine Ecke des Zimmers zu, schiebt einen Vorhang beiseite, hebt den Deckel einer mit Gold durchwirkten Holztruhe. Er nimmt ein Buch heraus, das er Omar mit feierlicher Geste überreicht, deren Förmlichkeit jedoch ein väterliches Lächeln mildert.

Dieses Buch ist genau dasselbe, das ich, Benjamin O. Lesage, eines Tages in meinen eigenen Händen halten sollte.

Ich vermute, es sah schon damals so aus: ein dickes, rauhes Leder, Einkerbungen mit Pfauenschwanzfedern, unregelmäßige, ausgefranste Blattränder. Aber als Khajjam das Buch in dieser unvergeßlichen Sommernacht öffnet, sieht er nur zweihundertsechsundfünfzig leere Seiten vor sich, die bisher weder Gedichte noch Zeichnungen, noch Randkommentare, noch Illuminationen enthalten.

Um seine Rührung zu verbergen, bemerkt Abu-Taher in fast marktschreierischem Ton:

»Das ist chinesischer Kaghez, das beste Papier, das je in Samarkands Werkstätten hergestellt wurde. Ein Jude aus dem Maturid-Viertel hat es in meinem Auftrag nach einer alten Anleitung und ausschließlich aus dem Holz des weißen Maulbeerbaums gefertigt. Wenn du es berührst, wirst du sehen, es hat die gleiche Struktur wie Seide.«

Er räuspert sich, bevor er fortfährt:

»Ich hatte einen Bruder, der zehn Jahre älter war als ich. Als er starb, war er so alt wie du jetzt. Weil er ein Gedicht verfaßt hatte, das dem damaligen Herrscher mißfiel, wurde er in der Stadt Balch gevierteilt. Man klagte ihn an, einen Irrglauben zu verbreiten. Ich weiß nicht, ob das stimmte, aber daß mein Bruder sein Leben für ein Gedicht, ein unbedeutendes Gedicht, nicht viel länger als ein *Rubai,* riskiert hat, das nehme ich ihm übel.«

Seine Stimme setzt aus; stockend redet er weiter:

»Behalte dieses Buch. Jedesmal, wenn in deinen Gedanken ein Vers Form annimmt, nach außen drängt und über deine Lippen kommen will, unterdrück ihn unnachgiebig, schreib ihn lieber in dieses Buch, das geheim bleiben wird. Und wenn du schreibst, denk an Abu-Taher.«

Wußte der Kadi, daß er mit diesem Geschenk, mit diesen Worten eines der bestgehüteten Geheimnisse in der Geschichte der Dichtkunst ins Werk setzte? Daß es acht Jahrhunderte dauern sollte, bis die Welt Omar Khajjams erlesene Verse entdeckte, bis die *Rubaijat* als eines der originellsten Werke aller Zeiten geschätzt wurden, und bis man schließlich das erstaunliche Schicksal des Manuskripts von Samarkand erfuhr?

3

In dieser Nacht findet Omar keinen Schlaf. Neben seinem Lager in einem Holzpavillon auf dem Belvedere, einem kahlen Hügel in Abu-Tahers großem Garten, stehen auf einem niedrigen Tisch eine erloschene Lampe, Tintenfaß und Schreibrohr. Sein Buch ist auf der – leergebliebenen – ersten Seite aufgeschlagen.

Früh am Morgen kommt eine schöne Sklavin herein, bringt ihm auf einem Tablett zerteilte Melonen, ein neues Gewand und einen Turbanstoff aus Sandane-Seide. Leise sagt sie zu ihm:

»Der Herr erwartet dich nach dem Morgengebet.«

In dem Salon drängen sich bereits Bittsteller, Kläger, Höflinge, Verwandte, Besucher jeden Ranges; unter ihnen auch der narbengesichtige Student, der wohl erfahren möchte, was sich seit dem Vorabend ereignet hat. Kaum hat Omar die Schwelle überschritten, wendet der Kadi sich ihm ostentativ zu und lenkt damit die Blicke aller auf ihn:

»Willkommen dem Imam Omar Khajjam, dem Mann, dessen Kenntnis der Lehre des Propheten von niemandem übertroffen wird, dessen Name untadelig ist und dessen Wort niemand widerspricht.«

Die Besucher stehen einer nach dem anderen auf, deuten eine Verbeugung an, murmeln ein paar Höflichkeiten, bevor sie sich wieder setzen. Omar wirft einen flüchtigen Blick auf den Narbengesichtigen in der Ecke, der sich in ein zaghaft-ironisches Lächeln flüchtet, während ihm vor Überraschung fast die Luft wegbleibt.

Mit betont feierlicher Geste bittet Abu-Taher Omar, zu seiner Rechten Platz zu nehmen, so daß die Umstehenden eilig zur Seite treten müssen. Dann fährt er fort:

»Unser hoher Gast hat gestern abend ein unglückliches Erlebnis gehabt. Er, der im ganzen Chorasan, im Fars und in Tabaristan hoch geehrt wird, den jede Stadt nur allzu gern in ihren Mauern empfinge, den jeder Fürst an seinen Hof zu ziehen hofft, wurde gestern in den Straßen von Samarkand belästigt!«

Entrüstete Ausrufe werden laut, gefolgt von einem erregten Stimmengewirr, dem der Kadi erst nach einer Weile Einhalt gebietet, indem er nach einer beschwichtigenden Geste fortfährt:

»Noch schlimmer, im Basar wäre es beinahe zu einem Aufruhr gekommen. Ein Aufruhr, am Tage vor dem Besuch unseres verehrten Herrschers Nasr Khan, der Sonne des Königreichs, der, so Gott will, noch heute morgen aus Buchara hier eintreffen wird. Ich wage mir nicht auszudenken, in welch jammervoller Lage wir heute wären, hätte die Menge nicht zurückgehalten und zerstreut werden können. Ich kann euch nur sagen, so mancher Kopf säße inzwischen nicht mehr allzu fest auf den Schultern.«

Er unterbricht sich, um Atem zu holen, aber vor allem auch, um seine letzten Worte wirken und die Furcht in den Herzen aufkeimen zu lassen.

»Glücklicherweise hat einer meiner ehemaligen Schüler, der auch hier anwesend ist, unseren ehrenwerten Gast erkannt und ist gekommen, um mich zu verständigen.«

Er deutet auf den narbengesichtigen Studenten und bedeutet ihm aufzustehen:

»Wie hast du den Imam Omar erkannt?«

Statt einer Antwort stammelt der Student etwas Unverständliches.

»Lauter! Unser alter Onkel hier kann dich ja nicht verstehen«, schreit der Kadi und deutet auf einen weißbärtigen Greis zu seiner Linken.

»Ich habe den ehrwürdigen Gast an seiner Beredsamkeit erkannt«, erwidert der Narbengesichtige stockend, »und ihn nach seinem Namen gefragt, bevor ich ihn zu unserem Kadi gebracht habe.«

»Du hast recht daran getan. Wenn der Aufstand sich weiter ausgebreitet hätte, wäre sicherlich Blut geflossen. Komm, nimm Platz neben unserem Gast, du hast es verdient.«

Während der Narbengesichtige sich in geheuchelt unterwürfiger Haltung nähert, flüstert Abu-Taher Omar ins Ohr:

»Wenn er auch nicht dein Freund geworden ist, so wird er dich wenigstens nicht mehr öffentlich beleidigen können.«

Laut fährt er fort:

»Darf ich hoffen, qaje* Omar, daß du, trotz allem, was du hier erduldet hast, Samarkand in nicht allzu schlechter Erinnerung behalten wirst?«

»Was gestern abend geschehen ist«, erwidert Khajjam, »habe ich schon vergessen. Und wenn ich später einmal an diese Stadt zurückdenke, so werde ich ein anderes Bild vor mir sehen, das Bild eines wunderbaren Menschen. Ich spreche nicht von Abu-Taher. Das schönste Lob, das einem Kadi zuteil werden kann, besteht nicht darin, seine Eigenschaften zu rühmen, sondern die aufrechte Gesinnung derer, für die er verantwortlich ist. Nun, am Tag meiner Ankunft, als mein Maultier mühsam das letzte steile Stück vor dem Tor von Kisch erklommen und ich selbst kaum einen Fuß auf die Erde gesetzt hatte, trat ein Mann auf mich zu.

›Willkommen in dieser Stadt‹, sagte er zu mir, ›hast du hier Verwandte oder Freunde?‹

Ich verneinte, hielt mich aber weiter nicht auf, aus Furcht, ich könne es mit einem Gauner zu tun haben, zumindest aber mit einem Bittsteller oder sonst einem unerwünschten Menschen. Dieser aber fuhr fort:

* qaje = gelehrt

›Edler Gast, mißverstehe nicht mein Drängen. Mein Herr hat mir befohlen, hier an dieser Stelle zu warten und jeden neuankommenden Reisenden anzusprechen, um ihm seine Gastfreundschaft anzubieten.‹

Der Mann schien einfacher Herkunft zu sein, trug jedoch saubere Kleider und benahm sich, wie es sich für ehrbare Leute ziemt. Ich folgte ihm. Nach ein paar Schritten öffnete er eine mächtige Tür, ich schritt durch einen Gewölbegang und kam in den Hof einer Karawanserei mit einem Brunnen in der Mitte und ringsherum, auf zwei Etagen, den Zimmern für die Reisenden. Auf dem Hof waren Mensch und Tier geschäftig zugange. Der Mann sagte zu mir:

›Du kannst hier bleiben, solange du willst, eine Nacht oder ein Jahr. Lager und Essen sind dir hier bereitet, und dein Maultier bekommt sein Futter.‹

Als ich ihn nach dem Preis dafür fragte, war er gekränkt. ›Du bist hier der Gast meines Herrn.‹

Und wo finde ich diesen großzügigen Gastgeber, damit ich mich bei ihm bedanken kann?

›Mein Herr ist schon seit sieben Jahren tot; er hat mir eine Summe Geldes hinterlassen, die ich einzig und allein dafür verwenden soll, die Besucher von Samarkand zu empfangen.‹

Kann ich den Namen deines Herrn erfahren, um zumindest von seinen Wohltaten berichten zu können?

›Nur der Schöpfer verdient deine Dankbarkeit; ihn magst du preisen. Er kennt den Wohltäter, um dessentwillen du ihm Dank sagst.‹

Und so blieb ich mehrere Tag lang bei diesem Mann. Ich kam und ging, und jedesmal fand ich meine Teller voll der köstlichsten Dinge, und mein Tier war besser gepflegt, als wenn ich mich selbst darum gekümmert hätte.«

Omar warf einen forschenden Blick auf seine Zuhörer, wartete auf irgendeine Reaktion. Aber seine Erzählung schien niemanden zu überraschen, und niemand sah ihn fragend an. Der Kadi, der sein Erstaunen erriet, gab ihm die Erklärung:

»Viele Städte behaupten, sie seien die gastfreundlichsten aller islamischen Länder, aber nur die Bewohner von Samarkand verdienen dieses Lob. Soviel ich weiß, hat noch nie ein Reisender für sein Lager oder sein Essen bezahlen müssen. Ich kenne ganze Familien, die sich ruiniert haben, um ihre Gäste oder die Bedürftigen zu ehren. Doch nie wirst du hören, daß man sich dessen rühmt. Die Brunnen, die du an jeder Ecke der Straße siehst, werden ständig mit frischem Wasser gefüllt, um die Vorübergehenden zu laben. Mehr als zweitausend gibt es in dieser Stadt, aus Ton, aus Kupfer oder aus Porzellan, und alle wurden von den Bürgern Samarkands gestiftet. Glaubst du, ein einziger von ihnen würde seinen Namen auf ihnen eingravieren, um Dank zu erheischen?«

»Ich gebe zu, noch nirgendwo bin ich solcher Großzügigkeit begegnet. Erlaubt mir trotzdem, eine Frage zu stellen, die mir auf der Seele liegt.«

Der Kadi unterbricht ihn:

»Ich weiß, was du wissen möchtest. Wie können Menschen, die die Tugenden der Gastfreundschaft so hoch schätzen, dir, einem Gast gegenüber, handgreiflich werden?«

»Oder einem unglücklichen Greis wie Jaber-Langbein gegenüber.«

»Die Antwort ist einfach, sie ist mit einem Wort gesagt: Furcht. Jede Gewalttätigkeit hier ist die Tochter der Furcht. Unser Glaube wird von allen Seiten bedroht, von den Quarmaten aus Bahrain, den Imamiten aus Qum, den 72 Sekten, den Rumi aus Konstantinopel, den Ungläubigen, wie auch immer sie sich nennen, und vor allem von den ägyptischen Ismaeliten, deren zahlreiche Anhänger mitten in Bagdad und selbst hier in Samarkand ihr Unwesen treiben. Du darfst nicht vergessen, was unsere islamischen Städte Mekka, Medina, Isfahan, Bagdad, Damaskus, Buchara, Merw, Kairo, Samarkand, eigentlich sind: nichts als Oasen.

Überläßt man sie nur einen Augenblick sich selbst, verschlingt sie die Wüste. Ständig bedroht sie der Sandwind.«

Durch ein Fenster zu seiner Linken hat der Kadi mit raschem Blick den Sonnenstand erfaßt. Er steht auf.

»Es ist Zeit, unserem Herrscher entgegenzugehen«, sagte er.

Er klatscht in die Hände.

»Schafft etwas Wegzehrung herbei!«

Er hat nämlich die Gewohnheit, stets ein paar Handvoll Rosinen mitzunehmen, die er unterwegs kaut. Seine Vertrauten und seine Besucher haben diesen Brauch übernommen. Deshalb bringt man jetzt auch ein riesiges Kupfertablett, vollgehäuft mit hellen, süßen Rosinen. Ein jeder greift zu und füllt sich die Taschen.

Als die Reihe an den narbengesichtigen Studenten kommt, nimmt er eine Handvoll, reicht sie Khajjam weiter und bemerkt dazu:

»Wahrscheinlich wäre es dir lieber, wenn ich dir die Rosinen in Form von Wein anbieten würde.«

Er hat zwar nicht sehr laut gesprochen, aber wie zufällig sind in diesem Augenblick die Umstehenden verstummt. Alle halten jetzt den Atem an und warten gespannt auf Omars Antwort. Dieser erwidert wie beiläufig:

»Wenn man Wein trinken will, sucht man sich seinen Mundschenk und seinen Gefährten sorgfältig aus.«

Der Narbengesichtige entgegnet etwas lauter:

»Ich jedenfalls würde keinen einzigen Tropfen trinken. Mir liegt daran, meinen Platz im Paradies zu sichern. Du scheinst auf eine Begegnung mit mir im Paradies nicht viel zu geben.«

»Eine ganze Ewigkeit in Gesellschaft schulmeisterlicher Ulema*? Nein, danke, ich hoffe, Gott hält uns etwas anderes bereit.«

* islam. Theologen, Rechtsgelehrte

Der Wortwechsel ist damit beendet; Omar beeilt sich, dem Kadi zu gehorchen, der ihn zu sich ruft.

»Die Einwohner der Stadt sollen sehen, daß du an meiner Seite reitest. Das wird die Eindrücke von gestern abend vollends verwischen.«

Vor der Residenz hat sich ein kleiner Menschenauflauf gebildet. Omar glaubt, unter einem großen, schattigen Birnbaum seine kleine Mandeldiebin wiederzuerkennen. Er will stehen bleiben, will genauer hinsehen. Aber Abu-Taher treibt ihn an:

»Rascher, und wehe dir, wenn der Khan auf uns warten muß.«

4

»Die Astrologen haben es schon in grauer Vorzeit prophezeit, und sie haben nicht gelogen: Vier Städte sind unter dem Zeichen des Aufruhrs geboren, Samarkand, Mekka, Damaskus und Palermo! Kein Herrscher konnte sie sich untertan machen, es sei denn, mit Gewalt, und nie folgten sie dem rechten Weg, es sei denn, das Schwert hätte ihn vorgezeichnet. Durch das Schwert hat der Prophet die Arroganz der Bürger von Mekka bezwungen. Und durch das Schwert werde ich die Arroganz der Bürger von Samarkand bezwingen!«

Nasr Khan, der Herr über Transoxanien, steht aufgeregt gestikulierend neben seinem Thron, ein Riese, über und über mit kostbaren Stickereien behangen. Vertraute und Besucher zittern unter seiner Stimme. Er sucht unter den Umstehenden nach einem Opfer, nach einem aufmüpfig lächelnden Mund, einem nicht hinreichend zerknirschten Blick, kurz nach jedem Anzeichen von Verrat. Aber instinktiv duckt sich jeder hinter seinem Nachbarn, beugt seinen Rücken, zieht Hals und Schultern ein und wartet, daß der Sturm vorübergeht.

Da er kein Opfer seines Zorns gefunden hat, packt er mit beiden Händen seine Staatsgewänder, zieht sie eins nach dem anderen aus, wirft sie wütend zu Boden und trampelt auf ihnen herum. Dabei stößt er in seinem türkisch-mongolischen Kaschgar-Dialekt eine ganze Reihe von Flüchen aus. Die Herrscher tragen nach alter Sitte drei, vier, manchmal auch sieben gestickte Gewänder übereinander, die sie im Lauf des Tages ablegen und sie feierlich denen umhängen, die sie zu ehren wünschen. Durch seine Geste macht Nasr Khan seine Absicht klar, an diesem Tag keinen seiner zahlreichen Besucher mit einem seiner Gewänder bedenken zu wollen.

Dabei sollte es ein Festtag werden, wie jedesmal, wenn der Herrscher in Samarkand zu Besuch weilt, aber die Freude war schon nach den ersten Minuten erloschen. Nachdem er die gepflasterte Straße vom Siab-Fluß hinaufgeritten war, hielt der Khan seinen feierlichen Einzug durch das Buchara-Tor im Norden der Stadt. Er lächelte über das ganze Gesicht, seine Augen wirkten kleiner und schmaler denn je, und auf seinen Wangen lag der bernsteinfarbene Widerschein der Sonne. Und plötzlich schlug seine Laune um. Er näherte sich den etwa zweihundert Würdenträgern, die den Kadi Abu-Taher umringten, und warf der Schar, der sich auch Omar Khajjam zugesellt hatte, einen scharfen, besorgten, ja mißtrauischen Blick zu. Er schien die, die er suchte, nicht bemerkt zu haben. Jedenfalls zog er so heftig am Zügel, daß sein Pferd sich aufbäumte, und ritt, ein paar unverständliche Worte knurrend, davon. Aufrecht auf seinem schwarzen Pferd sitzend, kam kein Lächeln mehr über seine Lippen; die Huldigungen von Tausenden von Bürgern, die sich seit Morgengrauen drängten, um ihn auf seinem Weg zu begrüßen, würdigte er nicht einer einzigen freundlichen Geste. Einige von ihnen hielten den Text einer Bittschrift hoch, die irgendein öffentlicher Schreiber aufgesetzt hatte. Vergebens. Niemand wagte es, sich dem Herrscher zu nähern; man wandte sich lieber an seinen Kämmerer, der jedesmal, wenn er sich von seinem Pferd herunterbeugte, um die Schriftstücke entgegenzunehmen, vage Versprechungen murmelte.

Vier Reiter mit den braunen Standarten der Dynastie ritten dem Khan voran; ihnen folgte zu Fuß ein Sklave mit nacktem Oberkörper, der einen riesigen aufgespannten Sonnenschirm hielt. Ohne nur einen Augenblick anzuhalten, ritt der Khan durch die großen, von knorrigen Maulbeerbäumen gesäumten Straßen, ließ die Basare links liegen und folgte den Hauptbewässerungskanälen, *Ariks* genannt, bis zum Asfisar-Viertel. Dort hatte er sich, ganz in der Nähe von Abu-Tahers Residenz, einen neuen Palast bauen lassen. Früher wohnten die Herrscher in der Zitadelle. Sie war jedoch inzwischen durch mehrere Kämpfe in einem so baufälligen Zustand, daß man sie hatte verlassen müssen. Nur noch die türkische Garnison schlug dort ab und zu ihre Jurten auf.

Omar, dem die verdrossene Stimmung des Herrschers nicht entgangen war, zögerte, sich in den Palast zu begeben, um ihm seine Aufwartung zu machen, aber der Kadi zwang ihn dazu, sicherlich in der Hoffnung, daß die Gegenwart seines berühmten Freundes den hohen Herrn auf angenehme Weise zerstreuen könnte. Unterwegs klärte Abu-Taher Khajjam darüber auf, was nun eigentlich geschehen war: Die religiösen Würdenträger der Stadt hatten beschlossen, der Empfangszeremonie fernzubleiben. Sie warfen dem Khan vor, die Große Moschee von Buchara niedergebrannt zu haben, weil sich bewaffnete Gegner dort verschanzt hatten.

»Zwischen dem Herrscher und den Vertretern des Glaubens«, erklärt ihm der Kadi, »herrscht ständiger Krieg. Manchmal ein offener und grausamer, öfter jedoch ein versteckter und heimtückischer.«

Man redete sogar davon, die Ulema hätten Beziehungen zu verschiedenen Offizieren geknüpft, die sich durch das Verhalten des Fürsten brüskiert fühlten. Seine Vorfahren, warfen sie ihm vor, hätten ihre Mahlzeiten zusammen mit der Truppe eingenommen und bei jeder Gelegenheit versichert, ihre Macht beruhe auf der Tapferkeit ihrer Krieger. Mit der Zeit aber hätten die türkischen Khans die bedauerlichen Sitten persischer Monarchen übernommen. Sie würden sich als Halbgötter fühlen, umgäben sich mit einem immer ausgefalleneren Zeremoniell, das für ihre Offiziere unverständlich, ja demütigend sei. Viele von ihnen hatten sich also mit den Herren der Religion verbündet. Und hörten nicht ohne Vergnügen, wie diese Nasr verächtlich machten, ihm vorwarfen, sich vom rechten Weg des Islams entfernt zu haben. Um seine Offiziere einzuschüchtern, ging der Herrscher gegen die Ulema mit unerbittlicher Strenge vor. Hatte nicht sein Vater, ein durchaus frommer Mann, gleich bei Beginn seiner Herrschaft, ein hochbeturbantes Haupt abschlagen lassen?

In diesem Jahr 1072 ist Abu-Taher einer der wenigen religiösen Würdenträger, die mit dem Fürsten noch eine enge Beziehung pflegen. Er besucht ihn häufig in der Zitadelle von Buchara, seiner Hauptresidenz, und empfängt ihn jedesmal, wenn er nach Samarkand kommt, mit feierlichem Pomp. Manche Ulema werfen ihm seine versöhnliche Haltung vor, aber die meisten sehen in ihm einen willkommenen Vermittler zwischen sich und dem Monarchen.

Und wieder einmal spielt der Kadi geschickt diese ausgleichende Rolle. Er vermeidet es, Nasr zu widersprechen, nützt jede Gelegenheit, um die Stimmung aufzulockern und den Mißmut des Herrschers zu zerstreuen. Er wartet ab, läßt die ersten schwierigen Minuten vergehen, bis Nasr auf seinem Thron Platz genommen hat und den Rücken bequem gegen ein weiches Kissen lehnt. Und dann, Omar bemerkt es mit Erleichterung, nimmt er die Dinge auf subtile, fast unmerkliche Art in die Hand. Auf ein Zeichen des Kadi läßt der Kämmerer eine junge Sklavin kommen, die die zerknitterten Gewänder vom Boden aufhebt. Schon ist die Stimmung weniger unerträglich geworden, schon wagt man es, die steifgewordenen Glieder etwas zu lockern, und einige unterhalten sich bereits leise flüsternd mit ihren Nachbarn.

Der Kadi tritt nach vorn in die Mitte des Raums, dem Herrscher gegenüber, senkt den Kopf und sagt kein Wort. Schließlich, nach einer langen Minute des Schweigens, befiehlt ihm Nasr, zwar energisch, aber mit einem unüberhörbaren Anflug von Resignation: »Geh und sag allen Ulema dieser Stadt, sie hätten sich morgen früh vor mir auf die

Knie zu werfen; das Haupt, das sich nicht beugt, wird abgeschlagen. Und daß niemand versucht zu fliehen, denn in keinem Land ist er vor meinem Zorn geschützt.« Nach diesen Worten ist jedem klar, daß der Sturm vorüber ist: Eine Lösung ist in Sicht. Und wenn die Vertreter der Religion erst einmal Abbitte geleistet haben, wird der Zorn des Monarchen verraucht sein.

Und so ist es auch. Am nächsten Tag, als Omar den Kadi erneut in den Palast begleitet, ist die Stimmung wie ausgewechselt. Nasr sitzt auf dem Thron, einer Art erhöhter, mit einem dunklen Teppich bedeckter Lagerstatt. Neben ihm steht ein Sklave mit einem Teller voll kandierter Rosenblüten in der Hand. Der Herrscher nimmt sich eine, legt sie auf seine Zunge und läßt sie im Mund zergehen. Dann hält er lässig seine Hand einem anderen Sklaven hin, der ihm die Finger mit Rosenwasser besprengt und sie danach sorgfältig abtrocknet. Dieses Ritual wiederholt sich zwanzig, dreißig Mal, während ihm die Delegationen ihre Aufwartung machen. Es sind die Vertreter der Stadtviertel, insbesondere von Asfisar, Panjkhin, Sagrimasch und Maturid, die reichen Händler aus den Basaren, die Wortführer der Handwerker, insbesondere der Kupferschmiede, Papierhersteller, Seidenraupenzüchter oder Wasserträger und schließlich die Abgesandten der geschützten Gemeinschaften, der Juden, der Parsen und der nestorianischen Christen.

Alle küssen zunächst den Boden, stehen dann auf und verharren so lange in gebückter Haltung, bis der Monarch ihnen bedeutet, sich wieder ganz aufzurichten. Ihr Sprecher sagt dann ein paar Worte, worauf sie rückwärtsgehend den Raum verlassen. Es ist nämlich verboten, dem Herrscher vor Erreichen der Schwelle den Rücken zuzudrehen. Ein sonderbarer Brauch. Wurde er von einem Monarchen eingeführt, der besonders auf seine Würde bedacht war? Oder von einem übertrieben mißtrauischen Besucher?

Dann kommt die Reihe an die religiösen Würdenträger, die mit Spannung, aber auch mit leiser Furcht erwartet werden. Es sind mehr als zwanzig. Abu-Taher ist es nicht schwergefallen, sie zum Kommen zu überreden. Denn nach der offenen Manifestation ihres Unwillens wäre eine Fortsetzung ihres mißmutigen Verhaltens geradezu selbstmörderisch gewesen. Und zum Märtyrer werden wollte keiner von ihnen.

Und so erscheinen sie jetzt vor dem Thron, bücken sich so tief wie möglich, soweit es ihr Alter und ihr Rücken erlauben, und warten auf ein Zeichen des Fürsten, um sich wieder aufzurichten. Doch dieses Zeichen kommt nicht. Zehn Minuten vergehen. Dann zwanzig. Selbst die jüngsten unter ihnen können nicht ewig in einer so unbequemen Haltung verharren. Aber was tun? Sich unaufgefordert wieder aufrichten? Damit würde man das Strafgericht des Herrschers auf sich lenken. Und so fallen sie einer nach dem anderen auf die Knie, eine ebenso respektvolle, aber weniger anstrengende Haltung. Und erst als das letzte Knie den Boden berührt hat, bedeutet der Monarch ihnen, wieder aufzustehen und sich wortlos zurückzuziehen. Niemand wundert sich über diese Wendung der Ereignisse, das ist der Preis, den man zahlen muß, und so werden die Dinge im Königreich gehandhabt.

Anschließend kommt die Reihe an die türkischen Offiziere, die städtischen Würdenträger und an einige Dihqane, Großgrundbesitzer aus den benachbarten Dörfern; sie küssen dem Herrscher den Fuß, seine Hand, seine Schulter, jeder nach seinem Rang. Ein Dichter tritt vor, rezitiert hochtrabende Verse zu Ehren des Monarchen, der sich sehr rasch und ganz offensichtlich gelangweilt zeigt. Mit einer Handbewegung unterbricht er ihn, winkt seinen Kämmerer herbei und flüstert ihm einen Befehl zu, den dieser weitergeben soll:

»Unser Herr läßt die hier anwesenden Dichter wissen, daß er genug davon hat, ständig das gleiche zu hören. Er will nicht mehr mit einem Löwen verglichen werden, auch nicht mit einem Adler und noch weniger mit der Sonne. Die, die nichts anderes zu sagen haben, mögen den Saal verlassen.«

5

Ein Murmeln, unterdrückte Heiterkeit folgen den Worten des Kämmerers. Unter den etwa zwanzig Dichtern, die darauf warteten, an die Reihe zu kommen, entsteht ein Tumult; einige von ihnen treten rasch zwei Schritte zurück, bevor sie sich unauffällig davonschleichen. Nur eine Frau tritt vor und nähert sich mit entschlossenem Schritt dem Thron. Omar sieht den Kadi fragend an, der ihm flüsternd antwortet:

»Eine Dichterin aus Buchara; sie nennt sich Dschahane. Dschahane, wie die weite Welt. Eine junge Witwe, mit wechselnden Liebschaften.«

Trotz des Tadels, der in diesen Worten liegt, ist Omar wie gebannt von dieser Frau; er kann seinen Blick nicht von ihr wenden. Dschahane hebt den unteren Saum ihres Schleiers und enthüllt einen ungeschminkten Mund. Sie deklamiert ein ganz reizvolles Gedicht, in dem erstaunlicherweise nicht ein einziges Mal der Name des Khans auftaucht. Nein, sie rühmt darin geschickt den Fluß Sughd, dessen lebenspendendes Wasser sowohl durch Samarkand als auch durch Buchara fließt und der sich in der Wüste verliert, da kein Meer würdig genug sei, ihn aufzunehmen.

»Du hast gut gesprochen. Möge dein Mund sich mit Gold füllen«, erwidert Nasr.

Die Dichterin, der diese Formulierung des Khans geläufig ist, beugt sich über einen großen, mit Golddinaren gefüllten Teller und steckt sich eine Münze nach der anderen in den Mund. Die Umstehenden zählen laut mit. Als Dschahane kaum noch schlucken kann und fast erstickt, bricht der Hof und allen voran der Monarch in lautes Lachen aus. Der Kämmerer bedeutet der Dichterin, an ihren Platz zurückzukehren. 46 Dinare hat man gezählt.

Nur Khajjam lacht nicht. Er sieht Dschahane unverwandt an und sucht das Gefühl zu ergründen, das er ihr gegenüber empfindet. Ihre Verse sind so rein, ihre Redekunst ist voller Würde und ihr Verhalten nicht ohne Mut. Und doch hat sie sich den Mund mit diesem gelben Metall vollgestopft, sich dieser entwürdigenden Belohnung willig unterworfen. Bevor sie ihren Schleier zurückschlägt, lüftet sie ihn für einen Augenblick ganz und gibt damit einen Blick frei, den Omar empfängt, einsaugt, den er zurückhalten möchte. Ein Moment nur, für die Menge kaum wahrnehmbar, für den Liebenden eine Ewigkeit. Die Zeit hat zwei Gesichter, denkt Khajjam, sie hat zwei Dimensionen, ihre Länge mißt sich am Rhythmus der Sonne, ihre Dichte am Rhythmus der Leidenschaften.

Der Kadi unterbricht diesen so wundersamen Augenblick; er legt seine Hand auf Khajjams Arm. Als dieser sich umdreht, ist es schon zu spät: Die Frau hat sich, wieder tief verschleiert, zurückgezogen.

Abu-Taher möchte seinen Freund dem Khan vorstellen. Er tut dies nicht ohne Förmlichkeit:

»Unter Eurem erlauchten Dach weilt heute der größte Gelehrte des Chorasan, Omar Khajjam, für den die Pflanzen kein Geheimnis haben und die Sterne kein Rätsel sind.«

Nicht zufällig hat der Kadi von den zahlreichen Wissenschaften, die Omar beherrscht, die Medizin und die Astrologie erwähnt; denn sie stehen in der Gunst der Fürsten seit jeher am höchsten: Die eine, so hoffen sie, erhält ihnen Gesundheit und Leben, die andere soll ihnen das Glück bewahren.

Der Fürst zeigt sich erfreut, sagt, er fühle sich geehrt. Aber da er nicht in der Stimmung ist, eine gelehrte Unterhaltung zu beginnen, und sich offensichtlich auch über die Absichten seines Besuchers täuscht, hält er es für angebracht, seine traditionelle Formulierung zu wiederholen:

»Möge sein Mund sich mit Gold füllen!«

Omar ist bestürzt; allein der Gedanke dreht ihm den Magen um. Abu-Taher bemerkt es und ist besorgt. Er fürchtet, eine Weigerung werde den Herrscher verärgern, und wirft seinem Freund einen bedeutungsvollen, strengen Blick zu, ja, er stößt ihn mit der Schulter an. Vergebens. Khajjams Entschluß steht fest:

»Möge Eure Hoheit mir verzeihen, ich faste im Augenblick und kann mir den Mund nicht füllen.«

»Wenn ich mich nicht irre, ist doch der Fastenmonat schon seit drei Wochen vorbei.«

»Zur Zeit des Ramadan bin ich von Nischapur nach Samarkand gereist und konnte daher nicht fasten. Ich habe aber gelobt, die verlorenen Tage später wieder auszugleichen.«

Der Kadi ist erschrocken, und die Umstehenden werden unruhig. Die Züge des Herrschers sind undurchdringlich. Er wendet sich an Abu-Taher:

»Du weißt doch in allen Glaubensfragen so gut Bescheid, kannst du mir sagen, ob qaje Omar das Fasten bricht, wenn er sich den Mund mit Goldmünzen füllt und sie gleich darauf wieder herausnimmt?«

Der Kadi erwidert betont sachlich:

»Allein die Tatsache, etwas mit dem Mund aufzunehmen, bedeutet genaugenommen einen Bruch des Fastens. Und es ist schon vorgekommen, daß man aus Versehen eine Münze verschluckt hat.«

Nasr läßt das Argument gelten, aber es befriedigt ihn nicht ganz. Er fragt Omar:

»Ist das der wahre Grund für deine Weigerung?«

Khajjam zögert einen Augenblick, dann erwidert er:

»Es ist nicht der einzige Grund.«

»Sprich«, sagt der Khan, »du hast nichts von mir zu befürchten.«

Omar antwortet mit den Versen:

Hat denn die Armut meinen Schritt zu dir gelenkt?
Der ist nicht arm, der nicht am Überflusse hängt.
Ein ehrend Wort, nichts anderes ist mein Begehren,
magst einen freien rechten Mann du ehren.

»Gott schützte deine Tage, Khajjam«, murmelt Abu-Taher leise.

Er hat jetzt wirklich Angst. Noch dröhnen ihm die Ohren von dem letzten Zornesausbruch des Herrschers, und es ist höchst zweifelhaft, ob er ihn diesmal wieder besänftigen kann. Der Khan schweigt; er sitzt reglos da, wie in unergründliche Gedanken verloren. Seine Vertrauten warten auf seine ersten Worte wie auf ein Urteil, und einige Höflinge verlassen lieber den Saal, bevor der Sturm über sie hinwegfegt.

Omar nutzt die allgemeine Unruhe, um Dschahanes Blick zu suchen. Sie steht gegen eine Säule gelehnt, das Gesicht in den Händen vergraben. Bangt auch sie um ihn?

Endlich erhebt sich der Khan. Er geht entschlossen auf Omar zu, umarmt ihn herzlich, ergreift seine Hand und zieht ihn mit sich.

»Der Herrscher über Transoxanien«, berichten die Chronisten, »empfand für Omar Khajjam eine solche Hochachtung, daß er ihn bat, sich neben ihn auf den Thron zu setzen.«

»Jetzt bist du also der Freund des Khans«, bemerkt Abu-Taher, als sie beide den Palast verlassen haben.

Seine gute Laune ist um so größer, als ihm noch eben die Furcht im Nacken saß. Khajjam erwidert gelassen:

»Hast du das Sprichwort vergessen: ›Das Meer kennt keine Nachbarn, und der Fürst kennt keine Freunde‹?«

»Verachte nicht die Tür, die sich dir öffnet. Deine Karriere bei Hof scheint mir gesichert zu sein.«

»Ein Leben bei Hof ist nichts für mich. Mein einziger Traum, mein einziger Ehrgeiz ist, eines Tages eine Sternwarte mit einem Rosengarten mein eigen zu nennen, nach Herzenslust den Himmel zu betrachten, mit einem Glas Wein in der Hand und einer schönen Frau an meiner Seite.«

»So schön wie die Dichterin?« fragt Abu-Taher ironisch.

Omar hat nur noch sie im Sinn, aber er schweigt. Er fürchtet, jedes Wort zuviel könnte ihn verraten. Der Kadi, dem seine etwas frivole Bemerkung leid tut, wechselt den Ton und das Thema:

»Ich möchte dich um einen Gefallen bitten.«

»Bisher hast du mich doch mit deiner Gunst überhäuft.«

»Mag sein«, entgegnet Abu-Taher. »Sagen wir also, ich bitte dich um eine Gegenleistung.«

Sie sind inzwischen vor dem Tor seiner Residenz angelangt. Er lädt Omar ein, das Gespräch an einem reich gedeckten Tisch fortzusetzen.

»Ich habe mir einen Plan für dich ausgedacht, und zwar handelt es sich um ein Buch. Vergessen wir einen Augenblick die *Rubaijat*. Das sind für mich eher die unvermeidlichen Launen eines Genies. Die Gebiete, auf denen du unübertroffen bist, sind die Medizin, die Astrologie, die Mathematik, die Physik und die Metaphysik. Irre ich mich, wenn ich sage, daß nach Ibn-Sinas Tod dir keiner das Wasser reichen kann?«

Khajjam antwortet nicht. Abu-Taher fährt fort:

»Auf diesem Gebiet, auf dem Gebiet der Wissenschaften, erwarte ich von dir gewissermaßen das Buch der Bücher. Und ich möchte, daß du mir dieses Buch widmest.«

»Ich glaube nicht, daß es in der Wissenschaft ein solches Buch geben kann. Das ist auch der Grund, weshalb ich bisher nur gelernt und gelesen habe, ohne selbst etwas zu schreiben.«

»Das mußt du mir erklären.«

»Denken wir einmal an die großen Alten, die Griechen,

die Inder, die gelehrten Muslime vor meiner Zeit: Sie haben eine ganze Fülle von Werken geschrieben, auf all diesen Gebieten. Wenn ich das wiederhole, was sie gesagt haben, ist meine Arbeit überflüssig; widerspreche ich ihnen, was ich manchmal gern täte, kommen andere nach mir und werden mir widersprechen. Was bleibt morgen von den Schriften der Gelehrten? Nur das Schlechte, das sie über ihre Vorgänger gesagt haben. Man erinnert sich daran, daß sie diese oder jene Theorie ihrer Vorgänger ad absurdum geführt haben, aber ihre eigenen Gedanken werden unweigerlich wieder von denen, die nach ihnen kommen, widerlegt, ja ins Lächerliche gezogen. Das ist das Gesetz der Wissenschaft; die Dichtkunst kennt ein solches Gesetz nicht: Sie leugnet nie, was vorher war und wird auch nie von dem geleugnet, was nachher kommt; sie überdauert die Jahrhunderte ohne Anfechtung. Deshalb schreibe ich meine *Rubaijat*. Weißt du, was mich an der Wissenschaft fasziniert? Daß ich in ihr die reinste Poesie finde: in der Mathematik den schwindelerregenden Rausch der Zahlen, in der Astronomie das geheimnisvolle Murmeln des Universums. Aber bitte erzähl mir nichts von Wahrheit.«

Er schweigt einen Augenblick, fährt jedoch gleich darauf fort:

»Ich bin einige Male in der Umgebung von Samarkand spazierengegangen und habe dabei Ruinen gesehen, deren Inschriften niemand mehr entziffern kann. Und ich habe mich gefragt: Was ist von der Stadt geblieben, die einst hier stand? Ich rede nicht von den Menschen, diesen flüchtigsten aller Geschöpfe, aber was ist von ihrer Zivilisation geblieben? Welches Königreich hat überdauert, welche Wissenschaft, welches Gesetz, welche Wahrheit? Nichts. Und wie eifrig ich auch in diesen Ruinen gesucht habe, das einzige, was ich entdecken konnte, war ein auf einem Tonscherben eingeritztes Gesicht und ein Rest Malerei auf einer Wand. Das werden auch meine kümmerlichen Gedichte in tausend Jahren sein, Scherben, Fragmente, Trümmer einer endgültig begrabenen Welt. Was von einer Stadt bleibt, ist der teilnahmslose Blick, den ein halbtrunkener Dichter auf sie wirft.«

»Ich verstehe, was du meinst«, stammelt Abu-Taher etwas verstört. »Aber du willst doch nicht etwa einem schafiitischen Kadi deine weinseligen Verse widmen!«

Omar wird im übrigen keineswegs unnachgiebig auf seinem Standpunkt beharren und sich auch nicht undankbar zeigen. Während der folgenden Monate beginnt er mit der Niederschrift eines streng wissenschaftlichen Werkes, das sich mit den Gleichungen dritten Grades beschäftigt. Um in dieser mathematischen Abhandlung die Unbekannte darzustellen, benutzt Khajjam den arabischen Ausdruck Chai, was soviel wie »Ding« bedeutet; dieses Wort, das in den spanischen Lehrbüchern Xay geschrieben wird, wurde nach und nach durch den ersten Buchstaben, x, ersetzt, der zum allgemein verbindlichen Zeichen für die Unbekannte wurde.

Khajjams Werk, das er in Samarkand vollendete, ist seinem hohen Gönner gewidmet: »Wir sind die Opfer eines Zeitalters, in dem Wissenschaftler in Verruf gekommen sind, und sehr wenige von uns haben die Möglichkeit, sich intensiv mit der theoretischen Forschung zu beschäftigen ... Das wenige Wissen, das die Gelehrten heute haben, setzen sie für materielle Ziele ein ... Ich hatte es also schon aufgegeben, auf dieser Welt einen Mann zu finden, der sich sowohl für die Wissenschaft als auch für die Dinge dieser Welt interessiert und dem das Schicksal des Menschen am Herzen liegt, bis ich dank Gottes Gnade dem großen Kadi, dem Imam Abu-Taher begegnete. Seine Güte erlaubte es mir, mich diesen Arbeiten zu widmen.«

Als er in dieser Nacht zu dem Pavillon zurückkehrt, der ihm von nun an als Wohnstatt dient, hat Khajjam keine Lampe mitgenommen: Zum Lesen oder Schreiben, so dachte er, sei es ohnehin zu spät. Dabei erhellt nur der Mond seinen Weg, der jetzt, am Ende des Monats Schawwal, als schmale blasse Sichel am Himmel steht. Kaum hat er sich ein paar Schritte von der Villa des Kadis entfernt, bewegt er sich nur noch tastend vorwärts, stolpert mehr als einmal, hält sich an herabhängenden Ästen fest. Hin und wieder streift ihm ein Weidenzweig das Gesicht.

Als er sein Zimmer betritt, empfängt ihn eine Stimme mit sanftem Vorwurf:

»Ich hatte dich früher erwartet.«

Gaukeln ihm seine Sinne jetzt ihre Gegenwart vor, weil er so oft an diese Frau gedacht hat? Er steht neben der Tür, die er hinter sich geschlossen hat, und sieht sich suchend um. Vergebens. Nur die Stimme dringt erneut an sein Ohr, verhalten, aber deutlich vernehmbar.

»Du schweigst, du kannst einfach nicht glauben, daß eine Frau es gewagt hat, dein Zimmer zu betreten. Im Palast haben sich unsere Blicke gekreuzt, und etwas flammte in ihnen auf, aber der Khan war anwesend und der Kadi und der versammelte Hof, und du hast deinen Blick abgewandt. Wie so viele Männer hast du es vorgezogen, dich unbeteiligt zu geben. Wozu auch dem Schicksal die Stirn bieten und sich den Zorn des Fürsten zuziehen? Und all das nur um einer Frau willen, einer Witwe, die dir als Mitgift nichts als eine spitze Zunge und einen zweifelhaften Ruf zu bieten hat.«

Omar fühlt sich wie von einer geheimnisvollen Kraft gefesselt, er ist wie gelähmt und bringt keinen Ton über die Lippen.

»Du sagst nichts«, stellt Dschahane ironisch, aber nicht ohne Rührung fest. »Schön, dann rede ich eben allein weiter. Ich habe schließlich bisher selbst auch alles unternommen. Als du den Hof verlassen hast, habe ich mich nach dir erkundigt und erfahren, wo du wohnst. Ich habe überall erzählt, ich würde bei einer Kusine wohnen, die mit einem reichen Händler aus Samarkand verheiratet ist. Normalerweise, wenn ich mit dem Hof reise, finde ich immer einen Platz im Harem. Ich habe ein paar Freundinnen dort, die sich über meine Gesellschaft freuen und immer ganz gespannt auf die Geschichten sind, die ich ihnen erzähle. Sie sehen in mir keine Rivalin, denn sie wissen, daß ich nicht die Frau des Khans werden will. Ich hätte ihn verführen können, aber ich kenne zu viele Gefährtinnen von Königen, als daß dieses Schicksal mich reizen würde. Für mich ist das Leben wichtiger als die Männer! Und solange ich einem anderen oder niemandem gehöre, sieht es der Herrscher gern, wenn ich mich in seinem Diwan mit meinen Versen und meinem Witz zur Schau stelle. Käme er je auf die Idee, mich zu heiraten, würde er mich als erstes einschließen.«

Omar erwacht nur langsam aus seiner Betäubung und hat von Dschahanes Rede nichts begriffen. Als er jetzt die ersten Worte findet, wendet er sich weniger an sie als an sich selbst oder an einen Schatten.

»Wie oft bin ich als Jüngling und auch später noch einem Blick begegnet, einem Lächeln. Ich träumte des Nachts, daß dieser Blick Gegenwart würde, Fleisch, Frau, ein Leuchten im Dunkel. Und plötzlich bist du da, in dieser schwarzen Nacht, in diesem unwirklichen Pavillon, in dieser unwirklichen Stadt, du, eine schöne Frau, ja sogar eine Dichterin, und mir hingegeben.«

Sie lacht.

»Hingegeben, was weißt du davon? Du hast mich nicht berührt, du hast mich nicht gesehen, und du wirst mich sicherlich auch nicht sehen, denn noch lange, bevor die Sonne aufgeht, werde ich dich verlassen.«

In dem noch immer undurchdringlichen Dunkel das Rascheln von Seide, ein Duft. Omar hält den Atem an, seine

Haut ist hellwach. Und er fragt, mit der Naivität eines Schülers:

»Hast du noch deinen Schleier?«

»Nur noch die Nacht ist mein Schleier.«

6

Eine Frau, ein Mann: Der anonyme Maler hat sie im Profil gesehen, liegend und einander umschlingend; er hat die Mauern des Pavillons weggedacht, ihnen ein mit Rosen gesäumtes grünes Bett geliehen und zu ihren Füßen einen silberklaren Quell fließen lassen. Dschahane hat bei ihm die hohen, vollen Brüste einer indischen Gottheit; Omar streicht ihr übers Haar, in der anderen Hand hält er ein Glas.

Sie sehen sich jeden Tag im Palast und vermeiden es, einen Blick zu wechseln, aus Furcht, sich zu verraten. Jeden Abend eilt Khajjam zu seinem Pavillon, um auf die Geliebte zu warten. Wie viele Nächte hat das Schicksal ihnen zugeteilt? Alles hängt vom Herrscher ab. Wenn er weiterzieht, wird Dschahane ihm folgen. Er kündet nie etwas im voraus an. Eines Morgens schwingt er sich auf sein Pferd, Nomade und Sohn eines Nomaden, schlägt den Weg nach Buchara, Kisch oder Pendschakent ein, und der Hof beeilt sich, ihn einzuholen. Omar und Dschahane fürchten diesen Augenblick, jeder Kuß schmeckt nach Lebewohl, jede Umarmung ist eine atemlose Flucht.

In einer Nacht wie alle anderen, in der aber die Hitze besonders drückend ist, tritt Khajjam hinaus auf die Aussichtsterrasse. Er hört, dicht neben sich, wie ihm scheint, das Gelächter der Wachen des Kadi und macht sich Sorgen. Grundlos, denn Dschahane kommt gleich darauf und beruhigt ihn: Niemand hat sie gesehen. Sie tauschen einen ersten, verstohlenen Kuß, dem ein anderer, leidenschaftlicher folgt. Das ist ihre Art, den Tag der anderen zu beenden und ihre Nacht zu beginnen.

»Wie viele Liebende glaubst du, gibt es in diesem Augenblick in der Stadt, die sich wie wir wiederfinden?«

Das ist Dschahane, die dies mehr im Scherz geflüstert hat. Omar rückt feierlich sein Abendkäppchen zurecht, stellt sich in Positur und hebt die Stimme:

»Laß uns einmal überlegen: Wenn wir die Ehefrauen beiseite lassen, die sich langweilen, die Sklaven, die nur gehorchen, die Freudenmädchen, die sich verkaufen oder vermieten, und die seufzenden Jungfrauen, wie viele Frauen mögen da übrigbleiben, wie viele Geliebte gehen heute nacht zu dem Mann, den sie gewählt haben? Oder umgekehrt, wie viele Männer schlafen bei einer Frau, die sie lieben, einer Frau vor allem, die sich ihnen nicht nur deshalb hingibt, weil ihr nichts anderes übrigbleibt? Wer weiß, vielleicht gibt es heute nacht in Samarkand nur eine Geliebte, vielleicht nur einen liebenden Mann. Warum du und warum ich, wirst du fragen? Weil Gott uns zu Liebenden gemacht hat, so wie er bestimmte Pflanzen giftig gemacht hat.«

Er lacht, ihr rinnt eine Träne der Rührung übers Gesicht.

»Laß uns hineingehen und die Tür schließen, damit niemand unser Glück belauscht.«

Später, nach vielen Zärtlichkeiten, richtet Dschahane sich auf, schlingt das Laken um ihre Hüften und schiebt ihren Geliebten sanft beiseite.

»Ich muß dir ein Geheimnis verraten, das ich von der ältesten Frau des Khans erfahren habe. Weißt du, warum er in Samarkand ist?«

Omar glaubt, es handele sich um irgendein Haremsgeschwätz und wehrt ab.

»Die Geheimnisse der Fürsten interessieren mich nicht. Dem, der sie erfährt, verbrennen sie die Ohren.«

»Hör mir lieber zu, dieses Geheimnis geht auch uns etwas an, weil es unser Leben verändern kann. Nasr Khan ist gekommen, um die Befestigungen zu inspizieren. Gegen Ende des Sommers, wenn die große Hitze vorbei ist, erwartet er einen Angriff der Seldschuken-Armee.«

Khajjam kennt die Seldschuken, sie geistern durch seine

ersten Kindheitserinnerungen. Noch lange bevor sie sich das muslimische Asien untertan machten, hatten sie seine Heimatstadt belagert und über Generationen hinweg die Erinnerung an das große Grauen hinterlassen.

Zehn Jahre vor seiner Geburt erwachten die Bewohner von Nischapur eines Morgens und sahen, daß ihre Stadt von türkischen Kriegern umzingelt war. Zwei Brüder, Tughril-Beg, »der Adler«, und Tschaghri-Beg, »der Sperber«, die Söhne Arslans und die Enkel Seldschuks, damals noch unbekannte Anführer erst kürzlich zum Islam bekehrter Nomadenstämme, reiten an ihrer Spitze. Den Würdenträgern der Stadt geht folgende Botschaft zu: »Man sagt, eure Männer seien stolz und bei euch fließe stets frisches Wasser durch unterirdische Kanäle. Wenn ihr versucht, uns Widerstand zu leisten, trocknet bald die Sonne eure Kanäle aus, und eure Männer sind bald unter der Erde.«

Solch prahlerische Worte sind bei Belagerungen an der Tagesordnung. Dennoch beeilen sich die Würdenträger von Nischapur, die Stadt zu übergeben: Gegen die Zusicherung, daß die Bewohner am Leben und ihr Hab und Gut, ihre Häuser, ihre Gärten und ihre Kanalisation unversehrt bleiben. Aber was gelten die Versprechungen eines Siegers? Kaum sind die Soldaten in der Stadt einmarschiert, will Tschaghri seine Männer auf die Straßen und den Basar loslassen. Tughril widersetzt sich, wendet ein, man sei im Monat des Ramadan und könne eine islamische Stadt nicht während der Fastenzeit plündern. Das Argument überzeugt, aber nur für den Augenblick. Tschaghri beschließt, zu warten, bis die Bevölkerung nicht mehr im Zustand der Gnade ist.

Als die Bewohner der Stadt von dem Streit zwischen den beiden Brüdern erfahren und ihnen klar wird, daß ihnen mit Beginn des nächsten Monats Raub, Vergewaltigung und Totschlag drohen, setzt das große Grauen ein. Schlimmer als die Vergewaltigung ist die Furcht davor, das hilflose, entwürdigende Warten auf das unausweichliche Schicksal. Die Geschäfte leerten sich, die Männer verkrochen sich und ihre Frauen, ihre Töchter sahen, wie sie an ihrer Ohnmacht verzweifelten. Was tun, wie fliehen, über welche Straße? Der Eroberer war überall, seine bezopften Soldaten schlichen durch den großen Basar, durch die Wohnviertel und die Außenbezirke um das Verbrannte Tor herum, ständig betrunken, auf der Lauer nach einem Lösegeld, nach Diebesgut, und ihre Horden suchten ungestraft die benachbarten Dörfer heim.

Sehnt man nicht für gewöhnlich das Ende der Fastenzeit herbei, den Tag des Festes? In diesem Jahr wünschte sich jeder, daß die Fastenzeit kein Ende nähme, daß das Fest des Fastenbrechens nie käme. Als die Halbsichel des neuen Monats am Himmel auftaucht, kommt keine Freude auf, niemand denkt daran, ein Lamm zu schlachten; die ganze Stadt kommt sich selbst wie ein riesiges Lamm vor, das man zur Opferbank führt.

Die Nacht vor dem Fest, jene Nacht des Schicksals, in der jeder Wunsch erfüllt wird, verbringen Tausende von Familien in den Moscheen, in den Mausoleen der Heiligen – auch dies unsichere Zufluchtsorte. Eine Nacht der Verzweiflung, der Tränen und der Gebete.

Währenddessen entspinnt sich in der Zitadelle ein heftiger Streit zwischen den beiden Seldschuken-Brüdern. Tschaghri schreit, seine Männer hätten seit Monaten keinen Sold mehr gesehen. Sie seien nur deswegen zum Kampf zu bewegen gewesen, weil man ihnen versprochen habe, ihnen freie Hand in dieser reichen Stadt zu lassen. Jetzt aber drohe der Aufruhr, und er, Tschaghri, könne sie nicht länger hinhalten.

Tughril dagegen wendet ein:

»Wir stehen erst am Anfang unserer Eroberungen. So

viele Städte gilt es noch zu erobern, Isfahan, Schiras, Rai, Täbris und noch viele andere, fernere. Wenn wir Nischapur plündern, nach seiner Übergabe und nach all unseren Versprechungen, wird sich uns kein Tor mehr öffnen, und keine Garnison wird sich uns ergeben.«

»Und wie sollen wir all diese Städte, von denen du träumst, erobern, wenn wir unsere Armee verlieren, wenn unsere Männer uns verlassen? Sogar die treuesten unter ihnen beklagen sich und drohen.«

Die beiden Brüder sind von ihren Offizieren und den Stammesältesten umgeben, die alle wie aus einem Mund Tschaghris Worte bekräftigen. Dadurch ermutigt steht dieser auf und ruft entschlossen:

»Genug der Worte! Ich werde meinen Männern sagen, sie sollen sich an der Stadt schadlos halten. Wenn du deine zurückhalten willst, kannst du es ja tun, jedem seine Truppen.«

Tughril antwortet nicht, rührt sich nicht; ganz offensichtlich kämpft er mit sich selbst. Plötzlich springt er auf und ergreift einen Dolch.

Tschaghri zieht daraufhin den seinen. Die anderen wissen nicht so recht, ob sie eingreifen oder es wie gewöhnlich den beiden Seldschuken-Brüdern überlassen sollen, ihren Streit bis aufs Blut auszutragen. Da ruft Tughril:

»Bruder, ich kann dich nicht zwingen, mir zu gehorchen, und ich kann auch deine Männer nicht zurückhalten. Aber wenn du sie auf die Stadt losläßt, stoße ich mir diesen Dolch ins Herz.«

Und mit diesen Worten richtet er die Waffe mit beiden Händen auf seine Brust. Der Bruder zögert nicht lange, geht mit offenen Armen auf ihn zu, umarmt ihn gerührt und verspricht, nie wieder gegen seinen Willen zu handeln. Nischapur war gerettet, aber nie vergaß die Stadt das große Grauen des Ramadan.

7

»Das sind die Seldschuken«, erklärt Khajjam, »rohe Plünderer und weitsichtige Herrscher, kleinlich oder voller Heldenmut. Vor allem Tughril-Beg hatte das Zeug zu einem Reichsgründer. Ich war drei Jahre alt, als er Isfahan einnahm, zehn, als er Bagdad eroberte, sich als Beschützer des Kalifen anerkennen ließ und von ihm den Titel ›Sultan, König des Orients und des Okzidents‹ erhielt. Ja, mit siebzig Jahren heiratete er sogar noch die Tochter des Befehlshabers der Gläubigen.«

Omar hat dies in bewunderndem, vielleicht ein bißchen hochtrabendem Ton gesagt; Dschahane jedenfalls bricht in ein respektloses Lachen aus. Er wirft ihr einen strengen, fast beleidigten Blick zu; diese plötzliche Heiterkeit ist ihm unbegreiflich. Entschuldigend sagt sie:

»Als du diese Heirat erwähnt hast, mußte ich daran denken, was man darüber im Harem erzählt hat.«

Omar erinnert sich vage an diese Geschichte, von der Dschahane noch jede Einzelheit gegenwärtig ist.

Als der Kalif Tughrils Botschaft erhielt, in der er ihn um die Hand seiner Tochter Saida bat, wurde er blaß. Kaum hatte sich der Gesandte des Sultans entfernt, da tobte er auch schon los:

»Dieser Türke, der gestern noch in seiner Jurte hockte: Ein Mann, dessen Väter noch ein x-beliebiges Idol verehrten und auf ihre Fahnen Schweinerüssel malten! Wie kann er es wagen, die Tochter des Befehlshabers der Gläubigen, ein Mädchen aus edelster Familie, heiraten zu wollen?«

Er zitterte insbesondere deshalb an all seinen hochwohlgeborenen Gliedern, weil er genau wußte, daß er die Bitte nicht abschlagen konnte. Nach monatelangem Zögern und zwei erneuten Botschaften formulierte er schließlich eine

Antwort. Einer seiner alten vertrauten Ratgeber wurde damit beauftragt, sie zu überbringen. Er reiste in die Stadt Rai, deren Ruinen noch heute unweit von Teheran zu sehen sind. Tughrils Hof befand sich dort.

Der Botschafter des Kalifen wurde zunächst von dem Wesir empfangen, der ihm sogleich eröffnete:

»Der Sultan wird langsam ungeduldig, jeden Tag fragt er mich. Ich bin froh, daß du endlich die Antwort bringst.«

»Wenn du sie erst gehört hast, wirst du weniger froh sein: Der Befehlshaber der Gläubigen bittet um Verzeihung, aber er kann dieser Bitte nicht entsprechen.«

Der Wesir zeigte sich keineswegs betroffen. Er fuhr fort, seine Jadekugeln durch die Finger gleiten zu lassen.

»Schön«, sagte er, »du gehst also jetzt durch diesen Flur, trittst durch die hohe Tür dort hinten und erklärst dem Herrn des Iraks, dem Herrscher von Fars, von Chorasan und Aserbeidschan, dem Eroberer Asiens, dem Schwert, das die wahre Religion verteidigt, dem Beschützer des Abbasiden-Throns: ›Nein, der Kalif gibt dir seine Tochter nicht.‹ Also gut, die Wache wird dich geleiten.«

Die Wache trat vor, und der Gesandte erhob sich, um ihr zu folgen, als der Wesir wie beiläufig bemerkte:

»Ich hoffe doch, daß du als kluger Mann deine Schulden bezahlt, dein Vermögen unter deine Söhne aufgeteilt und all deine Töchter verheiratet hast.«

Der Gesandte setzte sich, von plötzlicher Schwäche befallen, wieder hin.

»Was rätst du mir?«

»Hat der Kalif dir keinen anderen Ausweg gelassen, keine andere Möglichkeit der Einigung angedeutet?«

»Er hat mir gesagt, wenn es wirklich keinen Weg gäbe, diese Heirat zu vermeiden, verlangt er zum Ausgleich dreihunderttausend Golddinare.«

»Das ist schon eine bessere Verhandlungsbasis. Aber ich glaube, nach allem, was der Sultan für den Kalifen getan hat, sollte man eine solche Entschädigung besser nicht verlangen. Schließlich hat er ihn in seine Stadt zurückgeführt, aus der die Schiiten ihn vertrieben hatten, und ihm seine Güter und Ländereien zurückgegeben. Wir könnten zum gleichen Resultat kommen, ohne Tughril-Beg zu verletzen. Du sagst ihm, daß der Kalif ihm die Hand seiner Tochter gewährt, und ich nutze diesen Augenblick der Genugtuung, um ihm ein Geschenk nahezulegen, dessen Wert einer solchen Heirat würdig sei.«

Und so geschah es. Der Sultan stellte in seiner Freude eine größere Abordnung zusammen, die aus dem Wesir, mehreren Prinzen, einer größeren Anzahl von Offizieren und Würdenträgern, älteren Frauen aus seiner Verwandtschaft und ein paar hundert Wachen und Sklaven bestand, und durch die er wertvolle Geschenke nach Bagdad bringen ließ, Kampfer, Myrrhe, Brokat, ganze Kisten mit Edelsteinen sowie hunderttausend Goldmünzen.

Der Kalif gewährte den vornehmsten Mitgliedern der Delegation eine Audienz und wechselte mit ihnen höfliche, aber nichtssagende Worte. Anschließend, als er mit dem Wesir des Sultans allein war, erklärte er ihm ohne Umschweife, er sei mit dieser Heirat nicht einverstanden und werde, sollte man ihn zwingen, Bagdad verlassen.

»Wenn die Einstellung des Befehlshabers der Gläubigen so ist, warum hat er dann eine finanzielle Einigung vorgeschlagen?«

»Ich konnte nicht so unumwunden nein sagen. Aber ich wollte dem Sultan damit zu verstehen geben, daß ein solches Opfer für mich unzumutbar ist. Dir kann ich es sagen, niemals haben die anderen Sultane, ob türkische oder persische, von einem Kalifen etwas Derartiges verlangt. Ich muß meine Ehre verteidigen!«

»Vor ein paar Monaten, als ich merkte, die Antwort könnte negativ ausfallen, habe ich versucht, den Sultan auf eine solche Weigerung vorzubereiten. Ich habe ihm erklärt, niemand vor ihm habe je ein solches Ansinnen gestellt, es entspräche auch nicht dem Brauch, und alle Welt würde sich wundern. Nun, nie würde ich es wagen, seine Antwort zu wiederholen.«

»Sprich, du hast nichts zu befürchten.«

»Möge der Befehlshaber der Gläubigen mich entschuldigen, aber derartige Worte kommen mir nicht über die Lippen.«

Der Kalif wurde ungeduldig.

»Sprich, ich befehle es dir, du sollst mir nichts verbergen.«

»Der Sultan begann mich zu beschimpfen, warf mir vor, ich nähme Partei für den Befehlshaber der Gläubigen und gegen ihn ... er drohte, mich in Ketten zu legen ...«

Der Wesir begann absichtlich zu stottern.

»Zur Sache, sprich, was hat Tughril-Beg gesagt?«

»Der Sultan schrie: ›Eine komische Sippe, diese Abbasiden. Ihre Vorfahren haben die halbe Welt erobert, die blühendsten Städte gebaut, und sieh sie dir jetzt an! Ich nehme ihnen ihr Reich, und sie sind es zufrieden. Ich nehme ihnen ihre Hauptstadt, und sie finden es gut so, überschütten mich mit Geschenken, und der Befehlshaber der Gläubigen sagt zu mir: ›Alle Länder, die Gott mir geschenkt hat, gebe ich dir, alle Gläubigen, deren Schicksal er mir anvertraut hat, nimm unter deine Fittiche!‹ Er fleht mich an, seinen Palast, ihn selbst, seinen Harem zu schützen. Aber wenn ich ihn um seine Tochter bitte, wird er aufsässig und will seine Ehre verteidigen. Sind die Schenkel einer Jungfrau der einzige Besitz, für den er noch zu kämpfen bereit ist?«

Der Kalif war dem Ersticken nahe, kein Wort kam mehr aus seiner Kehle, und der Wesir nutzte dies, um seinen Bericht zu beschließen.

»Der Sultan fügte dann hinzu: ›Geh und sag ihnen, daß ich mir dieses Mädchen nehmen werde, so wie ich mir ihr Reich und wie ich Bagdad genommen habe!‹«

8

Dschahane erzählt mit einer tadelnswerten Freude und bis in alle Einzelheiten von den ehelichen Schwierigkeiten der Großen dieser Welt. Omar hat es aufgegeben, ihr Vorhaltungen zu machen, ja, ihm gefallen mittlerweile sogar ihre kleinen Haremsgeschichten. Und als sie ihm jetzt im Scherz aufzuhören droht, bittet er sie – nicht nur mit Worten – fortzufahren, obwohl er sehr gut weiß, wie die Geschichte endet.

Der Befehlshaber der Gläubigen rang sich also zu einem Einverständnis durch. Kaum hatte er die Antwort erhalten, machte sich Tughril auf den Weg nach Bagdad und schickte, noch bevor er selbst die Stadt erreicht hatte, seinen Wesir voraus, um zu erfahren, welche Zeremonien für die Hochzeit vorgesehen waren.

Als der Gesandte zum Kalifenpalast kam, erklärte man ihm in ausschweifenden Worten, der Ehevertrag könne zwar unterzeichnet werden, aber eine Vereinigung der beiden Gatten komme nicht in Frage, das Wesentliche sei die Ehre dieses Bundes und nicht die »Begegnung«.

Der Wesir kochte vor Zorn, beherrschte sich jedoch.

»Wie ich Tughril-Beg kenne«, erklärte er, »kann ich Euch versichern, daß für ihn diese ›Begegnung‹ durchaus nicht nur von untergeordneter Bedeutung ist.«

Der Sultan zögerte nämlich nicht, um die Leidenschaft seiner Gefühle zu dokumentieren, seine Truppen in Bagdad zu verteilen, sie in Alarmbereitschaft zu versetzen und den Kalifenpalast zu umzingeln. Der Befehlshaber der Gläubigen gab schließlich den Kampf auf; die »Begegnung« fand statt. Die Prinzessin setzte sich auf ein mit Goldbrokat bezogenes Bett, Tughril-Beg trat in das Zimmer, küßte den Boden vor ihr und vollzog die Ehe, wie die Chronisten behaupten, ohne daß sie den Schleier von ihrem Gesicht hob, ja, ohne auch nur ein Wort zu sagen und ohne seine Gegenwart zur Kenntnis zu nehmen. Er kam von nun an jeden Tag mit reichen Geschenken zu ihr, wohnte ihr jedes Mal bei, doch sie ließ ihn kein einziges Mal ihr Gesicht sehen. Nach jeder dieser »Begegnungen« wartete eine große Menge auf ihn, denn er war dann so guter Laune, daß er fast allen Ersuchen entsprach und großzügig Geschenke verteilte.

Aus dieser Verbindung von Dekadenz und Anmaßung ging kein Kind hervor. Tughril starb sechs Monate später. Er war bekanntermaßen unfruchtbar, hatte seine beiden ersten Frauen verstoßen und sie dieses Makels bezichtigt. Nach einer ganzen Reihe von Ehefrauen und Sklavinnen hatte er sich jedoch der Tatsache beugen müssen: Wenn hier jemand die Schuld trug, so war er es. Er konsultierte Astrologen, Heilkundige und Schamane, man riet ihm, bei jedem Vollmond die Vorhaut eines frisch beschnittenen Knaben zu essen. Ohne Resultat. Er mußte sich damit abfinden. Aber um zu vermeiden, daß diese Schwäche sein Ansehen schmälerte, hatte er sich den Ruf eines unersättlichen Liebhabers geschaffen. Selbst für die kürzeste Reise mußte ihm ein unverhältnismäßig großer Harem folgen. Seiner Umgebung wurde zur Pflicht gemacht, über seine Heldentaten zu sprechen, und es kam nicht selten vor, daß seine Offiziere, ja selbst fremde Besucher sich nach seinen Aktivitäten erkundigten, seine nächtliche Energie rühmten und ihn nach Rezepten und Wunderelixieren befragten.

Saida war also nun Witwe. Ihr goldenes Bett war leer; sie nahm es klaglos hin. Sehr viel ernster schien das Fehlen eines Herrschers. Das Reich steckte noch in den Kinderschuhen und, wenn es sich auch nach dem legendären Ahnherrn Seldschuk nannte, so war doch Tughril sein wahrer Begründer. Würde nicht sein kinderloser Tod den muslimischen Orient in die Anarchie stürzen? Es fehlte zwar nicht an Brüdern, Neffen und Vettern, aber die Türken kannten kein Ältestenrecht und auch keine Nachfolgeregelung.

Sehr rasch allerdings gelang es einem Mann, sich als Herrscher durchzusetzen: Alp Arslan, Tschaghris Sohn. Innerhalb von ein paar Monaten schaltete er die anderen Familienmitglieder aus: Die einen ließ er umbringen, die Gefolgschaft der anderen erkaufte er sich. Bald rühmten ihn seine Untertanen als einen großen, strengen und gerechten Herrscher. Aber ein von seinen Rivalen verbreitetes Gerücht ließ sich nicht zerstreuen: Während man dem unfruchtbaren Tughril ein Übermaß an Männlichkeit nachsagte, stand Alp Arslan, ein Vater von neun Kindern, in dem Ruf, ein Mann zu sein, den das andere Geschlecht wenig anzog. Seine Feinde gaben ihm den Beinamen »die Sultanin«, seine Hofleute vermieden es, in ihren Gesprächen ein so peinliches Thema zu berühren. Dieser Ruf, sei er nun begründet oder nicht, sollte der Anlaß seines Untergangs werden und damit vorzeitig eine Karriere beenden, die so glänzend begonnen hatte.

Das wissen Dschahane und Omar jedoch noch nicht. In jener Nacht, in der sie in dem Pavillon von Abu-Tahers Garten zärtlich miteinander plaudern, ist der achtunddreißigjährige Arslan der mächtigste Mann der Welt. Sein Reich erstreckt sich von Kabul bis zum Mittelmeer, seine Macht ist ungeteilt, seine Armee ihm treu ergeben, und der fähigste Staatsmann seiner Zeit, Nisam al-Mulk, ist sein Wesir. Aber vor allem hat Alp Arslan gerade in dem kleinen Dorf Mantzikert in Anatolien einen glänzenden Sieg über das byzantinische Reich davongetragen: Kaiser Romanos IV. wurde dabei gefangengenommen und seine Armee zerschlagen. In allen Moscheen rühmen die Vorbeter Alp Arslans Heldentaten, erzählen, wie er sich zur Stunde der Schlacht mit einem weißen Leichentuch bekleidet und mit den Düften der Einbalsamierer parfümiert hat, wie er mit eigener Hand den Schwanz seines Pferdes geflochten und wie er unweit seines Feldlagers die von den Byzantinern ausgeschickten russischen Kundschafter überrascht hat, wie er ihnen die Nase hat abschneiden lassen, aber auch, wie er dem gefangenen Kaiser die Freiheit geschenkt hat.

Zweifellos ein großer Augenblick für den Islam, aber für Samarkand Anlaß zu ernster Sorge. Alp Arslan hat diese Stadt schon immer besitzen wollen und bereits früher versucht, sie zu erobern. Nur der Konflikt mit den Byzantinern hatte ihn gezwungen, einen Frieden zu schließen, der mit Ehebündnissen zwischen den beiden Dynastien besiegelt wurde: Malikschah, der älteste Sohn des Sultans, hielt um die Hand von Terken Khatun, Nasrs Schwester, an. Der Khan selbst heiratete Alp Arslans Tochter.

Aber niemand läßt sich von diesen Vereinbarungen täuschen. Seit der Herr über Samarkand von dem Sieg seines Schwiegervaters über die Christen erfahren hat, fürchtet er das Schlimmste für seine Stadt. Und er behält recht; die Ereignisse überstürzen sich.

Zweihunderttausend seldschukische Reiter beginnen, »den Fluß« zu überqueren, den man damals noch den Dscheihun nannte, der in der Antike Oxus hieß und der bald zum Amu-Darya wurde. Zwanzig Tage dauerte es, bis der letzte Soldat ihn auf einer schwankenden Brücke zusammengebundener Flöße überquert hatte.

In Samarkand ist der Thronsaal zwar oft voller Besucher, aber es ist darin so still wie in einem Totenhaus. Der Khan selbst scheint durch das Unheil zu einem abgeklärten Mann geworden zu sein: keine Zornesausbrüche mehr, keine Drohungen. Die Hofleute beunruhigt das. Sein hochfahrendes Wesen bedeutete für sie Sicherheit, selbst wenn sie darunter zu leiden hatten. Die Ruhe des Khans ist besorgniserregend; sie haben den Eindruck, er habe sich mit seinem Schicksal abgefunden, halten ihn bereits für besiegt und denken an ihr eigenes Heil. Fliehen, ihn verraten, noch abwarten, beten?

Zweimal am Tag verläßt der Khan seine Residenz, gefolgt von seinen Vertrauten. Er inspiziert ein Stück der Befestigungsmauer. Soldaten und die Bevölkerung begrüßen ihn dabei begeistert. Auf einem dieser Wege wird der Monarch von jungen Leuten aus der Stadt angehalten. Die Wache hält sie in gebührender Entfernung. Sie rufen ihm zu, sie seien bereit, Seite an Seite mit den Soldaten zu kämpfen, zu sterben, um die Stadt zu verteidigen, den Khan und die Dynastie. Weit entfernt, sich über ihre Initiative zu freuen, reagiert der Monarch gereizt, bricht seinen Inspektionsgang ab und kehrt um. Nicht ohne den Soldaten zu befehlen, die Männer unerbittlich auseinanderzutreiben.

Als er wieder im Palast ist, wendet er sich voller Ernst an seine Offiziere:

»Als mein Großvater, Gott bewahre uns die Erinnerung an seine Weisheit, die Stadt Balch erobern wollte, griffen die Einwohner während der Abwesenheit ihres Herrschers zu den Waffen und töteten einen Großteil unserer Soldaten. Unsere Armee sah sich zum Rückzug gezwungen. Damals schrieb mein Großvater an Mahmud, den Herrscher von Balch, einen vorwurfsvollen Brief: ›Es ist recht und billig, daß unsere Truppen miteinander kämpfen. Gott gibt nach seinem Willen den Sieg oder die Niederlage. Aber wo kommen wir hin, wenn die gemeinen Leute anfangen, sich in unsere Streitigkeiten einzumischen?‹ Mahmud gab ihm recht, er strafte seine Untertanen, verbot ihnen, Waffen zu tragen, und ließ sie für die durch ihre Kämpfe verursachten Zerstörungen eine Strafe in Gold zahlen. Was für die Bewohner von Balch zutrifft, gilt auch für die von Natur aus aufsässigen Bürger von Samarkand, und ich würde mich noch lieber allein und waffenlos zu Alp Arslan begeben, als den Städtern meinen Sieg zu verdanken.«

Die Offiziere pflichten ihm uneingeschränkt bei. Sie versprechen, den Eifer des Volkes zu dämpfen, wiederholen ihren Treueeid und schwören, sich wie Raubtiere zu verteidigen. Das sind nicht bloß Worte. Die Truppen Transoxaniens sind nicht weniger tapfer als die der Seldschuken. Alp Arslan hat nur den Vorteil der Übermacht und den des Alters. Nicht etwa seines eigenen, nein, des Alters seiner Dynastie. Er gehört zur zweiten Generation, die noch vom Gründungseifer beseelt ist. Nasr ist der fünfte in seiner Linie und eher darauf bedacht, das Erworbene zu genießen, als noch viel hinzuzugewinnen.

Während dieser unruhigen Tage hält Khajjam sich lieber von der Stadt fern. Natürlich bleibt es ihm nicht erspart, von Zeit zu Zeit kurz bei Hofe oder bei dem Kadi zu erscheinen, um nicht den Eindruck zu erwecken, als desertiere er im Augenblick der Gefahr. Aber meist schließt er sich in seinem Pavillon ein, vergräbt sich in seine Arbeiten oder in sein »geheimes« Buch, das sich Seite um Seite füllt: Als ob der Krieg nichts anderes in ihm wecke als Teilnahmslosigkeit.

Nur durch Dschahane ist er mit der Realität verbunden, mit dem Ablauf dieses Dramas. Sie berichtet ihm jeden Abend vom Kampfgeschehen, von der Stimmung im Palast. Er hört ihr ganz offensichtlich ohne großes Interesse zu.

Alp Arslans Truppen kommen nur langsam vorwärts. Schuld daran sind die Sumpfgebiete, aber auch die Schwerfälligkeit einer – zahlenmäßig – starken Armee, mangelnde Disziplin und Krankheiten. Gelegentlich stoßen sie auf erbitterten Widerstand. Besonders ein Mann macht dem Sultan das Leben schwer: der Kommandant einer Festung unweit des Flusses. Die Armee könnte sie umgehen und einfach ihren Weg fortsetzen. Aber dann hätte Alp Arslan stets im Rücken die Gefahr, er müßte mit ständigen Scharmützeln rechnen, und im Fall äußerster Not wäre der Rückzug gefährdet. Die Festung muß also fallen. Bereits vor sechs Tagen hat Alp Arslan den Befehl dazu gegeben. Die Angriffe häufen sich.

In Samarkand verfolgt man den Kampf voller Spannung. Alle drei Tage senden die Männer in der Festung eine Taube aus. Die Botschaft enthält nie einen Hilferuf, sie beschreibt nicht die Erschöpfung der Nahrungsmittel und der Männer, sondern erwähnt nur die Verluste des Gegners. Von Epidemien ist die Rede, die unter den Belagerern ausgebrochen sein sollen. Von einem Tag auf den anderen wird der Kommandant der Festung, ein gewisser Yusuf, der aus Chwaresm stammt, zum Helden von ganz Transoxanien.

Aber die Stunde kommt, in der die Fundamente der Festung nicht mehr standhalten, die Angreifer die Mauern erklimmen und die kleine Schar der Widerstand Leistenden überwältigen. Yusuf hat sich heldenhaft geschlagen, bis er verwundet und gefangengenommen wurde. Man führt ihn zum Sultan, der neugierig den Mann mustert, der ihm so sehr zu schaffen gemacht hat. Er ist klein, mager, struppig und staubbedeckt. Aber er steht aufrecht mit hocherhobenem Kopf zwischen den beiden Riesen, die ihm die Arme nach hinten drehen. Alp Arslan dagegen hockt im Schneidersitz auf einem mit Kissen bedeckten Holzpodest. Die beiden Männer sehen sich lange herausfordernd an, dann befiehlt der Sieger:

»Man schlage vier Pfähle in den Boden, fessele und vierteile ihn!«

Yusuf sieht ihn verächtlich von oben bis unten an und ruft:

»Tut man das einem Krieger an, der wie ein Mann gekämpft hat?«

Alp Arslan antwortet nicht; er hat sich von ihm abgewandt. Der Gefangene schreit ihn an:

»He da, mit dir rede ich, Sultanin!«

Der Herrscher zuckt zusammen, wie von einem Skorpion

gestochen. Er greift nach seinem Bogen, der neben ihm liegt, legt einen Pfeil ein und befiehlt, bevor er schießt, seinen Wachen, den Gefangenen loszulassen. Er würde sonst womöglich seine eigenen Soldaten verletzen, solange sie den Mann festhalten. Er, so glaubt er, hat nichts zu fürchten: Er hat noch nie sein Ziel verfehlt.

Ist es die große Erregung, die überstürzte Hast, die Schwierigkeit, auf so kurze Entfernung zu zielen? Jedenfalls ist Yusuf ungetroffen, und noch bevor der Sultan seinen Bogen erneut spannen kann, hat sich der Gefangene auch schon auf ihn gestürzt. Alp Arslan, der sich von seinem Podest aus nicht verteidigen kann, versucht aufzustehen, verfängt sich mit den Füßen in einem Kissen, stolpert und fällt zu Boden. Schon ist Yusuf über ihm, hält ein Messer in der Hand, das er in seinen Kleidern versteckt hat. Und er hat noch Zeit, es seinem Gegner in die Seite zu stoßen, bevor er selbst mit einer Keule erschlagen wird. Die Soldaten verstümmeln seinen leblosen Körper. Aber auf Yusufs Lippen liegt auch im Tod noch ein spöttisches Lächeln. Er hat sich gerächt. Der Sultan wird ihn nicht überleben.

Alp Arslan stirbt nach vier Nächten der Agonie. Es ist ein langsamer Todeskampf voller bitterer Gedanken. Die Chronisten seiner Zeit haben seine Worte aufgezeichnet: »Noch vor ein paar Tagen stand ich auf einem hohen Felsen und ließ meine Truppen Revue passieren. Ich spürte, wie die Erde unter ihren Schritten erzittert und dachte: ›Ich bin der Herr der Welt! Wer kann sich mit mir messen?‹ Um meinen Stolz und meinen Hochmut zu strafen, hat Gott mir den elendsten unter den Menschen geschickt, einen Besiegten, einen Gefangenen, einen zu würdelosem Tod Verurteilten: Er hat sich als stärker erwiesen, er hat mich geschlagen, er hat mich von meinem Thron gestürzt, er hat mir das Leben geraubt.«

War es am Tag nach diesem schicksalhaften Ereignis, als Omar Khajjam in sein Buch schrieb:

Streb nicht nach Herrschaft, denn sie flieht wie Rauch,
und Asche wird der größte König auch;
die ganze Schöpfung und die Welt sind nur
*ein Traum, ein Blendwerk und ein Trug: ein Hauch!**

* In der Übersetzung von Christian Herrnhold Rempis

9

Ganz Samarkand feiert. Nur eine Frau wagt es, zu weinen: Die Gattin des triumphierenden Khans ist auch und vor allem die Tochter des erstochenen Sultans. Gewiß, ihr Mann hat ihr persönlich sein Beileid ausgesprochen; er hat dem ganzen Harem befohlen, Trauer zu tragen, und er hat in ihrer Gegenwart einen Eunuchen auspeitschen lassen, der seine Freude allzu offen zeigte. Aber kaum war er in seinen Diwan zurückgekehrt, wiederholte er ein ums andere Mal, Gott habe die Gebete der Bürger von Samarkand erhört.

Man mag vielleicht annehmen, daß zu jener Zeit die Bewohner einer Stadt keinerlei Grund hatten, den einen türkischen Herrscher einem anderen vorzuziehen. Und doch hatten sie gebetet, denn was sie fürchteten, war der Wechsel des Monarchen, mit den damit einhergehenden Massakern, dem Elend, den unvermeidlichen Plünderungen und Raubzügen. Der Herr der Stadt mußte schon alle Grenzen überschreiten, der Bevölkerung übertrieben hohe Steuern auferlegen und sie ständig schikanieren, bis sie so weit waren, daß sie sich lieber erobern ließen. Bei Nasr traf das nicht zu. Er war zwar nicht der beste aller Fürsten, aber sicherlich auch nicht der schlechteste, man hatte sich mit ihm abgefunden und wandte sich an den Allerhöchsten, er möge einem das Schicksal erleichtern.

Also feiert man in Samarkand den Krieg, der nicht stattgefunden hat. Überall herrscht lautes Getümmel; der riesige Platz Ras-al-Tak ist in Rauchschwaden gehüllt. An jeder Mauer stehen die Stände fahrender Händler. Unter jeder Laterne improvisiert eine Sängerin, ein Lautenspieler. Neugierige umringen die Märchenerzähler, die Wahrsager, die Schlangenbeschwörer. In der Mitte des Platzes, auf einem hastig zusammengezimmerten, schwankenden Podest, wird der traditionelle Wettstreit der Volksdichter ausgetragen, die das unvergleichliche, das unbezwingliche Samarkand feiern. Die Zuhörer urteilen spontan: Manche steigen, manche fallen in ihrer Gunst. Überall knistern Holzfeuer. Jetzt, im Monat Dezember, sind die Nächte schon kalt. Im Palast werden die Weinkrüge geleert und anschließend zerschmettert. Der Khan ist ein fröhlicher, lärmender Zecher.

Am nächsten Tag läßt er in der großen Moschee das Totengebet sprechen, dann empfängt er die Beileidsbezeugungen zum Tod seines Schwiegervaters. Dieselben Männer, die ihn am Tag zuvor zu seinem Sieg beglückwünscht haben, kehren jetzt mit Trauer in den Mienen zurück, um den Schmerz mit ihm zu teilen. Der Kadi, der einige passende Verse zitiert und Omar gebeten hat, das gleiche zu tun, flüstert ihm jetzt zu:

»Wundere dich über nichts, die Realität hat zwei Gesichter und die Menschen auch.«

Am gleichen Abend ruft Nasr Khan Abu-Taher zu sich und bittet ihn, sich den Gesandten anzuschließen, die den Auftrag haben, im Namen der Stadt Samarkand dem verstorbenen Sultan die letzte Ehre zu erweisen. Etwa 120 Männer – unter ihnen auch Omar – machen sich auf den Weg.

Der Ort der Feierlichkeiten ist ein ehemaliges Zeltlager der Seldschuken-Armee, das nördlich des Flusses liegt. Tausende von Zelten und Jurten sind ringsherum aufgeschlagen, eine improvisierte kleine Stadt, in der die hohen Herren Transoxaniens mißtrauisch die Nomadenkrieger mit den langen geflochtenen Haaren empfangen, die gekommen sind, um den Treueeid ihres Stammes zu erneuern. Der siebzehnjährige Malikschah, ein Riese mit kindlichem Gesicht, thront, in einen weißen Lammfellmantel gehüllt, auf einem Podest, demselben, von dem sein Vater Alp Arslan gestürzt ist. Ein paar Schritte von ihm entfernt steht der

Großwesir, mit seinen 55 Jahren der mächtige Mann des Reiches, den Malikschah – ein Zeichen äußerster Ehrerbietung – »Vater« nennt und den alle anderen mit seinem Titel anreden. Nisam al-Mulk, der Ordner des Reiches. Nie hat jemand einen Beinamen mit mehr Recht getragen. Jedesmal, wenn ein hoher Besucher sich naht, wirft der junge Sultan seinem Wesir einen fragenden Blick zu. Mit einer kaum wahrnehmbaren Geste bedeutet Nisam ihm, ob er sich freundlich oder reserviert, erfreut oder mißtrauisch, entgegenkommend oder gleichgültig zeigen soll.

Die Gesandten von Samarkand haben sich vor Malikschah auf den Boden geworfen, der dies mit einem herablassenden Nicken zur Kenntnis nimmt. Einige der Würdenträger der Stadt wenden sich anschließend Nisam zu. Der Wesir wirkt wie ein Fels in der Brandung: Seine Mitarbeiter umflattern ihn geschäftig, aber er sieht ihnen ungerührt zu, hört sie an, ohne eine Miene zu verziehen. Er ist kein Mann, der laute Befehle gibt. Er ist zwar allgegenwärtig, aber eher als ein Drahtzieher, der diskret aus dem Hintergrund den anderen seine Wünsche unmißverständlich aufzwingt. Sein Schweigen ist sprichwörtlich. Und oft verbringt ein Besucher eine Stunde in seiner Gegenwart, ohne mehr Worte mit ihm zu wechseln als die üblichen Floskeln der Begrüßung und des Abschieds. Denn man sucht ihn auch nicht unbedingt auf, um sich mit ihm zu unterhalten, sondern um einen Treueeid zu erneuern, um einen Argwohn zu zerstreuen, um sich in Erinnerung zu rufen.

Zwölf der Gesandten Samarkands wird die Ehre zuteil, dem die Hand zu drücken, der die Geschicke des Reiches lenkt. Omar folgt dem Kadi, Abu-Taher stammelt ein Grußwort. Nisam antwortet mit einem Kopfnicken, hält die Hand des Kadis ein paar Sekunden lang in der seinen, und Abu-Taher fühlt sich hochgeehrt. Als die Reihe an Omar kommt, beugt der Wesir sich zu ihm hinunter und flüstert ihm zu:

»Sei nächstes Jahr am gleichen Tag in Isfahan. Wir reden dann miteinander.«

Khajjam ist sich nicht sicher, ob er richtig gehört hat, seine Gedanken verwirren sich. Dieser Mann schüchtert ihn ein, das ganze Zeremoniell beeindruckt ihn, das Stimmengewirr und die Schreie der Klageweiber betäuben ihn. Er traut seinen Sinnen nicht mehr, würde gern eine Bestätigung haben, etwas Genaueres erfahren, aber schon wird er von den Nachkommenden weitergedrängt, der Wesir hat sich abgewandt, nickt einem anderen Besucher schweigend zu.

Auf dem Rückweg denkt Khajjam unaufhörlich an jene Aufforderung. Ist er der einzige, dem der Wesir solche Worte gesagt hat, hat er ihn vielleicht mit einem anderen verwechselt, und weshalb eine so weit entfernte Verabredung, sowohl was die Zeit als auch was den Ort betrifft?

Er beschließt, mit dem Kadi darüber zu reden. Vielleicht hat er etwas gehört, vielleicht ahnt er etwas, er stand ja direkt vor ihm. Abu-Taher läßt sich das Ganze erzählen und meint dann:

»Ich habe bemerkt, daß der Wesir dir etwas zugeflüstert hat. Ich habe die Worte nicht verstanden, aber ich kann dir versichern, er hat dich nicht mit einem anderen verwechselt. Hast du die vielen Mitarbeiter gesehen, die um ihn herum sind? Sie haben den Auftrag, sich nach jedem einzelnen Gesandten zu erkundigen, ihm Namen und Stand derer, die sich ihm nähern, zu nennen. Sie haben mich nach deinem Namen gefragt, sich vergewissert, ob du auch wirklich jener Khajjam aus Nischapur bist, der Gelehrte und Astrologe. Ein Irrtum über deine Person ist also gar nicht möglich. Übrigens irrt sich Nisam al-Mulk nie, es sei denn, absichtlich.«

Der Weg ist eben und steinig. Zu ihrer Rechten zeichnen sich die Umrisse hoher Berge ab, die Ausläufer des Pamir. Khajjam und Abu-Taher reiten Seite an Seite, ihre Pferde berühren sich fast.

»Was kann er denn von mir wollen?«

»Um das zu wissen, mußt du dich noch ein Jahr gedulden. Und ich rate dir, dich bis dahin nicht in irgendwelchen Spekulationen zu verlieren, dazu ist die Zeit zu lang, du vergeudest nur deine Kraft. Und vor allem rede mit niemandem darüber.«

»Bin ich denn etwa geschwätzig?«

Es klingt wie ein Vorwurf. Der Kadi läßt sich nicht aus der Fassung bringen:

»Genauer gesagt: Rede nicht mit dieser Frau darüber.«

Omar hätte es sich denken können; Dschahanes häufige Besuche konnten nicht unbemerkt bleiben.

»Gleich nach ihrem ersten Besuch haben die Wachen mir Bericht erstattet. Ich habe eine komplizierte Geschichte erfunden, um diese Treffen zu rechtfertigen, und gebeten, sie in Zukunft zu ignorieren. Außerdem habe ich verboten, daß man dich jeden Morgen weckt. Damit wir uns recht verstehen, dieser Pavillon ist dein Haus, und ich will, daß du das weißt, jetzt und in der Zukunft. Aber ich muß mit dir über diese Frau reden.«

Omar ist verlegen. Die Art, in der sein Freund »diese Frau« sagt, kann er nur mißbilligen; er hat keine Lust, sich mit ihm über seine Gefühle zu unterhalten. Obwohl er keinen Ton erwidert, ist seine abweisende Haltung nicht zu übersehen.

»Ich weiß, dir ist das unangenehm, aber ich sage dir jetzt unumwunden, was ich dir zu sagen habe, und wenn unsere noch allzu frische Freundschaft mir nicht das Recht dazu gibt, so doch mein Alter und mein Stand. Als du diese Frau zum ersten Mal im Palast gesehen hast, weckte sie deine Sinne. Sie ist jung und schön, ihre Verse haben dir gefallen, und ihr Mut hat deine Leidenschaft entfacht. Und doch war eure Haltung gegenüber dem Gold sehr unterschiedlich. Sie war gierig auf das, was dich angewidert hat. Sie handelte als Hofdichterin, du als Weiser. Hast du seither mit ihr darüber gesprochen?«

Die Antwort ist nein, und selbst wenn Omar nichts erwidert, hat Abu-Taher ihn durchschaut. Er fährt fort:

»Am Beginn einer Liebesbeziehung vermeidet man oft unangenehme Fragen. Man hat Angst, diese zarte Pflanze zu zerstören, die man gerade erst mit größter Sorgfalt aufgezogen hat. Aber in meinen Augen ist das, was dich von dieser Frau trennt, schwerwiegend und einschneidend. Ihr seht das Leben nicht mit den gleichen Augen an.«

»Sie ist eine Frau und zudem noch Witwe. Sie bemüht sich, selbständig zu sein und von niemandem abhängig. Ich kann ihren Mut nur bewundern. Wie sollte ich ihr vorwerfen, daß sie das Gold genommen hat, das sie sich mit ihren Versen verdient hat?«

»Ich verstehe das sehr gut«, erwidert der Kadi, höchst befriedigt, seinen Freund schließlich doch in diese Diskussion hineingezogen zu haben. »Aber gibst du wenigstens zu, daß diese Frau unfähig ist, sich ein anderes Leben als das bei Hof vorzustellen?«

»Vielleicht.«

»Und gibst du zu, daß du das Hofleben haßt, es unerträglich findest und keinen Augenblick länger dort verweilst als unbedingt notwendig?«

Omar schweigt verlegen. Abu-Taher beschließt die Unterredung in bestimmtem Ton:

»Ich habe dir gesagt, was ein echter Freund dir sagen sollte. Von nun an werde ich dieses Thema nicht mehr anschneiden, es sei denn, du bestehst darauf.«

10

Als sie schließlich Samarkand erreichen, sind sie erschöpft von der Kälte, dem endlosen Ritt und der Verstimmung, die beide ergriffen hat. Omar zieht sich sofort in seinen Pavillon zurück, ohne sich die Zeit zum Abendessen zu nehmen. Er hat während der Reise drei Vierzeiler verfaßt, die er jetzt laut zehnmal, zwanzigmal vor sich hersagt, hier ein Wort austauschend, eine Wendung ändernd, bevor er sie seinem geheimen Manuskript anvertraut.

Dschahane kommt überraschend früher als sonst, sie schleicht sich durch die halbgeöffnete Tür, legt lautlos ihren Wollschal ab. Auf Zehenspitzen nähert sie sich Omar von hinten, der ganz in Gedanken versunken ist. Plötzlich schlingt sie ihm die nackten Arme um den Hals, legt ihr Gesicht an das seine und läßt ihr duftendes Haar über seine Augen fallen.

Khajjam sollte glücklich darüber sein – kann ein Liebender sich einen zärtlicheren Überfall vorstellen? Ja, er sollte, nachdem die erste Überraschung verflogen ist, nun seine Geliebte in den Arm nehmen, sie an sich drücken und ihr mit dieser Geste sagen, wie sehr ihn ihre Trennung geschmerzt hat, wie groß die Freude des Wiedersehens ist. Aber Omar fühlt sich durch ihr unvermutetes Eindringen gestört. Sein Buch liegt noch offen vor ihm, er möchte es rasch verschwinden lassen. Sein erster Reflex ist, sich von ihr loszumachen. Obwohl er es gleich darauf bereut und sein Zögern nur einen Augenblick lang gedauert hat, spürt Dschahane seine Verstimmung, den Anflug von Kälte, und ahnt auch sofort den Grund. Sie wirft einen mißtrauischen Blick auf das Buch, als handle es sich um eine Rivalin.

»Verzeih mir! Meine Ungeduld, dich wiederzusehen, war

so groß, und ich habe nicht bedacht, daß ich dich vielleicht stören könnte.«

Khajjam beeilt sich, das ungute Schweigen zu brechen, das zwischen ihnen liegt.

»Es ist dieses Buch, nicht wahr? Es ist wahr, ich wollte es dir nicht zeigen. Ich habe es immer versteckt, wenn du da warst. Aber ich mußte dem, der es mir geschenkt hat, versprechen, es zu verschließen.«

Er gibt es ihr. Sie blättert ein bißchen darin herum, tut so, als interessierten sie diese wenigen beschriebenen Seiten kaum. Sie reicht es ihm mißmutig zurück.

»Warum hast du es mir gezeigt? Ich habe dich nicht darum gebeten. Übrigens habe ich nie lesen gelernt. Alles, was ich weiß, habe ich erfahren, indem ich anderen zuhörte.«

Omar ist darüber nicht erstaunt. Damals waren selbst angesehene Dichter oft Analphabeten, und unter den Frauen gab es nur wenige, die lesen konnten.

»Und was ist an diesem Buch so geheimnisvoll? Enthält es Alchimie-Formeln?«

»Es sind Verse, die ich gelegentlich schreibe.«

»Verbotene Verse? Sind sie ketzerisch? Revolutionär?«

Sie sieht ihn mißtrauisch an, aber er wehrt lachend ab:

»Wo denkst du hin? Sehe ich aus wie ein Umstürzler? Es sind nur ein paar *Rubaijat* über den Wein, über die Schönheit des Lebens und seine Eitelkeit.«

»Du schreibst *Rubaijat?*«

Ihr Frage klingt ungläubig, fast verächtlich. Die *Rubaijat* zählen zu einer wenig angesehenen, oberflächlichen, ja vulgären literarischen Gattung; mit so etwas geben sich die Dichter der kleinen Leute ab. Daß ein Gelehrter wie Omar Khajjam von Zeit zu Zeit ein *Rubai* verfaßt, kann als ein Vergnügen in Mußestunden, eine leichte Entgleisung, als Koketterie vielleicht gerade noch hingenommen werden. Aber daß Omar sich die Mühe macht, seine Verse mit dem größten Ernst der Welt einem so geheimnisvollen Buch anzuvertrauen, das muß eine in gewisser Weise schematisch denkende Dichterin wie Dschahane verwundern und beunruhigen. Omar wirkt verlegen; Dschahane ist neugierig:

»Würdest du mir ein paar Verse vorlesen?«

Khajjam will sich nicht weiter vorwagen.

»Wenn ich sie eines Tages für lesenswert halten sollte, kann ich dir alle vorlesen.«

Sie drängt nicht weiter, stellt ihm auch keine Fragen mehr, bemerkt aber mit leichter Ironie in der Stimme:

»Wenn du dieses Buch beendet hast, überreich es nur nicht ausgerechnet Nasr Khan; er hält nicht viel von *Rubaijat*-Verfassern und würde dich sicherlich nicht mehr bitten, neben ihm auf dem Thron Platz zu nehmen.«

»Ich habe nicht die Absicht, dieses Buch irgend jemandem zu überreichen. Und ich erhoffe mir auch keinen Lohn. Ich habe nicht den Ehrgeiz eines Hofdichters.«

Sie hat ihn verletzt, jetzt kränkt er sie. In dem Schweigen, das nun folgt, fragen sich beide, ob sie nicht zu weit gegangen sind, ob es nicht Zeit wäre, zurückzustecken, um noch zu retten, was zu retten ist. In diesem Augenblick zürnt Khajjam weniger Dschahane als dem Kadi. Er bedauert es, sich auf dieses Gespräch eingelassen zu haben, und fragt sich, ob Abu-Tahers Bemerkungen womöglich seine Beziehung zu der Geliebten vergiftet haben. Bisher hatten sie in Unschuld und Sorglosigkeit miteinander gelebt; beide waren sie bemüht gewesen, nie Dinge zu erwähnen, die sie trennen könnten.

»Hat der Kadi mir die Augen für die Wahrheit geöffnet, oder hat er mir nur das Glück verdunkelt?« denkt Khajjam.

»Du hast dich verändert, Omar. Ich weiß nicht worin; aber in deiner Art, mich anzusehen und mit mir zu reden, liegt etwas, das ich nicht begreife. Als ob du mir mißtrautest, als ob du mir aus irgendeinem Grund gram seist. Ich verstehe dich nicht, aber ich bin sehr traurig darüber.«

Er versucht, sie an sich zu ziehen. Sie macht sich heftig von ihm los.

»Auf diese Weise kannst du mich nicht beruhigen. Unsere Körper mögen sich vielleicht versöhnen, aber sie können die Worte weder ersetzen noch auslöschen. Sag mir, was hast du?«

»Dschahane! Und wenn wir bis morgen überhaupt nichts mehr sagen?«

»Morgen bin ich nicht mehr da. Der Khan verläßt Samarkand, wenn die Sonne aufgeht.«

»Wohin reist er?«

»Kisch, Buchara, Termes, was weiß ich. Der ganze Hof wird ihm folgen und ich auch.«

»Könntest du nicht bei deiner Kusine in Samarkand bleiben?«

»Als ob es nur darum ginge, Ausflüchte zu finden. Mein Platz ist bei Hof. Ich habe dafür gekämpft wie zehn Männer zusammen. Und ich werde diesen Platz nicht aufgeben, nur um im Pavillon von Abu-Tahers Garten ein bißchen herumzutändeln.«

Impulsiv, ohne Überlegung antwortet er:

»Darum geht es nicht. Willst du nicht mein Leben mit mir teilen?«

»Dein Leben teilen? Ja, was gibt es denn da zu teilen!«

Sie hat das ohne jede Boshaftigkeit gesagt, eher mit einer gewissen Zärtlichkeit. Es war nur eine Feststellung. Aber als sie Omars entsetzte Miene bemerkt, bittet sie um Verzeihung und schluchzt.

»Ich wußte, ich würde heute abend Tränen vergießen, aber ich ahnte nicht, daß es so bittere Tränen sein würden. Wir werden uns für eine lange Zeit trennen, vielleicht für immer; müssen wir es mit solchen Worten und solchen Blikken tun? Ich will nicht, daß mir von der schönsten Liebesgeschichte meines Lebens die Erinnerung an die Augen eines Unbekannten bleibt. Omar, sieh mich an, ein letztes Mal!

Erinnere dich, ich bin deine Geliebte, du hast mich geliebt und ich habe dich geliebt. Erkennst du mich noch wieder?«

Khajjam umarmt sie gerührt. Er seufzt!

»Wenn wir wenigstens die Zeit hätten, uns in Ruhe auszusprechen! Dann wäre dieser dumme Streit rasch vergessen; aber die Stunde drängt uns, wir sind gezwungen, auf diese unseligen Minuten unsere Zukunft zu setzen.«

Er spürt, wie auch ihm eine Träne über das Gesicht rinnt. Er möchte sie gern verbergen, aber Dschahane zieht ihn leidenschaftlich an sich, preßt ihr Gesicht an das seine.

»Du kannst mir deine Verse verbergen, aber nicht deine Tränen. Ich will sie sehen, ich will sie fühlen, sie mit den meinen vermischen, ich will ihre Spuren auf meinen Wangen fühlen, ich will ihren salzigen Geschmack auf meiner Zunge bewahren.«

Es ist, als suchten sie sich zu zerreißen, zu ersticken, auszulöschen. Ihre Gesten überstürzen sich, ihre Kleider fallen zu Boden. Welch unvergleichliche Liebesnacht: Zwei Körper, die von ihren heißen Tränen entflammt sind. Dieses Feuer greift um sich, hüllt sie ein, berauscht und entzündet sie, schweißt ihre Haut bis zur äußersten Lust zusammen. Auf dem Tisch verrinnt eine Sanduhr, das Feuer brennt nieder, flackert noch einmal auf, erlöscht. Ein atemloses Lächeln noch. Omar sagt leise – zu ihr oder zu dem Schicksal, dem sie gerade die Stirn geboten haben:

»Unser Kampf beginnt gerade erst.«

Dschahane umarmt ihn mit geschlossenen Augen.

»Laß mich nicht bis zum Morgengrauen schlafen!«

Am nächsten Tag stehen in dem Manuskript zwei neue Zeilen. Die Schrift ist zart, zögernd und gequält:

Wie allein, Khajjam, warst du bei deiner Liebsten!
Jetzt, da sie gegangen ist, kannst du dich zu ihr flüchten.

11

Kaschan, eine Oase an der Seidenstraße, am Rande der Salzwüste. Niedrige Häuser. Die Karawanen rasten hier, schöpfen Atem, bevor sie am Kargas Kuh entlangziehen, dem düsteren Berg der Geier, dem Schlupfwinkel der Räuber, die das Gebiet um Isfahan unsicher machen.

Die Häuser sind aus Lehm und Schlamm gebaut. Vergebens sucht der Besucher hier eine verzierte Mauer, eine kunstvoll gearbeitete Fassade. Dabei werden hier die schönsten glasierten Ziegel in Gold und Grün hergestellt, die Tausende von Moscheen, Palästen oder Medresen von Samarkand bis Bagdad schmücken. Im ganzen muslimischen Orient sagt man für Fayence ganz einfach »Kaschi« oder »Kaschani«, so wie Porzellan im Persischen wie im Englischen nach China benannt ist.

Außerhalb der Stadt liegt im Schatten von Dattelpalmen eine Karawanserei, rings von Mauern umgeben, mit kleinen Beobachtungstürmen und einem Außenhof für die Tiere und die Waren sowie einem Innenhof, um den sich die Zimmer gruppieren. Omar möchte gern eines mieten, aber der Gastwirt bedauert: Für diese Nacht ist keins frei, reiche Händler aus Isfahan sind gerade mit ihren Söhnen und ihrer Dienerschaft eingetroffen. Er sagt die Wahrheit, daran gibt es keinen Zweifel. Zwischen edlen Reitpferden laufen laut und geschäftig Knechte hin und her. Trotz des beginnenden Winters hätte Omar auch im Freien geschlafen, aber die Skorpione von Kaschan sind mindestens ebenso berühmt wie seine Fayencen.

»Gibt es nicht irgendwo eine kleine Ecke, wo ich meine Matte bis zum Morgengrauen ausbreiten kann?«

Der Wirt kratzt sich den Kopf. Es ist schon dunkel, er kann einem Muslim ein Obdach nicht verweigern:

»Ich hab noch ein kleines Eckzimmer, in dem ein Student wohnt. Frag ihn, ob er dir einen Platz einräumt.«

Die Tür zu dem Zimmer ist geschlossen. Der Gastwirt öffnet sie einen Spalt breit, ohne anzuklopfen. Eine Kerze flackert, ein Buch wird hastig zugeschlagen.

»Dieser edle Reisende ist vor drei Monaten aus Samarkand aufgebrochen. Ich dachte, er könnte vielleicht das Zimmer mit dir teilen.«

Der junge Mann ist vielleicht nicht gerade erfreut darüber. Doch er zeigt es nicht offen und bleibt – wenn auch nicht gerade übertrieben – höflich.

Khajjam tritt ein, grüßt und stellt sich ziemlich lakonisch vor:

»Omar aus Nischapur.«

Ein kurzes, aber interessiertes Aufleuchten in dem Blick seines Gefährten, der sich jetzt ebenfalls vorstellt:

»Hassan, Sohn des Ali Sabbah, gebürtig aus Qum. Ich studiere in Rai und bin auf dem Weg nach Isfahan.«

Diese ausführliche Auskunft ist Khajjam unangenehm. Es ist eine Aufforderung, mehr über sich zu sagen, seine Tätigkeit, das Ziel seiner Reise. Er sieht nicht ein, weshalb er das tun sollte, und bleibt mißtrauisch. Er schweigt also, setzt sich erst einmal hin, lehnt sich gegen die Wand und mustert diesen kleinen, schlanken und feingliedrigen, dunkelhäutigen Mann. Sein sieben Tage alter Bart, sein schwarzer, enger Turban und seine hervorstehenden Augen wirken nicht gerade einnehmend.

Der Student sieht ihn lächelnd an.

»Wenn man Omar heißt, ist es nicht gerade klug, in die Gegend von Kaschan zu kommen.«

Khajjam tut so, als sei er völlig überrascht. Dabei hat er die Anspielung sehr wohl verstanden. Sein Vorname ist der des zweiten Nachfolgers des Propheten, des Kalifen Omar, den die Schiiten hassen, weil er ein hartnäckiger Rivale ihres Begründers Ali war. Wenn auch die persische Bevölkerung zum großen Teil sunnitischen Glaubens ist, so gibt es doch einige Gebiete, in denen der Schiismus vorherrscht, und dazu gehören besonders die Oasenstädte Qum und Kaschan, in denen noch eigentümliche Traditionen fortleben. Jedes Jahr feiert man dort mit einer Art närrischem Karneval den Jahrestag der Ermordung des Kalifen Omar. Zu diesem Fest schminken sich die Frauen, halten Süßigkeiten und gebrannte Pistazien bereit. Die Kinder stellen sich auf die Terrassen und schütten Eimer voll Wasser auf die Vorübergehenden hinunter. Dabei rufen sie fröhlich: »Gott verfluche Omar!« Man fertigt eine dem Kalifen täuschend ähnlich sehende Puppe an, die in der Hand auf einer Schnur aufgefädelte Kotbrocken trägt. Damit zieht man durch bestimmte Stadtviertel und singt »Seit du den Namen Omar trägst, ist dir ein Platz in der Hölle sicher, du, das Haupt der Verbrecher, du, der infame Usurpator!« Die Schuhmacher von Qum und Kaschan pflegen für gewöhnlich »Omar« auf die Sohlen ihrer Schuhe zu schreiben, die Maultiertreiber rufen ihre Tiere bei diesem Namen, ganz besonders dann, wenn sie ihnen einen Schlag versetzen, und die Jäger murmeln, wenn ihnen nur noch ein einziger Pfeil für ihren Bogen bleibt: »Möge dieser Omar ins Herz treffen!«

Hassan beschreibt diese Dinge in wenigen, eher vagen Worten: Er vermeidet es, die rohen Details zu erwähnen, aber Omar sieht ihn unfreundlich an und sagt schließlich in entschiedenem Ton:

»Ich werde meinen Weg nicht wegen meines Namens ändern, und ich werde meinen Namen nicht wegen meines Weges ändern.«

Ein langes, kühles Schweigen folgt seinen Worten. Sie vermeiden es, einander anzusehen. Omar zieht seine Sandalen aus und legt sich zum Schlafen nieder. Hassan jedoch gibt nicht nach:

»Ich habe dich vielleicht verletzt, als ich diese Gebräuche erwähnte. Aber ich wollte nur, daß du vorsichtig bist, wenn du in dieser Gegend jemandem deinen Namen nennst. Mißversteh nicht meine Absichten. Gewiß, in meiner Kindheit in Qum habe ich selbst an diesen Festen teilgenommen, aber als ich etwas älter wurde, sah ich sie mit anderen Augen an. Mir wurde klar, daß solche Auswüchse eines gebildeten Mannes unwürdig sind. Und auch unvereinbar mit den Lehren des Propheten. Davon abgesehen, wenn du in Samarkand oder anderswo bewundernd vor einer Moschee stehst, deren prachtvolle glasierte Ziegel von den schiitischen Handwerkern aus Kaschan hergestellt wurden, und du hörst, wie der Vorbeter eben dieser Moschee von seinem Minbar* aus Schimpfworte und Verwünschungen gegen ›die verfluchten ketzerischen Anhänger Alis‹ ausstößt, so ist auch dies nicht mit den Lehren des Propheten vereinbar.«

Omar richtet sich auf seinem Lager auf:

»Das sind die Worte eines vernünftigen Mannes.«

»Ich kann vernünftig sein und toll. Ich kann liebenswürdig sein und auch abscheulich. Aber wie soll ich freundlich gegenüber einem Mann sein, der zwar sein Zimmer mit mir teilt, sich aber nicht einmal vorstellt?«

»Ich habe dir nur meinen Vornamen genannt, und schon hast du mich provoziert. Was wäre dir wohl alles eingefallen, hätte ich dir mehr über mich anvertraut?«

»Vielleicht hätte ich dann dies alles nicht erwähnt. Man kann Omar den Kalifen verabscheuen und Omar den Geometer, den Mathematiker, den Astronom oder selbst Omar den Philosophen schätzen und bewundern.«

Khajjam zuckt zusammen. Hassan triumphiert:

»Hältst du Namen für so wichtig? Man erkennt einen Mann an seinem Blick, an seinem Gang, an seinem Benehmen und an seiner Rede. Du warst kaum eingetreten, da wußte ich bereits, daß du ein gelehrter Mann bist, ein

* Die Kanzel in einer Moschee (A.d.Ü.)

Mann, der an Ehrungen gewöhnt ist und sie gleichzeitig verachtet, ein Mann, der seinen Weg kennt, ohne zu fragen. Und als du mir deinen Vornamen genannt hast, wußte ich, wen ich vor mir habe: Ich kenne nur einen einzigen Omar aus Nischapur.«

»Wenn du mich damit beeindrucken wolltest, so ist dir das tatsächlich gelungen. Wer bist du also?«

»Ich habe dir meinen Namen genannt, aber er sagt dir nichts. Ich bin Hassan Sabbah aus Qum. Ich habe mich bisher noch durch nichts ausgezeichnet, es sei denn dadurch, daß ich mit siebzehn Jahren alle Werke über die Religionswissenschaft, die Philosophie, die Geschichte und die Gestirne gelesen habe.«

»Man kann nie alles gelesen haben; es gibt noch so viel Wissen, das man sich tagtäglich neu erwerben muß.«

»Stell mich auf die Probe.«

Omar beginnt, eigentlich eher spielerisch, seinem Gesprächspartner einige Fragen zu stellen, über Plato, Euklid, Porphyrios, Ptolemäos, über die medizinischen Lehren von Dioskurides, von Galen, Rahzes und Avicenna und schließlich über die Auslegungen des Korans. Und jedesmal antwortet sein Gefährte ohne zu zögern, präzis und richtig. Als der Morgen graut, haben beide nicht geschlafen. Sie haben gar nicht gemerkt, wie die Zeit verging. Hassan ist glücklich und stolz. Omar gibt beeindruckt zu: »Nie bin ich bisher einem Mann begegnet, der soviel gelernt hat. Was willst du mit all deinem gesammelten Wissen anfangen?«

Hassan sieht ihn mißtrauisch an, als wolle Omar ihm ein wohlgehütetes Geheimnis entreißen, aber er besinnt sich und senkt den Blick:

»Ich möchte bei Nisam al-Mulk vorstellig werden; vielleicht kann er mich gebrauchen.«

Khajjam ist von seinem Gefährten so beeindruckt, daß er ihm beinahe verraten hätte, daß er selbst gerade auf dem Weg zum Großwesir ist. Doch im letzten Augenblick zögert er. Da ist noch immer ein Rest von Argwohn, der nicht ganz überwunden ist.

Zwei Tage später schließen sie sich einer Händlerkarawane an und zitieren, während sie Seite an Seite gehen, aus dem Gedächtnis, auf persisch oder arabisch, die schönsten Stellen aus den Schriften der Autoren, die sie am meisten bewundern. Gelegentlich entspinnt sich auch ein Streit. Aber das dauert nie sehr lange. Wenn Hassan laut von unumstößlichen Tatsachen redet, von »reiner Wahrheit«, die sein Gefährte nicht leugnen dürfe, bleibt Omar skeptisch, wägt verschiedene Meinungen gegeneinander ab, entscheidet sich selten, gesteht gern seine Unwissenheit ein. Und immer wieder gibt er zu bedenken: »Was soll ich dazu sagen? Über allen Dingen liegt ein Schleier. Du und ich, wir stehen davor, und wenn er fällt, sind wir nicht mehr da.«

Nach einer Woche kommen sie in Isfahan an.

12

»Isfahane nesf-e djahane!« sagen heute die Perser. »Isfahan, die Hälfte der Welt!« Dieser Ausdruck wurde lange nach Khajjams Zeit geprägt, aber schon damals, im Jahr 1074, gab es tausend Worte, um die Stadt zu rühmen: »Ihre Steine sind Kristall, ihre Fliegen Bienen, ihr Gras Safran, ihre Luft ist so rein, so gesund, ihre Speicher kennen keinen Kornwurm und das Fleisch verfault nicht.« Der Grund dafür ist vielleicht, daß Isfahan fünftausend Fuß hoch liegt. Die Stadt hat sechzig Karawansereien, unzählige gedeckte Basare; zweihundert Bankiers und Wechsler leben hier. In den Werkstätten spinnt man Seide und Baumwolle. Isfahans Teppiche, Stoffe und Waffen werden in die entferntesten Länder exportiert. Es gibt tausend verschiedene Rosenarten. Der Reichtum Isfahans ist sprichwörtlich. Diese Stadt, die dichtestbevölkerte der persischen Welt, zieht alle an, die nach Macht, Reichtum und Wissen streben.

Ich sage »diese Stadt«, aber es handelt sich genaugenommen gar nicht um eine Stadt. Übrigens erzählt man hier noch heute die Geschichte von einem jungen Reisenden aus Rai, der es so eilig hatte, die Wunder Isfahans zu sehen, daß er sich am letzten Tag von seiner Karawane getrennt hatte und allein mit verhängtem Zügel davongaloppierte. Nach ein paar Stunden gelangte er zum Ufer des Sajende-Rud, »des Flusses, der das Leben gibt«. Er ritt an ihm entlang und erreichte eine Lehmmauer. Das Dorf, das sie umschloß, erschien ihm zwar von respektabler Größe, aber doch sehr viel kleiner als seine Heimatstadt Rai. Als er ans Tor kam, erkundigte er sich bei den Wachen.

»Das hier ist die Stadt Dschai«, erwiderte man ihm.

Deshalb ging er auch gar nicht erst hinein, sondern ritt um die Mauer herum und setzte seinen Weg nach Westen fort. Sein Tier war erschöpft; er gab ihm die Peitsche. Bald erreichte er atemlos die Tore einer anderen Stadt, die zwar beeindruckender als die erste war, aber doch nicht viel größer als Rai. Er fragte einen alten Mann, der vorüberging.

»Das hier ist Jahudije, die jüdische Stadt.«

»Gibt es denn so viele Juden hier in der Gegend?«

»Es gibt ein paar, aber die meisten Bewohner sind Muslime wie du und ich. Man nennt die Stadt Jahudije, weil der König Nebukadnezar, so sagt man, hier die Juden angesiedelt haben soll, die er aus Jerusalem verschleppt hat. Andere behaupten, die jüdische Frau eines persischen Schahs habe noch vor der Zeit des Islams ihre Glaubensgenossen hierhergebracht. Gott allein kennt die Wahrheit.«

Unser junger Reisender wandte sich also ab und beschloß, seinen Weg fortzusetzen, auch wenn sein Pferd unter ihm zusammenbrechen sollte. Da rief der alte Mann ihm nach:

»Wohin so eilig, mein Sohn?«

»Nach Isfahan.«

Der Alte lachte schallend.

»Hat man dir noch nie gesagt, daß es Isfahan gar nicht gibt?«

»Wie das? Ist es nicht die größte, die schönste aller persischen Städte, und war es nicht schon in längst vergangenen Zeiten die stolze Hauptstadt Artabans, des Königs der Parther? Rühmt man nicht seine Wunder in allen Büchern?«

»Ich weiß nicht, was die Bücher sagen, aber ich bin hier vor siebzig Jahren geboren, und nur die Fremden sprechen von einer Stadt Isfahan. Ich habe sie nie gesehen.«

Damit hatte er nicht so unrecht. Der Name Isfahan bezeichnete lange Zeit nicht eine Stadt, sondern eine Oase, in der zwei voneinander getrennte Städte lagen, die etwa eine Tagesreise weit voneinander entfernt waren, Dschai und Jahudije. Erst im 16. Jahrhundert verschmolzen diese beiden Orte und die benachbarten Dörfer zu einer richtigen

Stadt. Zu Khajjams Zeit gab es sie noch nicht. Aber man hatte bereits eine etwa zwölf Meilen lange Mauer gebaut, die die ganze Oase schützen sollte.

Omar und Hassan kommen spät abends an. Sie finden Obdach in einer Karawanserei in Dschai, nicht weit vom Tirah-Tor. Dort legen sie sich zur Ruhe und fangen, ohne noch viel Worte miteinander zu wechseln, gemeinsam an zu schnarchen.

Am nächsten Tag begibt Khajjam sich zum Großwesir. Auf dem Platz der Wechsler drängen sich Reisende und Händler aus aller Herren Länder, Andalusier, Griechen und Chinesen um die Münzprüfer mit ihren offiziellen Waagen, die bald hier an einem Dinar aus Kirman, Nischapur oder Sevilla kratzen, bald dort einen Tanga aus Delhi unter die Lupe nehmen, einen Dirham aus Buchara prüfen oder über einen mageren Nomisma aus Konstantinopel die Nase rümpfen, der erst kürzlich abgewertet wurde.

Das Tor zum Diwan, dem Regierungssitz und der offiziellen Residenz von Nisam al-Mulk, ist nicht weit entfernt. Pfeifer der Nowba stehen davor. Sie haben den Befehl, zu Ehren des Großwesirs dreimal am Tag ihre Trompeten zu blasen. Aber trotz dieser Zeremonie hat jeder das Recht, selbst die ärmste Witwe, das Tor zu passieren und in den Diwan, den großen Audienzsaal, einzutreten, um den starken Mann des Reiches aufzusuchen und ihm Klagen und Anliegen vorzutragen. Allerdings ist Nisam hier von Wachen und Kämmerern umgeben, die die Besucher erst einmal unter die Lupe nehmen und die Querulanten hinausweisen.

Omar ist an der Tür stehengeblieben. Er wirft einen Blick auf den Saal, die kahlen Mauern, die dreifach übereinander gelegten Teppiche. Mit zögernder Geste begrüßt er die Anwesenden, eine bunte, aber andächtige Menge, die den Wesir umgibt, der sich im Augenblick mit einem türkischen

Offizier unterhält. Nisam hat den Neuankömmling sofort bemerkt. Er lächelt ihm freundlich zu und fordert ihn auf, sich zu setzen. Fünf Minuten später kommt er auf ihn zu, küßt ihn auf beide Wangen und die Stirn.

»Ich habe auf dich gewartet. Ich wußte, du wurdest rechtzeitig kommen; ich habe dir viel zu sagen.«

Er ergreift Omars Hand und zieht ihn hinüber in einen kleinen benachbarten Raum, in dem sie allein sind. Sie setzen sich nebeneinander auf ein breites Lederkissen.

»Einige meiner Worte werden dich überraschen. Aber ich hoffe, du wirst es am Ende nicht bedauern, daß du meiner Einladung gefolgt bist.«

»Hat es je jemand bedauert, Nisam al-Mulk aufgesucht zu haben?«

»Auch das ist schon vorgekommen«, murmelt der Wesir mit bitterem Lächeln. »Ich habe Männer aus dem Staub erhoben, andere dorthin zurückgestoßen, jeden Tag entscheide ich über Leben und Tod. Aber Gott wird mich nach meinen Absichten richten, er ist die Quelle aller Macht. Er hat dem arabischen Kalifen die höchste Macht verliehen, der hat sie an den türkischen Sultan weitergegeben, und dieser hat sie in die Hände des persischen Wesirs gelegt, der dir hier zu Diensten ist. Von anderen verlange ich, diese Autorität zu respektieren; dich, qaje Omar, bitte ich, meinen Traum zu achten. Ja, ich träume davon, auf diesem riesigen Gebiet, das mir zugefallen ist, den mächtigsten, den wohlhabendsten, den dauerhaftesten und den zivilisiertesten Staat der Welt zu gründen. Ich träume von einem Reich, in dem jede Provinz, jede Stadt von einem gerechten, gottesfürchtigen Mann regiert wird, der sich auch der Klagen des Schwächsten seiner Untertanen annimmt. Ich träume von einem Staat, in dem Wolf und Lamm gemeinsam und in Frieden vom Wasser desselben Flusses trinken. Aber ich begnüge mich nicht damit, zu träumen, ich baue auch. Geh morgen durch die Viertel von Isfahan, und du wirst ganze Heere von Bauarbeitern und Handwerkern sehen. Überall entstehen Krankenhäuser, Moscheen, Karawansereien, Festungen, Regierungspaläste. Bald wird jede bedeutende Stadt ihre große Schule haben, die meinen Namen trägt, Medersa Nisamija. Die von Bagdad hat schon ihre Tätigkeit aufgenommen. Mit eigener Hand habe ich die Baupläne gezeichnet, ich habe das Studienprogramm festgelegt und die besten Lehrer ausgewählt. Jeder Student bekommt von mir ein Stipendium. Du siehst, dieses Reich ist eine riesige Baustelle. Es ist ein großes, wohlhabendes, blühendes Reich, und es ist ein gesegnetes Zeitalter, das der Himmel uns geschenkt hat.«

Ein hellhaariger Diener ist eingetreten und verneigt sich. Er trägt auf einem ziselierten Silbertablett zwei Schalen mit eisgekühltem Rosensirup. Omar nimmt sich eine; sie ist von der Kälte ganz beschlagen. Er nippt an dieser Köstlichkeit, entschlossen, sie in kleinen Schlucken zu genießen. Nisam leert seine Schale in einem Zug, bevor er fortfährt:

»Deine Anwesenheit hier freut und ehrt mich.«

Khajjam will auf diesen Schwall von Liebenswürdigkeiten antworten. Nisam macht eine abwehrende Geste:

»Glaub nicht, daß ich dir zu schmeicheln suche. Ich bin mächtig genug, um nur noch den Schöpfer zu loben. Aber siehst du, qaje Omar, so groß, so dicht bevölkert und so wohlhabend mein Reich auch sein mag, es mangelt immer an Menschen. Oberflächlich gesehen, welch eine Masse Mensch: Die Plätze wimmeln davon. Und doch, gelegentlich betrachte ich die endlosen Reihen meiner Armee oder eine Moschee zur Stunde des Gebets, einen Basar, ja selbst meinen Diwan und frage mich: Wenn ich von diesen Männern Weisheit, Wissen, Treue und Unbestechlichkeit forderte, würde sich dann nicht, je mehr Eigenschaften ich nenne, die Menge nach und nach lichten, zusammenschmelzen und schließlich verschwinden? Ich bin allein, qaje Omar, entsetzlich allein. Mein Diwan ist leer und mein

Palast auch. Diese Stadt, dieses Reich sind leer. Ich komme mir manchmal wie amputiert vor. Männer wie dich, die würde ich nicht nur aus Samarkand kommen lassen, nein, ich wäre bereit, zu Fuß bis nach Samarkand zu gehen, um sie an meinen Hof zu ziehen.«

Omar murmelt verwirrt »Das verhüte Gott!«, aber der Wesir läßt sich nicht unterbrechen.

»Das sind meine Träume und meine Sorgen. Ich könnte mich mit dir noch Tage und Nächte darüber unterhalten, aber ich möchte jetzt deine Meinung hören. Ich möchte wissen, ob dieser Traum auch dich irgendwie berührt, ob du bereit bist, an meiner Seite den Platz einzunehmen, der dir gebührt.«

»Deine Pläne sind großartig, und dein Vertrauen ehrt mich.«

»Was forderst du, um mit mir zusammenzuarbeiten? Sag es mir so offen, wie ich offen zu dir war. Alles, was du dir wünschst, sei dir gewährt. Und laß meinen Anflug grenzenloser Großzügigkeit nicht vorübergehen – zeig dich nicht schüchtern.«

Er lacht. Khajjam gelingt es, seine große Verwirrung mit einem blassen Lächeln zu überspielen.

»Ich wünsche mir nichts anderes, als meine bescheidenen Arbeiten weiterzuführen und dabei nicht Not leiden zu müssen. Etwas zu trinken und zu essen, ein Dach über dem Kopf und etwas zum Anziehen, weiter gehen meine Bedürfnisse nicht.«

»Ich schenke dir eines der schönsten Häuser von Isfahan. Während dieser Palast gebaut wurde, habe ich selbst dort gewohnt. Es soll dir gehören, mit seinen Gärten, seinen Obstplantagen, seinen Teppichen, Dienern und Dienerinnen. Und für deine Ausgaben sollst du eine Rente von zehntausend Sultansdinaren beziehen. Solange ich am Leben bin, wird sie dir am Anfang jeden Jahres ausgezahlt. Genügt dir das?«

»Das ist mehr als ich brauche, ich wüßte gar nicht, was ich mit einer solchen Summe anfangen sollte.«

Khajjam ist aufrichtig, aber Nisam reagiert leicht verstimmt.

»Wenn du dir alle Bücher gekauft hast, all deine Krüge mit Wein gefüllt und deine Mätressen mit Schmuck behängt hast, kannst du ja dein Geld an die Armen verteilen, es für die Karawane nach Mekka ausgeben oder eine Moschee bauen, die deinen Namen trägt.«

Omar, der gemerkt hat, daß seine Bescheidenheit und seine geringen Ansprüche Nisam mißfallen haben, wird jetzt mutiger: »Ich wollte schon immer eine Sternwarte bauen, mit einem großen steinernen Sextanten, einem Astrolabium und verschiedenen Instrumenten. Ich möchte die genaue Länge eines Sonnenjahres messen.«

»Einverstanden. Noch in der nächsten Woche werden dir die Mittel dafür zur Verfügung gestellt, du wählst den geeigneten Platz aus, und deine Sternwarte ist in ein paar Monaten fertig. Gibt es sonst noch etwas, das du dir wünschst?«

»Bei Gott, das ist mehr als genug, deine Großzügigkeit beschämt mich.«

»Dann möchte ich jetzt eine Bitte vorbringen.«

»Nach allem, was du mir gewährt hast, wäre ich nur allzu glücklich, dir meine unendliche Dankbarkeit beweisen zu dürfen.«

Nisam läßt sich nicht weiter bitten.

»Ich weiß, du bist diskret, weißt deine Worte zu wägen, du bist weise, gerecht, unparteiisch, du vermagst in allen Dingen das Wahre vom Falschen zu scheiden, kurz, ich weiß, du bist des größten Vertrauens würdig. Ich möchte dir das schwierigste aller Ämter anvertrauen.«

Omar erwartet das Schlimmste, und er soll sich nicht irren.

»Ich ernenne dich zum Sahib-Khabar.«

»Sahib-Khabar? Du willst mich zum obersten Spitzel des Reiches machen?«

»Zum Chef meines Nachrichtennetzes. Du sollst mir keine überstürzte Antwort geben. Es handelt sich nicht darum, brave Bürger zu bespitzeln, sich in die Häuser der Gläubigen einzuschleichen, sondern über die Sicherheit aller zu wachen. In einem Staat darf dem Herrscher nicht die geringste Ungerechtigkeit, der geringste Übergriff verborgen bleiben. Und wer auch immer der Schuldige ist, er muß exemplarisch bestraft werden. Wie aber soll er erfahren, ob nicht dieser Kadi oder jener Gouverneur in den Provinzen sein Amt mißbraucht, um sich auf Kosten der Ärmsten zu bereichern? Doch nur durch seine Spione, denn die Opfer wagen es meist nicht, Klage zu führen.«

»Und wenn diese Spitzel sich von dem Kadi, dem Gouverneur oder dem Emir kaufen lassen, wenn sie zu ihren Komplizen werden?!«

»Deine Aufgabe, die Aufgabe des Sahib-Khabar besteht ja gerade darin, unbestechliche Männer zu finden, denen man vertrauen kann.«

»Wenn es solche unbestechlichen Männer gibt, wäre es da nicht einfacher, sie selbst zu Gouverneuren oder Kadis zu ernennen?«

Eine naive Bemerkung, die in den Ohren Nisams wie Spott klingt. Er wird ungeduldig und steht auf:

»Ich habe keine Lust zu argumentieren. Ich habe dir gesagt, was ich dir biete und was ich von dir erwarte. Geh und überleg dir meinen Vorschlag, wäge in Ruhe das Für und das Wider ab, und komm morgen mit einer Antwort zu mir.«

13

Nachdenken, abwägen, eine Entscheidung treffen – dazu ist Khajjam an diesem Tag nicht mehr fähig. Als er den Diwan verläßt, schlägt er die schmalste Straße durch den Basar ein, schlängelt sich durch Menschen und Tiere hindurch, bahnt sich einen Weg unter den Stuckgewölben zwischen den Gewürzauslagen. Je weiter er geht, desto düsterer kommt ihm die Gasse vor, die Menge scheint sich immer langsamer zu bewegen, ihr Geschrei wird zu einem leisen Murmeln, Händler und Käufer werden für ihn zu maskierten Schauspielern, zu schlafwandlerischen Tänzern. Omar läuft vor sich hin, ohne Ziel, biegt mal nach links, mal nach rechts ab, er fürchtet, das Bewußtsein zu verlieren, zu Boden zu fallen. Plötzlich gelangt er zu einem sonnenbeschienenen Platz, gewissermaßen einer Lichtung im Dschungel. Das harte Licht bringt ihn wieder zur Besinnung; er richtet sich auf, atmet tief ein. Was ist passiert? Man hat ihm ein an die Hölle gekettetes Paradies vorgeschlagen. Wie soll er bloß ja, wie soll er nein sagen, mit welchem Gesicht soll er morgen vor den Großwesir treten, wie die Stadt verlassen?

Zu seiner Rechten bemerkt er die halbgeöffnete Tür einer Taverne. Er tritt ein, steigt ein paar sandige Stufen hinab, kommt in einen spärlich erleuchteten Saal mit niedriger Decke. Der Lehmboden ist feucht, die Bänke wackeln, und die Farben der Tische sind verwischt. Er bestellt sich einen trockenen Wein aus Qum. Man bringt ihm einen angeschlagenen Krug. Er riecht lange mit geschlossenen Augen an dem Wein.

Wie eitel ist der Jugend Streben . . .
Um zu vergessen, trink ich diesen Wein.

Gar bitter ist er, doch so soll er sein,
denn bitter ist ja auch mein Leben.

Plötzlich hat er eine Idee. Offenbar mußte er erst in diese elende Taverne hinuntersteigen, um darauf zu kommen: Sie erwartete ihn hier, an diesem Tisch, nach dem dritten Schluck aus dem vierten Glas. Er zahlt, läßt ein großzügiges Bakschisch zurück, taucht aus dem Kellerloch wieder auf. Die Nacht ist angebrochen, der Platz ist schon leer, jede Straße im Basar ist mit einem schweren Tor verschlossen. Omar muß einen Umweg machen, um in seine Karawanserei zu gelangen. Als er auf Zehenspitzen in sein Zimmer geht, schläft Hassan schon; seine Züge wirken streng und gequält. Omar sieht ihn lange an. Tausend Fragen gehen ihm durch den Kopf, aber er verdrängt sie, sucht nach keiner Antwort. Sein Entschluß steht unwiderruflich fest.

Die Bücher leben von Legenden. Und so erzählen sie die Geschichte von drei Freunden, drei Personen, die, jeder auf seine Art, den Beginn unseres Jahrtausends geprägt haben: Omar Khajjam, der die Welt beobachtet hat, Nisam al-Mulk, der sie regiert, und Hassan Sabbah, der sie mit Angst und Schrecken erfüllt hat. Man behauptet, sie hätten gemeinsam in Nischapur studiert. Dabei kann das gar nicht stimmen. Nisam war dreißig Jahre älter als Omar, und Hassan hatte in Rai studiert, vielleicht auch kurz in seiner Geburtsstadt Qum, gewiß aber nicht in Nischapur.

Ist die Wahrheit im *Manuskript von Samarkand* zu finden? Die Chronik am Rand der Seiten berichtet, die drei Männer hätten sich zum ersten Mal in Isfahan getroffen, im Diwan des Großwesirs, auf Betreiben Khajjams, der dem Schicksal seinen Arm geliehen hat.

Nisam hat sich in den kleinen Saal des Palastes zurückgezogen und ist mit irgendwelchen Papieren beschäftigt. Als er Omar an der Türschwelle stehen sieht, ist ihm sofort klar, daß die Antwort negativ ist.

»Meine Pläne sind dir also gleichgültig.«

Khajjam erwidert bedrückt, aber entschlossen:

»Deine Pläne sind großartig, und ich hoffe, sie lassen sich verwirklichen, aber mein Beitrag dazu kann nicht der sein, den du mir zugedacht hast. Zwischen den Geheimnissen und denen, die sie aufdecken, wähle ich die Seite der Geheimnisse. Dem Agenten, der mich zum ersten Mal aufsucht, um mir ein Gespräch wiederzugeben, würde ich Schweigen gebieten und ihm erklären, diese Dinge gingen weder ihn noch mich etwas an, und er dürfte mein Haus nicht mehr betreten. Meine Neugier gegenüber den Menschen und den Dingen drückt sich anders aus.«

»Ich respektiere deinen Entschluß. Ich glaube, auch Männer, die sich ausschließlich der Wissenschaft widmen, können dem Reich von Nutzen sein. Alles, was ich dir versprochen habe, die jährliche Rente, das Haus und die Sternwarte, sollst du dennoch haben; ich nehme nie etwas zurück, was ich aus freien Stücken gegeben habe. Ich hätte dich gern in meine Pläne mit eingeschlossen, aber ich tröste mich mit dem Gedanken, daß die Chroniken der Nachwelt überliefern werden: Zur Zeit Nisam al-Mulks hat Omar Khajjam gelebt, er war geehrt und litt keine Not; er konnte dem Großwesir eine Bitte abschlagen, ohne in Ungnade zu fallen.«

»Ich weiß nicht, ob ich dir eines Tages die Dankbarkeit beweisen kann, die deine Großmut verdient.«

Omar hält inne. Er zögert, bevor er fortfährt:

»Vielleicht verschmerzt du meine Absage eher, wenn ich dir einen Mann vorstelle, den ich vor kurzem getroffen habe. Er ist von staunenswerter Intelligenz, sein Wissen ist unermeßlich und seine Gewandtheit bemerkenswert. Er scheint mir für das Amt eines Sahib-Khabar wie geschaffen, und ich bin sicher, dein Vorschlag wird ihm mehr als willkommen sein. Er hat mir erzählt, er sei von Rai nach Isfahan gereist, weil er hoffte, du hättest vielleicht Verwendung für ihn.«

»Ein Ehrgeiziger«, murmelt Nisam leise. »Das ist wohl mein Schicksal. Wenn ich einen Mann finde, der meines Vertrauens würdig ist, mangelt es ihm an Ehrgeiz, und er mißtraut der Macht; aber wenn ein Mann sich auf das erstbeste Amt zu stürzen scheint, das ich ihm anbiete, ist mir seine Eilfertigkeit verdächtig.«

Er wirkt müde und resigniert.

»Wie heißt dieser Mann?«

»Hassan Sohn Ali-Sabbahs. Ich muß dich allerdings warnen, er stammt aus Qum.«

»Ein imamitischer Schiite? Das macht mir nichts, obgleich ich alle Ketzereien und jeden Irrglauben verabscheue. Einige meiner besten Mitarbeiter sind Anhänger Alis, meine besten Soldaten sind Armenier, meine Schatzmeister sind Juden. Für mich ist das kein Grund, ihnen mein Vertrauen und meinen Schutz zu entziehen. Die einzigen, denen ich mißtraue, sind die Ismailiten. Ich nehme an, dein Freund gehört nicht zu dieser Sekte?«

»Ich weiß es nicht. Aber Hassan hat mich hierher begleitet. Er wartet draußen. Wenn du es erlaubst, rufe ich ihn herein, und du kannst ihn selbst fragen.«

Omar geht für einen Augenblick hinaus und kommt mit seinem Freund zurück, der keineswegs verlegen scheint. Omar jedoch bemerkt, wie sich unter seinem Bart zwei Muskeln spannen und leicht zucken.

»Ich stelle dir Hassan Sabbah vor; nie habe ich unter einem so engen Turban ein so geballtes Wissen angetroffen.«

Nisam lächelt.

»Welch gelehrte Umgebung. Sagt man nicht, der Fürst, der die Gesellschaft der Gelehrten sucht, ist der beste aller Fürsten?«

Hassan erwidert darauf:

»Man sagt auch, der Gelehrte, der die Gesellschaft der Fürsten sucht, ist der schlechteste aller Gelehrten.«

Ein heiteres, befreiendes Gelächter bringt die beiden einander näher; aber es dauert nur kurz. Nisam runzelt bereits die Stirn: Er möchte so rasch wie möglich dieses unvermeidliche Zitieren von Sprichwörtern hinter sich bringen, das in Persien jedes Gespräch einleitet, um Hassan zu erklären, was er von ihm erwartet. Da sie sich aber erstaunlicherweise schon nach den ersten Worten ganz gut verstehen, kann Omar sie getrost verlassen.

Und so wird Hassan Sabbah sehr rasch zum unentbehrlichen Mitarbeiter des Großwesirs. Es gelingt ihm, ein dichtes Agentennetz – angebliche Händler, Derwische und Pilger – aufzubauen. Seine Leute reisen durch das ganze Seldschukenreich. Kein Palast, kein Haus, kein Geschäft im Basar sind vor ihren Ohren sicher. Komplotte, Gerüchte, üble Nachreden, alles wird hinterbracht, und jede Angelegenheit – diskret oder exemplarisch – geregelt.

Anfänglich ist Nisam überglücklich; die gefährliche Maschinerie ist in Gang gesetzt. Selbst der Sultan Malikschah gibt ihm schließlich recht, obwohl er anfänglich mißtrauisch gewesen war. Hatte nicht sein Vater Alp Arslan ihm immer geraten, diese Form der Politik zu vermeiden?

»Wenn du erst einmal überall deine Spitzel sitzen hast«, hatte er ihn gewarnt, »werden deine echten Freunde arglos bleiben, denn sie wissen, daß sie treu sind. Die Verräter jedoch werden sich in acht nehmen, sie werden versuchen, die Informanten zu kaufen. Nach und nach erhältst du dann ungünstige Berichte über deine wahren Freunde, günstige über deine Feinde. Die Worte jedoch, seien sie gut oder böse, sind wie Pfeile: Wenn man mehrere abschießt, gibt es bestimmt einen, der sein Ziel erreicht. Dein Herz wird sich allmählich deinen Freunden verschließen; die Verräter nehmen ihren Platz an deiner Seite ein. Was bleibt dir dann noch von deiner Macht?«

Erst als einer der Informanten eine Giftmischerin in seinem eigenen Harem entlarvt, zweifelt der Sultan nicht länger an der Nützlichkeit des Sahib-Khabar. Von einem Tag auf den anderen macht er ihn zu einem seiner Vertrauten. Die wachsende Freundschaft zwischen Hassan und Malikschah ist Nisam schon bald ein Dorn im Auge. Die beiden Männer sind jung; gelegentlich machen sie sich schon einmal über den alten Wesir lustig, vor allem freitags, am Tag des Shölen, des traditionellen Banketts, das der Sultan seinen Vertrauten gibt.

Der erste Teil der Festlichkeiten verläuft noch ziemlich steif und reserviert. Nisam sitzt zur Rechten von Malikschah. Sie sind von Gelehrten und Wissenschaftlern umgeben; die Gespräche drehen sich um die verschiedensten Themen, zum Beispiel, ob die indischen den jemenitischen Schwertern vorzuziehen seien oder ein andermal um die Lehren des Aristoteles.

Der Sultan interessiert sich eine Weile für diese Streitgespräche, aber bald zeigt er sich gelangweilt. Der Wesir merkt, es ist Zeit, daß er geht, und die anderen geladenen Würdenträger folgen ihm. Sogleich drängen Musiker und Tänzerinnen in den Saal, Weinkrüge machen die Runde; das Trinkgelage, je nach der Laune des Fürsten friedlich oder ausgelassen, dauert bis zum Morgen. Zwischen zwei Akkorden auf der Laute oder dem Tar* improvisieren die Sänger, und ihr beliebtestes Thema dabei ist: Nisam al-Mulk. Zwar ist dem Sultan der mächtige Wesir unentbehrlich, aber er rächt sich durch den Spott. Man muß nur sehen, mit welch kindlichem Vergnügen er Beifall klatscht,

* Im Iran verbreitete Langhalslaute (A.d.Ü.)

um zu ahnen, daß er eines Tages gegen seinen »Vater« die Hand erheben wird.

Hassan versteht es, dieses Ressentiment des Herrschers gegenüber seinem Wesir noch zu nähren. Nisam rühmt sich seines Wissens, seiner Weisheit? Hassan kann ihm darin durchaus das Wasser reichen. Seiner Fähigkeit, Thron und Reich zu verteidigen? Innerhalb kürzester Zeit hat Hassan seine Kompetenz auch darin bewiesen. Seiner Treue? Nichts ist einfacher für Hassan, als Loyalität zu heucheln; sie klingt nie echter als aus einem Lügenmund.

Und vor allem versteht es Hassan, Malikschah in seinem sprichwörtlichen Geiz zu bestärken. Ständig erzählt er ihm von den Ausgaben des Wesirs, macht ihn auf dessen neue Kleider und die seiner Vertrauten aufmerksam. Nisam liebt die Macht und den Prunk; Hassan liebt nur die Macht. Er ist ein Asket.

Als er spürt, daß Malikschah ihm völlig ausgeliefert ist und die Zeit reif dafür ist, der grauen Eminenz den entscheidenden Schlag zu versetzen, sorgt Hassan für einen Anlaß. Die Szene spielt sich im Thronsaal an einem Samstag ab. Der Sultan war mittags mit Kopfschmerzen erwacht; er ist schlechter Laune, und als er erfährt, daß man gerade sechzigtausend Golddinare an die Soldaten der armenischen Wache des Wesirs verteilt hat, verdüstert sie sich vollends. Die Information, niemand zweifelt daran, ist ihm durch Hassan und dessen Spitzelnetz zugetragen worden. Nisam erklärt ihm geduldig, man müsse die Truppen nähren, ja bei Bedarf auch mästen, wenn man jeden Aufruhr schon im Keim ersticken wolle. Denn es koste zehnmal mehr, wenn man erst einmal gezwungen sei, eine Rebellion niederzuschlagen. Malikschah erwidert, wenn man das Gold mit vollen Händen ausgebe, würde man bald nicht mehr den Sold bezahlen können. Und dann habe man eine echte Revolution auf dem Hals. Und sollte eine gute Regierung ihr Gold nicht für die kritischen Situationen aufsparen?

Einer der zwölf Söhne Nisams, der bei dem Gespräch anwesend ist, wirft ein:

»In den ersten Zeiten des Islams warf man dem Kalifen Omar vor, alles Gold ausgegeben zu haben, das sich während der Eroberungen angesammelt hatte. Dieser erwiderte seinen Verleumdern: ›Ist uns dieses Gold nicht durch die Güte des Allmächtigen geschenkt worden? Wenn ihr glaubt, Gott sei unfähig, uns auch weiterhin zu versorgen, dann gebt nichts mehr aus. Ich dagegen vertraue der unendlichen Großmut des Schöpfers. In meiner Truhe soll keine einzige Münze bleiben, die ich für das Wohl der Gläubigen ausgeben kann.‹«

Aber Malikschah hat nicht die Absicht, diesem Beispiel zu folgen; er hat eine ganz andere Idee, in der Hassan ihn bestärkt. So befiehlt er:

»Ich verlange, daß man mir eine genaue Aufstellung aller Einnahmen und Ausgaben macht. Ich will wissen, was in meine Schatzkammer fließt und wofür es verwendet wird. Wann kann ich diese Aufstellung haben?«

Nisam ist bestürzt.

»Es wird einige Zeit dauern.«

»Wie lange, qaje?«

Er hat nicht »Ata« gesagt, sondern »qaje«, eine durchaus respektvolle Bezeichnung, die aber aus dem Mund des Sultans ziemlich reserviert klingt, fast wie die Ankündigung seiner Ungnade.

Nisam erwidert verwirrt:

»Ich muß einen Botschafter in jede Provinz schicken und lange Berechnungen anstellen. Das Reich ist riesig, es wird schwierig sein, diese Auflistung in weniger als zwei Jahren fertigzustellen.«

Hassan nähert sich mit ernstem Gesicht:

»Ich verspreche unserem Herrscher, daß ich ihm innerhalb von vierzig Tagen einen kompletten Bericht anfertige, wenn er mir nur die Möglichkeit dazu gibt, das heißt, wenn mir alle Unterlagen des Diwans ausgehändigt werden.«

Der Wesir will etwas antworten, aber Malikschah ist bereits aufgestanden. Er verläßt mit raschen Schritten den Saal und befiehlt, schon an der Schwelle stehend:

»Sehr gut. Hassan wird in den Diwan einziehen. Das ganze Sekretariat soll ihm zur Verfügung stehen. Niemand betritt den Saal ohne seine Erlaubnis, und in vierzig Tagen werde ich entscheiden.«

14

Sogleich herrscht im ganzen Reich die größte Aufregung; die Verwaltung ist gelähmt, man berichtet von Truppenbewegungen, man fürchtet einen Bürgerkrieg. Nisam habe, so sagt man, in verschiedenen Vierteln Isfahans Waffen verteilt. Im Basar bringt man die Ware in Sicherheit. Die Tore zu den großen Suks, insbesondere zu denen der Juweliere, werden schon früh am Nachmittag geschlossen. Die Spannung rings um den Diwan ist fast unerträglich. Der Großwesir mußte Hassan seine Büroräume abtreten, aber seine Residenz liegt dicht daneben. Nur ein kleiner Garten trennt sie von dem Hauptquartier seines Rivalen. Und dieser Garten hat sich in eine Art Kaserne verwandelt. Nisams persönliche Wache patrouilliert dort ständig, bis zu den Zähnen bewaffnet.

Keiner leidet unter der Situation mehr als Omar. Er möchte gern die Geister beruhigen, zwischen den beiden Gegnern vermitteln. Aber wenn auch Nisam ihn weiterhin empfängt, so läßt er doch keine Gelegenheit aus, um ihm das vergiftete Geschenk vorzuwerfen, das Omar ihm gemacht hat. Hassan dagegen hat sich mit seinen Papieren eingeschlossen und ist nur noch damit beschäftigt, den Bericht für den Sultan fertigzustellen. Des Nachts streckt er sich für ein paar Stunden auf dem großen Teppich im Diwan aus, von einer kleinen Schar Getreuer umgeben.

Drei Tage, bevor die Frist abläuft, will Khajjam noch einen letzten Vermittlungsversuch unternehmen. Er begibt sich zu Hassan, verlangt ihn zu sehen, aber man bittet ihn, eine Stunde später wiederzukommen, der Sahib-Khabar habe gerade eine Besprechung mit den Schatzmeistern. Omar beschließt also, ein wenig spazierenzugehen. Er hat gerade das Tor passiert, als ein ganz in Rot gekleideter Eunuche des Sultans ihn anspricht:

»Wenn qaje Omar mir bitte folgen möchte. Er wird erwartet.«

Der Mann führt ihn durch ein Labyrinth von Bogengängen und Treppen. Plötzlich gelangt Khajjam in einen Garten, von dessen Existenz er nicht einmal etwas ahnte. Pfauen stolzieren umher, Aprikosenbäume blühen, ein Brunnen plätschert. Hinter dem Brunnen befindet sich eine niedrige, mit Perlmutt eingelegte Tür, die der Eunuch öffnet. Er bittet Omar, näherzutreten.

Dieser betritt einen großen Raum, dessen Wände mit Brokat bespannt sind. Ihm gegenüber liegt eine Art gewölbte Nische, die durch einen Vorhang abgeteilt ist. Der Vorhang bewegt sich; jemand scheint dort zu stehen. Hinter Khajjam hat sich die Tür geräuschlos geschlossen. Verwirrt wartet er ein paar Sekunden, dann hört er eine Frauenstimme. Er kennt sie nicht, glaubt irgendeinen türkischen Dialekt zu hören. Aber die Stimme ist leise, und die Frau spricht sehr rasch, er versteht nur ein paar einzelne Worte. Der Sinn der Unterhaltung entgeht ihm. Er möchte die Frau gern unterbrechen und sie bitten, persisch oder arabisch zu sprechen, oder wenigstens etwas langsamer, aber es ist nicht so leicht, sich an eine unbekannte Frau hinter einem Vorhang zu wenden. Also wartet er lieber. Plötzlich dringt eine andere Stimme an sein Ohr:

»Meine Herrin Terken Khatun, die Gattin des Sultans, dankt dir für dein Kommen.«

Diese Frau hat persisch gesprochen, und ihre Stimme würde Khajjam selbst im dichtesten Basar wiedererkennen. Er will schreien, aber sein Schrei verwandelt sich plötzlich in ein klägliches, aber glückliches Murmeln.

»Dschahane!«

Sie schlägt den Vorhang zurück, hebt ihren Schleier und lächelt, hindert ihn jedoch daran, näher zu treten.

»Die Sultanin«, sagt sie, »ist sehr besorgt wegen des Kampfes, der sich im Diwan abspielt. Es ist wie eine schleichende Krankheit, und sie fürchtet ein Blutvergießen. Der Sultan selbst leidet darunter, er ist ständig gereizt, und der Harem zittert vor seinen Wutausbrüchen. Diese Situation ist unerträglich. Die Sultanin weiß, daß du das Unmögliche versuchst, um die beiden Gegner miteinander auszusöhnen. Nichts wäre ihr lieber, als wenn es dir gelänge, aber sie glaubt nicht daran.«

Khajjam nickt bedrückt. Dschahane fährt fort:

»Terken Khatun meint, nach allem, was geschehen ist, sei es besser, die beiden Gegner auszuschalten und das Amt des Wesirs einem aufrechten Mann anzuvertrauen, der fähig ist, die Geister zu beruhigen. Ihr Mann, unser Herrscher, so sagt sie, sei schlecht beraten mit all den Intriganten, die ihn umgeben. Was er brauche, sei ein weiser Mann ohne niederen Ehrgeiz, ein gerechter Mann und ein guter Ratgeber. Der Sultan achtet dich sehr. Sie möchte ihm vorschlagen, dich zum Großwesir zu ernennen. Der ganze Hof würde diese Entscheidung sehr begrüßen. Bevor sie aber einen solchen Schritt unternimmt, möchte sie sicher sein, daß du einverstanden bist.«

Omar hat eine Weile gebraucht, bis ihm klar wurde, was man von ihm verlangt. Doch dann ruft er entsetzt:

»Bei Gott, Dschahane, suchst du mich zu verderben? Kannst du dir vorstellen, daß ich die Armeen des Reichs befehlige, einen Emir köpfen lasse, einen Sklavenaufstand unterdrücke? Laß mich bei meinen Sternen!«

»Hör mir zu, Omar. Ich weiß, dir steht nicht der Sinn nach Regierungsgeschäften. Deine Rolle soll auch nur darin bestehen, daß du da bist. Die Entscheidungen werden von anderen getroffen, die sie auch ausführen.«

»Mit anderen Worten, in Wirklichkeit bist du der Wesir und deine Herrin der Sultan. Das beabsichtigst du, nicht wahr?«

»Stört dich das denn? Du wirst die Ehre haben, aber keine Sorgen, was kannst du dir Besseres wünschen?«

Terken Khatun mischt sich ein und sagt ein paar Worte. Dschahane übersetzt:

»Meine Herrin sagt: Weil Männer wie du sich von der Politik abwenden, sind wir so schlecht regiert. Sie meint, du hast alle Qualitäten, um ein ausgezeichneter Wesir zu sein.«

»Sag ihr, die Qualitäten, die man braucht, um zu regieren, sind nicht die gleichen, die man braucht, um an die Macht zu kommen. Um ein guter Staatsmann zu sein, muß man sich selbst vergessen, nur für die anderen da sein und vor allem für die Unglücklichsten. Um an die Macht zu kommen, muß man der ehrgeizigste aller Menschen sein, nur an sich selbst denken und bereit sein, seine engsten Freunde zu zertreten. Und ich werde niemanden zertreten.«

Dabei bleibt es zunächst einmal. Omar weigert sich, den Plänen der beiden Frauen zuzustimmen. Im übrigen hätte das auch nichts genutzt. Die Auseinandersetzung zwischen Nisam und Hassan war unvermeidlich geworden.

An diesem Tag herrscht im Audienzsaal Totenstille. Die Anwesenden, kaum mehr als ein Dutzend, beobachten und schweigen. Malikschah selbst, der sonst ziemlich lebhaft ist, unterhält sich halblaut mit seinem Kämmerer, wobei er – eine Gewohnheit von ihm – die Enden seines Schnurrbarts zwirbelt. Von Zeit zu Zeit wirft er einen Blick auf die beiden Gegner. Hassan steht in seinem schwarzen zerknitterten Gewand, hohlwangig unter dem schwarzen Turban, vor ihm. Er wirkt weniger selbstsicher als sonst. Seine glühenden Augen suchen herausfordernd Nisams Blick, aber sie sind gerötet vor Müdigkeit. Hinter ihm trägt ein Sekretär einen Stapel Papiere, der mit einem breiten Band aus Korduanleder zusammengehalten wird.

Der Großwesir hat sich hingesetzt; aufgrund seines

Alters kann er sich das erlauben. Er trägt ein graues Gewand. Sein Bart ist fast weiß, seine Stirn voller Falten, nur sein Blick wirkt noch jung und lebhaft, fast übermütig. Zwei seiner Söhne begleiten ihn, die die Anwesenden haßerfüllt oder herausfordernd mustern.

Dicht neben dem Sultan steht Omar. Er wirkt düster und bedrückt. In Gedanken formuliert er verbindliche Worte, die auszusprechen er jedoch keine Gelegenheit haben wird.

»Man hat uns für heute einen detaillierten Bericht über Einnahmen und Ausgaben unserer Schatzkammer versprochen. Ist er fertig?« fragt Malikschah.

Hassan verneigt sich.

»Ich habe mein Versprechen gehalten, hier ist der Bericht.«

Er dreht sich zu seinem Sekretär um, der eilig zu ihm tritt, das Lederband löst und ihm die Papiere reicht. Sabbah beginnt mit der Lektüre. Die ersten Seiten enthalten, wie es der Brauch ist, nur Danksagungen, fromme Worte, gelehrte Sprüche:

Es sind gut formulierte, beredsame Sätze, aber die Zuhörer erwarten mehr. Er kommt zum Kern:

»Ich habe genau ausgerechnet«, liest er weiter, »was die in jeder Provinz und in jeder größeren Stadt erhobenen Steuern der Schatzkammer des Sultans eingebracht haben. Ich habe ebenfalls ziemlich genau geschätzt, was wir von unseren Feinden erbeutet haben, und ich kann auch sagen, wofür dieses Gold ausgegeben wurde ...«

Er räuspert sich feierlich, gibt seinem Sekretär die Seite, die er gerade vorgelesen hat, greift zu der nächsten. Aber dann schließt er die halb geöffneten Lippen wieder. Schweigen. Er legt das Blatt beiseite, wendet sich der nächsten Seite zu, die er ebenfalls wütend beiseite schiebt. Das Schweigen dauert an. Der Sultan wird nervös und ungeduldig:

»Was ist? Wir warten.«

»Herr, ich finde den Anschluß nicht. Ich habe meine Papiere sorgfältig geordnet. Das Blatt, das ich suche, muß wohl herausgefallen sein. Ich werde es schon noch finden.«

Er blättert weiter, sichtlich aufgeregt. Nisam nutzt die Gelegenheit, um in einem betont großmütigen Ton zu sagen:

»Es kann jedem einmal passieren, daß er eine Seite verlegt. Unserem jungen Freund hier darf man das nicht übel nehmen. Statt weiter zu warten, schlage ich vor, zu einem anderen Abschnitt des Berichts überzugehen.«

»Du hast recht, Ata, lassen wir uns dadurch nicht aufhalten.«

Jeder hat bemerkt, daß der Sultan den Wesir wieder »Vater« genannt hat. Ist es ein Zeichen wiedergewonnener Gunst? Während Hassan immer nervöser wird, nutzt der Wesir seinen Vorteil:

»Vergessen wir diese verlorene Seite. Statt den Sultan noch länger warten zu lassen, schlage ich vor, daß unser Bruder Hassan uns die Zahlen für einige wichtige Städte oder Provinzen nennt.«

Der Sultan nickt. Nisam fährt fort:

»Nehmen wir zum Beispiel die Stadt Nischapur, die Heimatstadt des hier anwesenden Omar Khajjam. Wieviel haben diese Stadt und ihre Provinz der Schatzkammer eingebracht?«

»Sofort«, erwidert Hassan, der versucht, wieder Boden zu gewinnen.

Er will aus dem Stapel die Seite 34 herausnehmen, auf der, wie er weiß, alle Angaben über Nischapur stehen. Vergebens.

»Die Seite ist nicht da«, stammelt er, »sie ist verschwunden ... Man hat sie mir gestohlen. Man hat meine Papiere durcheinandergebracht ...«

Nisam ist aufgestanden. Er tritt auf Malikschah zu und flüstert ihm ins Ohr:

»Wenn unser Herrscher seinen fähigsten Dienern mißtraut, denen, die um die Schwierigkeiten bestimmter Dinge wissen und das Mögliche vom Unmöglichen zu trennen vermögen, und statt dessen auf einen Narren, Scharlatan oder Dummkopf hört, dann kann es nicht ausbleiben, daß er in eine so peinliche, demütigende Situation gerät.«

Malikschah zweifelt keinen Augenblick daran, daß er das Opfer eines genialen, abgekarteten Spiels geworden ist. Wie die Chronisten berichten, war es Nisam al-Mulk gelungen, Hassans Sekretär zu bestechen. Er sollte bestimmte Seiten herausnehmen und andere durcheinanderbringen, so daß die geduldige Arbeit seines Rivalen zunichte gemacht war. Hassan versichert vergeblich, es müsse sich um ein Komplott handeln. Seine Stimme geht in dem Tumult unter. Der Sultan ist wütend darüber, daß man ihn zum Narren gehalten hat. Noch mehr ärgert es ihn jedoch, daß sein Versuch, sich aus der Bevormundung seines Wesirs zu befreien, fehlgeschlagen ist. An allem gibt er Hassan die Schuld. Er befiehlt seiner Wache, Hassan festzunehmen und verkündet sogleich das Todesurteil.

Zum ersten Mal ergreift jetzt Omar das Wort:

»Möge unser Herrscher Gnade walten lassen. Hassan Sabbah hat vielleicht Fehler begangen, er mag aus übertriebenem Eifer, aus Ehrgeiz gesündigt haben. Dafür sollte man ihn entlassen; aber er hat sich dir gegenüber keiner schweren Verfehlung schuldig gemacht.«

»Dann soll man ihn blenden! Macht das Eisen glühend.«

Hassan bleibt stumm. Es ist Omar, der noch einmal für ihn bittet. Er kann nicht einen Mann töten oder blenden lassen, den er selbst an den Hof gebracht hat.

»Herr«, fleht er, »füg nicht eine solche Strafe einem jungen Mann zu, der sich nur durch das Lesen und das Schreiben über deine Ungnade hinwegtrösten kann.«

Und Malikschah entscheidet:

»Um deinetwegen, qaje Omar, den weisesten und gerechtesten aller Männer, bin ich bereit, noch einmal mein

Urteil zu ändern. Hassan Sabbah wird zur Verbannung verurteilt. Bis zum Ende seiner Tage wird er im Exil leben. Nie wieder wird er den Boden unseres Reiches betreten.«

Aber der Mann aus Qum wird wiederkommen, um Rache zu nehmen.

Zweites Buch
Das Paradies der Assassinen

In dir sind Paradies und Hölle.

Omar Khajjam

I

Sieben Jahre sind vergangen, sieben fette Jahre für Khajjam und für das Reich, die letzten Friedensjahre.

Unter einem Dach aus Weinlaub ist ein Tisch gedeckt: eine Langhalskaraffe mit dem besten Weißwein von Schiras und ein Festmahl in hundert kleinen Schälchen; das ist das Ritual eines Juniabends auf Omars Terrasse. Man muß mit dem Leichtesten beginnen, empfiehlt er, zuerst mit dem Wein, den Früchten, dann mit den Speisen: Reis mit Berberitze und gefüllte Quitten.

Ein leichter Wind kommt von den Gelben Bergen, weht durch die blühenden Obstgärten und bringt Kühlung. Dschahane nimmt eine Laute zur Hand, greift in ein paar Seiten. Die langsame, getragene Musik begleitet das Geräusch des Windes. Omar hebt seinen Kelch, atmet lange den Duft ein. Dschahane beobachtet ihn. Sie nimmt vom Tisch die größte, die röteste Brustbeere, eine mit besonders glatter Haut und reicht sie ihrem Mann, was, in der Sprache der Früchte, bedeutet »einen Kuß, bitte, sofort«. Er beugt sich zu ihr, ihre Lippen berühren sich, fliehen sich, berühren sich wieder, entfernen und vereinigen sich. Eine Hand umschlingt die andere, eine Dienerin kommt, sie trennen sich ohne Hast, jeder greift nach seinem Kelch. Dschahane lächelt und murmelt:

»Wenn ich sieben Leben hätte, würde ich eines damit verbringen, jeden Abend auf der Terrasse zu liegen, auf diesem weichen Lager, und diesen Wein zu trinken, aus dieser Schale zu essen: Das Glück ist in dieser Monotonie verborgen.«

Omar erwidert:

»Ein Leben oder drei oder sieben – ich würde sie alle wie dieses eine verbringen, auf dieser Terrasse, meine Hand in deinem Haar.«

Sie sind zusammen und doch getrennt. Seit neun Jahren lieben sie sich, seit vier Jahren sind sie verheiratet, aber ihre Träume leben noch immer nicht unter demselben Dach. Dschahane verschlingt die Zeit, Omar genießt sie. Sie will die Welt beherrschen; ihre Informationen erhält sie von der Sultanin und diese wiederum von dem Sultan. Tagsüber intrigiert sie im königlichen Harem, interessiert sich für die ein- und ausgehenden Botschaften, für Bettgeheimnisse, kostbare Geschenke, Giftmischereien. Sie ist überall und nirgends zugleich, aufgeregt und rastlos. Abends gibt sie sich dem Glück hin, geliebt zu werden. Omars Leben verläuft anders. Es besteht aus der Lust an der Wissenschaft und der Wissenschaft der Lust. Er steht spät auf, trinkt erst einmal nüchtern seinen traditionellen »Morgenschluck«; dann setzt er sich an seinen Schreibtisch, schreibt, rechnet, zeichnet Linien und Figuren, schreibt wieder, vertraut seinem geheimen Buch ein paar Verse an.

Nachts geht er zu seinem Observatorium, das auf einem kleinen Hügel unweit seines Hauses errichtet wurde. Er braucht nur einen Garten zu durchqueren, und schon befindet er sich inmitten seiner Instrumente, die er mit eigener Hand und voller Zärtlichkeit ölt und poliert. Oft begleitet ihn auch ein Astronom, der zu Besuch in der Stadt weilt. Die ersten drei Jahre seines Aufenthalts waren ganz der Sternwarte von Isfahan gewidmet: Er überwacht den Bau, die Herstellung des Materials, und vor allem führte er den neuen Kalender ein, der am ersten Tag des Monats Farwardin im Jahr 458, das heißt, am 21. März 1079, in Kraft trat, ein Anlaß zu einem großen Fest. Welcher Perser könnte je vergessen, daß in jenem Jahr zu Ehren von Khajjams Berechnungen das heilige Norus-Fest verlegt wurde, daß das neue Jahr, das mitten in das Zeichen der Fische fallen sollte, bis zur ersten Sonne des Widders aufgeschoben wurde, so daß seit jener Reform die persischen Monate mit den Sternzeichen gleichlaufen? Farwardin wurde so zum Monat des

Widders und Esfand zu dem der Fische. Der Juni 1081 ist also für die Bürger von Isfahan und des ganzen Reichs das dritte Jahr der neuen Zeitrechnung. Sie trägt zwar offiziell den Namen des Sultans, aber gemeinhin auf der Straße und selbst in manchen Dokumenten ist ganz einfach die Rede von »dem und dem Jahr nach Omar Khajjams Zeitrechnung«. Welcher Mann hat zu Lebzeiten eine solche Ehre erfahren? Der erst 33 Jahre alte Khajjam ist eine bekannte und geachtete Persönlichkeit. Und gewiß wird er auch von denen gefürchtet, die seine tiefe Abneigung gegenüber Gewalt und Herrschaft nicht kennen.

Was verbindet ihn trotz allem mit Dschahane? Ein Detail, aber ein ganz wesentliches Detail: Weder er noch sie wollen Kinder. Dschahane ist entschlossen, sich keinesfalls mit Nachwuchs zu belasten, und Khajjam hat sich die Maxime des von ihm verehrten, blinden syrischen Dichters Abu'l-Ala zu eigen gemacht: »Ich leide durch die Schuld dessen, der mich gezeugt hat. Niemand soll durch meine Schuld leiden.«

Man darf jedoch diese Haltung nicht mißverstehen: Khajjam ist alles andere als ein Misanthrop. Hat er zum Beispiel nicht geschrieben: »Wenn der Schmerz dich überwältigt, wenn du dir wünschst, eine ewige Nacht möge sich auf die Welt senken, denk an das schimmernde Grün nach dem Regen, denk an das Erwachen eines Kindes«? Wenn er sich weigert, selbst Kinder in die Welt zu setzen, so deshalb, weil ihm das Leben als eine allzu schwere Last erscheint. »Glücklich der, der diese Welt nie sah«, pflegt er ständig zu sagen.

Man sieht, die Gründe, die beide für ihren Entschluß haben, sind nicht die gleichen. Sie handelt aus übertriebenem Ehrgeiz, er aus übertriebener Entsagung. Aber diese Übereinstimmung in einer Haltung, die von allen Persern – Männern wie Frauen – abgelehnt wird, so daß man sogar von Unfruchtbarkeit munkelt, schafft auch eine große Verbundenheit.

Eine Verbundenheit, die jedoch ihre Grenzen hat. Dschahane holt gelegentlich Omars Rat ein, den Rat eines abgeklärten Mannes, aber nur selten informiert sie ihn über ihre Aktivitäten. Sie weiß, er würde sie mißbilligen. Wozu also endlose Streitereien heraufbeschwören? Gewiß, Khajjam ist nie weit vom Hof entfernt. Er vermeidet es zwar, dort ständiger Gast zu sein, flieht und verachtet alle Intrigen, nimmt nicht teil an dem Kampf, den seit jeher die Mediziner und die Astrologen des Palastes miteinander ausfechten, trotzdem gibt es Verpflichtungen, denen er sich unmöglich entziehen kann: gelegentlich am Freitagsbankett teilzunehmen, einen kranken Emir zu untersuchen und insbesondere Malikschah sein Takwim, sein monatliches Horoskop, auszuarbeiten: Der Sultan pflegt ihn tagtäglich aufzusuchen, um zu erfahren, was er zu tun und zu lassen hat. »Am fünften stehen die Sterne ungünstig, du solltest den Palast nicht verlassen. Am siebten kein Aderlaß und keine Medizin. Am zehnten sollst du deinen Turban verkehrtherum aufwickeln. Am dreizehnten nähere dich keiner deiner Frauen ...« Nie käme der Sultan auf die Idee, diese Warnungen in den Wind zu schlagen. Auch Nisam nicht, der sein Takwim am Monatsende von Omar persönlich empfängt, es voller Spannung liest und sich Wort für Wort daran hält. Mit der Zeit haben sich auch andere bedeutende Männer dieses Privileg erworben, der Kämmerer, der große Kadi von Isfahan, die Schatzmeister, der eine oder andere Emir der Armee, einige reiche Händler: Für Omar bedeutet das inzwischen eine nicht unbeträchtliche Arbeit; die letzten zehn Nächte jeden Monats sind ganz damit ausgefüllt. Die Leute sind ganz versessen auf Vorhersagen: Die Einflußreichsten konsultieren Omar, die anderen suchen sich einen weniger bekannten Astrologen, wenn sie sich nicht gar vor jeder wichtigen Entscheidung an einen Mann der Religion wenden, der mit geschlossenen Augen den Koran aufschlägt, den Finger auf irgendeinen Vers legt und ihn vorliest, damit man ihm die Antwort entnehmen kann. Manche armen Frauen, die es eilig haben, einen Entschluß zu fassen, gehen hinaus auf die Straße: Den ersten Satz, der dort an ihr Ohr dringt, legen sie als einen Wink des Schicksals aus.

»Terken Khatun hat mich heute gefragt, ob ihr Takwim für den Monat Tir schon fertig ist«, sagt Dschahane an diesem Abend zu ihm.

Omar wirft einen Blick zum Himmel:

»Ich werde es ihr heute nacht ausarbeiten. Der Himmel ist klar, kein Stern verbirgt sich. Es wird Zeit, daß ich zum Observatorium gehe.«

Er will gerade aufstehen, als eine Dienerin ihm meldet:

»Ein Derwisch steht vor der Tür. Er bittet dich für diese Nacht um Gastfreundschaft.«

»Laß ihn herein«, erwidert Omar. »Gib ihm das kleine Zimmer unter der Treppe und sag ihm, er möge das Essen mit uns gemeinsam einnehmen.«

Dschahane verhüllt sich das Gesicht in Erwartung des fremden Besuchs, aber die Dienerin kommt allein zurück.

»Er möchte lieber in seinem Zimmer bleiben und beten. Er hat mir diese Nachricht gegeben.«

Omar liest, wird bleich und steht dann hastig auf. Dschahane ist besorgt:

»Wer ist dieser Mann?«

»Ich komme gleich zurück.«

Er zerreißt die Nachricht in tausend kleine Stücke und läuft eilig zu dem kleinen Zimmer, dessen Tür er hinter sich schließt. Einen Augenblick lang sieht er den Mann fragend, ungläubig an, dann umarmt er ihn, fragt ihn vorwurfsvoll:

»Was machst du in Isfahan? Nisam al-Mulk läßt dich von all seinen Spitzeln suchen.«

»Ich bin gekommen, um dich zu bekehren.«

Omar sieht ihn fassungslos an, wie um sich zu vergewissern, ob der andere noch all seiner Sinne mächtig ist.

Aber Hassan lacht. Es ist noch dasselbe gedämpfte Lachen, das Khajjam aus der Karawanserei von Kaschan her kennt.

»Keine Angst, du bist der letzte, den ich bekehren wollte. Aber ich brauche ein Dach über dem Kopf. Wer könnte mich besser schützen als Omar Khajjam, der Trinkgefährte des Sultans und der Freund des Großwesirs?«

»Ihr Haß auf dich ist größer als ihre Freundschaft für mich. Du bist mir ein willkommener Gast, aber glaub nicht, daß meine Beziehungen dich retten können, wenn man erfährt, daß du hier bist.«

»Morgen bin ich schon weit weg.«

Omar ist mißtrauisch:

»Bist du gekommen, um dich zu rächen?«

Der andere reagiert gekränkt.

»Ich denke nicht daran, meine unbedeutende Person zu rächen; ich will die Türkenherrschaft beseitigen.«

Omar mustert seinen Freund: Er hat seinen schwarzen Turban gegen einen weißen ausgetauscht, der voller Sand ist. Seine Kleider sind aus grober, verschlissener Wolle.

»Ein ehrgeiziger Plan! Ich allerdings sehe einen verbannten, verfolgten Mann vor mir, der sich von Haus zu Haus schleicht mit nichts als diesem Bündel in der Hand. Und du willst dich mit einem Reich messen, das sich von Damaskus bis Herat über den ganzen Orient erstreckt?«

»Du sprichst von dem, was ist, ich rede von dem, was sein wird. Bald wird sich dem Seldschuken-Reich die Schar der neuen Prediger entgegenstellen. Sie wird hervorragend organisiert, mächtig und furchtbar sein. Der Sultan und die Wesire werden vor ihr zittern. Es ist noch gar nicht so lange her – als du und ich geboren wurden –, da war Isfahan in der Hand einer persischen, einer schiitischen Dynastie, die sich den Kalifen von Bagdad untertan gemacht hat. Heute sind die Perser nur noch die Knechte der Türken, und dein Freund Nisam al-Mulk ist der willfährigste Knecht dieser

Eindringlinge. Wie kannst du behaupten, was gestern gewesen ist, sei morgen undenkbar?«

»Die Zeiten haben sich geändert, Hassan, die Türken haben die Macht, die Perser sind die Besiegten. Die einen suchen, wie Nisam, einen Kompromiß mit den Siegern, andere, wie ich, flüchten sich in die Bücher.«

»Und wieder andere kämpfen. Heute sind es nur ein paar, morgen werden es Tausende sein, eine starke, entschlossene, unbesiegbare Armee. Ich bin der Apostel der neuen Prediger. Ohne Unterlaß reise ich durch das Land, Kraft und Überredung sind meine Waffen, und mit der Hilfe des Allerhöchsten werde ich diese korrupte Herrschaft stürzen. Dir sage ich es, Omar, der du mir das Leben gerettet hast, bald wird die Welt Zeuge von Ereignissen werden, deren Sinn nur wenige begreifen. Du, du wirst ihn begreifen, du wirst wissen, was vorgeht, du wirst wissen, wer diese Erde erschüttert und wie dieser Aufruhr enden wird.«

»Ich will weder deine Überzeugung noch deine Begeisterung in Zweifel ziehen. Aber ich erinnere mich daran, daß du am Hof von Malikschah Nisam al-Mulk die Gunst des türkischen Sultans geneidet hast.«

»Du irrst dich, ich bin nicht jener schändliche Mensch, für den du mich hältst.«

»Ich habe lediglich einen Widerspruch festgestellt.«

»Das liegt nur daran, daß du nichts von meiner Vergangenheit weißt. Ich kann es dir nicht übelnehmen, daß du nach dem äußeren Anschein urteilst, aber du wirst die Dinge anders sehen, wenn ich dir erst meine Geschichte erzählt habe. Ich stamme aus einer seit Generationen schiitischen Familie. Man hat mir stets gesagt, die Ismailiten seien Ketzer. Bis zu dem Tag, an dem ich einen Missionar getroffen habe, der lange mit mir diskutiert und meinen Glauben erschüttert hat. Als ich aus Furcht, ihm vollends zu verfallen, beschloß, nicht mehr mit ihm zu reden, wurde ich krank. So krank, daß ich glaubte, meine letzte Stunde sei gekommen. Ich sah darin ein Zeichen, ein Zeichen des Allerhöchsten, und ich gelobte, mich zum ismailitischen Glauben zu bekehren, wenn ich am Leben bliebe. Von einem Tag auf den anderen wurde ich wieder gesund. Meine ganze Familie, ja jeder, der mich kannte, stand vor einem Rätsel.

Natürlich hielt ich Wort. Ich leistete den Eid, und nach zwei Jahren erhielt ich einen Auftrag: Ich sollte mich zu Nisam al-Mulk begeben, mir Zutritt zu seinem Diwan verschaffen, um unsere ismailitischen Brüder zu schützen, die in Schwierigkeiten waren. Ich reiste also von Rai nach Isfahan. Unterwegs rastete ich in der Karawanserei von Kaschan. Als ich damals allein in meinem kleinen Zimmer saß, überlegte ich mir gerade, wie ich wohl das Vertrauen des Großwesirs gewinnen könnte, als die Tür aufging. Und wer trat ein? Khajjam, der große Khajjam, den der Himmel mir gesandt hatte, um mir meine Aufgabe zu erleichtern.«

Omar ist fassungslos.

»Dabei hatte Nisam al-Mulk mich gefragt, ob du Ismailite seist. Und ich antwortete, ich wüßte es nicht.«

»Du hast nicht gelogen, du wußtest es wirklich nicht. Jetzt weißt du es.« Er unterbricht sich.

»Hattest du mir nicht etwas zu essen angeboten?«

Omar öffnet die Tür, ruft die Dienerin, bittet sie, etwas zu bringen, und fragt dann weiter:

»Und seit sieben Jahren irrst du im Gewand eines Sufi durch die Lande?«

»Ich bin tatsächlich umhergeirrt. Als ich damals Isfahan verließ, verfolgten mich Nisams Spitzel, die mir nach dem Leben trachteten. Ich konnte sie in Qum abschütteln, wo Freunde mich versteckt hielten. Von dort aus bin ich weiter nach Rai gegangen, wo ich einem Ismailiten begegnet bin, der mir riet, nach Ägypten zu reisen und dort die Missionarsschule aufzusuchen, in der er selbst gewesen war. Ich machte einen Umweg über Aserbaidschan, bevor ich nach Damaskus kam. Ich wollte nach Kairo auf dem Landweg reisen, aber in der Gegend von Jerusalem kämpften Türken und Maghreb-Herrscher miteinander. Also mußte ich umkehren und die Küstenstraße über Beirut, Sidon, Tyrus und Akka nehmen. Dort fand ich Platz auf einem Schiff. Als ich in Alexandria ankam, wurde ich wie ein großer Emir empfangen. Eine ganze Schar, mit Abu-Daud, dem höchsten Missionar, an der Spitze, war gekommen, um mich zu begrüßen.«

Die Dienerin war wieder zurück. Sie stellt ein paar Schalen auf den Teppich. Hassan beginnt, ein Gebet zu sprechen, mit dem er erst aufhört, als sie den Raum wieder verlassen hat.

»In Kairo bin ich zwei Jahre lang geblieben. In der Missionsschule hielten sich an die hundert Männer auf. Aber nur ein paar von uns waren ausersehen, Aufgaben außerhalb des Fatimidenreichs zu übernehmen.«

Er vermeidet es, zu sehr ins Detail zu gehen. Aber man weiß aus verschiedenen Quellen, daß der Unterricht an zwei verschiedenen Orten abgehalten wurde: Die Glaubenssätze wurden von den Ulema in der Medersa al-Azhar gelehrt. Im Kalifenpalast lernte man dagegen, wie man den Glauben weiterverbreiten konnte. Der oberste Missionar selbst, eine einflußreiche Persönlichkeit am Fatimidenhof, lehrte die Studenten die Kunst der Überredung und der Argumentation, brachte ihnen bei, wie man Herz und Vernunft gleichermaßen anspricht. Er war es auch, der sie den Geheimcode auswendig lernen ließ, den sie in ihren Gesprächen zu benutzen hatten. Am Ende jedes Unterrichts kamen die Studenten einer nach dem anderen nach vorn und knieten vor dem obersten Missionar nieder, der über ihren Kopf ein Dokument hielt, das die Unterschrift des Imam trug. Danach gab es noch eine kürzere Einführung für die Frauen.

»Ich habe in Ägypten alles gelernt, was man wissen muß.«

»Hast du mir nicht einmal gesagt, du hättest mit siebzehn Jahren schon alles gewußt?« fragt Khajjam ironisch.

»Als ich siebzehn war, hatte ich mir mein Wissen angeeignet, dann lernte ich zu glauben. Und in Kairo lernte ich zu bekehren.«

»Und was sagst du zu denen, die du bekehren willst?«

»Ich sage ihnen, der Glaube sei nichts ohne den Meister, der ihn uns lehrt. Wenn wir rufen: ›Es gibt keinen anderen Gott als Gott‹, fügen wir sofort hinzu: ›Und Mohammed ist sein Prophet.‹ Warum? Weil es gar keinen Sinn hätte, zu behaupten, es gäbe nur einen einzigen Gott, ohne gleichzeitig die Quelle zu zitieren, das heißt den Namen dessen, der uns eine solche Wahrheit gelehrt hat. Aber dieser Mann, dieser Prophet, dieser Lehrer, ist schon seit langem tot. Wie können wir also wissen, daß er existiert und das gesagt hat, was man uns überliefert? Ich habe wie du Plato und Aristoteles gelesen; ich brauche Beweise.«

»Was für Beweise? Gibt es auf diesem Gebiet wirklich Beweise?«

»Für euch Sunniten sicherlich nicht. Ihr denkt, Mohammed sei gestorben, ohne seinen Erben zu bezeichnen, und habe die Muslime sich selbst überlassen. Seither laßt ihr euch von dem Stärksten oder Gerissensten regieren. Das ist absurd. Wir denken, der Botschafter Gottes hat einen Nachfolger benannt, einen Träger seiner Geheimnisse: Den Imam Ali, seinen Schwiegersohn und Vetter, der fast wie ein Bruder für ihn war. Und Ali hat ebenfalls einen Nachfolger gewählt. Die Linie der legitimen Imams wurde also nie unterbrochen. Durch sie ist uns der Beweis für Mohammeds Botschaft und die Existenz eines einzigen Gottes überliefert worden.«

»Ich sehe da nur keinen Gegensatz zu dem, was die anderen Schiiten lehren.«

»Zwischen meinem Glauben und dem meiner Eltern liegt ein großer Unterschied. Sie haben mich gelehrt, wir müßten geduldig die Macht unserer Feinde ertragen, in Erwartung des verborgenen Imam, der auf Erden das Reich der Gerechtigkeit errichten und die wahren Gläubigen belohnen wird. Meine eigene Überzeugung ist, daß man jetzt handeln und mit allen Mitteln das Erscheinen unseres Imam in diesem Land vorbereiten muß. Ich bin der Wegbereiter, der, der die Erde ebnet, damit sie bereit ist, den Imam der Zeit zu empfangen. Weißt du denn nicht, daß der Prophet von mir gesprochen hat?«

»Von dir, Hassan, dem Sohn Ali Sabbahs aus Qum?«

»Hat er nicht gesagt: Ein Mann wird aus Qum kommen, er wird die Menschen aufrufen, dem rechten Weg zu folgen. Um ihn werden sich Männer scharen, die der Sturmwind nicht zerstreuen wird, sie werden nicht schwach und des Krieges nicht müde werden, und Gott wird ihre Stütze sein.«

»Ich kenne dieses Zitat nicht. Dabei habe ich alle uns überlieferten Sammlungen gelesen.«

»Du hast die deinen gelesen, die Schiiten haben andere.«

»Und es handelt sich dabei um dich?«

»Bald wirst du nicht mehr daran zweifeln.«

2

Der Mann mit dem weißen Turban hat sein unstetes Leben wieder aufgenommen. Als unermüdlicher Missionar reist er durch den muslimischen Orient, nach Balch, Merw, Kaschgar, Samarkand. Überall predigt er, argumentiert, bekehrt und organisiert. Er verläßt keine Stadt und kein Dorf, ohne dort einen Vertreter ernannt zu haben, der sich auf einen Kreis von Anhängern stützt: Schiiten, die es satt haben, zu warten und zu dulden, persische oder arabische Sunniten, die die Türkenherrschaft leid sind, junge Leute, die das Abenteuer suchen, Gläubige, denen es die Strenge der Lehre angetan hat. Hassans Armee wächst von Tag zu Tag. Man nennt seine Gefolgsleute die »Batinis«, die Männer des Geheimnisses, man verdammt sie als Ketzer und Ungläubige. Die Ulema belegen sie mit einem Bannfluch nach dem anderen: »Wehe dem, der ihnen folgt, wehe dem, der an ihrem Tisch ißt, wehe dem, der sich mit ihnen ehelich verbindet: Ihr Blut zu vergießen ist ebenso legitim, wie seinen Garten zu bewässern.«

Der Ton wird schärfer, und die Gewalt bleibt nicht lange auf Worte beschränkt. In Sawah denunziert der Vorbeter einer Moschee einige Personen, die sich zur Stunde des Gebets abseits von den anderen Muslimen versammeln. Er fordert die Polizei auf, gegen sie einzuschreiten. Achtzehn Ketzer werden verhaftet. Ein paar Tage später findet man den Mann mit einem Dolch im Rücken auf. Nisam al-Mulk befiehlt eine exemplarische Strafe: Ein ismailitischer Schreiner wird des Mordes angeklagt, gefoltert und gekreuzigt. Sein Leichnam wird durch die Gassen des Basars geschleift.

»Dieser Vorbeter war das erste Opfer der Ismailiten und der Schreiner ihr erster Märtyrer«, schreibt ein Chronist und fügt hinzu, sie hätten ihren ersten großen Erfolg in der Stadt Kain südlich von Nischapur davongetragen. Eine Karawane aus Kirman war dort unterwegs, mit mehr als sechshundert Händlern und Pilgern sowie einer bedeutenden Ladung Antimon. Etwa eine halbe Tagesreise von Kain entfernt versperrten bewaffnete und maskierte Männer ihr den Weg. Der Alte von der Karawane dachte, es handele sich um Räuber, und wollte über ein Lösegeld verhandeln, wie er es gewohnt war, aber darum ging es nicht. Die Reisenden wurden in ein befestigtes Dorf geführt, wo man sie mehrere Tage lang gefangen hielt und sie ermahnte, sich zu bekehren. Einige taten es, andere wurden freigelassen, aber die meisten hat man schließlich umgebracht.

Dabei sollte diese Karawanenentführung bald als ein belangloser Zwischenfall in der gigantischen und heimtückischen Machtprobe erscheinen, die sich nun anbahnte. Das Morden der einen wird mit dem Morden der anderen erwidert, keine Stadt, keine Provinz, keine Straße wird verschont. Mit dem »Seldschukenfrieden« ist es vorbei.

Da bricht die denkwürdige Krise von Samarkand aus. »Der Kadi Abu-Taher ist an diesen Ereignissen schuld«, behauptet kurz und bündig ein Chronist. Aber so einfach liegen die Dinge nicht.

Wahr ist, daß an einem Nachmittag im November Khajjams ehemaliger Wohltäter unerwartet mit seinen Frauen und seiner ganzen Habe in Isfahan eintrifft, Flüche und Verwünschungen ausstoßend. Kaum hat er das Tor von Tirah hinter sich gelassen, läßt er sich zu seinem Freund führen, der glücklich ist, ihm endlich seine Dankbarkeit erweisen zu können, und ihn bei sich unterbringt. Nach den üblichen Höflichkeitsfloskeln bittet Abu-Taher ihn, den Tränen nahe:

»Ich muß so rasch wie möglich mit Nisam al-Mulk sprechen.«

Khajjam hat den Kadi noch nie in einem solchen Zustand gesehen. Er versucht ihn zu beruhigen:

»Wir suchen den Wesir noch heute nacht auf. Ist es so ernst?«

»Ich mußte aus Samarkand fliehen.«

Er kann sich nicht mehr beherrschen, seine Stimme versagt, und die Tränen fließen. Seit ihrer letzten Begegnung ist er gealtert. Seine Haut ist faltig und sein Bart weiß geworden; nur noch die buschigen Augenbrauen sind so dunkel wie früher. Omar sagt ein paar tröstende Worte. Der Kadi faßt sich wieder, rückt seinen Turban zurecht und sagt:

»Erinnerst du dich an diesen Mann, den man den narbengesichtigen Studenten nannte?«

»Wie könnte ich den vergessen, der mich fast zu Tode gebracht hätte!«

»Und weißt du noch, wie verbittert er auch nur den geringsten Anflug von Ketzertum verdammte? Nun, seit drei Jahren hat er sich den Ismailiten angeschlossen und verteidigt heute ihre Irrlehre mit dem gleichen Eifer wie damals den wahren Glauben. Die Bürger folgen ihm zu Hunderten, ja zu Tausenden. Er ist der Herr der Straße, er befiehlt den Händlern im Basar. Mehrere Male schon bin ich zum Khan gegangen. Du hast ja noch Nasr Khan gekannt, dessen plötzliche Wutausbrüche ebenso rasch wieder verrauchten, wie sie gekommen waren, und der in seiner Gewalttätigkeit ebenso unberechenbar war wie in seinem Großmut. Gott sei seiner Seele gnädig; ich schließe ihn in jedes meiner Gebete ein. Jetzt ist sein Neffe Ahmed an der Macht, ein junger bartloser Mann, unentschlossen, undurchschaubar; ich weiß nicht, wie ich ihn nehmen soll. Ich habe mich des öfteren bei ihm über die ketzerischen Umtriebe beklagt, ihm die Gefahren dieser Situation vor Augen geführt: Er hörte mich zerstreut, ja gelangweilt an. Als ich sah, daß er sich nicht entschließen konnte zu handeln, habe ich die Befehlshaber der Bürgerwehr zusammengerufen sowie ein paar Beamte, an deren Loyalität ich nicht zweifelte. Sie bat ich, die Versammlungen der Ismailiten zu überwachen. Drei Männer meines Vertrauens beschatteten abwechselnd den narbengesichtigen Studenten; mein Ziel war, dem Khan einen detaillierten Bericht über die Aktivitäten der Ketzer vorzulegen, um ihm die Augen zu öffnen. Das ging so lange, bis meine Männer mir mitteilten, der Anführer der Ungläubigen sei in Samarkand eingetroffen.«

»Hassan Sabbah?«

»Du hast es erraten. Meine Männer stellten sich an den beiden Enden der Abdack-Straße im Ghatfar-Viertel auf, wo die Versammlung der Ismailiten stattfand. Als Sabbah, als Sufi verkleidet, herauskam, warfen sie sich auf ihn, stülpten einen Sack über seinen Kopf und brachten ihn mir. Ich führte ihn sogleich zum Palast, voller Stolz darüber, dem Herrscher einen solchen Gefangenen zu bringen. Er zeigte sich auch zum ersten Mal interessiert und bat, ihn zu sehen. Aber als Sabbah ihm vorgeführt wurde, befahl er, seine Bande zu lösen und ihn allein mit ihm zu lassen. Ich warnte ihn zwar, rief ihm die Untaten ins Gedächtnis, die dieser gefährliche Ketzer begangen hat – vergeblich. Er wollte, so sagte er, den Mann überzeugen und ihn auf den rechten Weg zurückführen. Das Gespräch zog sich in die Länge. Von Zeit zu Zeit öffnete einer seiner Vertrauten die Tür einen Spaltbreit: Die beiden Männer diskutierten noch immer. Bei Morgengrauen sah man plötzlich, wie sie beide nebeneinander zum Gebet niederknieten und dieselben Worte murmelten. Die Ratgeber des Palastes trauten ihren Augen nicht.«

Abu-Taher trinkt einen Schluck Mandelmilch, dankt und fährt fort:

»Der Herr von Samarkand, der Herrscher über Transoxanien, der Erbe der Dynastie der Schwarzen Khane war dem Ketzertum verfallen. Gewiß, er sagte das nicht offen, beteuerte, er trete noch immer für den wahren Glauben ein;

aber es hatte sich alles geändert. Die Ratgeber des Fürsten wurden durch Ismailiten ersetzt. Die Anführer der Bürgerwehr, die Sabbah gefangengenommen hatten, starben einer nach dem anderen eines gewaltsamen Todes. Meine eigene Wache wurde durch die Männer des narbengesichtigen Studenten abgelöst. Was konnte ich da noch tun? Ich schloß mich der ersten Pilgerkarawane an, um die von der Situation in Kenntnis zu setzen, die das Schwert des Islams hochhalten, Nisam al-Mulk und Malikschah.«

Noch am gleichen Abend bringt Khajjam Abu-Taher zum Wesir. Nach ein paar erklärenden Worten läßt er die beiden allein. Nisam hört seinem Besucher aufmerksam und mit wachsender Sorge zu. Als der Kadi geendet hat, sagt er:

»Weißt du, wer in Wirklichkeit für das Unglück von Samarkand und für unser aller Unglück verantwortlich ist? Der Mann, der dich hierherbegleitet hat.«

»Omar Khajjam?«

»Wer anders? Es war qaje Omar, der für Hassan Sabbah eingetreten ist, als sein Tod schon beschlossen war. Er hat uns daran gehindert, ihn zu töten. Wird er ihn jetzt daran hindern können, uns zu töten?«

Der Kadi weiß nicht, was er sagen soll. Nisam seufzt. Ein kurzes verlegenes Schweigen folgt.

»Was schlägst du vor?«

Die Frage kam von Nisam. Abu-Taher hat eine Antwort bereit; er spricht sie wie eine feierliche Erklärung aus:

»Es wird Zeit, daß die Fahne der Seldschuken über Samarkand weht.«

Die Züge des Wesirs leuchten auf, doch gleich darauf verdüstern sie sich.

»Deine Worte sind nicht mit Gold aufzuwiegen. Seit Jahren schon predige ich dem Sultan, Transoxanien müsse Teil seines Reiches werde, und wir könnten nicht auf so bedeutende und wohlhabende Städte wie Samarkand und Buchara verzichten. Es ist alles vergeblich. Malikschah will nichts davon wissen.«

»Dabei ist die Armee des Khans sehr geschwächt. Die Emire bekommen ihren Sold nicht mehr, und die Festungen verfallen.«

»Das ist uns bekannt.«

»Fürchtet Malikschah, ihn könnte das gleiche Schicksal ereilen wie seinen Vater Alp Arslan, wenn er den Fluß überquert?«

»Keineswegs.«

Der Kadi fragt nicht weiter; er wartet auf eine Erklärung.

»Der Sultan fürchtet weder den Fluß noch die Armee des Feindes«, sagt Nisam. »Er hat Angst vor einer Frau.«

»Terken Khatun?«

»Wenn Malikschah den Fluß überquert, so hat sie geschworen, werde sie ihm für immer ihr Lager verweigern und den Harem in eine wahre Hölle verwandeln. Samarkand ist ihre Stadt, das darf man nicht vergessen. Nasr Khan war ihr Bruder, und Ahmed Khan ist ihr Neffe. Transoxanien gehört ihrer Familie. Wenn das Königreich zerfällt, das ihre Ahnen errichtet haben, verliert sie ihren Rang unter den Frauen des Palastes. Und ihr Sohn hat nicht mehr die gleichen Chancen, eines Tages Malikschahs Nachfolger zu werden.«

»Aber ihr Sohn ist erst zwei Jahre alt!«

»Eben darum. Weil er noch so jung ist, muß seine Mutter ganz besonders für seine Rechte kämpfen.«

»Wenn ich recht verstehe«, entgegnet der Kadi, »wird der Sultan nicht zu bewegen sein, Samarkand einzunehmen.«

»Das habe ich nicht gesagt. Man wird ihn eben überreden müssen, seine Meinung zu ändern. Nur verfügen wir nicht über die gleichen Waffen wie Terken Khatun.«

Der Kadi errötet. Er lächelt höflich, läßt sich jedoch nicht von seinen Gedanken abbringen.

»Und wenn ich dem Sultan persönlich erzähle, was geschehen ist, wenn ich ihn von Hassan Sabbahs finsteren Plänen unterrichte?«

»Nein«, entgegnet Nisam kurz.

Im Augenblick hat er keine Zeit, zu argumentieren. Ein Plan reift in seinem Kopf, und sein Besucher wartet, bis er Form angenommen hat.

»Also«, beginnt der Wesir in bestimmtem Ton. »Morgen früh begibst du dich zum Tor des Harems und verlangst den obersten Eunuchen zu sprechen. Du sagst ihm, du kämst aus Samarkand und möchtest Terken Khatun Neuigkeiten von ihrer Familie überbringen. Du bist der Kadi ihrer Stadt, ein alter Diener ihrer Dynastie – sie muß dich empfangen.«

Der Kadi nickt. Nisam fährt fort:

»Wenn du in dem Saal mit den Vorhängen bist, erzählst du, in welch bedauernswerter Lage sich Samarkand durch die Schuld der Ketzer befindet. Aber erwähne ja nicht Ahmeds Bemerkung. Im Gegenteil, laß durchblicken, Hassan Sabbah begehre seinen Thron, Ahmeds Leben sei bedroht, und nur noch ein günstiges Schicksal könne es retten. Und füg hinzu, du hättest auch mich aufgesucht, aber nur wenig Gehör bei mir gefunden. Ja, ich hätte dir sogar davon abgeraten, mit dem Sultan zu sprechen.«

Die List gelingt. Während Terken Khatun den Sultan von der Notwendigkeit überzeugt, den Khan von Samarkand zu retten, bereitet Nisam al-Mulk, nach außen hin Widerstand heuchelnd, alles für den Feldzug vor. Durch diesen erlisteten Krieg erstrebt Nisam nicht so sehr die Eingliederung Transoxaniens ins Reich – und Samarkands Rettung ist ihm herzlich gleichgültig –; ihm liegt vor allem daran, sein Ansehen wiederherzustellen, das durch die ismailitische und politische Unterwanderung schwer gelitten hat. Und dazu braucht er einen klaren Sieg, einen Sieg, der von sich reden macht. Seit Jahren schwören ihm seine Spitzel tagtäglich, sie hätten Hassan aufgespürt und seine Verhaftung sei nur noch eine Frage von Stunden; aber der Rebell bleibt unauffindbar, und seine Truppen lösen sich jedesmal in Luft auf. Also sucht Nisam eine Gelegenheit, ihm offen gegenüberzutreten, Armee gegen Armee. Samarkand ist das geeignete Terrain dafür.

Im Frühjahr 1089 setzt sich die Armee von zweihunderttausend Mann in Bewegung, mit Elefanten und Belagerungsmaschinen. Buchara, das keinen großen Widerstand leistet, wird als erstes erobert; dann erreichen die Soldaten Samarkand. Als Malikschah vor den Toren der Stadt steht, setzt er Ahmed Khan in einer pathetischen Botschaft davon in Kenntnis, er sei gekommen, um ihn von dem Joch der Ketzer zu befreien. »Ich habe meinen erhabenen Bruder um nichts gebeten«, erwidert der Khan kühl. Malikschah gibt gegenüber Nisam seinem Erstaunen darüber Ausdruck, doch dieser entgegnet kaltblütig: »Der Khan ist kein freier Mann mehr; am besten, man nimmt keine Notiz von ihm.« Jedenfalls kann die Armee nicht mehr umkehren. Die Emire verlangen ihren Teil von der Beute, sie wollen nicht mit leeren Händen nach Hause kommen.

Schon nach ein paar Tagen wird ein Wächter vom Turm zum Verräter: Die Belagerer dringen in die Stadt ein. Sie setzen sich im Westen fest, in der Nähe des Klostertors. Die Verteidiger dagegen ziehen sich bis zu den südlichen Suks unweit des Tors von Kisch zurück. Ein Teil der Bevölkerung beschließt, die Truppen des Sultans zu unterstützen, und versorgt sie mit Lebensmitteln; ein anderer Teil steht auf seiten Ahmed Khans – jeder seinem Glauben gemäß. Zwei Wochen lang dauern die Kämpfe. Aber an ihrem Ausgang herrscht keinen Augenblick lang Zweifel. Der Khan, der sich zu einem Freund geflüchtet hatte, wird zusammen mit allen ismailitischen Führern gefangengenommen. Nur Hassan gelingt es, zu entkommen. Er flieht eines Nachts durch einen unterirdischen Gang.

Nisam hat zwar gewonnen. Aber sein unehrliches Spiel mit dem Sultan sowie der Sultanin hat seine Beziehungen zum Hof endgültig vergiftet. Gewiß, Malikschah bedauert es nicht, die reichsten Städte Transoxaniens so mühelos erobert zu haben. Aber er fühlt sich durch diesen Betrug in seiner Ehre gekränkt. So lehnt er es ab, für die Truppe das traditionelle Siegesbankett zu veranstalten. »Das ist nur der Geiz«, lautet Nisams gehässiger Kommentar.

Hassan Sabbah dagegen zieht aus seiner Niederlage eine wertvolle Lehre. Statt Fürsten zu bekehren, wird er sich von nun an eine furchtbare Kriegswaffe schmieden, etwas bisher Einmaliges in der Geschichte der Menschheit: Den Orden der Assassinen.

3

Alamut. Eine Festung auf einem Felsen in sechstausend Meter Höhe, eine Landschaft mit kahlen Bergen, vergessenen Seen, steilen Klippen, engen Schluchten. Auch die größte Armee kann sich hier nur Mann für Mann vorwärtsbewegen. Und die stärksten Wurfmaschinen würden die Felswände kaum erschüttern.

Mitten durch das Gebirge fließt der Schah-Rud, den man den »Wilden Fluß« nennt. Im Frühjahr, wenn der Schnee auf dem Elburdsch schmilzt, wird er zu einem tosenden Wasser, das Bäume und Gesteinsbrocken mit sich reißt. Wehe dem, der sich ihm nähert, und wehe der Truppe, die ihre Zelte an seinem Ufer aufschlägt.

Jeden Abend steigt aus dem Fluß und den Seen ein dichter Nebel wie Watte hoch, steigt an den Felsen empor und löst sich erst auf halber Höhe auf. Für den, der dort hinaufschaut, liegt Schloß Alamut wie eine Insel in einem Ozean von Wolken: Ein Schlupfloch der Dschinnen.*

In dem lokalen Dialekt bedeutet Alamut »der Rat des Adlers«. Man erzählt sich, ein Fürst habe eine Festung bauen wollen, um die Berge ringsumher zu kontrollieren, und einen dressierten Raubvogel ausgeschickt. Dieser habe seine Kreise durch den Himmel gezogen, sich dann auf diesem Felsen niedergelassen und seinem Herrn damit bedeutet, es gäbe keinen besseren Platz als diesen.

Hassan Sabbah tat es dem Adler gleich. Er durchwanderte ganz Persien auf der Suche nach einem Ort, wo er seine Anhänger um sich scharen, sie unterrichten und sie organisieren konnte. Aus seiner Niederlage in Samarkand hat er gelernt, daß die Eroberung einer großen Stadt kein

* Dschinn: böser Geist (A.d.Ü.)

guter Schachzug ist. Die kriegerische Auseinandersetzung mit den Seldschuken wäre unvermeidlich, und das Reich würde als Sieger daraus hervorgehen. Er mußte also etwas anderes finden, ein unzugängliches, uneinnehmbares Versteck in den Bergen, eine Stätte, von der aus er seine Tätigkeit in alle Himmelsrichtungen ausdehnen konnte.

Als in den Straßen von Isfahan gerade die in Transoxanien erbeuteten Fahnen aufgerollt wurden, befand Hassan sich in der Gegend von Alamut. Es war für ihn wie eine Offenbarung. Kaum hatte er den Felsen von weitem gesehen, war ihm klar, daß er hier und sonst nirgends sein Königreich errichten würde. Die Zeit des unsteten Lebens war vorbei. Alamut war damals eine befestigte Stadt wie manche andere auch. Einige Soldaten lebten hier mit ihren Familien, Handwerker, Bauern und ein von Nisam al-Mulk ernannter Gouverneur, Mahdi der Alawite. Ein braver Schlosser, der sich kaum um etwas anderes kümmerte als um seine Bewässerung, die Nußernte, seine Weinberge und Granatapfelbäume. Die Tumulte des Reichs brachten ihn nicht um den Schlaf.

Hassan beginnt, einige seiner Gefährten, die aus der Gegend stammen, hinaufzuschicken. Sie mischen sich unter die Soldaten, predigen und bekehren. Ein paar Monate später teilen sie ihrem Herrn mit, der Boden für sein Kommen sei vorbereitet. Hassan, wie immer als Sufi-Derwisch verkleidet, wandert herum, inspiziert jeden Winkel. Der Gouverneur empfängt den heiligen Mann. Er fragt ihn, womit er ihm dienen könne. »Ich will diese Festung haben«, erwidert Hassan.

Der Gouverneur lächelt, sagt sich, der Derwisch sei ein Mann mit Humor. Aber sein Gast lächelt nicht.

»Ich bin gekommen, um Besitz von diesem Platz zu ergreifen. Alle Männer der Garnison sind mir ergeben.«

Das Ende dieses Gesprächs ist zweifellos ebenso unwahrscheinlich wie unglaublich. Die Orientalisten, die die Chroniken jener Zeit studiert haben, insbesondere die von den Ismailiten abgefaßten Berichte, mögen sich gefragt haben, ob sie nicht einer Täuschung zum Opfer gefallen sind.

Man vergegenwärtigte sich die Szene:

Man schreibt den 6. September 1090. Hassan Sabbah, der geniale Gründer des Ordens der Assassinen, hat vor, Besitz von der Festung zu ergreifen, die einhundertsechsundsiebzig Jahre lang der Sitz der furchtbarsten Sekte der Geschichte werden sollte. Er jedoch sitzt im Schneidersitz dem Gouverneur gegenüber und wiederholt, ohne die Stimme zu heben:

»Ich bin gekommen, um Alamut zu besetzen.«

»Diese Festung wurde mir im Namen des Sultans übergeben«, erwidert der andere. »Ich habe dafür bezahlt.«

»Wieviel?«

»Dreitausend Golddinare.«

Hassan Sabbah schreibt auf ein Stück Papier: »Mahdi dem Alawiten soll die Summe von dreitausend Golddinaren ausgezahlt werden. Gott allein ist unser bester Schutz.« Der Gouverneur ist besorgt. Er bezweifelt, daß die Unterschrift eines Mannes in härenem Gewand so viel wert ist. Aber als er in die Stadt Damgan kommt, wird ihm sein Gold unverzüglich ausgezahlt.

4

Als die Nachricht von der Besetzung Alamuts nach Isfahan dringt, schenkt man ihr wenig Aufmerksamkeit. Die Stadt interessierte sich sehr viel mehr für den wachsenden Konflikt zwischen Nisam und dem Palast. Terken Khatun hat dem Wesir den Feldzug gegen die beiden Stammsitze ihrer Familie nicht verziehen. Sie bedrängt Malikschah, sich unverzüglich von seinem allzumächtigen Wesir zu trennen. Daß der Sultan, so sagt sie, beim Tode seines Vaters als Siebzehnjähriger einen Vormund bekommen habe, das sei verständlich. Heute, mit fünfunddreißig, sei er ein erwachsener Mann und könne nicht noch länger die Staatsgeschäfte in die Hände seines Ata legen. Es sei Zeit, zu erfahren, wer das Reich in Wirklichkeit regiere! Und habe nicht die Besetzung Samarkands bewiesen, daß Nisam seinen Willen durchzusetzen suche, seinen Herrscher für dumm verkaufe und ihn vor der gesamten Welt wie einen Minderjährigen behandle?

Malikschah zögert zwar noch, diesen Schritt zu tun, aber ein Zwischenfall bringt die Entscheidung. Nisam hat seinen eigenen Enkel zum Gouverneur der Stadt Merw ernannt. Der selbstbewußte junge Mann ließ sich in seinem allzu großen Vertrauen auf die Allmacht seines Großvaters dazu hinreißen, in aller Öffentlichkeit einen alten türkischen Emir zu beleidigen. Der Greis beklagte sich darüber tränenreich bei Malikschah, der Nisam außer sich vor Zorn sogleich folgenden Brief schreiben ließ: »Wenn du mein Ratgeber bist, hast du mir zu gehorchen und deinen Angehörigen zu verbieten, meine Männer zu kränken. Wenn du meinst, du seist meinesgleichen und teiltest die Macht mit mir, werde ich die notwendigen Maßnahmen ergreifen.«

Auf diese Botschaft, die ihm von hohen Würdenträgern

des Reichs überbracht wurde, lautet Nisams Antwort: »Sagt dem Sultan, daß, wenn er es bisher noch nicht wußte, ich mich durchaus als seinesgleichen betrachte. Ohne mich hätte er nie seine Macht erhalten können. Hat er vergessen, daß ich es war, der nach dem Tod seines Vaters die Geschäfte in die Hand genommen hat, der die anderen Thronanwärter ausgeschaltet und die Rebellen das Fürchten gelehrt hat? Daß er es mir verdankt, daß man ihm bis an die äußersten Grenzen der Erde Gehorsam leistet und ihn achtet? Geht und sagt ihm, daß von meinem Tintenfaß das Schicksal seines Throns abhängt.«

Die Gesandten sind fassungslos. Wie kann ein so weiser Mann wie Nisam al-Mulk dem Sultan eine solche Botschaft senden? Nicht nur, daß er in Ungnade fallen wird, er besiegelt damit vielleicht sein Todesurteil. Kennt sein Hochmut keine Grenzen mehr?

An diesem Tag weiß nur ein einziger Mann den Grund für die Reaktion des Großwesirs, und das ist Khajjam. Seit Wochen klagte Nisam ihm gegenüber über schreckliche Schmerzen, die ihn des Nachts nicht schlafen ließen und ihn tagsüber daran hinderten, sich auf seine Arbeit zu konzentrieren. Nachdem er ihn aufmerksam untersucht, betastet und befragt hatte, stellte Omar die Diagnose: ein entzündlicher Tumor.

Es war eine schmerzliche Aufgabe für Khajjam, seinem Freund die Wahrheit über seinen Zustand zu sagen.

»Wie lange habe ich noch zu leben?«

»Ein paar Monate.«

»Werde ich weiter solche Schmerzen haben?«

»Ich könnte dir Opium verschreiben, um deine Leiden zu lindern. Aber dann wirst du ständig benommen sein und nicht mehr arbeiten können.«

»Ich könnte dann nicht mehr schreiben?«

»Und auch kein längeres Gespräch mehr führen.«

»Dann will ich lieber weiter leiden.«

Lange Augenblicke des Schweigens liegen zwischen den einzelnen Sätzen. Nisam unterdrückt tapfer seine Schmerzen.

»Hast du Angst vor dem Jenseits, Khajjam?«

»Warum sollte ich? Nach dem Tod erwartet uns entweder das Nichts oder die Barmherzigkeit.«

»Und das Böse, das ich getan habe?«

»So groß auch deine Verfehlungen sein mögen, Gottes Gnade ist größer.«

Nisam fühlt sich ein wenig beruhigt.

»Ich habe auch Gutes getan. Ich habe Moscheen und Schulen gebaut, das Ketzertum bekämpft.«

Da Khajjam ihm nicht widerspricht, fährt er fort:

»Wird man sich in hundert, in tausend Jahren noch an mich erinnern?«

»Wie kann man das wissen?«

Nisam sieht ihn mißtrauisch an und fragt dann weiter:

»Hast du nicht eines Tages gesagt: ›Das Leben ist wie eine Feuersbrunst. Flammen, die schon bald vergessen sind, Asche, die der Wind zerstreut, und ein Menschenleben, das vergeht.‹ Glaubst du, das wird auch das Schicksal von Nisam al-Mulk sein?«

Khajjam ist noch immer schweigsam.

»Dein Freund Hassan Sabbah durchstreift das Land und behauptet, ich sei ein ehrloser Türkendiener. Glaubst du, daß man das von mir später sagen wird? Daß ich eine Schande für die Meinen war? Wird man vergessen, daß ich als einziger den Sultanen dreißig Jahre lang standgehalten und ihnen meinen Willen aufgezwungen habe? Was konnte ich denn anderes tun, nach dem Sieg ihrer Armeen? Aber du sagst noch immer nichts.«

Nisam wirkt eine Weile wie abwesend.

»Vierundsiebzig Jahre, die an mir vorüberziehen. So viele Enttäuschungen, so vieles, das ich bedauere, das ich gern anders gemacht hätte.«

Er hat die Augen halb geschlossen, seine Lippen sind nur noch ein schmaler Strich:

»Unglück über dich, Khajjam! Es ist deine Schuld, daß Hassan Sabbah heute all diese Untaten vollbringen kann.«

Omar hätte ihm am liebsten geantwortet: »Wieviel ihr doch gemeinsam habt, Hassan und du! Wenn euch eine Sache am Herzen liegt, sei es ein Reich zu gründen oder die Herrschaft des Imam vorzubereiten, dann zögert ihr nicht, zu töten, um ihr zum Sieg zu verhelfen. Für mich ist jede Sache, um deretwillen man tötet, den Einsatz nicht mehr wert. In meinen Augen ist sie niedrig, gemein und häßlich geworden, so erstrebenswert sie einst gewesen sein mag. Es gibt keine gerechte Sache mehr, wenn sie sich mit dem Tod verbündet.« Am liebsten hätte er Nisam das ins Gesicht geschrien, aber er beherrscht sich, schweigt, beschließt, seinen Freund in Frieden seinem Schicksal entgegen gehen zu lassen.

Trotz dieser schweren Nacht fand Nisam sich schließlich mit dem Unabänderlichen ab. Er gewöhnte sich an den Gedanken, bald nicht mehr zu sein. Aber von einem Tag auf den anderen verlor er das Interesse an den Staatsgeschäften und beschloß, die Zeit, die ihm noch blieb, dazu zu verwenden, ein Buch fertigzuschreiben, *Siyasat-name,* das »Buch der Regierung«, ein bemerkenswertes Werk und für den muslimischen Orient von ebenso großer Bedeutung wie vier Jahrhunderte später Machiavellis *Der Fürst* für das Abendland. Mit einem bedeutenden Unterschied: *Der Fürst* ist das Werk eines Mannes, der von der Politik enttäuscht ist, der aller Macht mißtraut, während *Siyasat-name* die Erfahrungen eines großen Reichsgründers zusammenfaßt.

So kommt es, daß in dem Augenblick, in dem Hassan Sabbah jene uneinnehmbare Festung in Besitz nimmt, von der er so lange geträumt hat, der starke Mann des Reichs nur noch an seinen Platz in der Geschichte denkt. Er zieht die wahren Worte den gefälligen vor, ist bereit, dem Sultan bis zum Schluß die Stirn zu bieten. Es scheint fast, als fordere er damit einen spektakulären Tod heraus, einen Tod, der seiner würdig ist.

Er sollte ihn haben.

Als Malikschah die Gesandten empfängt, die Nisam aufgesucht haben, traut er seinen Ohren nicht.

»Er hat wirklich gesagt, er teile mit mir die Macht?«

Als die Botschafter dies mit bedrückter Miene bejahen, tobt der Sultan vor Wut. Er werde seinen Vormund pfählen lassen, so schreit er, ihn bei lebendigem Leib in Stücke reißen, ihn auf den Zinnen der Zitadelle kreuzigen. Dann eilt er zu Terken Khatun, um ihr mitzuteilen, er habe sich nun doch entschlossen, Nisam al-Mulk all seiner Ämter zu entheben und wünsche nur noch seinen Tod. Blieb die Frage, wie man ihn hinrichten sollte, ohne einen Aufruhr in den zahlreichen, dem Wesir treu ergebenen Regimentern zu entfachen. Aber Terken und Dschahane haben eine Idee: Wünscht nicht Hassan ebenfalls Nisams Tod? Warum also nicht ihm die Sache überlassen, so daß auf Malikschah kein Verdacht fallen kann?

Man schickt also, unter dem Befehl eines dem Sultan treu ergebenen Mannes, einen Teil der Truppe nach Alamut. Nach außen hin sieht es so aus, als wolle man die Festung der Ismailiten belagern. In Wirklichkeit handelt es sich nur darum, insgeheim miteinander zu verhandeln. Der Ablauf der Ereignisse wird bis ins kleinste Detail festgelegt: Der Sultan wird Nisam nach Nihawand locken, einer Stadt, die auf halbem Weg zwischen Isfahan und Alamut liegt. Dort werden die Assassinen auf den Plan treten.

Die Texte aus jener Zeit berichten, Hassan Sabbah habe seine Männer versammelt und sie gefragt: »Wer von euch ist bereit, das Land von diesem verbrecherischen Nisam al-Mulk zu befreien?« Ein Mann mit dem Beinamen Arrani habe zum Zeichen des Einverständnisses seine Hand auf die Brust gelegt und sei von dem Herrn von Alamut mit dieser Aufgabe betraut worden. Hassan habe hinzugefügt: »Der Mord an diesem Dämon ist der Beginn der Glückseligkeit.«

Während dieser Zeit lebt Nisam völlig zurückgezogen. Die, die seinen Diwan einst bevölkerten, meiden den in Ungnade Gefallenen. Nur Khajjam und die Offiziere seiner Leibwache suchen ihn noch auf. Den größten Teil seiner Zeit verbringt er mit Schreiben. Er schreibt wie ein Besessener und bittet Omar gelegentlich, den Text durchzusehen.

Hier und da unterdrückt sein Freund dabei ein amüsiertes oder mißbilligendes Lächeln. Wie so viele große Männer erlag Nisam am Abend seines Lebens der Versuchung, alte Rechnungen zu begleichen. Mit Terken Khatun zum Beispiel. Der Titel des 43. Kapitels lautet: »Frauen, die hinter dem Vorhang agieren.« »In früheren Zeiten«, so schreibt Nisam, »hatte die Gattin eines Königs großen Einfluß auf ihn, und Streit und Unruhen waren das Ergebnis. Mehr muß ich wohl darüber nicht sagen, denn das gleiche läßt sich auch zu anderen Zeiten beobachten.« Und er fügt hinzu: »Damit ein Unternehmen gelingt, muß man das Gegenteil von dem tun, was die Frauen sagen.«

Die sechs folgenden Kapitel sind den Ismailiten gewidmet; sie enden mit den Worten: »Ich habe von dieser Sekte gesprochen, damit man vor ihr auf der Hut ist ... Möge man sich an meine Warnung erinnern, wenn die Ungläubigen all die, die dem Sultan nahestehen, sowie die Großen des Reichs vernichtet haben, wenn ihre Trommeln überall ertönen und ihre Pläne offenbar werden. Alles, was ich gesagt habe, ist die reine Wahrheit: Und der Fürst wird es erfahren, wenn alles sich entfesselt. Möge der Allmächtige unseren Herrn und das Reich vor schlimmem Schicksal bewahren!«

An dem Tag, an dem ein Botschafter des Sultans ihn aufsucht, um ihn zu bitten, den Sultan auf einer Reise nach

Bagdad zu begleiten, zweifelt der Wesir keinen Augenblick lang an seinem Schicksal. Er läßt Khajjam rufen, um ihm Lebewohl zu sagen.

»Du solltest in deinem Zustand keine so großen Reisen mehr unternehmen«, rät Omar ihm.

»Was ist für mich schon noch wichtig? Und es wird nicht die Reise sein, die mich umbringt.«

Omar weiß nichts zu erwidern. Nisam umarmt ihn zum Abschied freundschaftlich, bevor er sich vor dem verneigt, der ihn verurteilt hat. Der Sultan und der Wesir spielen beide mit dem Tod – mit äußerster Eleganz, äußerster Gelassenheit und äußerster Perversität. Während sie auf dem Weg zum Ort der Hinrichtung sind, fragt Malikschah seinen »Vater«:

»Was glaubst du, wie lange wirst du noch leben?«

Nisam erwidert ohne zu zögern:

»Noch lange, sehr lange.«

Der Sultan ist beunruhigt:

»Daß du mir gegenüber arrogant bist, mag noch hingehen, aber Gott gegenüber! Wie kannst du so etwas behaupten? Sag lieber, sein Wille geschehe, denn er ist der Herr über unsere Jahre.«

»Ich gab dir diese Antwort, weil ich heute nacht einen Traum gehabt habe. Ich habe unseren Heiligen Propheten gesehen und ihn gefragt, wann ich sterben müsse. Seine Antwort war sehr tröstlich.«

Malikschah wird ungeduldig.

»Was hat er dir geantwortet?«

»Der Prophet sagte zu mir: ›Du bist ein Pfeiler des Islams, du tust Gutes, wohin du auch gehst, dein Leben ist für die Gläubigen ein Labsal, und so sollst du den Augenblick deines Todes selbst wählen dürfen.‹ Ich antwortete ihm: ›Gott bewahre mich, welcher Mann kann eine solche Frist wählen! Man bekommt nie genug, und selbst wenn ich diesen Tag so weit wie möglich hinausschieben würde, so lebte ich doch ständig in der Furcht vor ihm. Und, sei es nun in einem Monat oder in hundert Jahren, in meinen letzten Stunden würde ich vor Angst zittern. Ich will diesen Tag nicht wissen. Ich bitte dich nur um eine einzige Gunst, geliebter Prophet: Ich möchte meinen Herrn, den Sultan Malikschah, nicht überleben. Ich habe ihn aufwachsen sehen, er hat mich »Vater« genannt, erspar mir den Schmerz, ihn vor mir sterben zu sehen.‹ – ›Es sei dir gewährt‹, sagte der Prophet zu mir, ›du wirst vierzig Tage vor dem Sultan sterben.‹«

Malikschah ist bleich geworden, er zittert an allen Gliedern und hätte sich fast verraten. Nisam lächelt:

»Du siehst, es war keine Arroganz von mir. Ich bin nur sicher, daß ich noch lange leben werde.«

War der Sultan in diesem Augenblick versucht, seinen tödlichen Plan aufzugeben? Er hätte gut daran getan. Denn wenn der Traum auch nur ein Gleichnis war, so hat Nisam doch seine Vorbereitungen getroffen. Am Abend vor seiner Abreise haben sich die Offiziere seiner Garde um ihn versammelt. Und sie haben, einer nach dem anderen, auf den Koran geschworen, daß keiner seiner Feinde ihn überleben sollte.

5

Zu der Zeit, als das Seldschukenreich noch das mächtigste der Welt war, wagte es eine Frau, die Macht in die Hand zu nehmen. Sie saß hinter ihrem Vorhang und schickte die Armeen von einer Grenze Asiens zur anderen, ernannte Könige und Wesire, Gouverneure und Kadis, diktierte Briefe an den Kalifen und schickte Botschafter zum Herrn von Alamut. Und wenn ein Emir sich darüber beklagte, daß sie den Truppen die Befehle gab, erwiderte sie: »Bei uns ziehen die Männer zwar in den Krieg, aber die Frauen sagen ihnen, gegen wen sie zu kämpfen haben.«

Im Harem des Sultans nennt man sie die »Chinesin«. Sie ist in Samarkand geboren, aber ihre Familie stammt aus Kaschgar. Ihr Gesicht ist reinrassig, wie das ihres älteren Bruders Nasr Khan: Es trägt weder die semitischen Züge der Araber noch die arischen der Perser.

Sie ist bei weitem Malikschahs älteste Gattin. Als sie ihn geheiratet hat, war er neun und sie elf Jahre alt. Geduldig hat sie gewartet, bis er erwachsen wurde. Sie berührte den ersten Flaum seines Bartes, erkannte den ersten Anflug sinnlicher Lust, merkte, wie sein Körper sie zum ersten Mal begehrte, sah, wie seine Glieder sich streckten, seine Muskeln hart wurden: Und sie zähmte diesen Mann. Immer ist sie die Favoritin geblieben. Man lobt und verehrt sie, man umschmeichelt sie, und vor allem hört man auf ihr Wort und folgt ihm. Am Abend nach einer Löwenjagd, einem Turnier, einem blutigen Wettkampf, einer stürmischen Versammlung der Emire oder, schlimmer, nach einer mühsamen Arbeitssitzung mit Nisam, findet Malikschah in Terkens Armen den Frieden. Er schiebt ihr dünnes Seidengewand beiseite, läßt sich auf ihren Körper fallen, streichelt ihre Haut, stöhnt, erzählt von seinen Heldentaten und seinen Enttäuschungen. Die Chinesin schlingt ihre Arme zärtlich um das erhitzte Raubtier, sie läßt ihn über die geheimsten Winkel ihres Körpers triumphieren, sie verlängert ihr Liebesspiel, preßt sich an ihn, schiebt ihn wieder fort, um ihn dann erneut zu sich herunterzuziehen. Er erdrückt sie mit seinem ganzen Gewicht, ein atemloser, keuchender, unterworfener, verzauberter Eroberer: Sie führt ihn bis an die Grenzen der Lust.

Und dann streicht sie ihm sanft mit den Fingern über die Augenbrauen, die Lider, seine Lippen, die Ohrläppchen, seinen erhitzten Nacken; das Raubtier ist befriedigt, es schnurrt, es wird schläfrig! Der satte Löwe lächelt. Terkens Worte schmeicheln sich in seine Seele ein, sie redet von ihm, von ihr, von ihren Kindern, sie erzählt ihm kleine Geschichten, zitiert Gedichte, erfindet Gleichnisse, deren Lehren er nicht vergißt. Nicht einen Augenblick langweilt er sich in ihren Armen, und er nimmt sich jedesmal vor, all seine Abende mit ihr gemeinsam zu verbringen. Auf seine schroffe, brutale, kindliche, animalische Art liebt er sie und wird sie bis zu seinem letzten Atemzug lieben. Sie weiß, daß er ihr nichts verweigern kann; sie führt ihm seine Mätressen und seine Provinzen zu, berät ihn bei seinen Feldzügen. Im ganzen Reich hat sie nur einen Rivalen: Nisam. Und in diesem Jahr 1092 steht sie kurz davor, ihn zu vernichten.

Ist die Chinesin glücklich? Wie könnte sie es wohl sein? Kaum ist sie allein oder zusammen mit Dschahane, ihrer Vertrauten, fängt sie an zu weinen. Es sind die Tränen einer Mutter, die Tränen der Sultanin. Sie verflucht das ungerechte Schicksal, und niemand kann ihr das verargen. Ihr ältester Sohn war von Malikschah zu seinem Nachfolger bestimmt; er begleitete ihn auf all seinen Reisen, bei allen Zeremonien. Sein Vater war so stolz auf ihn, daß er ihn überallhin mitnahm, ihm jede seiner Provinzen zeigte und mit ihm über den Tag redete, an dem er sein Erbe antreten würde: »Nie hat ein Sultan seinem Sohn ein größeres Reich hinterlassen«, sagte er zu ihm. Ja, damals war Terken glücklich, und kein Schmerz entstellte ihr Lächeln.

Doch dann starb der Erbe. Ein plötzliches, unerbittliches Fieber streckte ihn nieder. Die Ärzte verschrieben Aderlässe und Umschläge, aber nichts half: Nach zwei Nächten war er tot. Man behauptete damals, der böse Blick oder irgendein unbekanntes Gift seien schuld daran gewesen. Nach dem ersten Schmerz faßte sich Terken rasch wieder. Und als die Trauerzeit vorüber war, ließ sie ihren zweitältesten Sohn zum Nachfolger bestimmen. Malikschah schloß auch dieses Kind bald in sein Herz und verlieh ihm für sein Alter recht ungewöhnliche Titel, aber damals liebte man das Pathos: »König der Könige, Säule des Staates, Beschützer des Befehlshabers der Gläubigen ...«

Waren es wirklich der böse Blick oder ein Fluch? Der neue Erbe starb ebenso plötzlich wie sein Bruder, an einem ebenso verdächtigen Fieber.

Die Chinesin hatte noch einen dritten Sohn und bat den Sultan, nun diesen zu seinem Nachfolger zu ernennen. Was gar nicht so einfach war, denn das Kind war nicht einmal zwei Jahre alt, und Malikschah hatte noch drei andere, ältere Söhne. Zwei hatte ihm eine Sklavin geboren, aber der älteste, Barkyaruq, war der Sohn der Kusine des Sultans. Unter welchem Vorwand konnte man ihn übergehen? Und wer war ein würdigerer Prinz als dieser Sohn, ein Seldschuke sowohl durch den Vater als auch durch die Mutter? Das jedenfalls war Nisams Meinung. Er war stets darauf bedacht gewesen, eine verbindliche Nachfolgeregelung einzuführen, und wollte dadurch den türkischen Erbstreitigkeiten ein für allemal ein Ende setzen. Mit diesen handfesten Argumenten hatte er sich für die Rechte des älteren Sultanssohnes eingesetzt. Vergebens. Malikschah wagte es nicht, Terken zu widersprechen, und da er ihren Sohn nicht zum Nachfolger ernennen konnte, ernannte er niemanden. Lieber wollte er ohne Erben sterben, wie sein Vater, wie all seine Vorfahren bisher.

Terken ist nicht glücklich, und sie wird erst wieder Frieden finden, wenn ihr Sohn der rechtmäßige Erbe ist. Sie hat sich nichts sehnlicher gewünscht, als Nisam zu Fall zu bringen, der ihren ehrgeizigen Plänen im Wege stand. Um sein Todesurteil zu erreichen, war sie zu allem bereit, zu Intrigen und Drohungen. Sie hat die Verhandlungen mit den Assassinen Tag für Tag verfolgt. Und sie begleitet jetzt den Sultan und seinen Wesir auf der Reise nach Bagdad. Sie will bei Nisams Hinrichtung dabei sein.

Es ist Nisams letztes Mahl, ein Iftar, mit dem man am zehnten Tag des Ramadan das Fastenbrechen feiert. In Anbetracht des heiligen Monats sind die Würdenträger, Hofleute und Emire der Armee ungewöhnlich nüchtern. Unter einer großen Jurte ist der Tisch gedeckt. Sklaven tragen Fackeln, damit man etwas sehen kann. Sechzig Hände strecken sich hungrig nach den riesigen Silberschüsseln aus, nach dem besten Stück Kamel- oder Lammfleisch, nach den saftigsten Rebhuhnschenkeln. Sie wenden die Stücke in der Soße, teilen, zerreißen, verschlingen sie. Wer gerade ein besonders appetitliches Stück in Händen hält, reicht es einem Nachbarn, den er ehren will.

Nisam ißt wenig. Er hat an diesem Abend besonders große Schmerzen: Es ist, als würde man ihm die Brust mit glühenden Nadeln durchbohren. Es kostet ihn große Mühe, sich gerade zu halten. Malikschah sitzt neben ihm und verzehrt alles, was seine Nachbarn ihm anbieten. Gelegentlich sieht er seinen Wesir von der Seite an; offenbar glaubt er, daß er Angst hat. Plötzlich nimmt er von einem Tablett eine besonders saftige Feige, bietet sie Nisam an, der sie höflich nimmt, sie aber nur anbeißt. Welchen Geschmack mögen wohl Feigen haben, wenn man sich dreifach verurteilt weiß, von Gott, von dem Sultan und von den Assassinen?

Endlich geht das Iftar zu Ende; es ist schon Nacht. Malikschah steht eilig auf, er will rasch zu seiner Chinesin, um ihr Nisams schmerzverzerrte Züge zu schildern. Nisam stützt sich mit den Ellbogen ab; er hat Mühe aufzustehen. Die Zelte seines Harems sind nicht weit; seine alte Kusine hat ihm bestimmt einen Wundertee gekocht, der ihm helfen soll. Es sind nur hundert Schritte. Lautes Stimmengewirr dringt aus dem königlichen Zeltlager: Soldaten, Diener, fahrende Händler. Gelegentlich das erstickte Lachen einer Dirne. Wie weit ihm der Weg erscheint; und er ist ganz allein. Sonst war er immer von einem Schwarm von Höflingen umgeben, aber wer möchte jetzt mit einem in Ungnade Gefallenen gesehen werden? Selbst die Bittsteller lassen ihn in Ruhe; was könnten sie von ihm alten Mann noch erwarten?

Doch da nähert sich jemand, ein braver Mann in einem abgetragenen Kapuzengewand. Er murmelt fromme Worte. Nisam nimmt aus seiner Börse drei Goldstücke. Er will den Unbekannten belohnen, der noch zu ihm kommt.

Das Aufblitzen einer Klinge; alles geht sehr rasch. Nisam hat kaum die Handbewegung wahrgenommen, und schon hat sich der Dolch zwischen seine Rippen gebohrt. Nicht einmal ein Schrei. Nur eine Bewegung des Erstaunens, ein letzter, krampfhafter Atemzug. Als Nisam zu Boden fällt, sieht er vielleicht noch wie in Zeitlupe das Blitzen des Metalls, diesen sich streckenden und wieder zurückziehenden Arm und diesen verzerrten Mund, der ihm zuflüstert: »Nimm dieses Geschenk, es kommt aus Alamut!«

Von überall her ertönen plötzlich Schreie. Der Assassine flieht. Er wird von Zelt zu Zelt verfolgt und schließlich ausfindig gemacht. Hastig schneidet man ihm die Kehle durch, dann zerrt man ihn an seinen nackten Füßen, um ihn in ein Feuer zu werfen.

In den kommenden Jahren und Jahrzehnten werden unzählige Boten aus Alamut auf die gleiche Weise sterben, nur mit dem Unterschied, daß sie nicht mehr zu fliehen versuchen. »Es reicht nicht, daß wir unsere Feinde töten«, lehrt sie Hassan, »wir sind keine Mörder, sondern Richter. Zum Beispiel müssen wir in aller Öffentlichkeit handeln. Dann töten wir einen Mann, versetzen aber hunderttausend in Angst und Schrecken. Nur, das ist noch nicht alles: Man muß auch zu sterben wissen. Durch unsere Taten entmutigen wir den Feind, noch irgend etwas gegen uns zu unternehmen; wenn wir aber auf tapfere Art sterben, gewinnen wir die Bewunderung der Menge. Und aus dieser Menge wiederum werden sich uns einige anschließen. Sterben ist wichtiger als töten. Wir töten, um uns zu verteidigen, wir sterben, um zu bekehren, um zu erobern. Die Eroberung ist ein Ziel, die Verteidigung nur ein Mittel.«

In Zukunft also finden die Morde meistens am Freitag statt, in den Moscheen und zur Stunde des feierlichen Gebets, vor dem versammelten Volk. Das Opfer, ein Wesir, ein Fürst, ein religiöser Würdenträger, erscheint, von einer Leibwache umgeben. Die Menge ist beeindruckt, voller Bewunderung und Ergebenheit. Doch der Gesandte von Alamut steht irgendwo versteckt, geschickt verkleidet. Zum Beispiel als Leibwächter. Und wenn alle Blicke auf den prominenten Mann gerichtet sind, schlägt er zu. Das Opfer fällt, der Henker rührt sich nicht, er ruft laut einen auswendig gelernten Satz, blickt mit herausforderndem Lächeln um sich und wartet darauf, daß die Wachen ihm die Kehle durchschneiden und die verängstigte Menge sich auf seine Leiche stürzt. Die Botschaft ist angekommen; der Nachfolger des Ermordeten wird sich gegenüber Alamut versöhnlicher zeigen und zehn, zwanzig, vierzig Bekehrte aus der Menge werden zu Hassan stoßen.

Angesichts dieser fast unwirklichen Szenen hat man oft behauptet, Hassans Männer hätten Drogen genommen.

Wie kann man es sich sonst erklären, daß jemand lächelnd dem Tod entgegengeht? Und man war sich darin einig, daß es sich um Haschisch handelte. Marco Polo hat diesen Gedanken im Abendland verbreitet; in der muslimischen Welt wurden die Assassinen von ihren Feinden gelegentlich verächtlich »haschichiyun«, Haschischraucher, genannt. Einige Orientalisten sahen in diesem Ausdruck den Ursprung des Wortes »Assassine«, mit dem man später in mehreren europäischen Sprachen einen Mörder bezeichnete. Der Mythos der Assassinen wurde dadurch nur um so schrecklicher.

Die Wahrheit jedoch sieht anders aus. Nach den Texten, die uns von Alamut überliefert sind, pflegte Hassan seine Anhänger »Assassiyun« zu nennen, die, die dem »Assass«, der »Grundlage« des Glaubens, treu sind. Dieses Wort haben fremde Reisende mißverstanden, es schien für sie etwas mit Haschisch zu tun zu haben.

Richtig ist, daß Sabbah sich leidenschaftlich für Pflanzen interessierte, ihre heilende, einschläfernde oder stimulierende Wirkung genau kannte. Er selbst pflanzte alle möglichen Kräuterarten an und heilte seine Männer, wenn sie krank waren. Er wußte genau, welche Getränke er ihnen zuzubereiten hatte. Man kennt zum Beispiel eines seiner Rezepte, das die Verstandeskräfte seiner Anhänger stärken und sie bei ihren Studien beflügeln sollte. Es ist eine Mischung aus Honig, zerstampften Nüssen und Koriander. Wie man sieht, eine sehr sanfte Medizin. Und so einleuchtend und verführerisch jene These auch sein mag, sie ist trotzdem falsch: Die Assassinen besaßen keine andere Droge als einen unerschütterlichen Glauben. Einen Glauben, der ständig durch harten Unterricht, eine eiserne Organisation und eine genaue Aufgabenverteilung gestärkt wurde.

An der Spitze der Hierarchie steht Hassan, der oberste Prediger, der, der alle Geheimnisse kennt. Er ist von einigen wenigen Missionaren und Agitatoren umgeben, den Daj. Unter ihnen sind drei seine unmittelbaren Berater, einer für Ostpersien, den Chorasan, Kuhistan und Transoxanien, ein anderer für Westpersien und den Irak und ein dritter für Syrien. Diesen wiederum unterstehen die Gefährten, die Rafik, die führenden Männer der Bewegung. Sie haben eine entsprechende Ausbildung erhalten und sind in der Lage, eine Festung zu befehligen und die Organisation einer Stadt oder einer Provinz zu übernehmen. Die, die sich unter ihnen auszeichnen, werden eines Tages Missionare.

Noch eine Stufe tiefer in der Hierarchie stehen die Lassek, die, die sich der Vereinigung angeschlossen haben. Sie bilden die breite Masse der Gläubigen, die weder für ein Studium noch für eine Gewaltaktion geeignet ist. Viele Schäfer aus der Gegend von Alamut gehören zu ihnen, viele Frauen und Greise.

Erst dann kommen die Mujib, die, die »geantwortet haben«, das heißt die Novizen. Sie erhalten ihren ersten Unterricht, und je nach ihren Fähigkeiten läßt man sie weiter studieren, um sie zu Gefährten auszubilden, oder man teilt sie der Masse der Gläubigen zu. Es gibt aber noch eine andere Kategorie, die, die zur damaligen Zeit in den Augen der Muslime die wahre Macht Hassan Sabbahs verkörpert: die Klasse der Fidai, derer, »die sich opfern«. Der Große Meister wählt sie unter den Männern aus, die geschickt und ausdauernd sind, einen unerschütterlichen Glauben, aber keine Begabung zum Studium haben. Nie würde er einen Mann opfern, der Missionar werden könnte.

Die Ausbildung eines Fidai ist eine schwierige Aufgabe; Hassan widmet sich ihr mit Leidenschaft und Phantasie. Er muß lernen, einen Dolch zu verstecken, ihn blitzschnell zu ziehen und ihn dem Opfer ins Herz zu stoßen oder in den Hals, wenn die Brust durch ein Kettenhemd geschützt ist. Er muß sich mit den Brieftauben vertraut machen, das Code-Alphabet auswendig lernen, beides rasche und unauffällige Möglichkeiten, Verbindung mit Alamut aufzunehmen. Er muß gelegentlich auch einen Dialekt lernen, eine bestimmte Redeweise, sich einem fremden, feindlichen Milieu anpassen, wochen-, ja monatelang darin leben. Er muß das Mißtrauen einschläfern können und den günstigsten Augenblick zur Hinrichtung abwarten, das Opfer wie ein Jäger verfolgen, genau seinen Gang, seine Kleidung, seine Gewohnheiten beobachten. Manchmal, wenn es sich um einen Mann handelt, der besonders gut geschützt ist, muß er einen Weg finden, in seinen Dienst zu treten, sich ihm zu nähern, sich mit seinen Vertrauten anzufreunden. Um einen bestimmten Mann hinzurichten, so wird erzählt, hätten zwei Fidai zwei Monate lang in einem christlichen Kloster leben und sich als Mönche ausgeben müssen. Eine so bemerkenswerte Fähigkeit der Verstellung läßt sich schwerlich mit dem Gebrauch von Haschisch in Einklang bringen. Das Wichtigste allerdings ist der Glaube des Fidai, ein Glaube, der stark genug ist, um den Tod nicht zu fürchten, der Glaube an ein Paradies, in das der Märtyrer in dem Augenblick eingeht, indem die entfesselte Menge ihm das Leben raubt.

Kein Zweifel, Hassan Sabbah hat die furchtbarste Tötungsmaschinerie der Geschichte in Gang gesetzt. Es gab jedoch noch eine weitere, in diesem blutig zu Ende gehenden elften Jahrhundert, eine, die sich der Hassans entgegenstellte: die Nisamija, die aus Treue zu dem ermordeten Wesir den Tod säen wird, zwar mit anderen Methoden, hinterhältigeren und sicherlich weniger spektakulären. Aber die Folgen sind gleich verheerend.

6

Während die Menge auf die verkohlten Reste des Assassinen starrt, haben sich fünf Offiziere weinend um die noch warme Leiche Nisams geschart. Gemeinsam strecken sie ihre rechte Hand aus, gemeinsam wiederholen sie: »Ruhe in Frieden, Herr, keiner deiner Feinde wird überleben.«

Mit wem sollte man beginnen? Die Liste ist lang, aber Nisams Befehle sind klar. Die fünf Männer müssen nicht weiter beratschlagen. Sie murmeln einen Namen, strekken erneut ihre Hände aus. Dann knien sie nieder, heben gemeinsam den von der Krankheit abgezehrten, aber durch den Tod schwer gewordenen Körper auf und tragen ihn in einer Prozession bis zu seinem Zeltlager. Die Frauen haben sich schon zu ihren Klagerufen versammelt, der Anblick der Leiche bestärkt sie in ihren Schreien, bis einer der Offiziere sie anherrscht: »Weint nicht, solange er nicht gerächt ist.« Verschreckt halten die Klageweiber inne und starren den Mann an. Der hat sich bereits entfernt. Sie nehmen ihr lautes Wehgeschrei wieder auf.

Der Sultan kommt. Er ist bei Terken gewesen, als er die ersten Klagerufe hörte. Ein Eunuche, der hinausgelaufen war, kam zitternd zurück: »Es ist Nisam al-Mulk, Herr. Man hat ihn ermordet. Er hat dir den Rest seines Lebens geschenkt!« Sultan und Sultanin wechselten einen langen Blick, dann stand Malikschah auf, zog seinen langen Karakulmantel an, warf einen Blick in den Spiegel seiner Gattin und eilte dann zu dem Verstorbenen, Überraschung und tiefe Betrübnis heuchelnd.

Die Frauen machen ihm Platz; er tritt zu seinem toten Ata, beugt sich zu ihm hinunter, spricht ein Gebet, murmelt ein paar der üblichen Floskeln, bevor er wieder zu Terken zurückkehrt, um die – heimliche – Freude über Nisams Tod mit ihr zu teilen.

Ein sonderbares Verhalten, das Malikschah jetzt an den Tag legt. Man hätte denken können, er nutze den Tod seines Vormunds, um endlich die Staatsgeschäfte selbst in die Hand zu nehmen. Keineswegs. Hocherfreut, endlich den los zu sein, der ihn in seinen Vergnügungen zügelte, verspielt der Sultan im wahrsten Sinne des Wortes seine Zeit. Jede Arbeitssitzung, jeder Empfang von Gesandten wird abgesagt; die Tage sind dem Polospiel und der Jagd gewidmet, die Abende den Saufgelagen.

Was noch schlimmer ist, kaum ist er in Bagdad eingetroffen, läßt er dem Kalifen ausrichten: »Ich habe die Absicht, hier in diese Stadt meine Winterresidenz zu verlegen. Der Befehlshaber der Gläubigen sollte sich also so rasch wie möglich eine andere Hauptstadt suchen.« Der Nachfolger des Propheten, dessen Vorgänger seit dreieinhalb Jahrhunderten in Bagdad gelebt haben, bittet um einen Monat Zeit, um alles vorzubereiten.

Terken macht sich Sorgen wegen dieser Frivolität, die eines 37jährigen Herrschers, der über die halbe Welt gebietet, unwürdig ist. Aber ihr Malikschah ist nun einmal so. Sie überläßt ihn daher weiter seinen Vergnügungen und nutzt die Gelegenheit, um ihre Autorität zu stärken. Zu ihr kommen Emire und Würdenträger, und Männer ihres Vertrauens ersetzen Nisams Getreue. Der Sultan gibt – zwischen zwei Spielen oder einem Gelage – zu allem seine Zustimmung.

Am 18. November 1092 ist Malikschah auf Wildeseljagd, nördlich von Bagdad, in einem waldreichen Sumpfgebiet. Von seinen zwölf Pfeilen hat nur ein einziger sein Ziel verfehlt; seine Gefährten rühmen seine Treffsicherheit: Keiner von ihnen könne ihm das Wasser reichen. Die Jagd hat ihn hungrig gemacht; Malikschah brüllt nach Essen. Sklaven machen sich an die Arbeit. Ein gutes Dutzend ist auf einer Lichtung damit beschäftigt, die wilden Tiere zu zerteilen, auszuweiden und auf die Spieße zu stecken, auf denen sie bald brutzeln. Die fetteste Keule gebührt dem Herrscher; er packt sie, zerreißt sie voller Appetit mit den Zähnen und trinkt dazu einen gegorenen Likör. Von Zeit zu Zeit nimmt er ein paar in Essig eingelegte Früchte, die er besonders liebt: Sein Koch nimmt überallhin riesige Terrinen mit, um sicher zu sein, daß sie ihm nicht ausgehen.

Plötzlich wird Malikschah von gräßlichen Krämpfen gepackt. Er schreit vor Schmerz, seine Gefährten zittern. Er schleudert seinen Kelch weg, spuckt aus, was er im Mund hat, krümmt sich, hat Schaum vor dem Mund, fängt an zu phantasieren, verliert das Bewußtsein. Hofleute, Soldaten und Diener stehen voller Furcht um ihn, beäugen einander mißtrauisch. Doch niemand wird je erfahren, welche Hand das Gift in den Likör gemischt hat. Es sei denn, es war in dem Essig enthalten. Oder in der Keule? Jeder rechnet nach: Seit Nisams Tod sind fünfunddreißig Tage vergangen. »Weniger als vierzig«, hatte dieser gesagt. Die Rächer haben sein Wort gehalten.

Terken Khatun ist im königlichen Zeltlager, nicht weit von dem Unglücksort entfernt. Zu ihr bringt man den Sultan, der zwar noch lebt, aber bewußtlos ist. Eilig entfernt sie alle Neugierigen, duldet nur Dschahane um sich, zwei oder drei andere Getreue sowie der Hofarzt, der Malikschahs Hand hält. »Kann der Herr sich aufrichten?« fragt die Chinesin den Arzt.

»Der Puls wird schwächer. Gott bläst die Kerze aus. Sie flackert noch, bevor sie erlöscht. Wir können nur noch beten.«

»Wenn das der Wille des Allmächtigen ist, so hört mir

zu.« Das ist nicht der Ton einer zukünftigen Witwe, sondern einer Herrscherin.

»Niemand außerhalb dieser Jurte darf erfahren, daß der Sultan nicht mehr am Leben ist. Sagt, er erhole sich nur langsam, brauche Ruhe, und niemand dürfe ihn sehen.«

Welch grausames und flüchtiges Leben ist das der Terken Khatun. Noch bevor Malikschahs Herz zu schlagen aufgehört hat, fordert sie von den Anwesenden, dem erst vier Jahre alten Sultan Mahmud die Treue zu schwören. Dann schickt sie einen Botschafter mit der Nachricht vom Tod ihres Gatten zum Kalifen und bittet ihn, die Nachfolge ihres Sohnes zu bestätigen. Dafür verspricht sie, dem Befehlshaber der Gläubigen bliebe seine Hauptstadt erhalten, und sein Name werde in allen Moscheen des Reichs gepriesen werden.

Als der Hof des Sultans nach Isfahan zurückkehrt, ist Malikschah schon seit mehreren Tagen tot. Aber die Chinesin verheimlicht es noch immer den Truppen. Die Leiche liegt auf einem großen Karren, der von sechs Pferden gezogen wird und mit einem Zelt überdacht ist. Doch lange kann das so nicht weitergehen. Eine nicht einbalsamierte Leiche, die man nicht unter die Erde bringt, verrät sich durch die einsetzende Fäulnis. Terken muß sie also loswerden. Und so wird Malikschah, »der verehrte Sultan, der große Schahinschah, der König des Orients und des Okzidents, der Pfeiler des Islams und der Muselmanen, der Stolz der Welt und der Religion, der Siegreiche, Schutz und Schild des Kalifen Gottes«, des Nachts heimlich am Straßenrand begraben, an einem Ort, den niemand je wiedergefunden hat. »Nie«, so berichten die Chroniken, »hat man bisher von einem so mächtigen Herrscher gehört, der starb, ohne daß jemand ein Gebet sprach und ihn beweinte.«

Schließlich läßt sich der Tod des Sultans nicht länger verheimlichen. Terken fällt es nicht schwer, sich zu rechtfertigen. Ihre erste Sorge sei gewesen, dem Feind die Nachricht zu verbergen, solange Armee und Hof fern von der Hauptstadt gewesen seien. In Wirklichkeit hat die Chinesin die Zeit gewonnen, die sie brauchte, um ihren Sohn auf den Thron zu heben und selbst die Macht in die Hand zu nehmen.

Die Chronisten jener Zeit lassen sich auch nicht täuschen. Wenn die Rede von den kaiserlichen Truppen ist, heißt es »die Armeen Terken Khatuns«. Wenn sie von Isfahan sprechen, fügen sie hinzu, es sei die Hauptstadt der Khatun. Der Name des minderjährigen Sultans wird kaum je erwähnt; er bleibt für alle Zeit der »Sohn der Chinesin«.

Aber die Sultanin sieht sich durch die Offiziere der Nisamija bedroht. Auf ihrer Todesliste kommt Terken Khatun an zweiter Stelle, gleich hinter Malikschah. Sie unterstützen seinen ältesten Sohn, den elfjährigen Barkyaruq. Ihn lenken und beraten sie, führen ihn zum Kampf. Die ersten Schlachten gewinnen sie; die Sultanin muß sich nach Isfahan zurückziehen, das bald belagert wird. Aber Terken ist keine Frau, die sich geschlagen gibt. Um sich zu verteidigen, ist sie zu allen Listen bereit.

Sie schreibt zum Beispiel an mehrere Provinzgouverneure folgenden Brief: »Ich bin Witwe, habe ein minderjähriges Kind, das einen Vater braucht, um seine ersten Schritte zu lenken, um das Reich in seinem Namen zu regieren. Wer wäre besser für diese Aufgabe geeignet als du? Komm so rasch wie möglich an der Spitze deiner Truppen und befreie Isfahan. Als Sieger wirst du in die Stadt einziehen, ich werde dich heiraten, und die Macht wird in deinen Händen liegen.« Das Argument besticht; die Emire kommen aus Aserbaidschan und aus Syrien, aus allen Teilen des Landes herbeigeeilt. Zwar gelingt es ihnen nicht, die Belagerung der Stadt zu durchbrechen, aber die Sultanin gewinnt dadurch lange Monate des Aufschubs.

Terken nimmt auch Kontakt mit Hassan Sabbah auf. »Habe ich dir nicht den Kopf von Nisam al-Mulk versprochen? Du hast ihn bekommen. Heute biete ich dir Isfahan, die Hauptstadt des Reichs. Ich weiß, viele deiner Männer leben in dieser Stadt, aber warum verstecken sie sich? Befiehl ihnen, sich offen zu zeigen, sie sollen Gold und Waffen von mir bekommen und am hellichten Tag predigen dürfen.« Nach so vielen Jahren der Verfolgung kommen einige hundert Ismailiten dieser Aufforderung nach. Und es bekehren sich immer mehr Bürger. In bestimmten Vierteln bilden sie bewaffnete Bürgerwehren, im Auftrag der Sultanin.

Doch Terkens letzte List ist wahrscheinlich die einfallsreichste und die kühnste: Im feindlichen Lager tauchen eines Tages Emire ihres Vertrauens auf, erklären Barkyaruq, sie seien entschlossen, von der Sultanin abzufallen, ihre Truppen seien zum Aufruhr bereit. Wenn er sie begleiten und mit ihnen überraschend in die Stadt eindringen würde, könnten sie das Signal zur allgemeinen Empörung geben. Terken und ihren Sohn würde man umbringen, und er könnte endlich seinen Platz auf dem Thron einnehmen. Damals, im Jahr 1094, ist der Prinz erst dreizehn Jahre alt, der Vorschlag gefällt ihm. Die Stadt ganz allein zu gewinnen, während seine Emire sie erfolglos seit mehr als einem Jahr belagern! Er zögert nicht lange. In der nächsten Nacht schleicht er sich, unbemerkt von den Seinen, aus seinem Zelt, erscheint mit Terkens Gesandten an dem Tor von Kahab, das sich wie durch ein Wunder öffnet. Entschlossen folgt er seinen Begleitern, deren Heiterkeit ihm etwas übertrieben vorkommt, aber sicherlich ist es die Freude über das Gelingen ihres Plans, so glaubt er. Wenn die Männer allzu laut lachen, befiehlt er ihnen Ruhe. Sie antworten dann höchst respektvoll, bevor sie erneut losprusten.

Als ihm endlich ihre gute Laune höchst verdächtig vorkommt, ist es zu spät. Sie haben ihn bereits überwältigt, ihm Füße und Hände gefesselt, Mund und Augen verbunden und führen ihn unter derben Witzen bis zur Haremspforte. Der oberste Eunuche, den sie wecken, will Terken von ihrer Ankunft verständigen. Sie soll über das Schicksal des Rivalen ihres Sohnes entscheiden, ob man ihn erdrosseln oder nur blenden soll. Der Eunuche geht durch einen langen, spärlich erleuchteten Flur, als er plötzlich Schreie, Rufe, lautes Weinen hört. Neugierig und besorgt wagen es die Offiziere, den verbotenen Bezirk zu betreten, und stoßen auf eine alte Dienerin: Man hat gerade Terken Khatun tot in ihrem Bett aufgefunden. Neben ihr lag das Mordinstrument: ein großes weiches Kissen, mit dem man sie erstickt hat. Ein kräftiger Eunuche ist seither verschwunden; die Dienerin erinnert sich, daß er vor ein paar Jahren auf Empfehlung von Nisam al-Mulk in den Harem gekommen ist.

7

Terkens Anhänger befinden sich in einem schwierigen Dilemma: Ihre Sultanin ist tot, aber ihr Hauptfeind ist ihnen ausgeliefert; die Hauptstadt ist umzingelt, aber der Belagerer selbst ist ihr Gefangener. Was soll man mit ihm tun? Dschahane hat Terkens Platz als Beschützerin des jungen Sultans eingenommen. Ihr trägt man die Sache vor, damit sie entscheidet. Bisher war sie nie um eine Antwort verlegen. Aber seit dem Tod ihrer Herrin schwankt der Boden unter ihren Füßen. Omar ist der einzige, an den sie sich wenden, den sie um Rat fragen kann.

Als er in den Harem kommt, sitzt sie mit gesenktem Kopf auf Terkens Sofa hinter dem offenen Vorhang. Das wirre Haar hängt ihr ins Gesicht. Der Sultan sitzt still neben ihr auf seinen Kissen, mit einem Turban auf dem kleinen Kopf, ganz in Seide gehüllt. Sein Gesicht ist gerötet und picklig, er hat die Augen halb geschlossen und scheint sich zu langweilen.

Omar ist auf Dschahane zugetreten. Er ergreift zärtlich ihre Hand, streicht ihr langsam über das Gesicht und flüstert:

»Ich habe eben von dem Unglück erfahren. Es ist gut, daß du mich hast rufen lassen.«

Als er ihr liebevoll durch das Haar fährt, stößt Dschahane ihn zurück.

»Ich habe dich nicht kommen lassen, damit du mich tröstest. Sondern um dich in einer ernsten Angelegenheit um Rat zu fragen.«

Omar weicht einen Schritt zurück, kreuzt die Arme und hört sie an.

»Man hat Barkyaruq in eine Falle gelockt und hält ihn in diesem Palast gefangen. Die Offiziere wissen nicht, was sie mit ihm tun sollen. Einige wollen ihn töten lassen, besonders die, die ihn mit List hierher gebracht haben, um sicher zu sein, daß er sie nie zur Verantwortung ziehen wird. Andere möchten sich mit ihm einigen und ihn auf den Thron heben. Sie hoffen, damit seine Verzeihung und seine Gunst zu gewinnen. Andere wieder schlagen vor, ihn als Geisel zu behalten, um mit den Belagerern zu verhandeln. Was rätst du mir?«

»Hast du mich deshalb von meinen Büchern weggetrieben, um mich das zu fragen?«

Dschahane steht unwillig auf.

»Vielleicht erscheint dir die Angelegenheit nicht wichtig genug? Mein Leben hängt davon ab. Das Schicksal von Tausenden, das Schicksal dieser Stadt, des Reichs kann von dieser Entscheidung abhängen. Und du, Omar Khajjam, willst wegen einer solchen Bagatelle nicht gestört werden!«

»Nein, da hast du recht.«

Er wendet sich der Tür zu, aber auf der Schwelle dreht er sich um und kommt zurück.

»Man fragt mich immer erst, wenn das Schlimmste schon geschehen ist. Was soll ich deinen Freunden jetzt sagen? Soll ich ihnen raten, den Jungen freizulassen? Kann ich ihnen denn garantieren, daß er ihnen morgen nicht die Kehle durchschneiden will? Und wenn ich ihnen rate, ihn als Geisel zu behalten oder zu töten, mache ich mich zu ihren Komplizen. Laß mich aus diesen Streitigkeiten raus, Dschahane, und du solltest auch die Finger davon lassen.«

Er sieht sie mitleidig an.

»Ein halbwüchsiger Sohn des türkischen Sultans soll den Platz eines anderen einnehmen, ein Wesir schaltet einen anderen aus, bei Gott, Dschahane, wie kannst du die schönsten Jahre deines Lebens in diesem Raubtierkäfig verbringen? Laß sie sich doch gegenseitig umbringen. Ist die Sonne deshalb weniger strahlend, der Wein weniger süß?«

»Sprich nicht so laut, Omar, das Kind bekommt ja

Angst. Und in den benachbarten Zimmern belauscht man uns.«

Omar fährt hartnäckig fort:

»Hast du mich nicht gerufen, um meinen Rat zu hören? Schön, ich gebe ihn dir ohne Umschweife: Verlaß diesen Saal, diesen Palast, schau nicht zurück, sag keinem Lebewohl, laß deine Sachen hier, gib mir deine Hand und geh mit mir nach Hause. Du schreibst deine Gedichte, ich beobachte meine Sterne. Jeden Abend schmiegst du dich nackt in meine Arme, der Muskatwein beschwingt uns, die Welt hört auf, für uns zu existieren, wir hören und sehen nichts mehr von ihr, und weder Schmutz noch Blut bleiben an unseren Sohlen kleben.«

Dschahane stehen Tränen in den Augen.

»Wenn ich diesen Zustand der Unschuld wiedergewinnen könnte, glaubst du, ich würde zögern? Aber es ist zu spät, ich bin zu weit gegangen. Wenn morgen die Männer von Nisam al-Mulk Isfahan erobern, werden sie mich nicht verschonen. Ich stehe auf ihrer Todesliste.«

»Ich war Nisams bester Freund. Ich werde dich beschützen. Sie werden es nicht wagen, in mein Haus einzudringen und mir meine Frau zu entreißen.«

»Öffne deine Augen, Omar, du kennst diese Männer nicht. Sie denken nur an ihre Rache. Gestern haben sie dir vorgeworfen, Hassan Sabbahs Kopf gerettet zu haben. Morgen werden sie dir vorwerfen, Dschahane zu verstekken, und dich genauso umbringen wie mich.«

»Mag sein, aber dann laß uns zusammenbleiben, bei uns zu Hause. Und wenn es mein Schicksal sein soll, mit dir zu sterben, werde ich mich damit abfinden.«

Sie richtet sich auf.

»Ich nicht! Noch bin ich in diesem Palast, in einer Stadt, die jetzt mir gehört. Noch sind die Truppen mir treu. Ich werde bis zum Schluß kämpfen, und wenn ich sterbe, dann wie eine Sultanin.«

»Und wie sterben Sultaninnen? Vergiftet, erstickt, erwürgt! Oder im Kindbett. Der Prunk schützt den Menschen nicht vor Schmerz und Leid.«

Sie sehen einander lange schweigend an. Dschahane geht auf Omar zu, küßt ihn, entspannt sich einen Augenblick in seinen Armen. Aber er schiebt sie fort; dieses Lebewohl ist ihm unerträglich. Er bittet sie ein letztes Mal:

»Wenn dir an unserer Liebe noch irgend etwas liegt, Dschahane, komm mit mir. Der Tisch ist auf der Terrasse gedeckt, von den Gelben Bergen weht ein leichter Wind, in zwei Stunden sind wir berauscht, gehen gemeinsam zu Bett. Und den Dienerinnen sage ich, sie sollen uns nicht wecken, wenn Isfahan den Herrscher wechselt.«

8

An diesem Abend duftet der Wind in Isfahan nach Aprikosen. Aber die Straßen sind wie ausgestorben. Khajjam sucht Zuflucht in seiner Sternwarte. Wenn er sonst hierher kommt, braucht er nur seinen Blick auf den Himmel zu richten, zwischen seinen Fingern die beiden Ringe seines Astrolabiums zu spüren, und schon vergißt er die Sorgen der Welt. Diesmal nicht. Die Sterne bleiben stumm, keine Musik, kein Murmeln, kein Fingerzeig. Omar bedrängt sie nicht; sicherlich haben sie gute Gründe, um zu schweigen. Er entschließt sich, nach Hause zu gehen. Er läuft langsam; in der Hand hält er ein Schilfrohr, mit dem er gelegentlich einen Zweig wegschiebt, der ihm im Wege ist.

Er legt sich auf sein Bett, löscht das Licht. Verzweifelt suchen seine Arme eine Dschahane zu umarmen, die fern von ihm ist. Seine Augen sind von Tränen und Wein gerötet. Links neben ihm auf dem Boden stehen eine Karaffe und ein silberner Kelch. Von Zeit zu Zeit greift er danach, trinkt in Gedanken versunken einen langen Schluck. Er spricht mit sich selbst, mit Dschahane, mit Nisam. Und vor allem mit Gott. Wer anders als er kann diese sich auflösende Welt noch zusammenhalten?

Erst als der Morgen dämmert, findet Omar erschöpft und vom Wein benebelt endlich Ruhe. Wieviel Stunden mag er geschlafen haben? Das Geräusch von Schritten weckt ihn. Die Sonne steht schon hoch am Himmel. Durch einen Spalt im Vorhang dringt das helle Licht ein, und er hebt schützend die Hand vor die Augen. Da sieht er den Mann an der Türschwelle stehen, dessen Lärmen ihn aufgestört hat. Es ist ein großer bärtiger Mann mit einem giftgrünen Turban auf dem Kopf, dessen Hand lässig an seinem

Schwertgehänge liegt. Über seinen Schultern trägt er den kurzen Samtumhang der Nisamija-Offiziere.

»Wer bist du?« fragt Khajjam und gähnt. »Und wer gibt dir das Recht, mich zu wecken?«

»Hast du mich nie zusammen mit Nisam al-Mulk gesehen? Ich gehörte zu seiner Leibwache, ich war sein Schatten. Man nennt mich Vartan den Armenier.«

Omar erinnert sich jetzt an ihn; aber das beruhigt ihn kaum. Im Gegenteil, ihm ist, als legte sich eine Schlinge um seinen Hals. Doch er will seine Angst nicht zeigen.

»Seine Leibwache und sein Schatten, sagst du? Und weshalb hast du ihn nicht vor dem Mörder geschützt?«

»Er hatte mir befohlen, ihn allein zu lassen. Jeder weiß, er wollte einen solchen Tod. Hätte ich einen Mörder umgebracht, wäre gleich darauf ein anderer aufgetaucht. Wer bin ich, um mich zwischen meinen Herrn und sein Schicksal zu stellen?«

»Und was willst du von mir?«

»Heute nacht sind unsere Truppen in Isfahan eingedrungen. Die Garnison hat sich mit uns verbündet. Der Sultan Barkyaruq ist befreit. Diese Stadt gehört jetzt uns.«

Khajjam ist aufgesprungen.

»Dschahane!«

Es war ein angstvoller, fragender Schrei. Vartan sagt nichts. Sein Blick hat sich verdunkelt. Omar hat die schreckliche Wahrheit bereits erraten. Der Offizier murmelt:

»Ich hätte sie so gern gerettet! Ja, ich wäre stolz gewesen, dem berühmten Khajjam seine Gattin unversehrt zurückzubringen. Aber ich bin zu spät gekommen. Die Soldaten haben alle Bewohner des Palastes umgebracht.«

Omar geht auf den Offizier zu, packt ihn mit beiden Armen, doch der andere steht wie ein Fels.

»Bist du gekommen, um mir das zu sagen?«

Der Offizier hat immer noch die Hand an seinem

Schwert, aber er zieht es nicht. Er erwidert mit leiser Stimme:

»Nein, nicht deshalb. Die Offiziere der Nisamija haben deinen Tod beschlossen. Wenn man einen Löwen verwundet, sagen sie, ist es ein Gebot der Klugheit, ihn zu erlegen. Mein Auftrag ist, dich zu töten.«

Plötzlich wird Khajjam ruhiger. In seiner letzten Stunde die Würde bewahren: Wie viele Weise haben sich lange auf diesen großen Augenblick vorbereitet! Er bittet nicht um sein Leben. Im Gegenteil. Er fühlt, wie seine Angst ihn mehr und mehr verläßt. Er denkt vor allem an Dschahane, und er zweifelt nicht daran, daß auch sie würdig gestorben ist.

»Nie würde ich denen vergeben, die meine Frau umgebracht haben, mein Leben lang würde ich ihr Feind bleiben und mein Leben lang davon träumen, sie eines Tages gepfählt zu sehen! Ihr habt recht, wenn ihr mich loswerden wollt.«

»Das ist nicht meine Meinung, Herr. Wir waren zu fünft an der Abstimmung beteiligt. Vier meiner Offizierskameraden wollten deinen Tod. Ich war der einzige, der dagegen war.«

»Das war ein Fehler. Deine Gefährten sind klüger.«

»Ich habe dich oft mit Nisam al-Mulk zusammen im Gespräch gesehen, ihr wart wie Vater und Sohn, und nie hat er aufgehört, dich zu lieben, trotz der Umtriebe deiner Frau. Wäre er noch unter uns, hätte er dich nicht verurteilt. Und auch ihr hätte er vergeben, um deinetwillen.«

Khajjam mustert seinen Besucher genauer, als entdecke er erst jetzt seine Gegenwart.

»Warum haben sie dich zu meinem Henker gewählt, wenn du gegen meinen Tod gestimmt hast?«

»Ich selbst habe es ihnen vorgeschlagen. Die anderen hätten dich getötet. Ich habe die Absicht, dich am Leben zu lassen. Glaubst du, ich würde mich sonst noch so lange mit dir unterhalten?«

»Und wie willst du das deinen Kameraden erklären?«

»Ich werde ihnen gar nichts erklären, denn ich gehe fort. Ich werde mich dir anschließen.«

»Das sagst du so ruhig, als hättest du lange darüber nachgedacht.«

»So ist es. Ich handle nicht überstürzt. Ich war der treueste Diener von Nisam al-Mulk. Ich habe an ihn geglaubt. Wäre es Gottes Wille gewesen, ich hätte mein Leben für ihn gegeben. Aber seit langem schon habe ich mir vorgenommen, nach seinem Tod weder seinen Söhnen noch seinen Nachfolgern mehr zu dienen. Ich will dieses blutige Handwerk aufgeben. Die Umstände seines Todes haben mich gezwungen, ihm noch einen letzten Dienst zu erweisen. Ich war an dem Mord Malikschahs beteiligt, und ich bedauere es nicht: Er hatte seinen Vormund, seinen Vater, den Mann verraten, der ihn auf den Thron gebracht hat. Er verdiente den Tod. Aber wenn ich auch getötet habe, so bin ich doch nicht zu einem Mörder geworden. Nie hätte ich das Blut einer Frau vergossen. Und als meine Gefährten Khajjam zum Tode verurteilt haben, war mir klar, daß es für mich Zeit wurde, zu gehen, mein Leben zu ändern, zu einem Eremiten oder einem fahrenden Dichter zu werden. Wenn du einverstanden bist, Herr, laß uns ein paar Sachen zusammensuchen und diese Stadt so rasch wie möglich verlassen.«

»Wohin sollen wir gehen?«

»Wir gehen, wohin du willst, ich werde dir überallhin folgen, als dein Schüler, und mein Schwert wird dich schützen. Wenn der Tumult sich erst einmal gelegt hat, kommen wir zurück.«

Während der Offizier die Pferde sattelt, packt Omar hastig sein Manuskript ein, sein Schreibgerät, seine Reiseflasche und eine mit Gold gefüllte Börse. Sie durchqueren die Oase von Isfahan bis zur westlichen Vorstadt von Marbine, ohne daß die – zahlreichen – Soldaten sie daran hindern. Ein Wort von Vartan, und die Tore öffnen sich, die Wachen lassen sie höflich passieren. Omar wundert sich zwar darüber, stellt seinem Gefährten jedoch keine Fragen. Im Augenblick bleibt ihm ohnehin nichts anderes übrig, als ihm zu vertrauen.

Sie sind seit kaum einer Stunde fort, als eine entfesselte Menge Khajjams Haus plündert und in Brand steckt. Am späten Nachmittag wird die Sternwarte zerstört. Und zur gleichen Zeit begräbt man Dschahanes Leiche an der Mauer, die die Grenze zum Palastgarten bildet.

Kein Stein verrät der Nachwelt den genauen Platz.

Ein Gleichnis aus dem *Manuskript von Samarkand:*

»Drei Freunde wanderten zusammen im persischen Hochland. Da taucht ein Panther auf, der die ganze Grausamkeit der Welt in sich vereinigt.

Der Panther beobachtet die drei Männer aufmerksam und läuft dann auf sie zu.

Der erste ist der älteste, der reichste und der mächtigste. Er schreit: ›Ich bin der Herr über dieses Land. Ich werde es nicht dulden, daß ein Tier meinen Besitz verwüstet.‹ Zwei Jagdhunde begleiten ihn; die läßt er auf den Panther los. Sie bringen ihm zwar ein paar Bißwunden bei, aber das ficht ihn nicht weiter an, er versetzt ihnen einen tödlichen Prankenhieb, stürzt sich auf ihren Herrn und zerreißt ihn.

Das war das Schicksal von Nisam al-Mulk.

Der zweite sagt sich: ›Ich bin ein gelehrter Mann, jeder ehrt und achtet mich, warum soll ich mein Schicksal von zwei Hunden und einem Panther entscheiden lassen?‹ Er kehrt seinen Gefährten den Rücken und flieht, ohne den Ausgang des Kampfes abzuwarten. Seither irrt er von Höhle zu Höhle, von Hütte zu Hütte, überzeugt, daß das Raubtier ihm noch immer auf den Fersen ist.

Das war das Schicksal Omar Khajjams.

Der dritte ist ein gläubiger Mann. Er geht mit offenen

Händen auf den Panther zu, mit bezwingendem Blick und beredtem Mund. ›Sei willkommen in diesem Land‹, sagt er zu ihm. ›Meine Gefährten waren reicher als ich, du hast sie beraubt, sie waren stolzer, und du hast sie erniedrigt.‹ Das Tier lauscht ihm verzückt. Es gelingt dem Mann, den Panther zu zähmen, ihn zu beherrschen. Seither wagt keiner seiner Artgenossen, sich ihm zu nähern, und die Menschen vermeiden seinen Umgang.

Und die Lehre dieser Fabel? Wenn die Zeit des Aufruhrs gekommen ist, vermag keiner, ihren Lauf aufzuhalten oder zu fliehen. Einigen gelingt es, sich die Umstände zunutze zu machen. Hassan Sabbah hat es besser als jeder andere verstanden, diese grausame Welt zu zähmen. Er hat rings um sich die Furcht gesät, nur um sich in seiner Festung von Alamut ein winziges Stück Frieden zu sichern.«

Kaum hatte Hassan Sabbah die Festung in seinen Besitz gebracht, fing er an, sie von der Außenwelt völlig abzuschließen. Es ging ihm zunächst darum, jeden feindlichen Durchbruch zu verhindern. Er verbesserte also die schon von Natur aus günstige Lage der Festung durch geschickte Konstruktionen, machte durch zusätzliche Mauern jeden Durchgang zwischen zwei Hügeln unmöglich.

Aber diese Befestigungen waren Hassan noch nicht genug. Selbst wenn eine Eroberung unmöglich war, konnte man ihn aushungern. Die meisten Belagerungen enden so. Und in dieser Beziehung war Alamut besonders verwundbar, denn die Trinkwasserversorgung war nicht leicht. Der Große Meister findet eine Lösung. Statt sich das Wasser aus den benachbarten Flüssen zu holen, baut er direkt in den Felsen ein ganzes Netz von Kanälen und Zisternen, um das Regen- und das Schmelzwasser zu sammeln. Wenn man heute die Ruinen des Schlosses besichtigt, kann man noch in dem großen Saal, in dem Hassan lebte, ein »Wunderbekken« bestaunen, das sich immer wieder von neuem füllt und erstaunlicherweise nie überläuft.

Für die Vorräte läßt der Große Meister Schächte ausheben, die er mit Öl, Wein und Honig füllt; er lagert auch Gerste, Lammfett und Trockenfrüchte in größeren Mengen, genug, um ein Jahr lang zu überleben. Was zur damaligen Zeit die Möglichkeiten der Belagerer bei weitem überstieg. Vor allem in einem Gebiet, in dem die Winter hart sind.

Hassan verfügt damit über einen lückenlosen Schutz. Er besitzt gewissermaßen die vollkommene Verteidigungswaffe. Und mit seinen zu allem bereiten Mördern besitzt er darüber hinaus die vollkommene Angriffswaffe. Denn wie kann man sich gegen einen Mann schützen, der entschlossen ist, zu sterben? Jede Sicherheit beruht auf der Abschrekkung: Man weiß, hochgestellte Persönlichkeiten sind von einer kriegerischen Leibwache umgeben, die jeden möglichen Angreifer ohne zu zögern ins Jenseits befördert. Aber wenn nun der Angreifer den Tod nicht fürchtet? Wenn er überzeugt davon ist, als Märtyrer rascher ins Paradies zu kommen? Wenn er sich stets die Worte seines Herrn und Meisters vor Augen hält: »Ihr seid nicht für diese Welt geschaffen, sondern für die andere. Hat denn ein Fisch Angst, wenn man ihn ins Meer werfen will?« Und wenn sich der Mörder auch noch in die Umgebung seines Opfers eingeschlichen hat? Nein, dann kann ihn nichts mehr aufhalten. »Ich bin weniger mächtig als der Sultan, aber ich kann dir weit mehr schaden als er«, hat Hassan eines Tages dem Gouverneur einer Provinz geschrieben.

Er hat die perfekteste Kriegsmaschinerie geschaffen, die man sich denken kann. Und seit er sich in seiner Festung verschanzt hat, hat er sie nie wieder verlassen; seine Biographen behaupten sogar, er sei während der letzten dreißig Jahre seines Lebens nur noch zweimal aus dem Haus gegangen, und zwar beide Male, um auf das Dach zu steigen! Morgens und abends saß er im Schneidersitz auf einer

Matte, die sich im Lauf der Zeit abgenutzt hatte, die er jedoch nie ausbessern oder wechseln wollte. Er lehrte, schrieb, schickte seine Mörder aus. Und fünfmal am Tag betete er auf derselben Matte, zusammen mit gelegentlichen Besuchern.

Für die, die noch nie Gelegenheit hatten, die Ruinen von Alamut zu besichtigen, ist es vielleicht wichtig zu wissen, daß dieser Ort nie eine solche Bedeutung in der Geschichte erlangt hätte, wäre sein einziger Vorteil der gewesen, schwer zugänglich zu sein. Nicht minder wichtig war, daß die Spitze des Felsens in einem Plateau auslief, das groß genug für eine Stadt oder zumindest für ein großes Dorf war. Zur Zeit der Assassinen kam man von Osten her durch einen engen Tunnel hinauf, der an der Unterburg mit ihren gewundenen Gassen und den kleinen, an die Mauern angebauten Lehmhäusern endete. Wenn man den Meydane, den großen Platz, den einzigen Versammlungsort der ganzen Gemeinde, überquerte, erreichte man die Oberburg. Sie hatte die Form einer liegenden Flasche, im Osten breit und nach Westen hin ein schmaler Hals. Dieser Gang war stark bewacht. Hassans Haus lag am äußersten Ende. Das einzige Fenster lag über einer Schlucht. Eine Festung in der Festung.

Durch die von ihm befohlenen spektakulären Morde, durch die Legenden, die sich um ihn, um seine Sekte und sein Schloß woben, hat der Große Meister der Assassinen Orient und Okzident in Angst und Schrecken gehalten. In jeder muslimischen Stadt fanden hohe Würdenträger durch ihn den Tod; selbst die Kreuzritter verloren zwei oder drei ihrer edelsten Männer. Aber, was man allzu rasch vergißt: in Alamut war der Terror am größten.

Gibt es eine schlimmere Herrschaft als die der militanten Tugend? Der oberste Prediger reglementierte das Leben seiner Anhänger bis ins kleinste Detail. Er verbannte alle Musikinstrumente; entdeckte er auch nur die kleinste Flöte, zerbrach er sie in aller Öffentlichkeit und warf sie in die Flammen. Der Schuldige wurde in Ketten gelegt und ausgiebig geprügelt, bevor man ihn aus der Gemeinschaft ausschloß. Der Genuß alkoholischer Getränke wurde noch strenger bestraft. Hassans eigener Sohn, den sein Vater eines Abends betrunken antraf, wurde augenblicklich zum Tode verurteilt und trotz der flehentlichen Bitten seiner Mutter am nächsten Tag bei Morgengrauen geköpft. Eine exemplarische Strafe. Niemand wagte mehr, auch nur einen Tropfen Wein zu trinken.

Man pflegte in Alamut kurzen Prozeß zu machen. Eines Tages, so wird berichtet, wurde innerhalb der Festung ein Verbrechen begangen. Ein Zeuge beschuldigte Hassans jüngsten Sohn. Ohne die Tatsache zu überprüfen, ließ dieser seinem letzten männlichen Nachkommen den Kopf abhacken. Als ein paar Tage später der wirkliche Schuldige gestand, wurde auch er geköpft.

Die Biographen des Großen Meisters erwähnen das Massaker seiner Söhne, um Hassans Strenge und Unbestechlichkeit zu veranschaulichen. Sie berichten, die Gemeinschaft von Alamut sei dank dieser exemplarischen Strafen zu einem Hort der Tugend und der Moral geworden, was sicherlich stimmte. Allerdings weiß man auch aus verschiedenen Quellen, daß am Tag nach dieser letzten Hinrichtung Hassans einzige Frau und seine Töchter gegen ihn rebellierten. Er befahl, sie von Alamut zu vertreiben, und empfahl seinen Nachfolgern, in Zukunft ebenso zu verfahren. Nur so ließe sich vermeiden, daß der Einfluß der Frauen ihr klares Urteil trübte.

Sich aus der Welt zurückzuziehen, gewissermaßen ein Vakuum um sich zu schaffen, sich mit Mauern aus Stein und Angst zu umgeben, das muß wohl Hassan Sabbahs vermessener Traum gewesen sein.

Aber diese Leere fängt an, ihn zu ersticken. Die mächtigsten Könige haben ihren Narren oder fröhliche Gefährten, um die eisige Atmosphäre, die sie umgibt, etwas aufzulockern. Hassan ist unwiderruflich allein, eingeschlossen in seiner Festung, seinem Haus, auf sich selbst gestellt. Niemand, mit dem er reden kann, nur willfährige Untertanen, stumme Diener, abgerichtete Schüler.

Unter allen Menschen, die er gekannt hat, gibt es nur einen, mit dem er noch sprechen könnte, wenn nicht von Freund zu Freund, so doch von Mann zu Mann. Und das ist Khajjam. Also schreibt er ihm einen Brief. Einen Brief, in dem die Verzweiflung hinter den stolzen Zeilen aufklingt.

»Warum kommst du nicht nach Alamut, statt wie ein Flüchtiger zu leben? Ich war ein Verfolgter wie du, jetzt bin ich es, der die anderen verfolgt. Hier wird man dich beschützen, dich umsorgen und ehren; kein Emir der Welt könnte dir noch ein Haar krümmen. Ich habe eine riesige Bibliothek zusammengetragen. Du findest hier die seltensten Werke, könntest nach Herzenslust lesen und schreiben. Hier würdest du den Frieden finden.«

9

Seit Khajjam Isfahan verlassen hat, führt er tatsächlich das Leben eines Flüchtigen und Ausgestoßenen. Reist er nach Bagdad, verbietet der Kalif ihm, öffentlich zu sprechen oder die zahlreichen Bewunderer zu empfangen, die sich vor seiner Tür drängen. Kommt er nach Mekka, schmähen ihn seine Verleumder: »Die Pilgerfahrt eines Gottlosen!« Wenn er auf dem Rückweg in Basra haltmacht, bittet ihn der Sohn des Kadis mit höflichen Worten, nicht allzu lange zu bleiben.

Es ist ein wunderliches Schicksal. Niemand bezweifelt sein Wissen, ja sein Genie; wo immer er hinkommt, scharen sich die Gelehrten um ihn. Auf allen Gebieten zieht man ihn zu Rate, Astrologie, Algebra und Medizin, ja sogar in religiösen Fragen, und lauscht ihm voller Andacht. Aber unweigerlich wird, nach ein paar Tagen oder ein paar Wochen, ein Komplott gegen ihn angezettelt, alle möglichen Verleumdungen über ihnen ausgestreut. Man beschimpft ihn als Ungläubigen oder Ketzer, ruft seine Freundschaft mit Hassan Sabbah in Erinnerung, beschuldigt ihn, wie schon damals in Samarkand, ein Alchimist zu sein, schickt Männer aus, die durch ihren lautstarken Widerspruch seine Gespräche stören, bedroht die, die es wagen, ihm Obdach zu gewähren. Meistens gibt er nach. Sobald er merkt, daß die Situation unerträglich wird, schützt er eine Krankheit vor, um nicht mehr öffentlich zu erscheinen, und reist dann bald ab. In eine andere Stadt, in der seines Bleibens auch nicht lange sein wird.

Er ist ein verehrter und ein geächteter Mann, hat keinen anderen Gefährten als Vartan, ist ständig auf der Suche nach einem Dach, einem Beschützer und auch nach einem Gönner. Seit er die großzügige Rente, die Nisam ihm ausgesetzt hat, nicht mehr bekommt, ist er gezwungen, Fürsten und Gouverneure aufzusuchen, um ihnen ihre monatlichen Horoskope zu stellen. Aber wenn es ihm oft auch am Nötigsten fehlt, beugt er deswegen noch lange nicht den Nakken.

Eines Tages, so erzählt man sich, habe Omar von einem Wesir fünftausend Golddinare verlangt. Überrascht habe dieser erwidert:

»Weißt du, daß ich selbst nicht so viel bekomme?«

»Das ist nur natürlich«, habe Khajjam ihm entgegnet.

»Und warum?«

»Gelehrte Männer wie mich gibt es nur einige wenige in einem Jahrhundert. Aber Wesire wie dich findet man fünfhundert in jedem Jahr.«

Die Chronisten berichten, der Angesprochene habe daraufhin laut gelacht und Khajjams Forderung erfüllt, denn er sei klug genug gewesen einzusehen, daß dieser stolze Vergleich berechtigt gewesen sei.

»Kein Sultan ist glücklicher als ich, kein Bettler trauriger«, schreibt Omar damals.

Die Zeit vergeht. Im Jahre 1114 hält er sich in der Stadt Merw auf, der alten Hauptstadt des Chorasan, die noch immer für ihre Seidenstoffe und ihre zehn Bibliotheken berühmt ist, jedoch schon seit geraumer Zeit in der Politik keine Rolle mehr spielt. Um seinem Hof etwas neuen Glanz zu verleihen, sucht der Gebieter der Stadt die Berühmtheiten seiner Zeit an sich zu fesseln. Er weiß, wie er den großen Khajjam gewinnen kann: Er schlägt ihm vor, eine Sternwarte zu bauen, die der von Isfahan in allen Punkten gleicht. Omar mit seinen sechsundsechzig Jahren träumt noch immer von nichts anderem. Er sagt mit jugendlicher Begeisterung zu, macht sich sofort an den Plan. Und bald erhebt sich das Gebäude auf einem kleinen Hügel im Bab-

Sendschan-Viertel, inmitten eines Gartens voller Narzissen und weißer Maulbeerbäume.

Zwei Jahre lang ist Omar glücklich. Er arbeitet wie ein Besessener: Man sagt, seine Erkenntnisse auf dem Gebiet der Meteorologie seien verblüffend: Dank seiner Beobachtung des Himmels könne er mit Sicherheit fünf Tage im voraus einen Wetterwechsel vorhersagen. Er entwickelt auch seine mathematischen Theorien weiter, mit denen er seiner Zeit weit voraus ist. Erst im 19. Jahrhundert erkannten europäische Wissenschaftler in ihm den genialen Wegbereiter der nichteuklidischen Geometrie. Und er schreibt an seinen *Rubaijat;* offensichtlich beflügelt ihn dabei der hervorragende Wein von Merw.

Natürlich hat das alles auch seine Nachteile. Omar ist verpflichtet, den endlosen Palastzeremonien beizuwohnen, dem Herrscher feierlich zu jedem Fest, jeder besonderen Gelegenheit, selbst wenn er von der Jagd oder einem Landausflug zurückkehrt, seine Aufwartung zu machen. Er darf auch nicht im Diwan fehlen, muß hier ein geistreiches Wort fallen lassen, dort ein Zitat, ein paar passende Verse improvisieren. Er haßt diese Verpflichtungen. Er kommt sich vor, als führe man ihn wie einen gelehrigen Bären vor. Und außerdem findet er, er verliere im Palast nur seine Zeit, die er besser am Arbeitstisch nutzen könne. Abgesehen von dem Risiko unangenehmer Begegnungen.

Wie zum Beispiel an jenem kalten Februartag, an dem ein Neider Streit mit ihm wegen eines Vierzeilers sucht, den er in seiner Jugend verfaßt hat. Den Diwan bevölkern an diesem Tag zahlreiche hochbeturbante Gelehrte; höchst beglückt läßt der Monarch seinen Blick über den Hofstaat schweifen.

Als Omar erscheint, ist das Streitgespräch bereits im Gange. Es geht um eine Frage, die damals leidenschaftlich von Männern der Religion diskutiert wurde. »Hätte die Welt besser geschaffen werden können?« Die, die mit »ja«

antworten, werden als gottlos hingestellt, weil sie damit dem Schöpfer Nachlässigkeit vorwerfen. Die, die die Frage verneinen, beschuldigt man ebenfalls der Gottlosigkeit, weil sie behaupten, der Allerhöchste sei zu einem besseren Werk nicht fähig.

Man diskutiert laut und gestenreich. Khajjam begnügt sich damit, gelangweilt die anderen zu beobachten. Aber ein Redner wendet sich an ihn, rühmt sein Wissen und bittet ihn um seine Meinung. Omar räuspert sich. Bevor er auch nur ein einziges Wort gesagt hat, springt der Kadi von Merw auf, der Khajjams Anwesenheit in seiner Stadt und vor allem die Achtung, die man ihm überall entgegenbringt, keineswegs schätzt, und deutet vorwurfsvoll mit dem Finger auf ihn:

»Ich wußte gar nicht, daß auch ein Atheist seine Meinung über unsere Glaubensfragen äußern darf.«

Omar lächelt nicht ohne Besorgnis.

»Was berechtigt dich dazu, mich als Atheisten zu bezeichnen? Warte wenigstens, bis du meine Antwort gehört hast.«

»Die brauche ich nicht abzuwarten. Werden dir nicht folgende Verse zugeschrieben:

Tust du für üble Tat einst Übles mir,
*wo ist der Unterschied dann zwischen mir und dir?**

Ist der Mann, der solche Worte sagt, etwa kein Atheist?«

Omar zuckt mit den Schultern.

»Wenn ich nicht an Gott glaubte, würde ich mich nicht an ihn wenden.«

»In diesem Ton?« entgegnet der Kadi.

»An den Sultan und den Kadi muß man sich mit Vorsicht wenden. Nicht an den Schöpfer. Gott ist groß; er legt keinen

* In der Übersetzung von Max Barth

Wert auf unser unterwürfiges Getue. Er hat mich als denkendes Wesen geschaffen, also denke ich und gebe ihm auch unumwunden die Früchte meines Wissens preis.«

Unter dem beifälligen Murmeln der Anwesenden zieht sich der Kadi mit drohender Miene zurück. Nachdem der Herrscher zunächst herzlich gelacht hat, wird er nun unruhig. Er fürchtet den Einfluß solcher Worte auf bestimmte Viertel der Stadt. Seine Miene verdüstert sich. Die Besucher entfernen sich eilig.

Auf dem Heimweg verflucht Omar Vartan gegenüber das Hofleben, seine Eitelkeit und seine Heimtücke, schwört, er bleibe nicht länger in Merw. Seinen Gefährten erschüttert das nicht weiter; es ist schon das siebte Mal, daß sein Herr mit der Abreise droht. Am nächsten Morgen nimmt er resigniert seine Arbeit wieder auf, wartet, daß man ihn besänftigt.

Als Omar an diesem Abend wieder in seinem Zimmer ist, schreibt er einen enttäuschten Vierzeiler in sein Buch, der mit den Worten endet:

Für Wein tausch deinen seidnen Turban ein,
*kannst auch in wollner Mütze glücklich sein.**

Anschließend legt er das Manuskript zurück in das Versteck zwischen Bett und Wand. Als er erwacht, will er sein *Rubai* noch einmal lesen; ein Wort darin gefällt ihm nicht so recht. Er tastet mit der Hand nach dem Buch. Und als er es öffnet, entdeckt er Hassan Sabbahs Brief, den jemand, während er schlief, zwischen zwei Seiten gelegt hat.

Omar erkennt sofort die Schriftzüge wieder und jene Unterschrift, die beide vor nunmehr vierzig Jahren vereinbart ha-

* In der Übersetzung von Max Barth

ben: »Der Freund, den du in der Karawanserei von Kaschan getroffen hast.« Als er den Brief gelesen hat, lacht er schallend. Vartan, der im Nebenzimmer noch schlief, kommt herein, um zu sehen, was seinen Meister nach der schlechten Laune vom Vortag so amüsiert.

»Wir haben gerade eine großzügige Einladung erhalten: Obdach, Schutz und Unterhalt bis zum Ende unserer Tage.«

»Von welchem großen Fürsten?«

»Dem von Alamut.«

Vartan wird bleich. Er fühlt sich schuldig.

»Wie konnte dieser Brief hierherkommen? Bevor ich schlafen ging, habe ich alle Türen verschlossen.«

»Denk nicht darüber nach. Selbst die Sultane und Kalifen haben es aufgegeben, sich vor ihm zu schützen. Wenn Hassan dir einen Brief oder einen Dolchstoß zugedacht hat, erhältst du sie mit Sicherheit, ob nun deine Türen weit offen oder verriegelt sind.«

Sein Gefährte nimmt den Brief in die Hand, riecht geräuschvoll daran und liest ihn dann aufmerksam.

»Dieser Dämon hat nicht ganz unrecht«, meint er. »In Alamut wärst du am sichersten. Schließlich ist Hassan dein ältester Freund.«

»Im Augenblick ist mein ältester Freund der neue Wein von Merw.«

Mit kindlicher Freude zerreißt Omar das Blatt in tausend kleine Stücke, die er hochwirft. Während er beobachtet, wie sie durch die Luft flattern, fährt er fort:

»Was haben dieser Mann und ich gemeinsam? Ich liebe das Leben, er vergöttert den Tod. Ich habe einmal geschrieben: ›Drum wer sein Herz in Liebe stets verband, hat keinen Tag vergebens angewandt‹*, Hassan fordert von seinen Männern, daß sie die Liebe, die Musik, die Poesie, den

* In der Übersetzung von Christian H. Rempis

Wein, die Sonne vergessen. Er verachtet die schönsten Werke der Schöpfung und wagt es, den Namen des Schöpfers zu nennen. Und er wagt es, das Paradies zu versprechen. Glaub mir, wenn seine Festung das Tor zum Paradies wäre, ich würde auf das Paradies verzichten. Nie werde ich einen Fuß in diese Höhle von Frömmlern setzen.«

Vartan kratzt sich nachdenklich den Nacken. Seine Stimme klingt bedrückt:

»Wenn du mir so antwortest, ist es wohl an der Zeit, daß ich dir ein allzu altes Geheimnis enthülle. Hast du dich nie gefragt, warum die Soldaten uns damals nicht weiter behelligten, als wir aus Isfahan flohen?«

»Das hat mich immer gewundert. Aber im Lauf der Jahre stellte ich fest, daß du mir so treu und zugetan wie ein Sohn warst. Ich wollte die Vergangenheit nicht mehr aufrühren.«

»An jenem Tag wußten die Offiziere der Nisamija, daß ich dich retten und dich begleiten wollte. Das war Teil eines Plans, den ich mir ausgedacht hatte.«

Bevor er fortfährt, schenkt er seinem Herrn und sich selbst ein großes Glas Rotwein ein.

»Du weißt, auf der von Nisam al-Mulk aufgestellten Todesliste stand der Name eines Mannes, den wir nie zu fassen bekamen, Hassan Sabbah. Trifft ihn nicht die Hauptschuld an dem Mord? Mein Plan war einfach. Ich wollte mit dir gehen, in der Hoffnung, daß du in Alamut Zuflucht suchen würdest. Ich hätte dich begleitet und dich gebeten, meine Identität zu verheimlichen. Es wäre dann ein Leichtes gewesen, die Muslime und die ganze Welt von diesem Dämon zu befreien. Aber du schienst keineswegs gewillt, die düstere Festung aufzusuchen.«

»Und doch bist du all die Jahre über bei mir geblieben.«

»Anfangs glaubte ich, ich müsse nur Geduld haben. Du würdest schon noch den Weg nach Alamut finden, wenn man dich erst aus einigen Städten vertrieben hätte. Aber die Zeit verging, meine Zuneigung zu dir wuchs, meine Gefährten waren in alle vier Winde zerstreut, und mein Plan wurde mir immer unwichtiger. Auf diese Weise hat Omar Khajjam Hassan Sabbah zum zweiten Mal das Leben gerettet.«

»Beklag dich nicht, vielleicht habe ich deines gerettet.«

»Mag sein, er ist dort oben sicherlich gut geschützt.«

Vartan kann einen Rest Bitterkeit nicht verbergen; Khajjam amüsiert sich darüber.

»Übrigens, wenn du mir deinen Plan verraten hättest, wäre ich bestimmt mit dir nach Alamut gegangen.«

Sein Gefährte ist wie vom Blitz getroffen.

»Ist das wahr?«

»Nein, beruhige dich. Ich wollte dich nur ein bißchen necken. Trotz allem, was Hassan getan haben mag; sähe ich ihn in diesem Augenblick im Fluß Murghab versinken, ich würde ihm die Hand reichen, um ihn herauszuziehen.«

»Und ich würde ihm kräftig den Kopf unter das Wasser halten. Aber deine Haltung ehrt dich. Weil du zu solchen Worten und zu solchen Handlungen fähig bist, bin ich bei dir geblieben. Und das bedauere ich nicht.«

Khajjam umarmt seinen Freund lange und herzlich.

»Ich bin froh, daß meine Zweifel eine Erklärung gefunden haben. Ich bin jetzt alt. Ich brauche einen Mann an meiner Seite, dem ich vertrauen kann. Es handelt sich um dieses Manuskript. Es ist das Teuerste, was ich besitze. Um der Welt zu trotzen, hat Hassan Sabbah Alamut errichtet; ich habe nur dieses winzige Papierschloß gebaut, aber ich behaupte, es wird Alamut überdauern. Das ist meine stolze Überzeugung. Und nichts macht mir mehr Sorge als der Gedanke, daß nach meinem Tod mein Manuskript in nichtswürdige oder frivole Hände fallen könnte.«

Mit feierlicher Geste überreicht er Vartan das geheime Buch:

»Du kannst es aufschlagen; von nun an ist es in deiner Obhut.«

Vartan ist gerührt.

»Hat es schon ein anderer vor mir in Händen gehalten?«

»Ja. Dschahane, nach einem Streit in Samarkand. Und Hassan, als wir bei unserer Ankunft in Isfahan das Zimmer miteinander teilten.«

»Hattest du so großes Vertrauen zu ihm?«

»Offengestanden, nein. Aber ich habe damals oft geschrieben, und er bemerkte schließlich das Manuskript. Deshalb habe ich es ihm lieber selbst gezeigt, denn er hätte es ohne mein Wissen leicht lesen können. Außerdem hielt ich ihn für fähig, ein Geheimnis zu bewahren.«

»Gewiß doch. Aber nur, um es dann besser gegen dich zu verwenden.«

Von nun an bewacht Vartan des Nachts das Manuskript. Beim geringsten Laut springt der ehemalige Offizier mit gezücktem Schwert auf. Er lauscht, inspiziert jeden Raum des Hauses und macht dann einen Rundgang durch den Garten. Wenn er zurückkommt, kann er oft nicht wieder einschlafen. Dann zündet er eine Lampe auf seinem Tisch an, liest einen Vierzeiler, lernt ihn auswendig, denkt lange darüber nach, um seinen tieferen Sinn zu erfassen. Und um zu überlegen, bei welcher Gelegenheit sein Meister es wohl geschrieben haben mag.

Nach mehreren durchwachten Nächten nimmt langsam eine Idee Gestalt an, der Omar sofort zustimmt: Vartan will an dem seitlichen Rand neben den *Rubaijat* die Geschichte des Manuskripts und damit auch die Lebensgeschichte Khajjams aufzeichnen: Seine Kindheit in Nischapur, seine Jugend in Samarkand, die Tage seines Ruhms in Isfahan, seine Begegnungen mit Abu-Taher, Dschahane, Hassan, Nisam und vielen anderen. Die ersten Seiten der Chronik sind also unter Khajjams Aufsicht geschrieben, gelegentlich auch von ihm diktiert worden. Vartan gibt sich Mühe, schreibt zehn, fünfzehnmal den gleichen Satz auf ein anderes Blatt, bevor er ihn sorgfältig in Schönschrift überträgt. Bis er eines Tages einen Satz nicht mehr vollenden kann.

Omar ist an diesem Morgen früh aufgewacht. Er ruft Vartan, erhält aber keine Antwort. Sicherlich hat er wieder eine Nacht lang geschrieben, sagt sich Khajjam väterlich besorgt. Er läßt ihn weiterschlafen, schenkt sich einen Morgenschluck ein: Zuerst nur einen Fingerbreit voll und, nachdem er das Glas in einem Zug geleert hat, füllt er es und nimmt es zu seinem Spaziergang im Garten mit. Er geht herum, bläst den Tau von den Blütenblättern, pflückt ein paar saftige, weiße Maulbeeren, die er auf seiner Zunge zergehen läßt und mit einem Schluck Wein herunterspült.

Als er schließlich zurückkehrt, ist eine gute Stunde vergangen. Es wird Zeit, daß Vartan aufsteht. Er ruft nicht mehr nach ihm, sondern geht geradewegs in sein Zimmer. Und dort findet er ihn, auf dem Boden liegend, die Kehle voller Blut. Mund und Augen sind weit geöffnet, wie zu einem letzten erstickten Hilferuf.

Auf dem Tisch, zwischen der Lampe und dem Schreibgerät, liegt die Waffe des Verbrechens auf einem Blatt Papier. Und Omar liest:

»Dein Manuskript ist dir auf dem Weg nach Alamut vorausgegangen.«

10

Omar Khajjam hat seinen Gefährten beweint, wie schon so viele andere Freunde, mit der gleichen Würde, der gleichen Resignation, der gleichen leisen Trauer. »Ja, alle Freunde, die zu Sang und Wort vor uns versammelt sich am trauten Ort so zwei drei Runden, tranken ihren Becher und gingen einer nach dem andern fort.«*

Aber warum sollte man es leugnen? Es ist der Verlust des Manuskripts, der ihn am härtesten getroffen hat. Sicherlich hätte er es wieder neu schreiben können; er muß sich noch an jedes einzelne Wort erinnert haben. Offensichtlich hat er es nicht gewollt; jedenfalls ist uns nichts von einer solchen Zweitschrift überliefert. Es scheint, als habe Khajjam aus dem Raub seines Manuskripts eine weise Lehre gezogen: Nie mehr suchte er, die Zukunft zu beeinflussen, weder die seine noch die seiner Verse.

Kurz darauf verließ er Merw. Er geht nicht nach Alamut – nicht ein einziges Mal ist ihm das in den Sinn gekommen! –, sondern in seine Heimatstadt. »Es wird Zeit«, sagt er sich, »daß ich zur Ruhe komme. In Nischapur hat mein Leben angefangen, sollte es nicht auch dort enden?« In dieser Stadt verbringt er seine letzten Jahre, umgeben von den Seinen, einer jüngeren Schwester, einem liebevollen Schwager, seinen Neffen und vor allem einer Nichte, die der alte Mann zärtlich liebt. Und umgeben von seinen Büchern. Er schreibt nicht mehr, aber er liest immer wieder die Werke der von ihm bewunderten Meister.

Eines Tages sitzt er wie gewöhnlich in seinem Zimmer. Auf seinen Knien ist Avicennas *Buch der Genesung* bei dem Kapitel »Das Eine und das Viele« aufgeschlagen. Plötzlich

* In der Übersetzung von Christian H. Rempis

spürt Omar einen dumpfen Schmerz in sich aufsteigen. Er legt seinen goldenen Zahnstocher, den er in der Hand hält, zwischen die Seiten, um sie zu markieren, schließt das Buch und ruft die Seinen, um ihnen sein Testament zu diktieren. Dann spricht er ein Gebet, das mit den Worten endet: »Oh, Gott, du weißt, ich habe Dich – soweit mir's möglich war – erkannt! Vergib mir drum! denn sieh! meine Erkenntnis Deiner ist mein Weg zu Dir.« *

Er hat die Augen nicht mehr geöffnet. Das war am 4. Dezember 1131. Omar Khajjam starb in seinem 84. Lebensjahr; er war am 18. Juli 1048 geboren, bei Sonnenaufgang. Es ist ganz und gar ungewöhnlich, daß man das Geburtsdatum eines in so ferner Zeit Geborenen so genau kennt. Aber Khajjam war Astrologe. Wahrscheinlich hatte er seine Mutter gefragt, um seinen Aszendenten zu erfragen, die Zwillinge, und bestimmte den Stand der Sonne, Merkur und Jupiter zur Stunde seiner Geburt. Danach hatte er eine Horoskopzeichnung angefertigt, die er auch dem Chronisten Baihaqi übermittelte.

Ein anderer seiner Zeitgenossen, der Schriftsteller Nisami Arusi, erzählt: »Ich traf Omar Khajjam zwanzig Jahre vor seinem Tod, in der Stadt Balch. Er war bei einem angesehenen Mann in der Sklavenhändlerstraße abgestiegen, und ich folgte dem berühmten Mann wie sein Schatten, damit keines seiner Worte mir entging. Und so hörte ich ihn einmal sagen: ›Mein Grab wird an einem Ort sein, wo jeden Frühling der Nordwind Blüten über mich streuen wird.‹ Damals erschienen mir seine Worte absurd, obwohl ich wußte, ein Mann wie er sagt nichts Unüberlegtes.«

Der Zeuge fährt fort: »Vier Jahre nach Khajjams Tod bin ich nach Nischapur gekommen. Und da ich ihn als einen großen Wissenschaftler verehre, habe ich seine letzte Ruhestätte aufgesucht. Ein Führer brachte mich zum Friedhof.

* In der Übersetzung von Christian H. Rempis

Nach dem Eingang biegt man links ab. Dort liegt sein Grab an einer Gartenmauer. Es war von einem Meer von Blütenblättern bedeckt, denn die Birnbäume und die Pfirsichbäume breiteten ihre blühenden Zweige über dem Grab aus.

Ein Tröpflein war und fiel ins Meer,
ein Stäublein kehrte zu des Sandes Heer . . .
Und da fragst du nach unsres Daseins Ziel? –
*Ein Mücklein kam und schwand und war nicht mehr.**

Omar Khajjam hat sich geirrt. So vergänglich war er nicht; sein Leben hat gerade erst begonnen. Zumindest das seiner Vierzeiler. Aber wünschte der Dichter nicht gerade ihnen die Unsterblichkeit, die er für sich selbst nicht zu erhoffen wagte?

Die, die in Alamut das schreckliche Privileg hatten, Hassan Sabbah aufzusuchen, sahen in einer Nische in der Mauer ein Buch liegen, geschützt durch ein feines Gitter. Niemand wußte, um was es sich handelte, niemand traute sich, den höchsten Prediger zu fragen. Man vermutete, daß er wohl seine Gründe habe, es nicht in die große Bibliothek zu stellen. Dabei befand sich dort so manches Werk, das die unerhörtesten Dinge enthielt.

Als Hassan mit fast achtzig Jahren starb, wagte es der Leutnant, den er zu seinem Nachfolger bestimmt hatte, nicht, in das Haus seines Herrn einzuziehen; und noch viel weniger wagte er es, das geheimnisvolle Gitter zu öffnen. Noch lange nach dem Tode des Gründers von Alamut packte die Bewohner allein beim Anblick der Mauern, in denen er gelebt hatte, ein Grauen. Sie vermieden es, dieses

* In der Übersetzung von Christian H. Rempis

inzwischen unbewohnte Viertel aufzusuchen, aus Furcht, dort seinem Schatten zu begegnen. Das Ordensleben verlief noch immer nach denselben Regeln, die Hassan aufgestellt hatte; den Mitgliedern der Gemeinschaft war strengste Askese auferlegt. Kein Fehltritt, kein Vergnügen und nach außen hin eine noch größere Gewalttätigkeit und noch mehr Morde als früher, als wolle man beweisen, daß der Tod ihres Führers die Entschlossenheit seiner Anhänger nicht erschüttert hatte.

Ertrugen sie dieses Leben freudigen Herzens? Immer weniger. Proteste wurden laut. Nicht so sehr unter den Alten, die zu Lebzeiten Hassans nach Alamut gekommen waren. Sie lebten noch in der Erinnerung der Verfolgungen, die sie in ihren Heimatorten erdulden mußten, und fürchteten, die geringste Lockerung der Moral mache sie schwach und verwundbar. Diese Männer starben jedoch einer nach dem anderen: Die Festung war jetzt von ihren Söhnen und Enkeln bewohnt. Natürlich wurden sie schon von der Wiege an belehrt; man zwang sie, Hassans strenge Gebote zu lernen und zu respektieren, als seien sie Gottes Wort. Aber sie wurden immer aufsässiger; das Leben verlangte sein Recht.

Einige wagten es eines Tages, zu fragen, warum sie ihre Jugend in dieser Kloster-Kaserne verbringen mußten, aus der jede Freude verbannt war. Man bestrafte sie so hart, daß sie sich in Zukunft hüteten, eine abweichende Meinung laut werden zu lassen. In der Öffentlichkeit zumindest; denn jetzt begann man, heimliche Versammlungen in den Häusern abzuhalten. Die jungen Verschwörer wurden von all den Frauen ermutigt, deren Söhne, Brüder oder Männer von einer geheimen Mission nicht mehr zurückgekehrt waren.

Ein Mann wurde zum Wortführer dieser dumpfen, erstickten und unterdrückten Bewegung. Niemand anderes als er hätte sich das erlauben können: Er war der Enkel dessen, den Hassan als seinen Nachfolger bezeichnet hatte.

Und beim Tod seines Vaters würde er der vierte Große Meister des Ordens werden.

Gegenüber seinen Vorgängern hatte er einen entscheidenden Vorteil: Er war nach dem Tod des Gründers geboren und hatte die Furcht vor ihm nicht mehr gekannt. Er betrachtete Hassans Wohnstätte voller Neugier, nicht ohne eine gewisse Scheu, aber auch nicht mit dieser morbiden Faszination, die die anderen lähmte.

Eines Tages, als er siebzehn Jahre alt war, betrat er das verbotene Zimmer, sah sich alles an, ging zu dem Wunderbecken, tauchte die Hand in das eisige Wasser, blieb vor der Nische stehen, in der das Manuskript eingeschlossen war. Fast hätte er das Gitter geöffnet, doch dann besann er sich anders, wich zurück und verließ das Zimmer rückwärtsgehend. Bei seinem ersten Besuch wollte er nicht übertreiben.

Wenn der Erbe nachdenklich durch die Gassen von Alamut schritt, liefen die Leute zusammen. Aber sie wagten es nicht, sich ihm zu nähern: Seine Segenssprüche waren ziemlich ungewöhnlicher Art. Er hieß Hassan, wie Sabbah, aber man hatte ihm bereits einen anderen Namen gegeben: »Der Erlöser! Den, den wir alle erwarten.« Man fürchtete nur eins: Daß die alte Garde der Assassinen, die seine Meinung kannte und schon mehr als einmal gehört hatte, wie er unvorsichtigerweise gegen die strengen Gesetze wetterte, alles tun würde, um seine Machtübernahme zu verhindern. Sein Vater versuchte, ihm das Wort zu verbieten, beschuldigte ihn sogar, ein Atheist zu sein und die Lehren des Gründers zu verraten. Er soll, so wird behauptet, zweihundertfünfzig der Rebellen hingerichtet haben und zweihundertfünfzig andere aus Alamut vertrieben haben, wobei er sie zwang, die Leichen ihrer toten Freunde auf dem Rücken den Berg hinunterzutragen. Aber ein Rest väterlichen Gefühls hielt den Großen Meister zurück, Hassan Sabbahs Tradition des Sohnesmordes weiterzuführen.

Als im Jahre 1162 der Vater starb, wurde der rebellische Sohn ohne Schwierigkeiten sein Nachfolger. Zum ersten Mal seit langem herrschte in den grauen Gassen von Alamut aufrichtige Freude.

Aber ist er wirklich der erwartete Erlöser, fragten sich die Männer von Alamut. Ist er es, der unseren Leiden ein Ende bereiten wird? Er sagte nichts. Er ging weiter mit abwesender Miene durch die Straßen von Alamut oder verbrachte lange Stunden in der Bibliothek, unter dem wohlwollenden Blick des Schreibers, dem sie unterstellt war, und der aus Kirman stammte.

Eines Tages ging er entschlossenen Schritts auf Hassan Sabbahs ehemalige Residenz zu, stieß die Tür heftig auf, ging zu der Nische, zog mit beiden Händen so kräftig an dem Gitter, daß es sich aus der Mauer löste. Mit Steinen vermischter Sand rann auf den Boden. Er nahm Khajjams Manuskripte heraus, klopfte den Staub ab und trug es unter seinem Arm davon.

Er schloß sich damit zu Hause ein. Las es immer wieder und dachte darüber nach. Am siebten Tag gab er Befehl, alle Bewohner Alamuts zusammenzurufen, Männer, Frauen und Kinder. Sie sollten sich auf dem Meydane, dem großen Platz, versammeln.

Das war am 8. August 1164. Die Sonne von Alamut brannte heiß; aber niemand dachte daran, sich vor ihr zu schützen. Im Westen erhob sich ein Holzpodest, an dessen vier Seiten die Flaggen aufgepflanzt waren: Eine rote, eine grüne, eine gelbe und eine weiße. Dorthin richteten sich alle Blicke.

Und plötzlich war er da. Ganz in Weiß gekleidet, hinter ihm seine junge, zierliche Frau, das Gesicht entblößt. Sie hielt die Augen zu Boden gesenkt und hatte vor Aufregung rote Wangen. Es scheint, daß angesichts dieser Szene die letzten Zweifel schwanden; man murmelte von allen Seiten: »Er ist es, er ist der Erlöser.«

Mit würdigen Schritten stieg er die paar Stufen zu dem Podium hinauf, grüßte seine Getreuen mit weitausholender Geste und gebot ihnen damit Schweigen. Und dann hielt er eine der erstaunlichsten Reden, die je auf unserem Planeten vernommen wurden:

»An alle Bewohner der Welt, Dschinnen, Menschen und Engel!« rief er, »der Imam aller Zeiten gibt euch seinen Segen und vergibt euch alle eure vergangenen und künftigen Sünden.

Er verkündet euch, daß das heilige Gesetz aufgehoben ist, denn die Stunde der Auferweckung hat geschlagen. Gott hat euch sein Gesetz auferlegt, damit ihr euch das Paradies verdient. Ihr habt es euch verdient. Von diesem Tage an ist das Paradies euer. Ihr seid also von der Last des Gesetzes befreit.

Alles, was verboten war, ist jetzt erlaubt, alles, was Pflicht war, ist verboten.

Die täglichen fünf Gebete sind verboten«, fuhr der Erlöser fort. »Wir sind jetzt im Paradies und mit dem Schöpfer vereint, da brauchen wir uns nicht mehr zu bestimmten Stunden an ihn zu wenden. Wer noch auf seinen fünf Gebeten besteht, bezeugt damit, wie schwach sein Glaube an die Wiedererweckung ist. Beten ist zu einem Akt des Unglaubens geworden.

Der Wein dagegen, den der Koran als das Getränk des Paradieses bezeichnet, ist von nun an erlaubt, und nicht zu trinken ist ein deutliches Zeichen mangelnden Glaubens.«

»Nach dieser Rede«, berichtet ein persischer Historiker jener Zeit, »begann man in der Menge, Harfe und Flöte zu spielen und trank sogar ganz ostentativ auf den Stufen der Tribüne.«

Eine übertriebene Reaktion auf die übertriebene Disziplin, die Hassan Sabbah im Namen des Korans gefordert hatte. Die Nachfolger des Erlösers bemühten sich, seinen messianischen Eifer etwas zu dämpfen, aber Alamut wurde nicht mehr zu jenem Hort von Märtyrern wie zu Zeiten des obersten Predigers. Das Leben auf der Festung blieb zwanglos, und die Morde, die den Terror in die islamischen Städte getragen hatten, hörten auf. Die Ismailiten verwandelten sich von einer radikalen Sekte in eine Gemeinschaft exemplarischer Toleranz.

Nachdem der Erlöser den Leuten von Alamut die frohe Botschaft verkündet hatte, schickte er Gesandte mit von ihm unterzeichneten Dokumenten zu den anderen ismailitischen Gemeinschaften in Asien und Ägypten. Sie alle wurden aufgefordert, in Zukunft den Tag der Wiedererwekkung zu feiern; das Datum wurde nach drei verschiedenen Kalendern angegeben: Dem der Hedschra des Propheten, dem Alexander des Großen und dem »des größten Mannes beider Welten, des Omar Khajjam aus Nischapur«.

In Alamut befahl der Erlöser, daß man das Manuskript von Samarkand als ein großes Buch der Weisheit verehre. Künstler wurden damit beauftragt, einen Schmuck zu entwerfen: Zeichnungen, Illuminationen, ein mit Edelsteinen eingelegtes Kästchen aus ziseliertem Gold. Niemand durfte eine Kopie des Buches anfertigen; aber es lag ständig auf einem kleinen Tisch aus Zedernholz, in dem kleinen Raum, in dem der Bibliothekar arbeitete. Dort durften unter seiner Aufsicht einige Privilegierte darin blättern.

Bisher kannte man nur einige Vierzeiler, die Khajjam in der Zeit seiner unbeschwerten Jugend verfaßt hatte. Jetzt lernte man mehrere andere auswendig, zitierte sie, gab sie, zum Teil ziemlich verstümmelt, wieder. Übrigens war seit jener Zeit ein sonderbares Phänomen zu beobachten: Jedesmal, wenn ein Dichter einen Vierzeiler verfaßte, der ihm Unannehmlichkeiten bringen konnte, schrieb er ihn Omar zu. Hunderte von falschen Versen gerieten so unter Khajjams *Rubaijat,* so daß es bald unmöglich war, ohne das Manuskript die echten *Rubaij* zu erkennen.

Hatte der Erlöser die Bibliothekare von Alamut beauftragt, die Chroniken des Manuskripts, die Vartan begonnen hatte, weiterzuführen? Jedenfalls wissen wir allein aus dieser Quelle, welchen – postumen – Einfluß Khajjam auf die Veränderung der Assassinen gehabt hat. Mehr als ein Jahrhundert lang wurde dieser knappe, aber unersetzliche Bericht über die Ereignisse fortgeführt, bis auch er abrupt unterbrochen wurde. Durch die Mongoleneinfälle.

Die verheerendste Geißel, die je den Orient getroffen hat, war zweifellos die von Dschingis Khan angeführte erste Welle der Eroberung. Prächtige Städte wie Peking, Buchara oder Samarkand wurden zerstört und ihre Bevölkerung ausgerottet. Die Bewohner wurden wie Vieh behandelt, die jungen Frauen an die Offiziere der siegreichen Horden verteilt, die Handwerker zu Sklaven herabgewürdigt und die anderen massakriert, mit Ausnahme einer Minorität, die, zum Kreis des damaligen großen Kadis gehörend, sehr rasch Dschingis Khans Sache zu der ihren machte.

Trotz dieser Apokalypse kann man Samarkand fast noch als privilegiert bezeichnen, denn es sollte eines Tages auf den Trümmern wieder auferstehen und die Hauptstadt eines Weltreichs werden: Tamerlans Reich. Für viele andere Städte dagegen war die Glanzzeit unwiderruflich dahin, vor allem für die drei großen Metropolen des Chorasan, die lange Zeit hindurch die geistigen Zentren dieses Teils der Erde gewesen waren: Merw, Balch und Nischapur. Auch Rai gehört dazu, die Wiege der orientalischen Medizin: Selbst den Namen vergaß man. Erst mehrere Jahrhunderte später entstand in unmittelbarer Nähe des alten Fleckens die Stadt Teheran.

Die zweite Eroberungswelle verschlang Alamut. Sie war etwas weniger blutig, aber ausgedehnter. Innerhalb nur weniger Monate verwüstete damals das Heer der Mongolen

Bagdad, Damaskus, Krakau in Polen und die chinesische Provinz Ssetschuan.

Die Festung der Assassinen, die hundertsiebzig Jahre lang so vielen Eroberern standgehalten hatte, mußte sich ergeben. Prinz Hülegü, Dschingis Khans Enkel, zeigte sich sehr beeindruckt von diesem Wunder eines militärischen Bauwerks. Der Legende nach soll er die Vorräte, die noch aus Hassan Sabbahs Zeit stammten, unversehrt vorgefunden haben.

Nachdem er mit seinen Offizieren alles besichtigt hatte, befahl er den Soldaten, die Festung zu zerstören und keinen Stein auf dem anderen zu lassen. Auch die Bibliothek verschonte er nicht. Er gestattete allerdings einem damals dreißigjährigen Historiker, Dschuwaini, sie zu besichtigen, bevor man das Feuer legte. Dschuwaini war gerade dabei, auf Befehl Hülegüs eine *Geschichte des Eroberers der Welt* zu schreiben, die noch heute unser wertvollstes Zeugnis aus der Zeit der Mongoleneinfälle ist. Er durfte also diesen geheimnisvollen Ort betreten, in dem Zehntausende von Manuskripten gebunden oder in Rollen lagerten; draußen warteten ein Offizier und ein Soldat mit einem Schubkarren: Was dieser fassen konnte, sollte gerettet und den Rest ein Raub der Flammen werden. Es blieb Dschuwaini keine Zeit, die Texte zu lesen, nicht einmal, sich die Titel anzusehen.

Als überzeugter Sunnit sagte er sich, es sei seine oberste Pflicht, das Wort Gottes vor dem Feuer zu retten. Er raffte also hastig die Exemplare des Korans zusammen, die an ihrem dicken Einband leicht zu erkennen waren und zusammenstanden. Es waren etwa zwanzig; als er sie schließlich alle in dem Schubkarren untergebracht hatte, war dieser schon fast voll. Was sollte er jetzt aussuchen? Er wandte sich einem anderen Stapel in einer Ecke zu, der ihm besonders sorgfältig geordnet schien, und entdeckte zahlreiche Werke, die Hassan Sabbah während seines dreißigjährigen

Einsiedlerlebens geschrieben hatte. Er beschloß, ein einziges zu retten, eine Autobiographie, aus der er später einige Abschnitte in seiner eigenen Abhandlung zitierte. Er fand auch eine neuere und offensichtlich gut dokumentierte Chronik von Alamut, die ausführlich über die Geschichte des Erlösers berichtete. Auch diese nahm er mit, denn außerhalb der ismailitischen Gemeinschaften wußte man darüber so gut wie nichts.

War dem Historiker die Existenz des Manuskripts von Samarkand bekannt? Wahrscheinlich nicht. Hätte er sonst wohl danach gesucht, es durchgeblättert und vielleicht gerettet? Man weiß es nicht. Den Erzählungen nach soll er jedoch vor einem ganzen Stoß von Werken über die Geheimwissenschaften stehengeblieben sein und sich so in sie vertieft haben, daß er die Zeit darüber vergaß. Der Mongolenoffizier, der hereinstürmte, um ihn anzutreiben, trug eine starke Rüstung mit roten Rändern und einem Helm, der zum Nacken hin breiter wurde. In der Hand hielt er eine Fackel. Um seine Eile zu dokumentieren, setzte er einen Haufen verstaubter Schriftrollen in Brand. Der Historiker protestierte nicht, nahm, was Hände und Arme tragen konnten, ohne noch irgendeine Auswahl zu treffen, und als ihm das Manuskript *Ewige Geheimnisse der Sterne und Zahlen* herunterfiel, bückte er sich nicht, um es aufzuheben.

Die Bibliothek der Assassinen brannte sieben Tage und sieben Nächte lang. Unzählige Werke gingen verloren, von denen es keine Kopie gab. Sie enthielten vermutlich die bestgehüteten Geheimnisse des Universums.

Lange Zeit dachte man, auch das *Manuskript von Samarkand* sei ein Raub der Flammen von Alamut geworden.

Drittes Buch
Das Ende des Jahrtausends

Steh auf, zum Schlafen bleibt uns noch die Ewigkeit!

Omar Khajjam

1

Bis zu dieser Seite habe ich wenig von mir selbst gesprochen. Ich wollte so getreu wie möglich schildern, was das *Manuskript von Samarkand* uns über Khajjam erzählt, über die Menschen, die er gekannt, und über die Ereignisse, die er erlebt hat. Es bleibt noch zu berichten, wie dieses Werk, das während der Mongoleneinfälle verlorenging, in unserer Zeit wieder auftauchte, unter welch abenteuerlichen Umständen es in meinen Besitz gelangte und – beginnen wir damit – durch welches Spiel des Zufalls ich von seiner Existenz erfuhr.

Ich habe bereits meinen Namen erwähnt, Benjamin O. Lesage. Trotz meines französisch klingenden Namens, das Erbe eines hugenottischen Vorfahren, der unter Ludwig XIV. emigrierte, bin ich ein amerikanischer Staatsbürger und stamme aus Annapolis in Maryland, an der Chesapeake-Bucht, einem bescheidenen Arm des Atlantiks. Meine Beziehungen zu Frankreich beschränken sich allerdings nicht auf meine entfernte Abstammung; mein Vater hat sich bemüht, die Bande zu erneuern. Er war schon immer von seiner Familiengeschichte fasziniert. In sein Schulheft hat er geschrieben: »Wurde mein Stammbaum denn gefällt, um ein Floß für die Flüchtlinge zu bauen?«, und er fing an, Französisch zu lernen. Voll feierlicher Rührung überquerte er den Atlantik in entgegengesetzter Richtung.

Er hatte das Jahr seiner Pilgerfahrt zu schlecht oder zu gut gewählt. Am 9. Juli 1870 verließ er New York an Bord der »*Scotia*«; er erreichte Cherbourg am 18. und Paris am 19. Juli abends – mittags war der Krieg erklärt worden. Rückzug, Umsturz, Invasion, Hungersnot, Kommune, Meuchelmorde, nie hat mein Vater ein ereignisreicheres Jahr erlebt – es blieb seine schönste Erinnerung. Warum sollte man es leugnen? Der Aufenthalt in einer belagerten Stadt kann zu einer perversen Lust werden: Mit der Errichtung der Barrikaden fallen die Schranken, Männer und Frauen finden zu den Freuden primitiver Stämme zurück. Wie oft erinnerten sich meine Eltern in Annapolis, wenn zum Fest der unvermeidliche Truthahn auf dem Tisch stand, voller Rührung an das Stück Elefantenrüssel, das sie in Paris zu Silvester gegessen hatten: Vierzig Francs hatte das Pfund bei Roos, dem englischen Metzger vom Boulevard Haussmann, gekostet!

Sie waren frisch verlobt; ein Jahr später heirateten sie. Der Krieg hatte bei ihrem Glück Pate gestanden. »Ich war kaum ein paar Tage in Paris«, erinnerte sich mein Vater, »da ging ich bereits jeden Morgen ins Café Riche am Boulevard des Italiens. Mit einem Stoß Zeitungen, ›*Le Temps*‹, ›*Le Gaulois*‹, ›*Le Figaro*‹, ›*La Presse*‹ setzte ich mich an einen Tisch, las jede einzelne Zeile und schrieb verstohlen in ein Notizbuch die Worte, die ich nicht verstand, ›guêtres‹* oder ›moblot‹** zum Beispiel, damit ich bei meiner Rückkehr im Hotel den gelehrten Concierge danach fragen konnte.

Am dritten Tag setzte sich ein Mann mit grauem Schnurrbart an den Nachbartisch. Er hatte seinen eigenen Stapel Zeitungen, starrte jedoch bald nur noch zu mir herüber; etwas beunruhigte ihn offensichtlich. Schließlich hielt er es nicht mehr aus und sprach mich an. Mit der einen Hand hielt er den Griff seines Stocks umklammert, mit der anderen trommelte er nervös auf den Marmortisch. Er wollte wissen, weshalb dieser junge – doch wohl taugliche – Mann nicht an der Front war, um das Vaterland zu verteidigen. Sein Ton war höflich, wenn auch ziemlich mißtrauisch, und er warf dabei einen schrägen Blick auf mein Heft, in das er mich etwas hatte schreiben sehen. Ich

* Gamaschen (A.d.Ü.)

** Mobilgardist (A.d.Ü.)

brauchte nicht groß zu argumentieren, mein Akzent war meine beste Verteidigung. Der Mann entschuldigte sich vielmals, bat mich an seinen Tisch, redete von La Fayette, Benjamin Franklin und Tocqueville, bevor er mir lang und breit auseinandersetzte, was ich schon in den Zeitungen gelesen hatte, daß nämlich dieser Krieg ›für unsere Truppen nur ein Spaziergang nach Berlin‹ sein würde.«

Mein Vater wollte ihm eigentlich widersprechen. Er wußte zwar nichts von der militärischen Stärke der Franzosen und der Preußen, hatte jedoch am Bürgerkrieg teilgenommen und war bei der Belagerung von Atlanta verwundet worden. »Mir war dabei klar geworden, daß kein Krieg ein Spaziergang ist«, erzählte er später. »Aber die Nationen sind so vergeßlich, der Pulvergeruch ist so berauschend, also hütete ich mich, ihm zu widersprechen. Ich wollte keine Diskussion anfangen, und der Mann wollte meine Meinung auch gar nicht hören. Von Zeit zu Zeit wandte er sich mit einem keineswegs fragenden ›nicht wahr‹ an mich, und ich antwortete mit beifälligem Nicken.

Er war sehr liebenswürdig. Übrigens trafen wir uns von da an jeden Morgen. Ich redete nur wenig, und er pries sich glücklich, daß ein Amerikaner so unumwunden seine Ansichten teilte. Nach dem vierten ebenso enthusiastischen Monolog lud dieser würdige Herr mich zum Mittagessen bei sich zu Hause ein. Er war sich auch diesmal meiner Zustimmung so sicher, daß er einen Kutscher rief, bevor ich auch nur antworten konnte. Ich muß gestehen, ich habe es nie bereut. Er hieß Charles-Hubert de Luçay und wohnte am Boulevard Poissonnière in einem herrschaftlichen Haus. Er war Witwer, seine beiden Söhne dienten in der Armee – und seine Tochter wurde deine Mutter.«

Sie war gerade achtzehn, mein Vater zehn Jahre älter. Während der patriotischen Ansprachen des alten Herrn beobachteten sie einander aufmerksam, aber schweigend. Als es vom 7. August an nach drei Niederlagen hintereinander klar wurde, daß der Krieg verloren und das Land ernsthaft bedroht war, wurde mein Großvater immer stiller. Seine Tochter und sein zukünftiger Schwiegersohn bemühten sich gemeinsam, ihn aufzuheitern – sie wurden dabei zu Komplizen: Ein Blick zwischen ihnen genügte, um zu entscheiden, mit welch tröstlichem Argument man ihm entgegnen sollte.

»Als wir beide uns zum ersten Mal allein in dem riesigen Salon gegenüberstanden, fanden wir beide keine Worte. Und lachten plötzlich laut los. Wir entdeckten, daß wir während der vielen gemeinsamen Mahlzeiten nie direkt miteinander gesprochen hatten. Es war ein fröhliches, befreiendes Lachen, aber es wäre unschicklich gewesen, es zu verlängern. Es war an mir, das erste Wort zu sagen. Deine Mutter preßte ein Buch an ihre Brust, und ich fragte sie, was sie las.«

In diesem Augenblick ist Omar Khajjam in mein Leben getreten. Man könnte fast sagen, er hat mich gezeugt. Meine Mutter hatte gerade die *Vierzeiler von Kheyam, aus dem Persischen übersetzt von J.-B. Nicolas, ehemaliger erster Dolmetscher an der französischen Botschaft in Persien* gekauft, die 1867 in der Imprimerie impériale erschienen waren. Im Gepäck meines Vaters befanden sich die *Rubaiyat of Omar Khayyam* von Edward Fitzgerald in der Ausgabe von 1868.

»Das freudige Erstaunen deiner Mutter war ebenso groß wie das meine; wir waren beide überzeugt davon, daß unsere Lebenslinien sich gekreuzt hatten. Wir kamen gar nicht auf den Gedanken, es könnte nur ein bloßer Zufall gewesen sein. Omar wurde für uns zu einem Zauberwort des Schicksals; es wäre sozusagen ein Sakrileg gewesen, nicht darauf zu hören. Natürlich sagte keiner von uns, was uns bewegte; das Gespräch wandte sich ganz allgemein den Gedichten zu. Sie erzählte mir, Napoleon III. persönlich habe die Veröffentlichung dieses Werkes befohlen.«

Damals entdeckte Europa gerade Omar. Gewiß hatten einige Kenner schon zu Beginn des Jahrhunderts von ihm gesprochen; im Jahr 1851 hatte man in Paris seine Algebra veröffentlicht, und in Fachzeitschriften waren einige Artikel über ihn erschienen. Aber die westlichen Leser kannten ihn noch nicht, und selbst im Orient war nicht viel mehr von ihm geblieben als ein Name, zwei oder drei Legenden, Vierzeiler unbestimmter Herkunft, nebelhafte Erinnerungen an seine Astrologie.

Und als ein unbekannter britischer Dichter, Fitzgerald, 1859 beschloß, eine Übersetzung von fünfundsechzig Vierzeilern herauszugeben, interessierte sich niemand dafür. Das Buch kam in einer Auflage von 250 Exemplaren heraus; der Autor verschenkte einige an seine Freunde, und der Rest wurde bei dem Buchhändler Bernard Quaritch zum Ladenhüter. »Poor old Omar«, so schrieb Fitzgerald an seinen Persisch-Professor, »interessiert offensichtlich niemanden.« Nach zwei Jahren beschloß der Verleger, die Exemplare zu verramschen: Er senkte den ursprünglichen Preis von 5 Schilling auf einen Penny, das heißt, auf ein Sechzigstel. Und selbst jetzt verkauften sich die *Rubaijat* kaum. Bis zu dem Tag, an dem zwei Literaturkritiker ihn entdeckten. Sie lasen ihn, waren begeistert, kamen am nächsten Tag zurück und kauften sechs Exemplare, um sie zu verschenken. Als der Verleger merkte, daß das Interesse zu steigen begann, erhöhte er wieder den Preis, und zwar auf zwei Pence.

Übrigens habe ich bei meiner letzten Reise nach England bei eben diesem Quaritch, der inzwischen den schönsten Laden am ganzen Piccadilly besitzt, für ein Exemplar dieser Erstausgabe vierhundert Pfund Sterling bezahlt!

Aber der Erfolg in London ließ noch eine Weile auf sich warten. Zunächst einmal veröffentlichte Nicolas seine Übersetzung in Paris, und Théophile Gautier schrieb darüber begeistert im »*Moniteur universel*«: »Haben Sie die Vierzeiler von Khajjam gelesen?« Und begrüßte »diese absolute Freiheit des Denkens, die die kühnsten modernen Philosophen kaum erreichen«. Ernest Renan übertraf ihn fast noch in seiner Kritik: »Man sollte Khajjam, diese erstaunliche Dichterpersönlichkeit, studieren, um zu begreifen, was aus dem großartigen und freien Persien durch den alles erstickenden muslimischen Dogmatismus geworden ist.« Und erst jetzt, nach Paris, werden Fitzgerald und sein »poor old Omar« auch in der angelsächsischen Welt berühmt. Es ist ein überwältigender Erfolg: Von einem Tag auf den anderen wird allein Khajjams Name zum Sinnbild des Orients; eine Übersetzung folgt der anderen. In England und anschließend in mehreren amerikanischen Städten kommen unzählige Ausgaben heraus; es bilden sich sogar Vereine von Omar-Anhängern.

Im Jahr 1870 jedoch hatte die Khajjam-Welle gerade erst begonnen, der Kreis von Omars Bewunderern wurde Tag für Tag größer, war aber noch ausschließlich auf die Intellektuellen beschränkt. Die gemeinsame Lektüre hatte meinen Vater und meine Mutter einander nähergebracht; sie begannen, Omars Vierzeiler zu zitieren und über ihre Bedeutung zu debattieren: Waren der Wein und die Taverne in Khajjams Versen reine mystische Symbole, wie Nicolas behauptete? Oder waren sie Ausdruck eines lustvollen, ja lasterhaften Lebens, wie Fitzgerald und Renan meinten? Diese Diskussionen hatten für sie einen ganz besonderen Reiz. Wenn mein Vater über den Dichter sprach, der das duftende Haar seiner Schönen streichelte, errötete meine Mutter. Und ihren ersten Kuß tauschten sie zwischen zwei Liebesgedichten. An dem Tag, an dem sie sich verlobten, beschlossen sie, ihren ersten Sohn Omar zu nennen.

Während der 90er Jahre des letzten Jahrhunderts wurden Hunderte von kleinen Amerikanern auf diesen Namen getauft. Aber als ich am 1. März 1873 geboren wurde, war er noch sehr ungewöhnlich. Da meine Eltern mich nicht mit solch einem exotischen Vornamen belasten wollten, stellten sie ihn an die zweite Stelle, so daß ich ihn, wenn ich wollte, mit einem diskreten O. abkürzen konnte. In der Schule vermuteten meine Kameraden, dieser Buchstabe stünde für Oliver oder Oswald, Osborne oder Orville, und ich widersprach niemandem.

Doch mit der Zeit wurde meine Neugier auf diesen entfernten Paten wach. Mit fünfzehn Jahren begann ich alles zu lesen, was ihn betraf. Ich beschloß, die persische Sprache und Literatur zu studieren und dieses Land einmal zu besuchen. Aber die erste Begeisterung flaute auch wieder ab. Nach der einhelligen Meinung aller Kritiker waren zwar Fitzgeralds Verse ein Meisterwerk der englischen Poesie, dennoch hatten sie mit dem, was Khajjam wirklich geschrieben hatte, nicht mehr allzuviel zu tun. Einige Autoren beriefen sich auf mehr als tausend Vierzeiler, Nicolas hatte mehr als vierhundert übersetzt, wirkliche Kenner hielten jedoch nicht einmal hundert für »wahrscheinlich authentisch«. Hervorragende Orientalisten gingen sogar so weit, daß sie Omar nicht einen einzigen mit letzter Sicherheit zuschrieben.

Man vermutete, es habe vielleicht einmal ein Original existiert, mit dessen Hilfe man die Urheberschaft ein für allemal hätte feststellen können. Aber nichts deutete darauf hin, daß ein solches Manuskript noch gefunden werden konnte.

Schließlich wandte ich mich sowohl von dem Dichter als auch von seinem Werk ab und sah in meinem »O.« nur noch einen Rest elterlicher Kinderei. Bis mich eine Begegnung zu meiner ersten Liebe zurückführte und mein Leben endgültig auf Khajjams Spuren lenkte.

2

Gegen Ende des Sommers 1895 schiffte ich mich nach Europa ein. Mein Großvater war gerade 76 Jahre alt geworden, er hatte mir und meiner Mutter tränenreiche Briefe geschrieben: Er wolle mich, wenigstens noch ein einziges Mal, vor seinem Tod sehen. Ich unterbrach also mein Studium und bereitete mich schon auf dem Schiff auf das vor, was mich meiner Ansicht nach erwartete: An seinem Bett zu sitzen, tapfer seine Greisenhand in der meinen zu halten und seinen letzten Ermahnungen zu lauschen.

Doch nichts von alledem. Großvater erwartete mich in Cherbourg. Ich sehe ihn noch heute vor mir, am Kai von Caligny. Er hielt sich so gerade wie sein Stock, sein Schnurrbart war diskret parfümiert, sein Gang beschwingt, und sein Zylinder lüftete sich fast wie von selbst beim Anblick schöner Damen. Als wir im Admiralsrestaurant bei Tisch saßen, legte er seinen Arm um mich. »Mein Freund«, rief er bewußt theatralisch, »in mir ist die Jugend wiedererwacht, und sie braucht einen Gefährten.«

Damals nahm ich seine Worte nicht so ernst, aber das war ein Fehler: Unser Leben war ein einziges Karussell. Kaum hatten wir bei »Brébant«, bei »Foyot« oder beim »Père Lathuile« zu Abend gegessen, ging es weiter in die »Cigale«, wo Eugénie Buffet auftrat, ins »Mirliton«, wo Aristide Bruant allabendlich Beifall erntete, oder in die »Scala«, in der Yvette Guilbert *Les Vierges, Le Foetus* und *Le Fiacre* sang. Wir waren wie zwei Brüder, der eine mit weißem, der andere mit braunem Schnurrbart, mit dem gleichen Gang, dem gleichen Hut, und meinen Großvater sahen die Frauen von uns beiden zuerst an. Er lief genauso schnell wie ich – sein Stock diente nur seiner Eitelkeit –, bewegte sich mit jugendlichem Elan. Er wollte jede Rose dieses späten Frühlings pflücken. Er wurde 93 Jahre alt, und ich bin froh darüber: Noch siebzehn Jahre lagen vor ihm, eine neugeschenkte Jugend.

Eines Abends dinierten wir bei »Durand«, auf der Place de la Madeleine. In einer Ecke des Restaurants, rings um mehrere zusammengestellte Tische, saßen Schauspieler und Schauspielerinnen, Journalisten und Politiker. Mein Großvater nannte mir leise ihre Namen. Ein Stuhl in ihrer Mitte war noch leer, aber bald erschien ein neuer Gast. Für ihn schien dieser Platz reserviert zu sein. Sofort war er von einem ganzen Schwarm von Bewunderern umgeben, man hing förmlich an seinen Lippen. Mein Großvater stand auf:

»Komm, ich muß dich meinem Vetter Henri vorstellen!«

Und mit diesen Worten zog er mich mit sich fort.

Die beiden Vettern begrüßten einander herzlich, bevor sie sich zu mir umdrehten.

»Mein Enkel aus Amerika. Er möchte dich so gerne kennenlernen.«

Ich suchte meine Überraschung zu verbergen. Der Mann musterte mich ziemlich kühl und sagte dann:

»Er soll mich am Sonntagmorgen besuchen.«

Erst als ich wieder auf meinem Platz saß, wurde mir klar, um wen es sich da handelte. Mein Großvater wollte unbedingt, daß ich ihn kennenlernte. Er hatte mir schon oft und mit betontem Familienstolz von ihm erzählt.

Dieser Vetter, den man jenseits des Atlantiks kaum kannte, war nämlich in Frankreich berühmter als Sarah Bernhardt: Es handelte sich um Victor-Henri de Rochefort-Luçay, der sich in der Demokratie Henri Rochefort nannte, ein Marquis und Kommunarde, ein ehemaliger Deputierter, früherer Minister und Sträfling. Von der Versailler Regierung nach Neu-Kaledonien verbannt, war ihm im Jahre 1874 jener aufsehenerregende Ausbruch gelungen, der seine Zeitgenossen in Atem hielt: Edouard Manet hat dies in seinem Gemälde »Die Flucht Rocheforts« dargestellt. Im

Jahre 1889 mußte er erneut ins Exil gehen, weil er sich an der Seite von General Boulanger gegen die Republik verschworen hatte. In London leitete er dann den *»Intransigeant«*, ein ziemlich einflußreiches Blatt. Im Februar 1895 kehrte er nach seinem Amnestieerlaß zurück und wurde von zweihunderttausend begeisterten Parisern empfangen. Er hatte Blanqui und Boulanger unterstützt, war zeitweise ein linker, zeitweise ein rechter Revolutionär gewesen, ein Idealist und Demagoge und hatte hundert gegensätzliche Ziele verfolgt. All das war mir bekannt; aber das Wesentliche wußte ich noch nicht.

Am vereinbarten Tag begab ich mich also zu ihm in die Rue Pergolèse. Damals hatte ich noch keine Ahnung, daß dieser Besuch bei dem Lieblingsvetter meines Großvaters für mich der erste Schritt in die Welt des Orients war.

»So so«, begrüßte er mich, »Sie sind also der Sohn der sanften Geneviève. Sie heißen doch auch Omar, nicht wahr?«

»Ja. Benjamin Omar.«

»Weißt du, daß ich dich schon auf meinem Arm getragen habe?«

Nach dieser Bemerkung stand dem vertraulichen »du« eigentlich nichts mehr im Weg; ich tat es ihm jedoch nicht nach.

»Ja, meine Mutter hat mir erzählt, daß Sie nach Ihrer Flucht in San Francisco gelandet und mit dem Zug an die Ostküste gefahren sind. Wir haben Sie damals in New York am Bahnhof empfangen. Ich war gerade zwei Jahre alt.«

»Ich erinnere mich noch genau. Wir haben über dich gesprochen, über Khajjam, über Persien, und ich hatte sogar vorausgesagt, du würdest einmal ein großer Orientalist werden.«

Etwas verlegen gestand ich ihm ein, daß sich diese Prophezeiung wohl nicht erfüllen würde. Inzwischen lagen meine Interessen woanders. Ich hatte mich dem Studium der Volkswirtschaft zugewandt und beabsichtigte, eines Tages das von meinem Vater gegründete Schiffsbauunternehmen weiterzuführen. Rochefort war sichtlich enttäuscht über meine Entscheidung. Er hob zu einem buntgefächerten Plädoyer an, in dem von Montesquieus *Perserbriefen* und seinem berühmten »Wie kann man ein Perser werden?« die Rede war, von dem Abenteuer der Spielhausbesitzerin Marie Petit, die sich als Gesandtin Ludwigs XIV. ausgegeben hatte und vom Schah von Persien empfangen worden war, sowie von jenem Vetter Jean-Jacques Rousseaus, der sein Leben als Uhrmacher in Isfahan beendet hatte. Ich hörte ihm nur halb zu. Ich beobachtete ihn vor allem, seinen überdimensional großen Kopf, seine runde Stirn, sein dichtes lockiges Haar. Er sprach voller Eifer, aber ohne Pathos, ohne die ausholenden Gesten, die man nach Lektüre seiner feurigen Schriften hätte erwarten können.

»Ich interessiere mich leidenschaftlich für Persien, obwohl ich noch nie dort gewesen bin«, sagte Rochefort. »Ich bin kein großer Reisender. Hätte man mich nicht ein paarmal verbannt oder deportiert, wäre ich wohl nie aus Frankreich herausgekommen. Aber die Zeiten ändern sich, und die Ereignisse, die die andere Seite unseres Planeten erschüttern, beeinflussen jetzt auch unser Leben. Wäre ich heute zwanzig statt sechzig Jahre alt, würde mich ein Abenteuer im Orient schon reizen. Vor allem, wenn ich Omar hieße.«

Ich fühlte mich gezwungen, mein Desinteresse an Khajjam zu rechtfertigen. Ich führte die Zweifel an, die an den *Rubaijat* laut geworden waren, das Fehlen eines Werkes, das ein für allemal ihre Authentizität belegen könnte. Während ich sprach, nahmen seine Augen plötzlich einen für mich unverständlichen, gespannten Ausdruck an. Ich begriff nicht, was ihn an meinen Worten so erregte. Etwas verärgert und verwirrt brach ich meine Rede abrupt ab. Rochefort fragte mich verheißungsvoll:

»Wenn du aber wüßtest, daß dieses *Manuskript* existiert, würde dann dein Interesse für Omar Khajjam wieder erwachen?«

»Wahrscheinlich«, erwiderte ich.

»Und wenn ich dir sage, daß ich dieses *Manuskript* von Khajjam mit eigenen Augen gesehen, sogar darin geblättert habe, und zwar in Paris?«

3

Zu behaupten, daß diese Enthüllung sogleich mein Leben erschütterte, wäre eine Lüge. Ich glaube, ich habe nicht einmal die Reaktion gezeigt, die Rochefort erwartete. Ich war natürlich überrascht und neugierig, aber nicht weniger auch skeptisch. Ich hatte kein unbegrenztes Vertrauen in seine Worte. Wie wollte er wissen, daß es sich bei dem Manuskript, das er durchgeblättert hatte, um ein echtes Werk Khajjams handelte? Persisch verstand er nicht; man hatte ihn vielleicht getäuscht. Und aus welchem unerklärlichen Grund sollte dieses Buch ausgerechnet in Paris sein, ohne daß ein Orientalist davon erfahren hätte? Ich begnügte mich also damit, ein höfliches, aber aufrichtiges »Unglaublich!« zu entgegnen, um trotz meiner eigenen Zweifel der Begeisterung meines Gesprächspartners keinen Abbruch zu tun. Ich wartete ab.

Rochefort fuhr fort:

»Ich hatte das Glück, einem außergewöhnlichen Mann zu begegnen, einem jener Männer, die Geschichte machen, die den Ehrgeiz haben, die Zukunft mitzugestalten. Der türkische Sultan fürchtet und hofiert ihn, der Schah von Persien zittert, wenn er nur seinen Namen hört. Er ist ein Nachkomme Mohammeds. Trotzdem hat man ihn aus Konstantinopel vertrieben, als er eines Tages während einer öffentlichen Konferenz und in Gegenwart der höchsten religiösen Würdenträger behauptete, der Beruf des Philosophen sei für die Menschen ebenso lebenswichtig wie der des Propheten. Er heißt Dschamaladdin. Hast du von ihm gehört?«

Ich gestand meine Unwissenheit.

»Als Ägypten sich gegen die Engländer erhob«, fuhr Rochefort fort, »war dieser Mann die treibende Kraft. Alle

Gelehrten aus dem Niltal berufen sich auf ihn, nennen ihn ›Herr‹ und verehren seinen Namen. Dabei ist er gar kein Ägypter und hat sich dort nur kurze Zeit aufgehalten. Er ging ins Exil nach Indien, und es gelang ihm auch dort, die Öffentlichkeit aufzuwiegeln. Unter seinem Einfluß entstanden Zeitungen, kam es zu Zusammenschlüssen. Höchst beunruhigt ließ der Vizekönig Dschamaladdin ausweisen, der sich seither in Europa aufhält. Zuerst setzte er in London und dann in Paris seine Aktivitäten fort.

Er war in London regelmäßiger Mitarbeiter des ›*Intransigeant*‹, und wir sahen uns recht oft. Er stellte mir seine Schüler vor, Muslime aus Indien, Juden aus Ägypten, Maroniten aus Syrien. Ich glaube, ich war sein engster französischer Freund, aber sicherlich nicht der einzige. Ernest Renan und Georges Clemenceau haben ihn gut gekannt und in England Männer wie Lord Salisbury, Randolph Churchill, Wilfried Blunt. Auch Victor Hugo traf ihn kurz vor seinem Tod. Übrigens habe ich gerade heute morgen ein paar Notizen über ihn wieder gelesen, die ich in meinen Memoiren verwenden will.«

Rochefort nahm ein paar engbeschriebene Seiten aus einem Schubfach und las: »Man stellte mir den Scheich Dschamaladdin vor, einen Mann mit dem Kopf eines Apostels, ein Geächteter, der im ganzen Islam als Reformator und Revolutionär gefeiert wird. Von seinen schönen, dunklen Augen, zugleich voller Sanftmut und Feuer, seinem fast schwarzen Bart, der ihm bis zur Brust herunterreichte, ging eine ungewöhnliche Majestät aus. Männer wie er beherrschen die Massen. Er verstand ziemlich gut Französisch, sprach es jedoch kaum. Aber seine wache Intelligenz glich seine Unkenntnis unserer Sprache leicht aus. Nach außen hin wirkte er gelassen und heiter, dabei war unermüdlich tätig. Wir freundeten uns sogleich an, denn mein revolutionärer Geist fühlte sich von jedem Rebell unwiderstehlich angezogen ...«

Er verschloß seine Blätter wieder, bevor er fortfuhr:

»Dschamaladdin hatte in einem Hotel in der Rue de Sèze nicht weit von der Place de la Madeleine ein kleines Zimmer im obersten Stock gemietet. Dieser bescheidene Raum genügte ihm, um eine Zeitung herauszugeben, die in großen Packen nach Indien und Arabien verschifft wurde. Ich habe ihn dort nur ein einziges Mal aufgesucht, offengestanden aus Neugier. Ich hatte Dschamaladdin zum Abendessen im ›Durand‹ eingeladen und ihm versprochen, ihn abzuholen. Deshalb ging ich direkt in sein Zimmer hinauf. Man konnte kaum einen Schritt tun, so viele Zeitungen und Bücher stapelten sich dort, teils bis zur Decke und sogar auf dem Bett. Ein ekelhafter Zigarrengeruch hing in der Luft.«

Trotz seiner Bewunderung für diesen Mann hatte er den letzten Satz mit so angewiderter Miene gesagt, daß ich sogleich meine eigene Zigarre wieder ausmachte, eine elegante Havanna, die ich gerade eben erst angezündet hatte. Rochefort dankte mir mit einem Lächeln und fuhr fort:

»Nachdem er sich für die Unordnung in seinem Zimmer entschuldigt hatte – er sei, so sagte er, auf einen so hohen Besuch nicht vorbereitet –, zeigte mir Dschamaladdin an diesem Tag ein paar Bücher, die er liebte, und insbesondere jenes von Khajjam, das bezaubernde Miniaturen enthielt. Er erklärte mir, es handele sich dabei um das sogenannte *Manuskript von Samarkand,* das von dem Dichter eigenhändig geschriebene Vierzeiler enthielte. Später sei am Rand eine Chronik hinzugefügt worden. Und er erzählte mir vor allem, auf welchen Umwegen das Manuskript in seine Hände gelangt war.«

»Good Lord!«

Henri quittierte diesen Ausruf in meiner Muttersprache mit einem triumphierenden Lächeln; er war für ihn der Beweis, daß er meine skeptischen Zweifel zerstreut hatte und ich ihm von nun an atemlos zuhören würde. Und so begann er, meine Neugier noch zu schüren.

»Natürlich erinnere ich mich nicht mehr an alles, was Dschamaladdin mir darüber erzählt hat«, fuhr er fort. »An diesem Abend haben wir vor allem über den Sudan gesprochen. Danach habe ich dieses *Manuskript* nie mehr gesehen. Ich kann zwar bezeugen, daß es existiert hat, aber ich fürchte, inzwischen ist es verloren. Alles, was mein Freund besaß, wurde verbrannt, zerstört oder in alle vier Winde zerstreut.«

»Auch Khajjams *Manuskript*?«

Statt einer Antwort zuckte Rochefort zweifelnd mit den Schultern. Er zog erneut seine Notizen hervor und berichtete, von Zeit zu Zeit einen Blick hineinwerfend:

»Als der Schah nach Europa kam, um die Weltausstellung von 1889 zu besuchen, schlug er Dschamaladdin vor, nach Persien zurückzukehren, statt den Rest seines Lebens unter den Ungläubigen zu verbringen, und er stellte ihm ein hohes Amt in Aussicht. Der Verbannte stellte Bedingungen: eine Verfassung, freie Wahlen, die Anerkennung der Gleichheit aller vor dem Gesetz wie in den zivilisierten Ländern und schließlich die Abschaffung der übertriebenen Zugeständnisse, die man den fremden Mächten gemacht hatte. In der Beziehung übrigens bot Persien schon seit Jahren unseren Karikaturisten reichlich Nahrung: Die Russen, die bereits das Straßenbaumonopol besaßen, hatten gerade die militärische Ausbildung übernommen und eine Kosakenbrigade geschaffen, die bestausgerüstete Brigade der persischen Armee. Sie wurde unmittelbar von den Offizieren des Zaren befehligt. Dagegen hatten die Engländer für ein Spottgeld das Recht zur Ausbeutung der Bodenschätze und der Wälder sowie zur Verwaltung des Bankwesens gekauft. Und die Österreicher hatten das Postwesen unter sich. Als Dschamaladdin von dem Monarchen die Abschaffung des königlichen Absolutismus und der ausländischen Konzessionen forderte, war er überzeugt davon, er werde es ihm abschlagen. Aber zu seiner großen Überraschung akzeptierte der Schah alle Bedingungen und versprach ihm, zur Modernisierung des Landes beizutragen.

Dschamaladdin ließ sich also in Persien nieder, in der Umgebung des Herrschers, der sich anfänglich höchst freundlich zeigte und ihm sogar feierlich die Frauen seines Harems vorstellte. Aber die Reformen ließen auf sich warten. Eine Verfassung? Die religiösen Führer überzeugten den Schah, das verstieße gegen Gottes Gesetz. Wahlen? Die Hofleute warnten ihn, wenn er sich seine absolute Macht beschneiden ließe, würde er wie Ludwig XVI. enden. Die ausländischen Konzessionen? Statt die bestehenden abzuschaffen, mußte der Monarch, der ständig in Geldnöten war, neue vergeben: Eine englische Gesellschaft erhielt gegen die bescheidene Summe von 15 000 Pfund Sterling das persische Tabakmonopol. Jetzt ging es nicht mehr nur um den Export, sondern auch um den eigenen Verbrauch. In einem Land, in dem jeder Mann, jede Frau und fast jedes Kind Zigaretten oder die Wasserpfeife rauchten, war dieser Handel äußerst lukrativ.

Bevor man die Nachricht von diesem erneuten Verkauf offiziell in Teheran verkündete, wurden heimlich Pamphlete verteilt, in denen dem Schah geraten wurde, seine Entscheidung zurückzunehmen. Ein Exemplar landete sogar im Schlafzimmer des Monarchen, der Dschamaladdin verdächtigte, es verfaßt zu haben. Beunruhigt beschloß der Rebell, sich in den passiven Widerstand zurückzuziehen. In Persien ist das ein alter Brauch: Wenn jemand für seine Freiheit oder sein Leben fürchtet, begibt er sich in ein altes Heiligtum unweit von Teheran, schließt sich dort ein und empfängt die Besucher, denen gegenüber er seine Beschwerden vorbringt. Niemand darf durch die Gittertür gehen und Hand an ihn legen. Dorthin also ging Dschamaladdin. Er löste damit die reinste Völkerwanderung aus. Tausende kamen aus allen Teilen Persiens herbei, um ihn anzuhören.

Der Schah befahl schließlich, ihn von dort wegzubringen. Man sagt, er habe lange gezögert, bevor er diesen Treuebruch beging. Aber sein in Europa erzogener Wesir überzeugte ihn, Dschamaladdin dürfe die Unverletzlichkeit des Heiligtums nicht für sich in Anspruch nehmen, denn er sei nur ein Philosoph und ein Ungläubiger. Die Soldaten drangen also bewaffnet in diesen heiligen Ort ein, bahnten sich einen Weg durch die zahlreichen Besucher, bemächtigten sich Dschamaladdins, den sie all seiner Habe beraubten, bevor sie ihn halbnackt zur Grenze schleppten.

An diesem Tag ging in jenem Heiligtum das *Manuskript von Samarkand* spurlos verloren.«

Ohne in seiner Rede innezuhalten, stand Rochefort auf, lehnte sich gegen die Wand und kreuzte die Arme, seine Lieblingshaltung.

»Dschamaladdin war zwar noch am Leben, aber er wurde krank. Und vor allem erbitterte ihn der Gedanke, daß all diese begeisterten Besucher seiner öffentlichen Demütigung tatenlos zugeschaut hatten. Er zog daraus einige merkwürdige Konsequenzen: Er, der sein Leben lang die Volksverdummung bestimmter religiöser Würdenträger angeprangert und in Ägypten, Frankreich und der Türkei Freimaurerlogen besucht hatte, entschloß sich, seine Zuflucht zur letzten Waffe zu nehmen, um den Schah in die Knie zu zwingen.

Er schrieb also einen langen Brief an den obersten religiösen Führer in Persien und bat ihn, seinen Einfluß geltend zu machen, um den Monarchen daran zu hindern, die Güter der Muslime an die Ungläubigen zu verschachern. Den Rest hast du sicherlich in den Zeitungen gelesen.«

Ich erinnerte mich, die amerikanische Presse hatte tatsächlich berichtet, der große Führer der Schiiten habe einen erstaunlichen Aufruf erlassen: »Jeder Muslim, der Tabak konsumiert, handelt dem Willen des verborgenen Imam zuwider, den Gott bald erscheinen lassen möge.« Von einem Tag auf den anderen zündete sich kein Perser mehr eine Zigarette an. Die Wasserpfeifen, die berühmten Kalyan, wurden zerbrochen oder weggestellt, die Tabakhändler schlossen ihre Läden. Selbst unter den Gattinnen des Schahs wurde das Verbot strikt befolgt. Der Monarch bekam es mit der Angst, er warf dem obersten Schiiten in einem Brief Gewissenlosigkeit vor, denn er kümmere sich nicht darum, »welche schwerwiegenden Folgen der Tabakentzug auf die Gesundheit der Muslime haben könne«. Aber der Boykott verstärkte sich. Es kam in Teheran, Täbris und Isfahan zu Ausschreitungen und Demonstrationen. Und die Konzession mußte zurückgenommen werden.

»Inzwischen«, fuhr Rochefort fort, »hatte sich Dschamaladdin nach England eingeschifft. Ich traf ihn dort und sprach lange mit ihm. Er kam mir zutiefst niedergeschlagen vor und wiederholte ständig: ›Man muß den Schah beseitigen.‹ Verletzt und gedemütigt dachte dieser Mann nur noch daran, sich zu rächen. Vor allem, nachdem der Monarch in seinem unstillbaren Haß an Lord Salisbury einen verärgerten Brief geschrieben hatte: ›Wir haben diesen Mann des Landes verwiesen, weil er gegen die Interessen Englands handelte, und wohin flüchtet er? Nach London.‹ Offiziell hatte man dem Schah geantwortet, Großbritannien sei ein freies Land. Es gebe dort kein Gesetz, das es einem Mann verbiete, seine Meinung zu äußern. Insgeheim hatte man ihm versprochen, nach legalen Mitteln zu suchen, um Dschamaladdin in seinen Aktivitäten zu hindern. Und schließlich bat man ihn freundlich, seinen Aufenthalt nicht länger auszudehnen. Er entschloß sich, zutiefst gekränkt, nach Konstantinopel zu gehen.«

»Und dort lebt er noch heute?«

»Ja. Man hat mir gesagt, er sei sehr melancholisch geworden. Der Sultan hat ihm eine schöne Villa zur Verfügung gestellt, in der er Freunde und Schüler empfangen kann, aber er darf das Land nicht verlassen und steht unter strenger Bewachung.«

4

Ein prächtiges Gefängnis mit weit geöffneten Toren: Ein Palast aus Edelholz und Marmor auf dem Yildiz-Hügel ganz in der Nähe der Residenz des Großwesirs. Die Mahlzeiten kamen direkt aus der Sultansküche. Ein Besucher folgte dem anderen: Sie schritten durch die Gittertür, gingen die Allee entlang und stellten an der Schwelle ihre Schuhe ab. Von oben hörte man die Stimme des Meisters: Abgehackte Silben und geschlossene Vokale. Er wetterte gegen Persien und den Schah, prophezeite das schlimmste Unglück.

Ich machte mich ganz klein, ich, der Ausländer, mit meinem kleinen ausländischen Hut, meinem ausländischen Gang und meiner ausländischen Denkart. Ich hatte die Reise von Paris nach Konstantinopel gemacht: Siebzig Stunden im Zug, durch drei Reiche hindurch, um mich nach einem Manuskript zu erkundigen, einem alten Gedichtband, einem Papierschnipsel in dem Sturm, der den Orient erschütterte.

Ein Diener kam auf mich zu: Eine ottomanische Verbeugung, zwei Worte der Begrüßung auf französisch, aber keine Frage. Jeder kam aus dem gleichen Grund hierher: um den Meister zu treffen, ihm zuzuhören, ihn auszuspionieren. Ich wurde gebeten, in einem großen Salon zu warten.

Gleich bei meinem Eintritt fiel mir eine Frauengestalt auf. Ich schaute zu Boden: Man hatte mir genügend von den Sitten des Landes erzählt, daß ich nicht gleich mit ausgestreckter Hand und zudringlichem Blick auf sie zuging. Ich zog den Hut, stammelte ein paar Worte. Ihr gegenüber stand ein bequemer englischer Sessel, auf den ich zusteuerte. Doch da begegnete mein gesenkter Blick den zierlichen Pantoffeln der Besucherin, tastete sich an ihrem blau-goldenen Gewand zu ihrem Knie, ihrer Brust, ihrem Hals hinauf bis zu dem Schleier. Zu meiner Überraschung jedoch stieß mein Blick auf ein unverhülltes Gesicht, Augen, die mich ansahen. Und auf ein Lächeln. Mein Blick wich ihr aus, suchte wieder den Boden, studierte das Teppichmuster, die Kacheln, um gleich darauf wieder wie magisch angezogen zu ihr aufzuschauen. Sie trug über dem Haar einen Mindil aus feiner Seide, der, sobald ein Fremder auftaucht, über das Gesicht gezogen wird. Doch obgleich ich ein Fremder war, behielt sie den noch immer über dem Haar.

Diesmal schweifte ihr Blick ab, sie wandte mir ihr Profil zu, ihre leicht gebräunte, seidige Haut. Hätte die Sanftheit ein Gesicht, so wäre es das ihre, und hätte das Geheimnis eine Gestalt, so wäre es die ihre. Ich spürte, wie meine Hände kalt und meine Wangen heiß wurden. Gott, wie schön sie war! Eine Frau, wie sie nur die Dichter der Wüste hätten besingen können: Ihr Gesicht ist die Sonne, ihr Haar ein milder Schatten, ihre Augen Quellen frischen Wassers, ihre Gestalt die schlanke Palme, ihr Lächeln ein Sternenhimmel.

Sie ansprechen? Über das ganze Zimmer hinweg? Aufstehen? Auf sie zugehen, mich in einen anderen Sessel setzen? Und wenn sich dann ihr Schleier senkt und ihr Lächeln damit auslöscht? Wieder begegnen sich unsere Blicke wie durch Zufall und fliehen einander wie spielerisch. Bis der Diener uns unterbricht. Das erste Mal, um mir Tee und Zigaretten anzubieten, und einen Augenblick später, sich tief verneigend, um sie auf türkisch anzusprechen. Sie steht auf, schlägt den Schleier zurück, übergibt ihm eine Ledertasche. Er geht damit zur Tür. Sie folgt ihm.

Als sie an der Schwelle angekommen ist, verlangsamt sie den Schritt, wartet, bis der Mann etwas weiter weg ist, dreht sich zu mir um und sagt laut – in einem Französisch, das sehr viel melodischer klingt als meines:

»Man kann nie wissen, vielleicht kreuzen sich unsere Wege noch einmal.«

War es nur Höflichkeit oder ein Versprechen? Sie lächelte wieder – herausfordernd oder leicht vorwurfsvoll? Während ich jetzt linkisch versuchte, von meinem Sessel aufzustehen, mich mühte, auf die Beine zu kommen und das Gleichgewicht wiederzufinden, aber auch eine gewisse Haltung, blieb sie reglos stehen und sah mich amüsiert, aber freundlich an. Ich brachte keinen Ton über die Lippen. Und sie verschwand.

Ich ging hinüber zum Fenster und versuchte, durch die Bäume die Kutsche zu erspähen, mit der sie davonfuhr, als mich eine Stimme aus meinen Gedanken riß.

»Entschuldigen Sie, daß ich Sie warten ließ.«

Es war Dschamaladdin. In seiner linken Hand hielt er eine erloschene Zigarre; die Rechte streckte sich mir entgegen; sein Händedruck war offen und kräftig.

»Ich bin Benjamin Lesage, ich komme auf Empfehlung von Henri Rochefort.«

Ich überreichte ihm dessen Schreiben, aber er steckte es, ohne einen Blick darauf zu werfen, in die Tasche, umarmte mich freundschaftlich und küßte mich auf die Stirn.

»Rocheforts Freunde sind meine Freunde, ich habe Vertrauen zu ihnen.«

Er legte seinen Arm um meine Schultern und zog mich zu einer Holztreppe, die in die obere Etage führte.

»Ich hoffe, es geht meinem Freund Henri gut. Seine Rückkehr aus dem Exil, hat man mir erzählt, war ein wahrer Triumph. Es muß ein großer Tag für ihn gewesen sein, als ganz Paris ihn begeistert begrüßte. Ich habe im ›*Intransigeant*‹ einen Bericht darüber gelesen. Er schickt ihn mir regelmäßig, aber ich bekomme ihn immer mit Verspätung. Er weckt in mir die Erinnerungen an Paris.«

Dschamaladdin sprach korrekt, wenn auch mit Mühe französisch; manchmal, wenn er ein Wort suchte, konnte ich ihm helfen, manchmal zerbrach er sich eine Weile den Kopf, bis es ihm wieder einfiel. Er fuhr fort:

»In Paris habe ich in einem düsteren kleinen Zimmer gewohnt, aber draußen stand mir die Welt offen. Es war hundertmal kleiner als dieses Haus, aber ich fühlte mich dort weniger beengt. Ich war tausend Kilometer von meinem Volk entfernt, aber ich konnte für den Fortschritt der Meinen mehr tun als hier oder in Persien. Meine Stimme drang von Algier bis Kabul; heute können mich nur die hören, die den Weg hierher nicht scheuen. Natürlich freue ich mich über jeden Besuch, und vor allem, wenn er aus Paris kommt.«

»Ich selbst lebe nicht in Paris. Meine Mutter ist Französin, mein Name klingt französisch, aber ich bin Amerikaner. Ich wohne in Maryland.«

Das schien ihn zu amüsieren.

»Als ich 1882 aus Indien ausgewiesen wurde, hielt ich mich auch in den Vereinigten Staaten auf. Stellen Sie sich vor, ich habe sogar daran gedacht, die amerikanische Staatsangehörigkeit zu erwerben. Sie lächeln! Und viele meiner Glaubensbrüder wären entsetzt! Der Seyyid Dschamaladdin, der Apostel der Erneuerung des Islams, der Nachkomme des Propheten, will die Nationalität eines christlichen Landes annehmen? Aber ich schäme mich dessen nicht, ich habe übrigens meinem Freund Wilfrid Blunt davon erzählt und ihm gestattet, es in seinen Memoiren zu erwähnen. Meine Rechtfertigung? Ganz einfach, in den Ländern des Islams gibt es keinen Ort, wo ich vor der Tyrannei geschützt bin. In Persien wollte ich mich in ein Heiligtum flüchten, das nach alter Tradition unverletztlich ist. Die Soldaten des Monarchen sind eingedrungen und haben mich in Gegenwart Hunderter von Besuchern gefangengenommen. Aber von einer einzigen Ausnahme abgesehen, hat sich niemand gerührt, hat niemand zu protestieren gewagt. Nicht ein heiliger Ort, keine Universität, keine Hütte, in der man vor Willkür sicher ist.«

Mit zitternder Hand dreht er den hölzernen Globus, der vor ihm auf einem niedrigen Tischchen steht, bevor er hinzufügt:

»In der Türkei ist es noch schlimmer. Bin ich nicht offizieller Gast von Abdalhamid, dem Sultan und Kalifen? Hat er mir nicht einen Brief nach dem anderen geschrieben und mir – genau wie der Schah – vorgeworfen, unter den Ungläubigen zu leben? Ich hätte mich damit begnügen sollen, ihm zu antworten: Wären unsere schönen Länder nicht durch Eure Schuld zu Gefängnissen geworden, bräuchten wir nicht Zuflucht bei den Europäern zu suchen. Aber ich bin schwach geworden, ich habe mich übertölpeln lassen. Ich bin nach Konstantinopel gekommen – und das ist das Resultat! Entgegen allen Regeln der Gastfreundschaft hält mich dieser Halbirre wie einen Gefangenen. Erst kürzlich habe ich ihm eine Botschaft geschickt, und darin steht: ›Bin ich Euer Gast? Dann gebt mir die Erlaubnis, das Land zu verlassen. Bin ich Euer Gefangener? Dann legt mir Ketten um die Füße und werft mich in den Kerker!‹ Aber er hat mir nicht einmal geantwortet. Hätte ich die amerikanische, die französische die österreichisch-ungarische Staatsangehörigkeit, von der russischen oder der englischen ganz zu schweigen, wäre mein Konsul ohne anzuklopfen in das Büro des Großwesirs gestürmt, und innerhalb von einer halben Stunde hätte ich meine Freiheit gehabt. Ich sage Ihnen, wir Muslime sind in diesem Jahrhundert rechtlos.«

Er schöpfte einen Augenblick Atem und fuhr dann fort:

»Sie können all meine Worte schreiben, außer, daß ich den Sultan Abdalhamid als Halbirren bezeichnet habe. Schließlich will ich eines Tages aus diesem Käfig wieder herauskommen. Im übrigen wäre es auch eine Lüge, denn dieser Mensch ist ganz und gar verrückt, und ein gefährlicher Krimineller dazu. Er ist von einem krankhaften Mißtrauen beseelt und steht völlig unter dem Einfluß seines Astrologen aus Aleppo.«

»Seien Sie unbesorgt, ich werde nichts von alledem schreiben.«

Ich nutzte die Gelegenheit, um ein Mißverständnis aufzuklären.

»Ich bin nämlich kein Journalist. Henri Rochefort ist ein Vetter meines Großvaters, und er hat mir den Rat gegeben, Sie aufzusuchen. Aber es war nicht meine Absicht, einen Artikel über Persien oder über Sie zu schreiben.«

Ich enthüllte ihm mein Interesse für Khajjams *Manuskript,* meinen sehnlichen Wunsch, es eines Tages in Händen halten, darin lesen zu können. Er hörte mir mit großer Aufmerksamkeit und sichtlicher Freude zu.

»Ich bin Ihnen dankbar, daß Sie mich für einige Augenblicke meinen düsteren Gedanken entreißen. Auch mich hat dieser Dichter schon immer fasziniert. Haben Sie in Nicolas' Vorwort zu den *Rubaijat* die Geschichte der drei Freunde Nisam al-Mulk, Hassan Sabbah und Omar Khajjam gelesen? Es sind so grundverschiedene Männer, aber sie verkörpern jeder für sich einen Teil der menschlichen Seele. Manchmal kommt es mir so vor, als seien in mir alle drei vereint. Wie Nisam al-Mulk strebe ich danach, einen großen muslimischen Staat zu schaffen, auch wenn er von einem unerträglichen türkischen Sultan beherrscht wird. Wie Hassan Sabbah säe ich den Aufruhr in alle Länder des Islams, und ich habe Schüler, die mir bis in den Tod folgen würden ...«

Er unterbrach sich besorgt, besann sich jedoch, lächelte und fuhr fort:

»Und wie Khajjam genieße ich die seltenen Freuden des Augenblicks und schreibe Verse über den Wein, den Schankwirt, die Taverne, die Geliebte; wie er nehme ich mich in acht vor den falschen Frömmlern. Wenn Omar in einigen Vierzeilern von sich selbst spricht, glaube ich manchmal, er habe auch mich geschildert: ›Ein Mann zieht durch die bunte Welt, nicht reich, nicht arm, nicht gottlos und nicht fromm, kennt keine Wahrheit, der er dient, nicht ein Gesetz, das er in Ehren hält ... Wer mag wohl dieser Traurige und Tapfre sein?‹«

Während dieser Worte hatte er sich nachdenklich eine Zigarre angezündet. Ein glühender Tabakkrumen flog auf seinen Bart. Er zupfte ihn heraus und fuhr fort:

»Seit meiner Kindheit bewundere ich Khajjam, den Dichter, aber vor allem den Philosophen, den Freigeist. Seine späte Entdeckung in Europa und Amerika war für mich eine große Freude. Und Sie können sich vorstellen, was für ein Erlebnis es für mich war, als ich das Original der *Rubaijat,* in der Handschrift Khajjams, in Händen hielt.«

»Wie und wann kam es dazu?«

»Vor vierzehn Jahren wurde es mir in Indien von einem jungen Perser geschenkt, der einzig und allein, um mich zu sehen, die lange Reise gemacht hatte. Er stellte sich mir mit folgenden Worten vor: ›Mirsa Resa, gebürtig aus Kirman, ehemaliger Händler im Basar von Teheran, Ihr ergebener Diener.‹ Ich lächelte, fragte ihn, was das bedeuten solle, ›ehemaliger Händler‹, und er erzählte mir daraufhin seine Geschichte. Er hatte gerade einen Handel mit gebrauchten Kleidern begonnen, als einer der Söhne des Schahs zu ihm kam und Gewänder und Pelze für elfhundert Toman – etwa tausend Dollar – mitnahm. Aber als Mirsa Resa am nächsten Tag bei dem Prinzen erschien, um sich sein Geld zu holen, wurde er beschimpft und geschlagen. Man drohte ihm sogar mit dem Tod, wenn er weiter auf seiner Forderung bestehen wurde. Daraufhin hatte er beschlossen, mich aufzusuchen. Ich lehrte damals in Kalkutta. ›Mir ist klar geworden‹, sagte er zu mir, ›daß man in einem Land, das der Willkür ausgeliefert ist, nicht mit Anstand sein Leben verdienen kann. Schreibst du nicht, Persien brauche eine Verfassung und ein Parlament? Von heute an bin ich der gehorsamste deiner Schüler. Ich habe mein Geschäft geschlossen und meine Frau verlassen, um dir zu folgen. Was du auch immer von mir verlangst, ich werde es tun!«

Die Erinnerung an diesen Mann schien für Dschamaladdin schmerzlich zu sein.

»Ich war gerührt, aber verlegen. Ich bin ein Wanderphilosoph, ich habe weder Haus noch Vaterland, ich habe mich nie verheiratet, um für niemanden verantwortlich sein zu müssen, und wollte deshalb nicht, daß dieser Mann mir folgte, als sei ich der Messias oder der Erlöser, der verborgene Imam. Um ihn davon abzubringen, sagte ich zu ihm: ›Hältst du es wirklich für richtig, um einer schnöden Geldgeschichte willen alles im Stich zu lassen, deinen Handel und deine Familie?‹ Da verschloß sich seine Miene, er entgegnete mir nichts und ging hinaus.

Erst sechs Monate später kam er zurück. Aus seiner Tasche nahm er ein kleines mit Edelsteinen eingelegtes goldenes Kästchen heraus, öffnete es und reichte es mir.

›Sieh dir dieses Manuskript an, was, schätzt du, ist es wert?‹

Ich blätterte es durch, erkannte, worum es sich handelte, und zitterte vor Erregung.

›Khajjams Originaltext; diese Zeichnungen, dieser Schmuck – es hat keinen Preis!‹

›Mehr als elfhundert Toman?‹

›Unendlich viel mehr.‹

›Ich schenke es dir, behalt es. Es soll dich daran erinnern, daß Mirsa Reza nicht um seines Geldes willen zu dir gekommen ist, sondern um seinen Stolz wiederzugewinnen.‹

»Und so«, fuhr Dschamaladdin fort, »kam das *Manuskript* in meinen Besitz, und ich habe mich nie mehr von ihm getrennt. Es hat mich nach Amerika, nach England, nach Frankreich, nach Deutschland, nach Rußland und schließlich auch nach Persien begleitet. Ich hatte es bei mir, als ich im Heiligtum von Schah Abdul-Asim Zuflucht suchte, und dort habe ich es auch verloren.«

»Sie wissen nicht, wo es jetzt sein könnte?«

»Ich sagte es Ihnen schon, als ich gefangengenommen wurde, wagte nur ein einziger, sich den Soldaten des Schahs zu widersetzen, und das war Mirsa Reza. Er stand auf, schrie, weinte, beschimpfte die Soldaten und meine Besucher als Feiglinge. Man hat ihn weggeschleppt und gefoltert; er hat mehr als vier Jahre im Kerker verbracht. Als er wieder frei war, kam er nach Konstantinopel, um mich zu sehen. Es ging ihm so schlecht, daß ich ihn in das französische Krankenhaus der Stadt gebracht habe; dort blieb er bis zum vergangenen November. Ich versuchte, ihn noch länger hierzubehalten, aus Angst, man werde ihn bei seiner Rückkehr wieder verhaften. Aber er wollte nicht. Er müsse, sagte er, Khajjams *Manuskript* wiederfinden – nichts anderes sei mehr wichtig für ihn. Es gibt solche Männer, bei denen eine Zwangsvorstellung die andere ablöst.«

»Und Sie? Glauben Sie, das *Manuskript* existiert noch?«

»Das kann Ihnen nur Mirsa Resa sagen. Er behauptet, er könne den Soldaten wiederfinden, der es bei meiner Verhaftung an sich genommen hat. Und er hofft, es ihm wieder abzunehmen. Jedenfalls war er entschlossen, ihn aufzusuchen. Er wollte es von ihm zurückkaufen, weiß Gott, mit welchem Geld.«

»Wenn es darum geht, das *Manuskript* wiederzubekommen, spielt Geld keine Rolle.«

Ich hatte voller Leidenschaft gesprochen. Dschamaladdin sah mich aufmerksam an, runzelte die Stirn und beugte sich zu mir herab.

»Ich habe den Eindruck, Sie sind von dem *Manuskript* ebenso besessen wie dieser unglückliche Mirsa. Nun, dann bleibt Ihnen nichts anderes übrig, als nach Teheran zu gehen. Ich verspreche Ihnen nicht, daß Sie dieses Buch dort finden, aber wenn Sie sich umschauen, werden Sie vielleicht auf andere Spuren Khajjams stoßen.«

Meine spontane Antwort schien ihn in seiner Meinung zu bestätigen:

»Wenn ich ein Visum bekäme, würde ich gleich morgen abreisen.«

»Das ist kein Problem. Ich kann Ihnen ein Schreiben für den persischen Konsul in Baku geben. Er wird sich um die notwendigen Formalitäten kümmern und auch Ihre Weiterreise bis Enseli organisieren.«

Ich muß ihn wohl etwas zweifelnd angesehen haben. Dschamaladdin lächelte amüsiert.

»Sie denken wahrscheinlich: Was kann die Empfehlung eines Geächteten bei einem hohen Beamten der persischen Regierung wohl nutzen? Wissen Sie, ich habe überall Anhänger, in allen Städten und in allen Kreisen, selbst in der unmittelbaren Umgebung des Monarchen. Als ich vor vier Jahren in London war, gab ich mit einem armenischen Freund zusammen eine Zeitung heraus, die wir heimlich nach Persien schickten. Der Schah zeigte sich besorgt, rief den Postminister zu sich und befahl ihm, unbedingt die Verbreitung dieser Zeitung zu unterbinden. Der Minister bat die Zollbeamten, an den Grenzen alle verdächtig aussehenden Pakete zu beschlagnahmen und zu ihm nach Hause zu schicken.«

Er zog an seiner Zigarre, sah dem aufsteigenden Rauch nach und lachte schallend.

»Was der Schah nicht wußte«, fuhr Dschamaladdin fort, »ist, daß der Postminister einer meiner treuesten Schüler war und ich gerade ihn mit der Verbreitung der Zeitung beauftragt hatte.«

Dschamaladdin lachte noch immer, als drei Besucher erschienen, die einen feuerroten Filzfez trugen. Er stand auf, begrüßte und umarmte sie, bat sie, Platz zu nehmen, und wechselte ein paar Worte auf arabisch mit ihnen. Offensichtlich erklärte er ihnen, wer ich sei, und bat sie, sich noch ein paar Augenblicke zu gedulden. Er kam zu mir zurück.

»Wenn Sie noch immer entschlossen sind, nach Teheran zu reisen, gebe ich Ihnen ein paar Empfehlungsschreiben mit. Kommen Sie morgen wieder, dann sind sie bereit. Und vor allem, haben Sie keine Angst, niemand denkt daran, einen Amerikaner zu durchsuchen.«

Am nächsten Tag warteten drei braune Umschläge auf mich. Er überreichte sie mir unverschlossen. Der erste war für den Konsul von Baku bestimmt, der zweite für Mirsa Resa. Als er mir diesen gab, bemerkte er dazu:

»Ich muß Sie warnen, dieser Mann ist labil und überdies ein Besessener; verkehren Sie mit ihm so wenig wie möglich. Ich liebe ihn sehr; er ist der aufrichtigste und der treueste, sicherlich auch der lauterste meiner Schüler. Aber er ist auch zu den schlimmsten Torheiten fähig.«

Er seufzte, steckte die Hand in die Tasche seiner weiten grauen Hose, die er unter der weißen Tunika trug:

»Hier sind zehn Goldpfund, geben Sie sie ihm. Er hat nichts mehr, vielleicht muß er Hunger leiden, aber er ist zu stolz, um zu betteln.«

»Wo kann ich ihn finden?«

»Ich habe nicht die leiseste Ahnung. Er hat weder Haus noch Familie und irrt von einem Ort zum anderen. Deshalb gebe ich Ihnen diesen dritten Brief für einen – vom Charakter her übrigens ganz anderen – jungen Mann mit. Er ist der Sohn des reichsten Händlers von Teheran, und obgleich er erst zwanzig Jahre alt und vom gleichen Feuer beseelt ist wie wir alle, ist er doch stets ausgeglichenen Gemüts und verbreitet die revolutionärsten Ideen mit einem unschuldigen Kinderlächeln. Ich werfe ihm manchmal vor, eigentlich kein Orientale zu sein. Sie werden sehen, abgesehen von seiner persischen Kleidung ist er so kühl wie ein Engländer, von den Gedanken her eher ein Franzose und so antiklerikal wie Clemenceau. Er heißt Fasel. Er wird Sie zu Mirsa

Resa bringen. Ich habe ihn gebeten, gelegentlich ein Auge auf ihn zu haben. Wahrscheinlich könnte er ihn nicht davon abbringen, etwas Unbesonnenes zu tun, aber er weiß wenigstens, wo er steckt.«

Ich stand auf, um zu gehen. Wir nahmen herzlich voneinander Abschied; er hielt meine Hand in der seinen:

»Rochefort schreibt mir in seinem Brief, daß Sie Benjamin Omar heißen. Nennen Sie sich in Persien nur Benjamin und erwähnen Sie nie das Wort Omar.«

»Auch Khajjam hieß so.«

»Seit dem 16. Jahrhundert, das heißt, seit Persien schiitisch wurde, ist dieser Vorname verpönt; Sie könnten wirklich Unannehmlichkeiten bekommen. Man glaubt, sich mit dem Orient zu identifizieren und gerät in seine Streitigkeiten hinein.«

Ich zuckte, nicht ohne Bedauern, die Schultern, dankte ihm für seinen Rat und wandte mich zum Gehen. Er aber hielt mich zurück:

»Noch etwas. Sie sind gestern einer jungen Dame begegnet, kurz bevor sie wegging. Haben Sie mit ihr gesprochen?«

»Nein, ich hatte keine Gelegenheit dazu.«

»Sie ist die Enkelin des Schahs, Prinzessin Schirin. Wenn Ihnen aus irgendeinem Grund alle Türen verschlossen bleiben, schicken Sie ihr eine kurze Nachricht, und erinnern Sie sie an diese Begegnung bei mir. Ein Wort von ihr, und vieles renkt sich ein.«

5

Ich nahm das Segelschiff bis Trapezunt: Das Schwarze Meer war ruhig, allzu ruhig, wir hatten kaum Wind. Stundenlang zogen die gleiche Küste, der gleiche Felsen, das gleiche anatolische Buschwerk an uns vorbei. Ich will mich gar nicht beklagen: Ich brauchte ein bißchen Ruhe, weil ich es mir zum Ziel gesetzt hatte, ein ganzes Buch mit persisch-französischen Dialogen auswendig zu lernen, das Nicolas, der Übersetzer Khajjams, verfaßt hatte. Ich wollte Persisch mit meinen Gesprächspartnern reden können. Gewiß, ich wußte, in Persien wie in der Türkei sprechen viele Gebildete, Händler oder höhere Beamte französisch, manche sogar englisch. Aber wenn man sich aus dem engen Kreis der Serails und der Botschaft entfernen möchte, vielleicht sogar außerhalb der großen Städte reist oder in den untersten Kreisen verkehrt, muß man persisch können.

Mir machten meine Lektionen Freude. Vor allem interessierten mich die Ähnlichkeiten, die ich mit meiner eigenen Sprache und mit bestimmten romanischen Sprachen entdeckte. Vater, Mutter, Bruder, Tochter, »father«, »mother«, »brother«, »daughter«, heißen »pedar«, »madar«, »baradar«, »dokhtar«: Der indoeuropäische Sprachstamm läßt sich kaum besser belegen. Sogar Gott nennen die persischen Muslime »Khoda«, eine Bezeichnung, die dem englischen God oder dem deutschen Gott sehr viel näher ist als Allah. Davon abgesehen herrscht der arabische Einfluß natürlich vor, und etwas Merkwürdiges läßt sich beobachten: Viele persische Worte können willkürlich durch die arabischen ersetzt werden, und es ist eine Art kultureller Snobismus, dem insbesondere die Gelehrten huldigen, arabische Ausdrücke, ja ganze Sätze in seine Rede mit einfließen zu lassen. Mir war das bereits bei Dschamaladdin aufgefallen.

Ich nahm mir vor, später arabisch zu lernen. Im Augenblick hatte ich genug damit zu tun, Nicolas' Texte zu behalten, die mir, abgesehen von der Kenntnis der Sprache, auch noch wichtige Informationen über das Land vermittelten. Ich stieß zum Beispiel auf folgende Dialoge:

»Was kann man aus Persien exportieren?«

»Schals aus Kirman, Perlen, Türkise, Teppiche, Tabak aus Schiras, Seidenstoffe aus Masanderan, Blutegel und Pfeifen aus Kirschbaumholz.«

»Muß man, wenn man unterwegs ist, einen Koch mit dabei haben?«

»Ja, in Persien kann man nicht ohne seinen Koch, sein Bett, seine Teppiche und seine Dienerschaft verreisen.«

»Welches ausländische Geld ist in Persien im Umlauf?«

»Die russischen Imperiale, die Piaster und die holländischen Dukaten. Seltener ist französisches oder englisches Geld.«

»Wie heißt der jetzige König?«

»Nasreddin Schah.«

»Man sagt, er sei ein ausgezeichneter Monarch.«

»Ja, er ist Fremden gegenüber äußerst wohlwollend und großzügig. Er ist sehr gebildet, kennt sich in Geschichte, Geographie und der Zeichenkunst aus; neben französisch spricht er auch die orientalischen Sprachen: arabisch, türkisch und persisch.«

In Trapezunt begab ich mich ins Hotel »Italien«, dem einzigen der Stadt, das einigermaßen bequem war, wenn man sich nichts aus den Fliegenschwärmen machte: Während der Mahlzeit war ich nur dabei, mit den Händen herumzufuchteln. Schließlich engagierte ich – wie die anderen Gäste – für ein paar kleine Münzen einen Jungen, der mir Luft zufächelte und die Insekten vertrieb. Das Schwierigste war, ihm beizubringen, daß er sie nur von meinem Tisch fernhalten sollte, ohne sie vor meinen Augen zwischen Dolmasch und Kebab zu zerquetschen. Er gehorchte mir eine Zeitlang, aber jedesmal, wenn er eine Fliege in Reichweite sah, war die Versuchung zu groß und er schlug zu.

Am vierten Tag fand ich einen Platz an Bord eines Passagierdampfers, der regelmäßig zwischen Marseille, Konstantinopel, Trapezunt und Batum, dem russischen Hafen an der Ostküste des Schwarzen Meers, verkehrte; von hier aus fuhr ich mit der Transkaukasischen Eisenbahn weiter bis Baku am Kaspischen Meer. Der persische Konsul dort empfing mich so freundlich, daß ich zögerte, ihm Dschamaladdins Brief zu zeigen. War es nicht besser, ein anonymer Reisender zu bleiben, um keinen Verdacht zu erregen? Aber dann bekam ich doch Bedenken. Vielleicht stand in diesem Brief noch eine andere Nachricht, die nicht mich betraf; ich hatte kein Recht, sie ihm vorzuenthalten. Und so sagte ich unvermittelt und betont geheimnisvoll:

»Wir haben vielleicht einen gemeinsamen Freund.«

Und damit zog ich den Umschlag hervor. Der Konsul brach vorsichtig das Siegel auf, nahm von seinem Schreibtisch eine silbergefaßte Brille und las: Plötzlich sah ich, wie seine Finger zitterten. Er stand auf, verschloß die Türe seines Zimmers, drückte die Lippen auf das Papier und blieb eine Weile so in sich versunken. Dann kam er auf mich zu und umarmte mich, als sei ich sein lange vermißter Bruder.

Als er sich wieder etwas gefaßt hatte, rief er seine Diener, befahl ihnen, meinen Koffer in sein Haus zu tragen, mir das schönste Zimmer zu geben und für den Abend ein Festessen vorzubereiten. Zwei Tage lang behielt er mich bei sich, vernachlässigte ganz seine Arbeit, um sich mit mir zu unterhalten. Unablässig fragte er mich über den Meister aus, seine Gesundheit, seine Stimmung und vor allem darüber, was er zu der Situation in Persien sage. Als ich weiterreisen mußte, verschaffte er mir eine Kabine auf einem russischen Passagierdampfer. Außerdem gab er mir seinen Kutscher mit, befahl ihm, mich bis Kaswin zu begleiten und an meiner Seite zu bleiben, bis ich ihn wirklich nicht mehr bräuchte.

Der Kutscher erwies sich bald als ein äußerst gewitzter und nützlicher Bursche: Ich wäre nie auf die Idee gekommen, jenem Zöllner mit dem gezwirbelten Schnurrbart ein paar Münzen in die Hand zu drücken, damit er gnädigst sein Kalvan für einen Augenblick aus der Hand legte und meine schwere Welseley unter die Lupe nahm. Und er verhandelte auch mit der Straßenverwaltung und erhielt augenblicklich einen Vierspänner. Dabei hatte der Beamte uns noch eben kategorisch erklärt, wir sollten am nächsten Tag wiederkommen, und ein schmuddeliger Gastwirt, offensichtlich sein Komplize, bot uns bereits seine Dienste an.

Was mich über all dies Ungemach hinwegtröstete, war der Gedanke an die unglücklichen Reisenden vor mir. Noch vor dreizehn Jahren konnte man nur auf der alten Karawanenstraße nach Persien kommen, die von Trapezunt aus über Erzurum nach Täbris führte: Eine Vierzigtagereise, sechs kostspielige Wochen voller Mühsal, die, wegen der ständigen Stammeskriege, auch nicht ganz ungefährlich waren. Die transkaukasische Eisenbahn hat das geändert und Persien für die Welt geöffnet: Man kann dieses Reich jetzt ohne Risiko und größere Unannehmlichkeiten erreichen: mit dem Passagierdampfer kommt man von Baku bis zum Hafen von Enseli, und von dort aus ist es noch mal eine Woche auf gut befahrbarer Straße bis Teheran.

Im Westen dient die Kanone Kriegs- oder Paradezwecken; in Persien ist sie auch ein Folterinstrument. Wenn ich das erwähne, so deshalb, weil ich unweit der ringförmigen Stadtmauern von Teheran Zeuge eines gräßlichen Schauspiels wurde: Man hatte in das breite Kanonenrohr einen gefesselten Mann geschoben; nur sein glattrasierter Kopf sah heraus. Er mußte dort in der Sonne ohne Nahrung und

Wasser so lange bleiben, bis er tot war und manchmal sogar länger, erzählte man mir: Es war Brauch, die Leiche noch eine Weile liegen zu lassen, all denen zur schrecklichen Warnung, die durch die Stadttore schritten.

War dieses erste Bild daran schuld, daß Persiens Hauptstadt für mich so wenig Reiz hatte? In den orientalischen Städten sucht man die farbige Gegenwart und die Schatten der Vergangenheit. In Teheran sah ich nichts von alledem. Nur allzu breite Straßen, die die reichen Viertel im Norden mit den ärmlichen im Süden verbanden, einen Basar, in dem es zwar von Kamelen, Maultieren und bunten Stoffen wimmelte, der aber kaum mit den Souks von Kairo, Konstantinopel, Isfahan oder Täbris zu vergleichen war. Und überall, wo man hinschaute, unzählige graue Gebäude.

Teheran ist zu neu, hat zu wenig Geschichte. Lange Zeit war es nur eine unbekannte Ortschaft bei Rai, der großen Stadt der Gelehrten, die in der Mongolenzeit zerstört wurde. Erst gegen Ende des 18. Jahrhunderts nahm ein Turkmenenstamm, die Kadscharen, das Gebiet in Besitz. Nachdem sie sich mit dem Schwert ganz Persien untertan gemacht hatten, erhob die Dynastie ihre bescheidene Residenz zur Hauptstadt. Bis dahin befand sich das politische Zentrum des Landes weiter südlich in Isfahan, Kirman oder Schiras. Das erklärt, weshalb die Bewohner dieser Städte die »Bauern aus dem Norden«, die sie regierten und nicht einmal ihre Sprache verstanden, gründlich verachteten. Der regierende Schah brauchte seinerzeit, als er die Macht übernahm, einen Übersetzer, um zu seinen Untertanen zu sprechen. Offensichtlich haben sich seine Kenntnisse des Persischen jedoch inzwischen gebessert.

Zeit genug, die Sprache zu lernen, hatte er. Als ich im April 1896 nach Teheran kam, feierte dieser Monarch gerade sein 50jähriges Regierungsjubiläum. Aus diesem Anlaß war die Stadt mit den Landesflaggen geschmückt, die als Emblem Löwe und Sonne haben, Würdenträger aus allen Provinzen und zahlreiche ausländische Gesandte waren gekommen. Obwohl die meisten der offiziellen Gäste in Villen logierten, waren die beiden Hotels für Europäer, das »Albert« und das »Prévost«, ungewöhnlich gut besucht. Im letzteren fand ich schließlich ein Zimmer.

Ursprünglich hatte ich vorgehabt, Fasel sofort aufzusuchen, ihm den Brief zu übergeben und ihn zu fragen, wo ich Mirsa Resa finden könnte. Aber ich zügelte meine Ungeduld. Da ich die Sitten der Orientalen kannte, war mir klar, daß mir Dschamaladdins Schüler seine Gastfreundschaft anbieten würde. Ich wollte ihn weder durch eine Absage kränken noch das Risiko eingehen, in seine politischen Aktivitäten verwickelt zu werden – und noch viel weniger in die seines Herrn.

Ich quartierte mich also im Hotel »Prévost« ein, das von einem Genfer geleitet wurde. Am nächsten Morgen mietete ich ein altes Pferd, um mich – eine durchaus nützliche Geste der Höflichkeit – zur amerikanischen Gesandtschaft am Boulevard der Botschafter zu begeben. Erst dann suchte ich Dschamaladdins Lieblingsschüler auf. Mit seinem dünnen Schnurrbart, seiner langen weißen Tunika und seiner überlegenen, etwas kühlen Art entsprach Fasel ganz und gar der Beschreibung, die mir der Verbannte von Konstantinopel gegeben hatte.

Wir sollten die besten Freunde der Welt werden. Aber unsere erste Begegnung verlief distanziert; seine unverblümte Art zu reden störte und beunruhigte mich. Zum Beispiel, als wir von Mirsa Resa sprachen.

»Ich werde mein Möglichstes tun, um Ihnen zu helfen, aber ich will mit diesem Irren nichts zu tun haben. Er ist ein lebender Märtyrer, hat der Meister gesagt. Ich habe ihm erwidert: Er wäre besser gestorben. Schauen Sie mich nicht so an, ich bin kein Ungeheuer, aber dieser Mann hat so viel gelitten, daß er seinen Verstand verloren hat; er schadet nur unserer Sache, wenn er redet.«

»Wo kann ich ihn finden?«

»Seit Wochen lebt er im Mausoleum von Schah Abdul-Asim, streicht durch die Gärten und durch die Gänge, geht in die Häuser hinein, erzählt den Leuten von Dschamaladdins Verhaftung, ruft sie auf, den Monarchen zu stürzen, schildert seine eigenen Leiden, schreit und gestikuliert herum. Er wiederholt ständig, Seyyid Dschamaladdin sei der verborgene Imam, obwohl dieser ihm schon mehr als einmal verboten hat, solche irrwitzigen Behauptungen aufzustellen. Ich lege wahrhaftig keinen Wert darauf, in seiner Gesellschaft gesehen zu werden.«

»Er ist der einzige, der mir etwas über das *Manuskript* sagen kann.«

»Ich weiß, ich werde Sie zu ihm führen, aber keinen Augenblick länger bleiben.«

An diesem Abend gab Fasels Vater, einer der reichsten Männer von Teheran, mir zu Ehren ein Diner. Als ein enger Freund Dschamaladdins – wenn er auch mit seiner Politik nichts zu tun hatte – wollte er durch mich den Meister ehren. Er hatte etwa hundert Gäste geladen. Das Gespräch drehte sich um Khajjam. Man gab Vierzeiler und Anekdoten zum besten, die Unterhaltung wurde äußerst lebhaft, berührte des öfteren auch politische Themen. Alle schienen persisch, arabisch und französisch fließend zu sprechen, fast alle konnten auch etwas türkisch, russisch und englisch. Ich spürte meine Unwissenheit um so mehr, als alle mich für einen großen Orientalisten und Kenner der *Rubaijat* hielten, eine stark übertriebene Beurteilung. Es hatte jedoch keinen Zweck, zu protestieren: Man hielt das für Bescheidenheit, die, wie jeder weiß, den wahren Gelehrten auszeichnet.

Der Empfang begann bei Sonnenuntergang, aber mein Gastgeber hatte darauf bestanden, daß ich früher kam. Er wollte mir seinen Garten zeigen. Selbst wenn ein Perser einen Palast besitzt wie Fasels Vater, legt er selten Wert darauf, ihn zu zeigen; sein einziger Stolz ist sein Garten.

Die Gäste, die langsam eintrafen, nahmen ihre Gläser und setzten sich an die – natürlichen oder künstlichen – Wasserläufe, die sich durch die Pappeln schlängelten. Die Diener beeilten sich, ihnen – je nachdem, was sie vorzogen – einen Teppich oder ein Kissen an ihren Platz zu bringen. Manche setzten sich ganz einfach auf einen Felsen oder auf die Erde. In den persischen Gärten kennt man keinen Rasen, daher wirken sie auf einen Amerikaner reichlich kahl.

Man trank nicht allzu viel an diesem Abend. Besonders Fromme beschränkten sich auf Tee. Zu diesem Zweck machte ein riesiger Samowar die Runde, um den sich drei Diener kümmerten: Zwei, um ihn zu halten, und ein dritter, um einzuschenken. Viele zogen Arrak, Wodka oder Wein vor. Aber niemand benahm sich ungehörig, im Höchstfall begleitete der eine oder andere leise summend die von dem Hausherrn engagierten Musiker, einen Tar- und einen Sarbspieler sowie einen Flötisten. Später kamen die Tänzer, fast alles Knaben. Während dieses Abends zeigte sich keine einzige Frau.

Das Essen wurde erst gegen Mitternacht serviert. Vorher begnügte man sich mit Pistazien, Mandeln und Süßigkeiten. Das Diner beendete das Fest. Der Gastgeber hatte die Pflicht, es so lange wie möglich hinauszuschieben, denn wenn das Hauptgericht kam, an diesem Abend ein »Dschawaher polow«, ein »Reis der Kostbarkeiten«, schlang es jeder Gast in ein paar Minuten herunter, wusch sich die Hände und ging. Kutscher und Laternenträger standen bereits an der Tür, als wir uns verabschiedeten. Jeder wartete auf seinen Herrn.

Am nächsten Morgen bei Sonnenaufgang begleitete Fasel mich in einer Droschke bis zum Heiligtum von Schah Abdul-Asim. Er ging allein hinein und kam mit einem erschreckend aussehenden Mann zurück: Er war groß, bis zum Skelett abgemagert, hatte einen struppigen Bart und seine Hände zitterten unaufhörlich. Er trug ein vielfach geflicktes, langes enges weißes Gewand und einen farb- und formlosen Sack, der alles enthielt, was ihm auf Erden noch geblieben war. In seinem Blick stand das ganze Elend des Orients geschrieben.

Als er erfuhr, daß ich von Dschamaladdin kam, fiel er auf die Knie, ergriff meine Hand und bedeckte sie mit Küssen. Fasel stammelte eine Entschuldigung und entfernte sich.

Als ich Mirsa Resa den Brief seines Herrn übergab, riß er ihn mir fast aus der Hand und las ihn ganz, obgleich er mehrere Seiten lang war, ohne sich zu beeilen, und vergaß dabei völlig meine Anwesenheit.

Ich wartete, bis er fertig gelesen hatte, um mit ihm über den Grund meines Kommens zu sprechen. Aber er kam mir zuvor und sagte in einem schwer verständlichen Halbfranzösisch und Halbpersisch:

»Das Buch hat ein Soldat aus Kirman, wo auch ich herstamme. Er hat mir versprochen, am Freitag, das heißt übermorgen, deswegen zu mir zu kommen. Man muß ihm ein bißchen Geld geben. Nicht um das Buch zurückzukaufen, aber um dem Mann dafür zu danken, daß er es uns wiedergibt. Nur habe ich leider gar nichts mehr.«

Ohne zu zögern nahm ich aus meiner Tasche das Gold, das Dschamaladdin mir mitgegeben hatte, und fügte von mir aus noch einmal die gleiche Menge hinzu. Er schien zufrieden zu sein.

»Komm Samstag wieder. So Gott will, bin ich dann im Besitz des *Manuskripts,* und du sollst es haben, um es dem Meister in Konstantinopel zu übergeben.«

6

Gedämpfte Geräusche drangen aus der nachmittäglich-verschlafenen Stadt herauf, der Staub war heiß und glitzerte in der Sonne. Es war ein Tag des Müßiggangs: Zum Mittagessen Huhn mit Aprikosen und einen kühlen Schiras-Wein, dann eine lange Siesta auf dem Balkon meines Hotelzimmers unter einem ausgebleichten Sonnenschirm mit einem nassen Handtuch auf dem Gesicht.

Aber an diesem 1. Mai 1896 sollte in der Abenddämmerung ein Leben enden und im Jenseits ein anderes beginnen.

Ich werde von einem lauten, ungeduldigen Klopfen geweckt, strecke mich, springe auf und laufe mit nackten Füßen, schweißnassem Haar, herunterhängendem Schnurrbart und in der weiten Tunika, die ich mir tags zuvor gekauft hatte, zur Tür. Ich habe Mühe, den Riegel mit meinen Fingern zurückzuschieben. Fasel stößt die Tür auf, rennt mich fast um, während er sie schließt, und schüttelt mich mit beiden Händen.

»Wach auf, in einer Viertelstunde bist du ein toter Mann!«

Was Fasel mir in ein paar abgehackten Worten berichtete, sollte am nächsten Tag durch das Wunder der Telegraphie die ganze Welt erfahren.

Der Monarch hatte sich gegen Mittag zum Freitagsgebet in das Heiligtum von Schah Abdul-Asim begeben. Er trug das eigens für sein Jubiläum angefertigte, mit Goldfäden durchzogene Prunkgewand; die Aufschläge waren mit Türkisen und Smaragden besetzt, und seine hohe Kappe schmückten Federn. Er sucht sich in dem großen Saal des Heiligtums einen Platz für das Gebet, man breitet einen Teppich vor ihm aus. Bevor er niederkniet, dreht er sich zu seinen Frauen um, winkt sie zu sich, glättet seinen langen weißen gezwirbelten Schnurrbart, während sich draußen die Menge, Gläubige und Mullahs, drängt. Die Wachen versuchen, sie zurückzuhalten. Selbst aus dem Außenhof hört man begeisterte Zurufe. Die Frauen des Herrschers nähern sich. Ein Mann hat sich in ihre Reihen geschlichen. Er trägt ein härenes Gewand wie die Derwische und hält ein Papier in der ausgestreckten Hand. Der Schah setzt seinen Kneifer auf, um lesen zu können. Plötzlich ein Schuß. Die Pistole war von dem Blatt verdeckt gewesen. Der Herrscher ist mitten ins Herz getroffen. Bevor er stürzt, kann er noch murmeln: »Helft mir!«

In dem allgemeinen Tumult faßt der Großwesir sich als erster und ruft: »Es ist nichts, nur ein leichter Streifschuß!«

Er läßt den Saal räumen und den Schah in den königlichen Wagen bringen. Und bis Teheran sitzt der tote Schah auf dem Rücksitz, als ob er noch lebte, und der Großwesir fächelt ihm Luft zu. Währenddessen hat dieser aus Täbris den Erbprinzen herbeirufen lassen, der bisher Gouverneur dieser Stadt gewesen war.

Im Heiligtum fallen die Frauen des Schahs über den Mörder her, die Menge reißt ihm sein Gewand vom Leib. Sie hätten kurzen Prozeß mit ihm gemacht, wäre nicht Oberst Kassakowski, der Befehlshaber der Kosakenbrigade, dazwischengetreten, um ihn zu retten. Oder vielmehr, um ihn einem ersten Verhör zu unterziehen. Merkwürdigerweise ist die Mordwaffe verschwunden. Eine Frau soll sie aufgehoben und unter ihrem Schleier versteckt haben. Jedenfalls taucht sie nicht wieder auf. Dagegen fand man das Blatt Papier, hinter dem die Pistole versteckt war.

Natürlich war Fasels Bericht nicht so ausführlich, eher lapidar.

»Mirsa Resa, dieser Wahnwitzige, hat den Schah ermordet. Man hat Dschamaladdins Brief bei ihm gefunden. Darin ist auch dein Name erwähnt. Behalte dein persisches Gewand an, nimm dein Geld und deinen Paß, sonst nichts.

Und sieh zu, daß du dich in die amerikanische Gesandtschaft flüchtest.«

Mein erster Gedanke galt dem *Manuskript*. Hatte Mirsa Resa es am Vormittag erhalten? So ganz war ich mir nämlich über den Ernst meiner Situation noch nicht klar: Beihilfe zur Ermordung eines Staatsoberhaupts. Dabei hatte ich das Persien der Dichtkunst gesucht. Nur, so falsch und absurd es auch war – der Schein sprach gegen mich. Welcher Richter, welcher Kommissar würde mich für unschuldig halten?

Fasel sah vom Balkon auf die Straße hinunter; plötzlich bückte er sich und rief mir leise zu:

»Die Kosaken sind schon da, sie riegeln das ganze Hotel ab.«

Wir rannten die Treppe hinab. Als wir in die Empfangshalle kamen, bemühten wir uns um einen würdigeren, weniger verdächtigen Gang. Gerade kam ein Offizier mit blondem Bart und tief in die Stirn gezogener Kappe herein und sah sich mißtrauisch um. Fasel flüsterte mir rasch zu: »In die Gesandtschaft!«, dann verließ er mich und ging auf den Offizier zu. Ich hörte, wie er ihn mit »Palkownik!« – Oberst – begrüßte, ihm feierlich die Hand schüttelte und ein paar passende Worte mit ihm wechselte. Kassakowski war öfter Gast bei dem Vater meines Freundes gewesen – das verschaffte mir ein paar Sekunden Vorsprung. Ich nutzte sie, um, in meinen Aba gehüllt, meinen Weg fortzusetzen und in den Garten hinauszugehen, den die Kosaken gerade in ein militärisches Gelände verwandelten. Sie hielten mich nicht auf. Da ich aus der Halle kam, vermuteten sie wohl, ihr Kommandant habe mich passieren lassen. Ich erreichte also die Gittertür und bog nach rechts in die kleine Gasse ein, die zum Boulevard der Botschafter führte – bis zu meiner Gesandtschaft waren es knapp zehn Minuten.

Drei Soldaten standen am Eingang meiner Straße. Sollte ich an ihnen vorbeigehen? Links bemerkte ich eine andere

Gasse. Bestimmt ist es besser, dachte ich, diesen Weg zu nehmen, und mich dann später wieder rechts zu halten. Ich ging also weiter und vermied es, in Richtung der Soldaten zu blicken. Noch ein paar Schritte, und sie konnten mich nicht mehr sehen.

»Halt!«

Was tun? Stehenbleiben? Bei der ersten Frage würden sie bemerken, daß ich kaum Persisch sprach, meinen Paß verlangen und mich verhaften. Davonrennen? Nach ein paar Schritten wäre ich gefaßt. Und ich hätte mich wie ein Schuldiger verhalten, niemand würde mir mehr Glauben schenken. Ich hatte nur eine Sekunde, um mich zu entscheiden.

Ich setzte meinen Weg einfach fort, als hätte ich nichts gehört. Wieder ein Befehl, Karabiner wurden geladen, Schritte näherten sich. Ich überlegte nicht mehr, ich rannte einfach drauflos, sah mich nicht um, bog in die schmalsten, dunkelsten Gassen ein. Die Sonne ging schon unter, in einer halben Stunde würde es Nacht sein.

Ich suchte verzweifelt nach einem Gebet, aber alles, was mir einfiel, war ein verzweifeltes: »Gott! Gott! Gott!«, als sei ich bereits tot und trommelte gegen die Tür des Paradieses.

Und die Tür öffnete sich: die Tür zum Paradies. Eine kleine Tür in einer lehmverschmierten Mauer an einer Straßenecke. Sie öffnete sich, eine Hand berührte die meine, ich hielt sie fest, sie zog mich von der Straße fort; die Tür ging hinter mir zu. Ich schloß die Augen, atemlos, noch voller Angst, sprachlos vor Glück. Draußen trampelten die Soldaten vorbei.

Drei Frauen, über deren Haar ein Schleier lag, deren Gesicht jedoch unverhüllt war, sahen mich lachend und zugleich beruhigend an. Die älteste, sie mochte etwa vierzig Jahre alt sein, bedeutete mir, ihr zu folgen. In dem Garten, in dem ich gelandet war, befand sich hinten eine kleine Hütte; sie bot mir einen Stuhl an und machte mir klar, daß sie bald wiederkäme. »Andarun«, »geschütztes Haus«, murmelte sie immer wieder zuversichtlich. Die Soldaten würden kein Haus durchsuchen, in dem nur Frauen lebten.

Tatsächlich, die Schritte der Soldaten hatten sich zunächst genähert, sich dann entfernt und waren jetzt verhallt. Wie sollten sie auch wissen, wohin ich mich geflüchtet hatte? Das Viertel bestand aus einem Gewirr von Gassen, Dutzenden von Passagen, Hunderten von Häusern und Gärten. Und es war schon fast Nacht.

Nach einer Stunde brachte man mir schwarzen Tee, rollte mir Zigaretten, und es entspann sich ein Gespräch. Ein paar langsame Sätze auf persisch, ein paar Worte auf französisch: Man erklärte mir, wie es zu meiner Rettung gekommen war. Sie hatten gehört, ein Komplize des Schahmörders halte sich im Fremdenhotel auf. Sie sahen mich fliehen und wollten mich, den verfolgten Helden, beschützen. Weshalb? Fünfzehn Jahre zuvor hatte man den Ehemann – und Vater – der Familie fälschlich beschuldigt, einer verbotenen Sekte, den Babis, anzugehören, die die Abschaffung der Polygamie, die Gleichheit zwischen Mann und Frau und die Errichtung der Demokratie anstrebten. Er wurde hingerichtet. Der – vom Schah und vom Klerus befohlenen – blutigen Verfolgung fielen damals außer Zehntausenden von Babis auch viele Unschuldige zum Opfer, die man auf die bloße Verleumdung eines Nachbarn hin umbrachte. Meine Wohltäterin war mit ihren beiden kleinen Töchtern allein geblieben und wartete seither auf die Stunde der Vergeltung. Die drei Frauen beteuerten, es sei ihnen eine Ehre, dem rächenden Helden in ihrem bescheidenen Garten Zuflucht zu bieten.

Wenn man von Frauen für einen Helden gehalten wird, fällt es einem schwer, sie zu enttäuschen. Ich sagte mir also, es sei nicht nur unschicklich, sondern auch unvorsichtig, sie eines Besseren zu belehren. In meinem harten Überlebenskampf brauchte ich diese Verbündeten, ihre Begeisterung und ihren Mut, ihre unverdiente Bewunderung. Ich flüchtete mich also in ein rätselhaftes Schweigen, das ihre letzten Zweifel beseitigte.

Drei Frauen, ein Garten, ein rettender Irrtum – ich könnte vieles über diese vierzig unwirklichen Tage in diesem drückendheißen persischen Frühling erzählen. Ich war in dieser Welt der orientalischen Frauen, in die ich nicht hineingehörte, in zweifacher Hinsicht ein Fremder. Meine Wohltäterin wußte wohl, in welche Schwierigkeiten sie sich selbst gebracht hatte. Ich bin sicher, in der ersten Nacht, während ich in der Hütte im Garten auf drei übereinandergelegten Matten schlief, hat sie kein Auge zugetan. Denn sie rief mich schon bei Morgengrauen zu sich, ließ mich im Schneidersitz zu ihrer Rechten, ihre beiden Töchter zu ihrer Linken sitzen und hielt uns eine wohleinstudierte Rede.

Zunächst einmal lobte sie meinen Mut, wiederholte, wie glücklich sie sei, mir habe helfen zu können. Dann schwieg sie ein paar Sekunden und begann plötzlich zu meiner großen Verwirrung, ihr Gewand aufzuknöpfen. Ich errötete, drehte mich um, aber sie zog mich zu sich herab. Ihr Oberkörper war nackt, und sie bedeutete mir mit Worten und Gesten, an ihrer Brust zu saugen. Die beiden Mädchen kicherten heimlich, aber die Mutter war so ernst, als ginge es um ein heiliges Ritual. Ich berührte also schamhaft erst die eine Brust, dann die andere mit den Lippen. Danach zog sie sich ohne Hast wieder an und sagte in feierlichem Ton:

»Durch diese Geste bist du mein Sohn geworden, als seist du Fleisch von meinem Fleisch.«

Dann drehte sie sich zu ihren Töchtern um, die aufgehört hatten zu lachen, und sagte ihnen, in Zukunft sollten sie mich wie ihren eigenen Bruder behandeln.

Damals erschien mir diese Zeremonie zwar rührend, aber grotesk. Wenn ich heute daran zurückdenke, offenbart sich mir darin die ganze Subtilität des Orients. Für diese Frau war die Situation tatsächlich schwierig. Sie hatte nicht gezögert, mich unter Lebensgefahr zu retten und mir ihre Gastfreundschaft zu gewähren. Aber die Gegenwart eines Fremden, eines jungen Mannes, der Tag und Nacht mit ihren Töchtern zusammenlebte, konnte früher oder später zu einem unliebsamen Zwischenfall führen. Durch diese rituelle Geste einer symbolischen Adoption hatte sie die Gefahr abgewandt. Von nun an konnte ich mich im Haus frei bewegen, mit ihnen in einem Zimmer schlafen, meinen »Schwestern« einen Kuß auf die Stirn drücken – uns schützten diese fiktiven verwandtschaftlichen Bande.

Andere hätten sich durch dieses Spiel vielleicht vergewaltigt gefühlt. Ich dagegen war ganz froh darüber. Es hätte meinem Wesen ganz und gar widersprochen, jetzt, da ich unter einem Dach mit diesen Frauen lebte, aus Müßiggang oder Lasterhaftigkeit eine hastige Beziehung mit einer von ihnen anzufangen, die Gesellschaft der beiden anderen zu meiden, ihre Wachsamkeit zu täuschen, sich nach und nach ihre Feindschaft zuzuziehen, um zum Schluß verlegen und beschämt dazustehen, weil man die, die einem das gütige Schicksal sandte, betrogen und unglücklich gemacht hat. Davon abgesehen, nie wäre ich, mit meiner abendländischen Prägung, auf die Lösung gekommen, die diese Frau aus dem unerschöpflichen Arsenal ihrer Glaubensvorschriften hervorzauberte.

Denn wie durch ein Wunder wurde alles einfach, durchsichtig und klar. Es wäre gelogen, zu sagen, daß jedes Verlangen abgestorben war; unsere Beziehungen waren durchaus sinnlich und dabei doch höchst keusch. Und so erlebte ich im täglichen Umgang mit diesen Frauen – ohne Schleier und ohne übertriebene Scham – Augenblicke des Friedens inmitten einer Stadt, die fieberhaft nach mir fahndete.

Wenn ich jetzt zurückdenke, erscheint mir mein Aufenthalt in diesem Haus als ein besonders glücklicher Umstand – ohne ihn wäre meine Beziehung zum Orient oberflächliches Stückwerk geblieben. Ihnen verdanke ich die immensen Fortschritte im Sprechen und Verstehen der persischen Umgangssprache. Am ersten Tag hatten sich meine Gastgeberinnen zwar bemüht, ein paar Worte Französisch zu radebrechen. Danach führten wir alle unsere Gespräche in der Landessprache. Es waren lebhafte oder beiläufige Gespräche, feinsinnige oder derbe, ja oft sogar anstößige, denn als älterer Bruder konnte ich mir alles erlauben, solange ich nicht die Grenzen der Schicklichkeit überschritt. Jeder Scherz war zulässig, auch die deutlichsten Beweise meiner Zuneigung.

Hätte dieses Leben noch seinen Charme behalten, wenn ich länger geblieben wäre? Ich werde es nie wissen und will es auch nicht wissen. Ein keineswegs überraschendes Ereignis beendete es, nämlich der Besuch der Großeltern.

Normalerweise hielt ich mich von den beiden Eingangstüren fern, der zum Biruni, dem den Männern vorbehaltenen Raum, und der Nebentür zum Garten, durch die ich gekommen war. Beim ersten Alarmzeichen verschwand ich. Diesmal war ich leichtsinnig und allzu vertrauensselig gewesen: Ich hörte die beiden Alten nicht. Ich saß im Schneidersitz im Zimmer der Frauen und rauchte schon seit gut zwei Stunden einen Kalyan, den mir meine »Schwestern« bereitet hatten. Dabei war ich ein bißchen eingenickt. Die Pfeife im Mund, war mein Kopf gegen die Wand gesunken, und ich erwachte erst durch das laute Räuspern eines Mannes.

7

Meine Adoptivmutter kam ein paar Sekunden zu spät. Die Anwesenheit eines Europäers in ihrer Wohnung verlangte eine sofortige Erklärung. Statt ihren Ruf oder den ihrer Töchter einem Verdacht auszusetzen, entschloß sie sich, die Wahrheit zu sagen, und sie tat dies in einem bewußt patriotischen und stolzen Ton. Wer dieser Fremde war? Kein geringerer als der Farangi, nach dem die ganze Polizei fahndete, der Komplize dessen, der den Tyrannen ermordet und so ihren als Märtyrer gestorbenen Mann gerächt hatte.

Ein Augenblick des Zögerns, dann fiel das Urteil: Man beglückwünschte mich, pries meinen Mut und den meiner Beschützerin. Ihre Erklärung war sicherlich angesichts einer derart peinlichen Situation die einzig mögliche. Wenn auch meine nachlässige Haltung mitten im Andarun ziemlich kompromittierend war, so mußte man sie doch verstehen: Ich durfte mich schließlich keinen fremden Blicken aussetzen.

Die Ehre war gerettet, aber es stand auch von nun an fest, daß ich nicht bleiben konnte. Es gab zwei Möglichkeiten. Die naheliegendste war, als Frau verkleidet das Haus zu verlassen und zu Fuß bis zur amerikanischen Gesandtschaft zu gehen, also mehr oder weniger den ein paar Wochen zuvor unterbrochenen Weg fortzusetzen. Aber meine »Mutter« riet mir davon ab. Bei einem kurzen Rundgang hatte sie festgestellt, daß alle Gassen, die zur Gesandtschaft führten, überwacht wurden. Außerdem war ich ziemlich groß – ein Meter dreiundachtzig –, kein einigermaßen wachsamer Soldat würde sich durch meine persische Frauenkleidung täuschen lassen.

Die andere Lösung war, Prinzessin Schirin einen Hilferuf zu senden, wie es mir Dschamaladdin geraten hatte. Ich redete mit meiner »Mutter« darüber, die damit einverstanden war. Sie hatte von der Enkelin des ermordeten Schahs gehört. Sie war bekannt als Wohltäterin der Armen. Meine »Mutter« schlug vor, ihr einen Brief zu überbringen. Das Problem war, die richtigen Worte zu finden, Worte, die deutlich genug waren, mich aber nicht verrieten, wenn sie in die falschen Hände fielen. Ich konnte weder meinen Namen noch den des Meisters nennen. Und so begnügte ich mich damit, ihr jenen Satz zu schreiben, den sie mir seinerzeit gesagt hatte: »Wer weiß, vielleicht kreuzen sich unsere Wege noch einmal.«

Meine »Mutter« wollte sich der Prinzessin während der Zeremonien des 40. Tages nähern, mit denen die Trauerfeierlichkeiten für den verstorbenen Schah endeten. In dem allgemeinen Gewimmel der Neugierigen und der rußverschmierten Klageweiber war es ihr ein leichtes, der Prinzessin mein Schreiben in die Hand zu drücken. Sie las es, erschrak und sah sich suchend um. Meine »Mutter« flüsterte ihr zu: »Er ist bei mir.« Schirin verließ sofort die Trauerfeier, rief ihre Kutsche und stieg zusammen mit meiner »Mutter« ein. Um keinen Verdacht zu erwecken, ließ sie den Wagen mit den königlichen Insignien vor dem Hotel »Prévost« halten. Von dort gingen die beiden tiefverschleierten Frauen unerkannt zu Fuß weiter.

Unser Wiedersehen verlief fast ebenso einsilbig wie unsere erste Begegnung. Die Prinzessin warf mir einen kurzen Blick zu, lächelte flüchtig und befahl mir:

»Morgen bei Morgengrauen wird mein Kutscher Sie abholen. Seien Sie bereit, bedecken Sie sich mit einem Schleier und gehen Sie mit gesenktem Kopf.«

Ich war überzeugt, sie würde mich zu meiner Gesandtschaft fahren. Erst als die Kutsche das Stadttor passierte, bemerkte ich meinen Irrtum. Sie erklärte mir:

»Gewiß, ich hätte Sie zu dem amerikanischen Botschafter bringen können, dort wären Sie in Sicherheit. Aber man hätte dann auch mühelos erfahren, wie Sie dort hingekommen sind. Ich habe zwar durch meine Zugehörigkeit zur Kadscharenfamilie einigen Einfluß, aber ich kann auch nicht so weit gehen, den angeblichen Komplizen des Schahmörders zu schützen. Ich wäre in einer mißlichen Situation, und zudem würde man die Spur zu den braven Frauen verfolgen, die Sie aufgenommen haben. Ihre Gesandtschaft wäre auch nicht gerade entzückt, einen Mann decken zu müssen, der eines solchen Verbrechens beschuldigt wird. Glauben Sie mir, es ist für alle Beteiligten das beste, wenn Sie Persien verlassen. Ich werde Sie zu einem meiner Onkel mütterlicherseits bringen, einem der Anführer der Bachtiaris. Er ist mit den Kriegern seines Stammes zu den Zeremonien des 40. Tages gekommen. Ich habe ihm gesagt, wer Sie sind, und ihm versichert, Sie seien unschuldig. Aber seine Männer dürfen nichts weiter wissen. Er hat sich bereit erklärt, Sie bis zur osmanischen Grenze zu begleiten, auf Wegen, die die Karawanen nicht kennen. Er erwartet uns im Dorf von Schah Abdul-Asim. Haben Sie Geld?«

»Ja. Ich habe meinen Retterinnen zweihundert Toman gegeben, aber fast vierhundert habe ich noch.«

»Das ist nicht genug. Etwa die Hälfte müssen Sie bereits Ihren Begleitern geben, und für den Rest der Reise brauchen Sie auch noch etwas. Hier sind ein paar türkische Münzen; Sie werden sie gebrauchen können. Und hier ist auch ein Text, der für den Meister bestimmt ist. Sie kommen doch nach Konstantinopel?«

Ich nickte und sie fuhr fort, während sie die zusammengefalteten Papiere in die Innentasche meiner Tunika steckte:

»Es ist das Protokoll von Mirsa Resas erstem Verhör; ich habe die ganze Nacht damit zugebracht, es abzuschreiben. Sie können es lesen, Sie sollten es sogar lesen, es wird Ihnen dadurch vieles klar werden. Außerdem wird Ihnen das die lange Zeit der Überfahrt verkürzen. Aber zeigen Sie es niemandem anders.«

Wir näherten uns bereits dem Dorf; überall stand Polizei, sie durchsuchte sogar die Pferdewagen. Aber wer hätte gewagt, eine königliche Kutsche zu belästigen? Wir fuhren weiter bis zum Hof eines großen, safrangelben Gebäudes. In der Mitte stand eine riesige uralte Eiche. Krieger mit dichtem Schnurrbart, die zwei Patronengürtel gekreuzt übereinander trugen, liefen geschäftig hin und her. Die Prinzessin hatte nur einen verächtlichen Blick für diese männlichen Attribute übrig.

»Ich lasse Sie in guten Händen, wie Sie sehen. Diese Männer werden Sie besser schützen als die schwachen Frauen, bei denen Sie bisher waren.«

»Das bezweifle ich.«

Ich warf einen ängstlichen Blick auf die zahlreichen Gewehrläufe.

»Ich bezweifle es auch«, lachte sie. »Aber sie werden Sie schon sicher bis zur türkischen Grenze bringen.«

Als ich mich verabschiedete, fragte ich zaghaft:

»Ich weiß, der Augenblick ist schlecht gewählt, um davon zu reden, aber wissen Sie zufällig, ob man unter Mirsa Resas Sachen ein altes Manuskript gefunden hat?«

Ihr Blick wich mir aus; ihr Ton wurde eisig.

»Der Augenblick ist wirklich unpassend. Erwähnen Sie den Namen dieses Wahnwitzigen erst wieder, wenn Sie in Konstantinopel sind.«

»Es ist ein Manuskript von Khajjam.«

Ich hatte recht, zu insistieren. Schließlich hatte ich mich wegen dieses Buches auf mein persisches Abenteuer eingelassen. Aber Schirin seufzte ungeduldig.

»Ich weiß nichts davon. Ich werde mich informieren. Lassen Sie mir Ihre Adresse da, ich werde Ihnen schreiben. Aber antworten Sie mir um Gottes willen nicht.«

Als ich auf einen Zettel »Annapolis, Maryland« schrieb,

hatte ich das Gefühl, schon weit weg zu sein. Und schon bedauerte ich es auch, daß mein Aufenthalt in Persien so kurz gewesen und von Anfang an so unglücklich verlaufen war. Ich reichte der Prinzessin den Zettel. Aber als sie danach griff, hielt ich ihre Hand fest. Einen kurzen – aber bedeutungsvollen – Augenblick lang. Und sie erwiderte den Druck, grub ihre Nägel in meine Handfläche, ohne mich zu verletzen; aber für ein paar Minuten lang blieb eine deutliche Spur zurück. Noch ein Lächeln – und dann sagten wir beide wie aus einem Mund:

»Wer weiß, vielleicht kreuzen sich unsere Wege noch einmal.«

Zwei Monate lang sah ich nichts, was auch nur annähernd einer Straße glich. Als wir Schah Abdul-Asim verließen, wandten wir uns nach Südwesten, wo das Stammesgebiet der Bachtiaris liegt. Nachdem wir um den Salzsee von Qum herumgeritten waren, folgten wir dem gleichnamigen Fluß, aber ohne in die Stadt selbst hineinzugehen. Meine Begleiter hielten, wie auf einer Treibjagd, das Gewehr ständig im Anschlag und vermieden alle Ortschaften. Obwohl Schirins Onkel mir des öfteren erklärte: »Jetzt sind wir in Amuk, in Wertscha, in Homein«, war das nur eine Redensart und sollte bedeuten, daß wir uns ganz in der Nähe dieser Orte befanden, deren Minarette wir von weitem sahen und deren Umrisse ich vage erkennen konnte.

In den Bergen von Luristan, jenseits der Quelle des Flusses Qum, ließ die Wachsamkeit meiner Begleiter nach: Wir hatten Bachtiari-Gebiet erreicht. Mir zu Ehren veranstaltete man ein Fest. Man gab mir eine Opiumpfeife zu rauchen, und zur allgemeinen Heiterkeit schlief ich augenblicklich ein. Ich mußte zwei Tage lang warten, bis ich weiterziehen konnte; es war noch ein langer Weg: Schuschter, Ahwas, dann der gefährliche Ritt durch Sumpfgebiet bis nach Basra, der Stadt des osmanischen Iraks am Schatt el-Arab.

Endlich heil aus Persien! Vor mir lag noch ein langer Monat auf dem Meer: Mit dem Segelschiff von Fao nach Bahrein, dann entlang der Piratenküste bis nach Aden, das Rote Meer und den Suez-Kanal hinauf bis nach Alexandria und schließlich auf einem alten türkischen Passagierdampfer über das Mittelmeer bis nach Konstantinopel.

Während dieser ganzen endlosen, ermüdenden, aber ohne Zwischenfall verlaufenden Reise hatte ich nichts anderes zu tun, als wieder und wieder die zehn handschriftlichen Seiten durchzusehen, die Mirsa Resas Verhör wiedergaben. Sicherlich, wäre Gelegenheit dazu gewesen, hätte ich mich auch anders zerstreut; aber die intensive Beschäftigung mit einem zum Tode Verurteilten hatte für mich auch etwas Faszinierendes: Ich konnte mir den schmalgliedrigen Mann im mönchischen Gewand mit den gemarterten Augen gut vorstellen. Manchmal glaubte ich sogar seine Stimme zu hören:

»Welchen Beweggrund hattest du, unseren geliebten Schah zu töten?«

»Die, die verstehen wollen, werden bemerkt haben, daß der Schah an demselben Ort erschossen wurde, an dem man Seyyid Dschamaladdin mißhandelt hat. Dieser heilige Mann, ein Nachkomme des Propheten – was hatte er getan, um ihn aus dem Heiligtum herauszuschleppen?«

»Wer hat dich dazu getrieben, den Schah zu töten, wer sind deine Komplizen?«

»Ich schwöre bei Gott dem Allmächtigen und dem Allerhöchsten, bei dem, der Seyyid Dschamaladdin und alle anderen Menschen geschaffen hat, daß niemand außer mir selbst und dem Seyyid etwas von einem Mordplan wußte. Der Seyyid ist in Konstantinopel, dort ist er sicher.«

»Was hat Dschamaladdin dir befohlen?«

»Als ich nach Konstantinopel gegangen bin, habe ich

ihm erzählt, wie der Sohn des Schahs mich hat foltern lassen. Der Seyyid befahl mir zu schweigen und sagte: ›Hör auf zu wehklagen, als seist du bei einer Trauerzeremonie. Kannst du nichts anderes tun als weinen? Wenn dich der Sohn des Schahs gefoltert hat, dann bring ihn um.‹«

»Warum hast du dann den Schah und nicht seinen Sohn erschossen? Er soll dir doch Unrecht getan haben, und an ihm solltest du dich auf Dschamaladdins Geheiß rächen?«

»Ich habe mir gesagt: ›Wenn ich den Sohn töte, wird der allmächtige Schah aus Rache Tausende umbringen.‹ Statt einen Zweig abzuschneiden, habe ich lieber den Baum der Tyrannei entwurzelt, in der Hoffnung, ein anderer werde an seiner Stelle wachsen. Übrigens hat der Sultan der Türkei Seyyid Dschamaladdin unter vier Augen gesagt, man müsse diesen Schah beseitigen, um die Einheit aller Muslime zu erreichen.«

»Woher weißt du, was der Sultan Dschamaladdin im Vertrauen gesagt hat?«

»Seyyid Dschamaladdin selbst hat es mir erzählt. Er vertraut mir, er verheimlicht mir nichts. Als ich in Konstantinopel war, hat er mich wie seinen eigenen Sohn behandelt.«

»Wenn man dich dort so gut behandelt hat, warum bist du dann nach Persien zurückgekehrt, wo dir vielleicht Gefangenschaft und Folter drohten?«

»Ich gehöre zu denen, die glauben, daß kein Blatt von einem Baum fällt, ohne daß dies im Buch des Schicksals vorherbestimmt ist. Und in ihm stand auch geschrieben, daß ich nach Persien zurückkehren und jene Tat vollbringen würde.«

8

Hätten jene Männer, die auf dem Yildiz-Hügel vor Dschamaladdins Haus auf und ab gingen, auf ihren Fez »Spion des Sultans« geschrieben, so wäre das auch für den naivsten Besucher keine überraschende Neuigkeit gewesen. Aber vielleicht war dies auch der Grund für ihre Anwesenheit: Die Besucher zu entmutigen. Und in der Tat, an diesem drückenden Septembertag war das Haus, in dem es sonst von Schülern, fremden Journalisten und Gelehrten auf der Durchreise wimmelte, wie ausgestorben. Nur noch der diskrete Diener war da. Er führte mich in den ersten Stock, wo der Meister nachdenklich und wie abwesend in einem mit Baumwolle und Samt bezogenen Sessel saß.

Als er mich sah, erhellte sich sein Gesicht. Er kam mit großen Schritten auf mich zu, umarmte mich, entschuldigte sich, daß er mir zu dieser Reise geraten habe; er sei froh, daß alles glücklich ausgegangen sei. Ich erzählte ihm in allen Einzelheiten von meiner Flucht und der Hilfe der Prinzessin, bevor ich auf meinen allzu kurzen Aufenthalt und meine Begegnung mit Fasel sowie mit Mirsa Resa zurückkam. Allein die Erwähnung dieses Namens erbitterte Dschamaladdin.

»Ich habe gerade erfahren, daß man ihn im vergangenen Monat gehängt hat. Gott verzeih ihm. Natürlich wußte er, was ihm bevorstand. Ich wundere mich nur darüber, daß man mit der Hinrichtung so lange gewartet hat. Mehr als hundert Tage nach dem Tod des Schahs. Wahrscheinlich hat man ihn gefoltert, um ihm Geständnisse zu entlocken.«

Dschamaladdin sprach langsam. Er erschien mir schwach und abgemagert; von Zeit zu Zeit verzerrten sich seine sonst so heiteren Züge wie unter einem Zwang. Aber sie hatten nichts von ihrer alten Anziehungskraft verloren.

Er litt ganz offensichtlich, vor allem, wenn man Mirsa Resa erwähnte.

»Ich kann noch immer nicht glauben, daß dieser arme Junge, den ich selbst hier in Konstantinopel habe behandeln lassen, dessen Hand ständig zitterte, der kaum fähig war, eine Tasse Tee hochzuheben, eine Pistole halten, auf den Schah zielen und ihn mit einem einzigen Schuß treffen konnte. Glauben Sie nicht, man hat ihm, verrückt wie er war, das Verbrechen eines anderen in die Schuhe geschoben?«

Statt einer Antwort reichte ich ihm das von der Prinzessin abgeschriebene Protokoll. Er setzte seinen Kneifer auf, las das Ganze, las es noch einmal, gebannt oder erschrokken, manchmal sogar, wie mir schien, mit einer Art innerer Befriedigung. Dann faltete er die Seiten zusammen, steckte sie in die Tasche seines Gewands und begann, im Zimmer auf- und abzugehen. Zehn Minuten vergingen so, bevor er dieses merkwürdige Gebet sprach:

»Mirsa Resa, du verlorener Sohn Persiens. Wärst du nur wahnwitzig oder wärst du nur weise gewesen! Hättest du dich damit begnügt, mich zu verraten oder mir treu zu sein. Könnte man dir nur Zärtlichkeit oder nur Abneigung entgegenbringen. Wie dich lieben und wie dich hassen? Und Gott selbst, was wird er mit dir tun? Wird er dich im Paradies der Opfer aufnehmen oder dich in die Hölle der Henker stoßen?«

Er setzte sich wieder, erschöpft, das Gesicht in den Händen vergraben. Ich schwieg noch immer, bemühte mich, so lautlos wie möglich zu atmen. Dschamaladdin hob den Kopf. Seine Stimme erschien mir weniger gepreßt, sein Geist weniger umwölkt.

»An diesen Worten erkenne ich Mirsa Resa wieder. Bisher hatte ich noch meine Zweifel. Aber jetzt weiß ich, er ist wirklich der Mörder. Er wollte mich durch diese Tat wohl rächen. Vielleicht hat er dabei geglaubt, mir zu gehorchen.

Aber trotz allem, was er sagt, ich habe ihm nie befohlen, zu morden. Als er mir damals hier in Konstantinopel erzählte, wie ihn der Sohn des Schahs und seine Helfershelfer gefoltert haben, weinte er. Ich wollte ihn zur Besinnung bringen und sagte: ›Hör auf, dich zu beklagen! Offenbar willst du nur, daß man dich bedauert. Ja, wahrscheinlich würdest du dich sogar verstümmeln, um Mitleid zu erwecken.‹ Und ich erzählte ihm eine alte Legende. Als die Armeen des Darius und die Alexanders des Großen gegeneinander ins Feld zogen, gaben die Ratgeber des Griechen diesem zu bedenken, daß die persischen Truppen sehr viel zahlreicher seien als die seinen. Alexander soll nur mit den Schultern gezuckt und gesagt haben: ›Meine Männer kämpfen, um zu siegen, die Männer des Darius kämpfen, um zu sterben.‹«

Dschamaladdin schien in seinen Erinnerungen zu graben.

»Dann sagte ich zur Mirsa Resa: ›Wenn der Sohn des Schahs dich verfolgt, zerstör ihn, statt dich selbst zu zerstören.‹ Ist das wirklich ein Aufruf zum Mord? Sie kennen doch Mirsa Resa, glauben Sie wirklich, ich hätte einem Irren, den tausend Leute in meinem Haus aus- und eingehen sahen, einen solchen Auftrag erteilt?«

Ich bemühte mich, offen zu sein.

»Das Verbrechen, dessen man Sie beschuldigt, haben Sie sicherlich nicht begangen; aber Ihre moralische Verantwortung kann man nicht leugnen.«

Meine Aufrichtigkeit gefiel ihm.

»Das gebe ich zu, und ich gebe auch zu, daß ich dem Schah tagtäglich den Tod gewünscht habe. Aber wozu mich noch verteidigen, ich bin bereits verurteilt.«

Er ging zu einer kleinen Truhe und nahm ein sorgfältig geschriebenes Blatt heraus.

»Heute morgen habe ich mein Testament geschrieben.«

Er reichte mir den Text, und ich las tief bewegt:

»Ich leide nicht darunter, ein Gefangener zu sein, und ich

fürchte nicht den nahen Tod. Aber es schmerzt mich zu sehen, daß der Samen, den ich gesät habe, nicht aufgegangen ist. Die Tyrannei unterdrückt noch immer die Völker des Orients, und finstere Barbarei erstickt ihren Schrei nach Freiheit. Vielleicht wäre ich eher ans Ziel gekommen, hätte ich meinen Samen der fruchtbaren Erde des Volkes statt dem trockenen Boden der königlichen Höfe anvertraut. Und du, persisches Volk, in das ich meine größten Hoffnungen gesetzt habe, glaub nicht, daß du die Freiheit gewinnen kannst, wenn du einen Mann beseitigst. Es ist das Joch hundertjähriger Traditionen, das du abschütteln mußt.«

»Behalten Sie eine Kopie, übersetzen Sie den Text für Henri Rochefort; der ›*Intransigeant*‹ ist die einzige Zeitung, die noch von meiner Unschuld überzeugt ist, die anderen nennen mich einen Mörder. Die ganze Welt wünscht meinen Tod. Sie brauchen nicht mehr lange zu warten; ich habe Krebs, einen Kieferkrebs.«

Wie jedesmal, wenn er eine Schwäche gezeigt hatte, machte er das sofort durch ein betont unbekümmertes Lachen und einen gelehrten Scherz wieder wett.

»Krebs, Krebs, Krebs«, wiederholte er wie eine Beschwörung. »Die Ärzte vergangener Zeiten schrieben die Krankheiten dem Einfluß der Gestirne zu. Nur der Krebs hat in allen Sprachen seinen astrologischen Namen behalten. Die Furcht davor ist noch immer die gleiche.«

Er versank einen Augenblick lang in trübe Gedanken, faßte sich aber gleich wieder und sagte in gespielt heiterem, aber gerade darum um so erschütternderem Ton:

»Ich verfluche diesen Krebs. Dabei ist es noch gar nicht sicher, ob er mich umbringt. Der Schah verlangt meine Auslieferung: Der Sultan kann dieser Forderung nicht nachkommen, denn ich bin immer noch sein Gast. Andererseits kann er einen Königsmord nicht ungestraft lassen. Er verabscheut zwar den Schah und seine Dynastie, schmiedet tagtäglich neue Ränke gegen ihn, aber gegenüber einem

Störenfried wie Dschamaladdin sind die Großen dieser Welt solidarisch. Die Lösung? Der Sultan wird mich hier umbringen lassen, und der neue Schah wird dies sehr begrüßen, denn trotz seiner wiederholten Bitten um Auslieferung hat er keineswegs Lust, sich zu Beginn seiner Regierung die Hände mit meinem Blut zu besudeln. Wer wird mich umbringen? Der Schah? Der Sultan? Der Krebs? Vielleicht wird es mir verborgen bleiben. Aber du, mein junger Freund, du wirst es erfahren.«

Und er besaß die Kühnheit, dabei zu lachen!

Übrigens habe ich es nie erfahren. Die Todesumstände dieses großen Erneuerers des Orients blieben ein Geheimnis. Einige Monate, nachdem ich nach Annapolis zurückgekehrt war, erfuhr ich durch eine Notiz im »*Intransigeant*« vom 12. März 1897, daß er drei Tage zuvor gestorben war. Erst gegen Ende des Sommers, als mich Schirins versprochener Brief erreichte, lernte ich die Version über seinen Tod kennen, die man sich unter Dschamaladdins Anhängern erzählte. »Seit ein paar Monaten«, schrieb sie, »litt er an heftigen Zahnschmerzen, die sicherlich mit seinem Krebs zusammenhingen. An diesem Tag müssen seine Schmerzen unerträglich gewesen sein, denn er sandte seinen Diener zum Sultan, der ihm seinen eigenen Zahnarzt schickte. Dieser untersuchte ihn, nahm aus seiner Tasche eine bereits vorbereitete Spritze und stieß sie ihm ins Zahnfleisch. Der Schmerz, so versicherte er, werde gleich vorbei sein. Aber schon nach ein paar Sekunden schwoll der Kiefer des Meisters an. Als der Diener sah, daß sein Herr am Ersticken war, versuchte er, den Zahnarzt zurückzuholen, der das Haus noch nicht verlassen hatte. Aber statt umzukehren, rannte der Mann so rasch er konnte auf seine Kutsche zu. Seyyid Dschamaladdin starb ein paar Minuten später. Am Abend kamen die Boten des Sultans und nahmen seine

Leiche mit. Sie wurde gewaschen und in aller Eile bestattet.« Der Bericht der Prinzessin endete übergangslos mit jenen Versen Khajjams, die sie selbst übersetzt hatte: »Die als Leuchten von Weisheit und Wissenschaft prangen, und anderen als Lehrer vorangegangen, sie fanden den Weg nicht aus finsterer Nacht, sagten Märchen, bis sie der Tod umfangen.«*

Über das Schicksal des *Manuskripts,* das doch der Grund ihres Briefes war, berichtete Schirin nur ganz lakonisch: »Es befand sich tatsächlich unter den Habseligkeiten des Mörders. Jetzt ist es bei mir. Wenn Sie nach Persien zurückkommen, können Sie nach Herzenslust darin blättern.«

Nach Persien zurückkehren, wo ich noch immer als Mörder gesucht wurde?

* In der Übersetzung von Manuel Sommer

9

Von meinem persischen Abenteuer blieb mir nur die Sehnsucht zurück. Ein Monat, um Teheran zu erreichen, drei Monate, um wieder herauszukommen: Es waren nur ein paar kurze Tage der Erschöpfung gewesen, in denen ich die Stadt riechen, fühlen und sehen konnte. Zu viele Bilder riefen mich in das verbotene Land zurück: Wie ich, der lässig stolze Kalyan-Raucher, in dem aus der Glut aufsteigenden Dampf saß; wie meine Hand sich ein Versprechen lang über der Schirins schloß; wie ich mit meinen Lippen jene Brüste berührte, die meine Adoptivmutter mir in aller Keuschheit darbot, und ganz besonders natürlich das *Manuskript,* das mich aufgeschlagen im Arm seiner Hüterin erwartete.

Denen, die eine so zwanghafte Sehnsucht nach dem Orient nie gekannt haben, wage ich kaum zu erzählen, daß ich an einem Samstag in der Abenddämmerung mit meinen Pantoffeln an den Füßen, in meiner persischen Tunika und mit meiner Kulah aus Schafsfell auf dem Kopf an den Strand von Annapolis ging, an einen Platz, der ziemlich menschenleer war. Bei meiner Rückkehr aber war ich so in meine Träume versunken, daß ich meinen Aufzug vergaß. Ich machte einen Umweg über die Compromise Road, die ganz und gar nicht menschenleer war. »Guten Abend, Mister Lesage«, »Schönen Spaziergang, Mister Lesage«, »Guten Abend, Misses Baymaster, Miss Highchurch« – ich erwiderte frohgemut die Grüße. »Guten Abend, Reverend!« Die gerunzelte Stirn des Pastors brachte mich zur Besinnung. Ich blieb augenblicklich stehen, um beschämt an mir herunterzusehen und nach meiner Fellmütze zu greifen. Und dann rannte ich los, in meinen Aba gehüllt, als müsse ich meine Nacktheit verbergen. Zu Hause angekommen, zog ich mich aus, rollte alles zusammen und warf das Bündel wutentbrannt in den Werkzeugschrank.

Ich hütete mich, so etwas noch einmal zu tun. Aber allein dieser Spaziergang hatte mir – wohl für den Rest meines Lebens – den hartnäckigen Ruf eines Exzentrikers eingetragen. In England betrachtet man solche Leute mit Wohlwollen, ja mit Bewunderung, vorausgesetzt, sie sind reich. In Amerika sah man damals solche Sonderlinge ungern: Man nahm den Anlauf ins neue Jahrhundert mit Umsicht und Prüderie. Vielleicht nicht in New York oder San Francisco, aber sicherlich in meiner Stadt. Eine französische Mutter und eine persische Kopfbedeckung, das war für Annapolis zuviel der Exotik.

Soviel zur negativen Seite. Andererseits trug mir mein Ausflug sogleich den unverdienten Ruf eines großen Orientforschers ein. Der Chefredakteur der Lokalzeitung, Matthias Webb, dem das zu Ohren kam, schlug mir vor, einen Artikel über mein persisches Abenteuer zu schreiben.

Ich glaube, im Jahr 1856 war in der »*Annapolis Gazette and Herald*« zum letzten Mal der Name Persien aufgetaucht. Damals war ein Überseedampfer, der Stolz der Cunard's Lines, der erste Raddampfer, der einen Rumpf aus Metall hatte, auf einen Eisberg aufgelaufen. Sieben Seeleute aus unserer Gegend waren dabei umgekommen. Das unglückliche Schiff hieß »Persia«.

Die Küstenbewohner nehmen die Zeichen des Schicksals ernst. Deshalb hielt ich es auch für notwendig, zu Anfang meines Artikels klarzustellen, daß »Persia« ein falscher Ausdruck sei. Die Perser selbst würden ihr Land Iran nennen, eine Abkürzung des sehr viel älteren Ausdrucks »Airania Vaedia«, »Land der Arier«.

Anschließend ging ich auf Omar Khajjam ein, den einzigen Perser, von dem die meisten meiner Leser schon einmal etwas gehört hatten, und zitierte einen von tiefer Skepsis durchdrungenen Vierzeiler von ihm: »Wer warf schon auf

Himmel und Hölle den Blick? Wer kam denn vom Jenseits schon zurück?«*

Eine nützliche Einführung, bevor ich mich in einigen längeren Kapiteln über die zahlreichen Religionen ausließ, die schon seit jeher in Persien blühten, den Zoroastrismus, den Manichäismus, den sunnitischen und schiitischen Islam, Hassan Sabbahs Ismailitensekte und, in neuerer Zeit, die Babis, die Scheikhis und die Bahais. Und ich versäumte nicht, daran zu erinnern, daß sich unser »Paradies« aus dem alten persischen Wort »Paradaesa« herleitet, was »Garten« bedeutet.

Matthias Webb beglückwünschte mich zu meiner »großen Gelehrsamkeit«, aber als ich ihm, durch dieses Lob ermutigt, eine regelmäßige Mitarbeit vorschlug, schien er verlegen und leicht gereizt:

»Ich will es ja gern mit Ihnen versuchen, wenn Sie mir versprechen, diese ärgerliche Manie abzulegen, Ihren Text mit Barbarenausdrücken zu durchsetzen.«

Ich muß wohl sehr überrascht und ungläubig ausgesehen haben; aber Webb hatte seine Gründe:

»Die *Gazette* hat nicht die Mittel, sich ständig einen Persienspezialisten zu leisten. Aber wenn Sie bereit sind, die Berichterstattung für das gesamte Abendland zu übernehmen, und glauben, unseren Landsleuten ferne Länder näherbringen zu können, wäre schon ein Platz für Sie in unserer Zeitung. Was Ihre Artikel an Tiefgang verlieren mögen, werden Sie an Vielseitigkeit gewinnen.«

Wir hatten beide unsere gute Laune wiedergefunden; er bot mir eine Friedenszigarre an, bevor er fortfuhr:

»Noch gestern existierte das Ausland für uns nicht; der Osten endete bei Cape Cod. Und plötzlich wird unsere friedliche Stadt an der Wende dieses Jahrhunderts in die Turbulenzen der Welt hineingezogen.«

* In der Übersetzung von Manuel Sommer

Man muß dazu sagen, unser Gespräch fand 1899 statt, kurz nach dem spanisch-amerikanischen Krieg: Unsere Truppen waren nicht nur nach Kuba und Puerto Rico, sondern bis zu den Philippinen vorgedrungen. Nie zuvor hatte Amerika seine Macht so weit über seine Grenzen hinaus ausgebreitet. Unser Sieg über das alte spanische Reich hatte uns nur zweitausendvierhundert Tote gekostet, aber in Annapolis, dem Sitz der Schiffahrtsakademie, konnte jeder Tote ein Verwandter, ein Freund, ein Verlobter sein; die konservativsten meiner Mitbürger sahen in Präsident MacKinley einen gefährlichen Abenteurer.

Das war nicht Webbs Meinung, aber er mußte auf die Ansichten seiner Leser Rücksicht nehmen. Und um mir das so klar zu machen, stand dieser brave, grauhaarige Familienvater auf, ließ ein gräßliches Gebrüll ertönen, verzerrte sein Gesicht zu einer Grimasse und krümmte die Finger wie die eines Untiers.

»Die Welt nähert sich zähnefletschend und mit großen Schritten unserem friedlichen Annapolis, und Sie, Benjamin Lesage, haben den Auftrag, unsere Landsleute zu beruhigen.«

Eine verantwortungsvolle Pflicht, der ich nicht gerade brillant nachkam. Meine Informationsquellen waren die Artikel meiner Kollegen in Paris, London und natürlich New York, Washington und Baltimore. Alles, was ich über den Burenkrieg schrieb, über den Konflikt zwischen dem Zaren und dem Mikado* oder über die Unruhen in Rußland, verdient es, fürchte ich, nicht, in die Nachwelt einzugehen.

Nur was Persien angeht, ist meine journalistische Laufbahn erwähnenswert. Ich bin stolz darauf, daß die *»Gazette«* die erste amerikanische Zeitung war, die den bevorstehenden Umsturz vorhersagte: Er sollte in den letzten

* Die alte Bezeichnung für den Kaiser von Japan (A.d.Ü.)

Monaten des Jahres 1906 alle Zeitungen der Welt ausgiebig beschäftigen. Und zum ersten und wahrscheinlich auch zum letzten Mal wurden die Artikel der »*Annapolis Gazette and Herald*« zitiert, oft sogar Wort für Wort wiedergegeben, und zwar in mehr als siebzig amerikanischen Zeitungen vom Süden bis zur Ostküste.

Das verdankt meine Stadt und ihre Zeitung mir. Und ich verdanke es Schirin. Denn nur dank ihr und nicht aufgrund meiner schwachen Kenntnisse des Landes konnte ich die Tragweite der aktuellen Ereignisse erkennen.

Ich hatte seit mehr als sieben Jahren nichts mehr von meiner Prinzessin gehört. Die versprochene Antwort in bezug auf das *Manuskript* hatte ich bekommen; ich erwartete keine weitere Nachricht mehr von ihr. Was nicht heißen soll, daß ich sie nicht erhoffte. Jedesmal, wenn die Post kam, dachte ich an sie, suchte ihre Schrift auf einem Umschlag, eine Briefmarke mit arabischen Schriftzeichen und einer herzförmigen Fünf. Ich nahm meine tägliche Enttäuschung in Kauf; ich sah sie als den Tribut an, den ich meinen Träumen zollte.

Ich muß hinzufügen, daß meine Familie damals gerade Annapolis verlassen hatte, um sich in Baltimore niederzulassen. Die geschäftlichen Aktivitäten meines Vaters konzentrierten sich in Zukunft auf diese Stadt; er und zwei seiner jüngeren Brüder beabsichtigten, dort ihre eigene Bank zu gründen. Ich hatte es vorgezogen, zusammen mit unserer alten halbtauben Köchin in meinem Geburtshaus und in einer Stadt zu bleiben, in der ich im Grunde nur wenige enge Freunde hatte. Sicherlich wurde meine leidenschaftliche Hoffnung somit auch durch meine Einsamkeit genährt.

Und eines Tages schrieb Schirin mir wirklich. Nichts mehr über das *Manuskript von Samarkand,* auch nichts Persönliches in diesem langen Brief, außer vielleicht, daß sie mich mit »teurer ferner Freund« anredete. Der Rest war ein tagtäglicher Bericht über die Ereignisse, die sich in ihrer

Umgebung abspielten. Es war ein minuziöser Bericht, randvoll mit Details, von denen keines überflüssig war, selbst wenn es mir in meiner Unkenntnis so schien. Ich bewunderte ihre bemerkenswerte Intelligenz und fühlte mich geschmeichelt, daß sie ausgerechnet mich ausgesucht hatte, um mir ihre Gedanken mitzuteilen.

Von nun an lebte ich im Rhythmus ihrer – allmonatlichen – Briefe, eine fesselnde Chronik, die ich sofort veröffentlicht hätte, wäre mir nicht durch ihre Schreiberin die allergrößte Diskretion auferlegt worden. Aber sie hatte mir großzügig erlaubt, ihren Text für meine Arbeit zu benutzen. Und das tat ich denn auch schamlos: Gelegentlich übersetzte ich sogar ganze Passagen daraus, ohne den Text als fremden zu kennzeichnen.

Meine Art, den Lesern die Ereignisse zu schildern, unterschied sich jedoch von der ihren. Nie hätte die Prinzessin zum Beispiel mir geschrieben:

»Ausgelöst wurde die persische Revolution dadurch, daß ein belgischer Minister den verhängnisvollen Einfall hatte, sich als Mullah zu verkleiden.«

Dabei entfernte ich mich damit gar nicht so sehr von der Wahrheit. Obgleich sich für Schirin bereits die ersten Anzeichen des Aufstands im Jahr 1900 zeigten, als der Schah nach Contrexéville zu einer Kur ging. Der Monarch wollte sich mit großem Gefolge dorthin auf den Weg machen und brauchte Geld. Wie gewöhnlich war seine Schatzkammer leer, und er bat den Zaren um einen Kredit, der ihm in Höhe von 22.5 Millionen Rubel gewährt wurde.

Es war ein Danaergeschenk. Um sicher zu gehen, daß ihr Nachbar im Süden, der ständig am Rande des Bankrotts war, eine solche Summe auch zurückzahlte, ließ sich die Regierung von Petersburg die Aufsicht über das persische Zollwesen übertragen sowie das Recht, sich direkt aus den

Einnahmen zu vergüten. Und das für fünfundsiebzig Jahre! Der Zar war sich dieses ungeheuren Privilegs wohl bewußt und fürchtete, die anderen europäischen Mächte könnten diese totale Kontrolle des persischen Außenhandels mißbilligen. Deshalb vermied er es, seine eigenen Untertanen mit der Zollverwaltung zu beauftragen, und bat statt dessen König Leopold II., sie – natürlich auf seine Rechnung – zu übernehmen. Und so sah sich der Schah von etwa dreißig belgischen Beamten umgeben, deren Einfluß ständig wuchs. Der Prominenteste von ihnen, ein gewisser Naus, brachte es fertig, nach und nach die höchsten Ämter zu übernehmen. Am Vorabend der Revolution war er Mitglied des höchsten Thronrats, Post- und Telegraphenminister, Schatzmeister für ganz Persien, Leiter der Paßabteilung und Zolldirektor. Außerdem begann er, das ganze Steuerwesen neu zu organisieren. Ihm schreibt man die Einführung einer neuen Steuer auf die Maultierlasten zu.

Daß Naus bald zum verhaßtesten Mann von ganz Persien wurde, zum Symbol der Fremdherrschaft, bedarf wohl keiner Erwähnung. Von Zeit zu Zeit erhob sich eine Stimme, die seine Absetzung verlangte, was um so legitimer war, als ihm weder der Ruf der Unbestechlichkeit noch der besonderer Sachkenntnis anhing. Aber er blieb in seinen Ämtern, gestützt durch den Zaren oder vielmehr durch dessen reaktionäre Hofclique. Deren politische Ziele las man bereits unverblümt in der regierungsnahen Petersburger Presse: die Abhängigkeit Persiens und des persischen Golfs von Rußland.

Naus' Stellung schien unerschütterlich; sie blieb es so lange, bis der Thron seines Beschützers ins Wanken geriet. Und das ereignete sich rascher, als es die größten Optimisten in Persien erwarteten. Der erste Schritt: der Krieg mit Japan, der, zur Überraschung der ganzen Welt, mit der Niederlage des Zaren und der Zerstörung seiner Flotte endete. Und als Folge dessen die Erbitterung der Russen, denn diese

Demütigung hatten sie der Unfähigkeit ihrer Machthaber zu verdanken. Die Empörung der Matrosen der »Potemkin«, die Meuterei von Kronstadt, der Aufstand von Sewastopol, die Ereignisse von Moskau waren die Antwort. Ich will auf diese Entwicklung nicht weiter eingehen – sie ist noch jedem gegenwärtig – und lediglich betonen, wie groß ihr Einfluß auf Persien war, vor allem im April 1906, als Nikolaus II. gezwungen wurde, ein Parlament einzuberufen, die Duma.

Und in dieser Situation ereignete sich ein völlig banaler Zwischenfall: ein Maskenball bei einem hohen belgischen Beamten, zu dem Naus als Mullah verkleidet erschien. Gekicher, Gelächter, Beifall, man drängte sich um den Minister, man beglückwünschte ihn, man fotografierte. Und ein paar Tage später verteilte man Hunderte von Abzügen im Basar von Teheran.

10

Schirin hat mir ebenfalls einen Abzug geschickt. Ich habe ihn noch immer; von Zeit zu Zeit betrachte ich ihn amüsiert und wehmütig. Man sieht darauf etwa vierzig türkisch, japanisch oder österreichisch gekleidete Damen und Herren auf einem zwischen den Bäumen im Garten ausgebreiteten Teppich sitzen; im Vordergrund und in der Mitte Naus, der so gut verkleidet ist, daß man ihn mit seinem weißen Bart und dem graumelierten Schnurrbart leicht für einen frommen Patriarchen halten könnte. Schirins Kommentar auf der Rückseite des Fotos: »Ungestraft für so viele Verbrechen, gestürzt wegen einer Bagatelle.«

Sicherlich war es nicht die Absicht von Naus gewesen, die Religion zu verspotten. Was man ihm vorwerfen könnte, ist ein unverzeihlicher Leichtsinn, mangelnder Takt und schlechter Geschmack. Sein wirklicher Fehler war seine Dummheit. Nachdem er dem Zaren schon als trojanisches Pferd gedient hatte, wäre es ein Gebot der Klugheit gewesen, sich zumindest für einige Zeit bedeckt zu halten.

Das Foto rief wütende Demonstrationen hervor, einige blutige Zwischenfälle; der Basar schloß seine Tore. Man forderte zunächst die Ausweisung von Naus, dann die Auflösung der ganzen Regierung. Flugblätter wurden verteilt, in denen man die Errichtung eines Parlaments nach russischem Beispiel verlangte. Seit Jahren gab es innerhalb der Bevölkerung Geheimbünde, die sich auf Dschamaladdin, gelegentlich sogar auch auf Mirsa Resa beriefen, den man zum Symbol des Kampfes gegen den Absolutismus gemacht hatte. Die Kosaken riegelten die Innenviertel ab. Die Regierung brachte gewisse Gerüchte in Umlauf, denen zufolge die Aufwiegler das blutigste Strafgericht aller Zeiten treffen würde; der Basar sollte mit Waffengewalt geöffnet und durch die Truppen geplündert werden – eine Drohung, die Händler schon seit Jahrtausenden schreckt.

Deshalb begab sich am 19. Juli 1906 eine Abordnung von Händlern des Basars zum britischen Geschäftsträger und stellte folgende Frage: Wenn sich Bürger, denen die Verhaftung droht, in die Gesandtschaft flüchten, würde man sie dann schützen? Man sagte dies zu. Die Besucher bedankten sich und zogen sich unter würdigen Verbeugungen zurück.

Am gleichen Abend erschien mein Freund Fasel mit einer Gruppe von Freunden in der Gesandtschaft. Man empfing ihn äußerst höflich. Mit seinen knapp dreißig Jahren war er – nach dem Tod seines Vaters – einer der reichsten Händler des Basars geworden. Aber seine umfassende Bildung erhöhte noch sein Ansehen, und er hatte großen Einfluß auf seine Standesgenossen. Einem Mann seines Ranges boten die britischen Diplomaten selbstverständlich eines der Zimmer an, die für hohe Besucher reserviert waren. Er aber lehnte höflich ab, schützte die Hitze vor und bat darum, sich in den weitläufigen Gärten der Gesandtschaft einquartieren zu dürfen. Er habe, so sagte er, zu diesem Zweck ein Zelt mitgebracht, einen kleinen Teppich und ein paar Bücher. Verständnislos, ja mißbilligend beobachteten seine Gastgeber, wie er sich häuslich im Garten niederließ.

Am nächsten Tag kamen dreißig weitere Händler und nahmen das Asylrecht in Anspruch. Drei Tage später, am 23. Juli, waren es bereits achthundertsechzig, am 26. fünftausend und am 1. August zwölftausend.

Ein merkwürdiger Anblick, diese persische Stadt auf einem englischen Rasen. Die Zelte standen in Gruppen, nach den einzelnen Ständen aufgeteilt. Man hatte sich rasch organisiert; hinter dem Wachhaus war eine Küche installiert; riesige Kessel machten zwischen den verschiedenen »Vierteln« die Runde; die Essensverteilung dauerte jedesmal drei Stunden.

Keine Unordnung, kaum Lärm; man hatte Zuflucht gefunden, man nahm Bast, wie die Perser sagen, das heißt, man übte absolut passiven Widerstand im Schutz eines Heiligtums. Es gab mehrere Heiligtümer in der Gegend von Teheran. Das Mausoleum von Schah Abdul-Asim, die königlichen Stallungen und, der kleinste Bast von allen, die Kanone auf Rädern vom Topkhane-Platz: Wenn ein Flüchtender sich daran festhält, hat die Polizei nicht das Recht, ihn dort wegzuholen. Aber seit Dschamaladdins Verhaftung wußte man, daß die Regierung diese Form des Protests nicht lange dulden würde. Die einzige Immunität, die sie anerkannte, war die der ausländischen Gesandtschaften.

Jeder der Zufluchtsuchenden hatte seinen Kalyan und seine Träume mit in den englischen Garten gebracht. Zwischen den Zelten herrschten unermeßliche Gegensätze. Um Fasel gruppierte sich die fortschrittliche Elite; es waren nicht nur einige wenige, sondern Hunderte junge, auch ältere Leute, die sich zu Anjuman, mehr oder weniger geheimen Gesellschaften, organisiert hatten. Ständig war die Rede von Japan, Rußland, vor allem Frankreich, dessen Sprache ihnen vertraut war: Sie lasen eifrig französische Bücher und Zeitungen, die Schriften von Saint-Simon, Robespierre, Rousseau und Waldeck-Rousseau. Fasel hatte sorgfältig den Gesetzestext über die ein Jahr zuvor in Paris beschlossene Trennung von Kirche und Staat ausgeschnitten. Er hatte ihn übersetzt und an seine Freunde verteilt, die darüber eifrig diskutierten. Aber nicht zu laut, denn ganz in der Nähe von ihrem Kreis hatten sich die Mullahs versammelt.

Der Klerus war in sich gespalten. Ein Teil lehnte alles ab, was aus Europa kam, also Demokratie, Parlament und Fortschritt. »Warum«, sagten sie, »brauchen wir eine Verfassung? Wir haben schließlich den Koran.« Die Fortschrittlichen entgegneten darauf, das heilige Buch gebiete den Menschen eine demokratische Regierung, denn es stehe geschrieben: »Regelt eure Angelegenheiten im allgemeinen Einverständnis.« Und geschickt fügten sie hinzu, hätten die Muslime beim Tod des Propheten über eine Verfassung verfügt und damit über eine Organisation ihres gerade im Entstehen begriffenen Staatswesens, wäre es nicht zu den blutigen Nachfolgekämpfen gekommen, die zur Vertreibung des Imam Ali geführt hatten.

Abgesehen von diesen theoretischen Diskussionen war die Mehrheit der Mullahs durchaus für eine Verfassung, um der königlichen Willkür ein Ende zu setzen. Nachdem sie zu Hunderten gekommen waren, um Bast zu nehmen, verglichen sie ihr Exil gern mit der Emigration des Propheten nach Medina und die Leiden des Volkes mit denen von Alis Sohn Husain, dessen Leiden im muslimischen Glauben der Passion Christi sehr nahe kommt. In den Gärten der Gesandtschaft erzählten professionelle Schauspieler den Zuhörern von dem Martyrium Husains. Man weinte, geißelte sich, klagte laut über Husain, über sich selbst, über Persien, das – verirrt in einer feindlichen Welt – im Laufe der Jahrhunderte der Sittenlosigkeit anheimgefallen war.

Fasels Freunde hielten sich von diesen Manifestationen fern; Dschamaladdin hatte sie gelehrt, den Rose-Khwan gegenüber mißtrauisch zu sein. Sie hörten nur gelegentlich zerstreut und leicht beunruhigt zu.

Eine nüchterne Überlegung Schirins in einem ihrer Briefe hatte mich frappiert: »Persien ist krank. An seinem Lager stehen mehrere Ärzte, fortschrittliche und konservative; jeder verschreibt seine eigene Medizin. Die Zukunft gehört dem, der eine Heilung bewirkt. Wenn die Revolution triumphiert, müssen die Mullahs sich in Demokraten verwandeln; schlägt sie fehl, müssen sich die Demokraten in Mullahs verwandeln.«

Im Augenblick befanden sich noch alle in demselben Boot, das heißt, in demselben Garten. Am 7. August zählte die Gesandtschaft sechzehntausend Bastis; die Straßen der

Stadt waren leer; jeder Händler, der auch nur etwas auf sich hielt, war »emigriert«. Der Schah mußte nachgeben. Am 15. August, einen Monat nach dem Beginn des Bast, gab er bekannt, es würden – in Teheran direkte, in den Provinzen indirekte – Wahlen zu einer beratenden Nationalversammlung stattfinden. Das erste Parlament in der persischen Geschichte versammelte sich am 7. Oktober. Der Schah hatte, um die Thronrede zu verlesen, geschickterweise einen Oppositionellen der ersten Stunde gewählt, den Fürsten Malkam Khan, einen Armenier aus Isfahan, einen Gefährten Dschamaladdins, der bei ihm während seines letzten London-Aufenthalts auch gewohnt hatte. Dieser ehrwürdige Greis mit dem Gebaren eines Briten hatte sein Leben lang davon geträumt, einmal vor dem Parlament zu stehen und vor den Vertretern des Volkes die Rede eines konstitutionellen Monarchen zu verlesen.

Die diesem Abschnitt der Geschichte größere Aufmerksamkeit widmen möchten, werden in den Zeitdokumenten Malkam Khan vergeblich suchen. Heute wie zu Khajjams Zeiten kennt Persien seine Regierenden nicht nach ihren Namen, sondern nach ihren Titeln, »Sonne des Königreichs«, »Pfeiler der Religion«, »Schatten des Sultans«. Dem Mann, der die Ehre hatte, die Epoche der Demokratie einzuleiten, wurde der höchste Titel von allen verliehen: Nisam al-Mulk. Verwirrendes Persien, so unveränderlich noch in seinen Umwälzungen und doch nach allen Verwandlungen noch identisch mit sich selbst.

11

Es war ein Privileg, das Erwachen des Orients zu beobachten – eine Zeit intensiver Spannung und Begeisterung, aber auch eine Zeit des Zweifels. Waren es großartige oder entsetzliche Gedanken, die das Land während seines Schlafs geboren hatte? Was würde es nach dieser langen Nacht tun? Würde es sich blindwütig auf die stürzen, die es wachgerüttelt hatten? Ich bekam angstvolle Leserbriefe, die mich ausfragten, als sei ich ein Hellseher. Sie hatten Angst vor Asien; der chinesische Boxeraufstand von 1900 in Peking, die Geiselnahme ausländischer Diplomaten, die Schwierigkeiten des Expeditionskorps, das sich mit der alten Kaiserin, der gefürchteten Tochter des Himmels, konfrontiert sah, all dies war noch nicht vergessen. Würde Persien sich anders verhalten? Ich war davon überzeugt und vertraute seiner jungen Demokratie. Man hatte gerade eine Verfassung sowie eine Charta der Bürgerrechte verkündet. Jeden Tag gab es neue Clubs, auch neue Zeitungen, nach ein paar Monaten waren es bereits neunzig Tages- und Wochenzeitungen. Sie hießen »*Zivilisation*«, »*Gleichheit*«, »*Freiheit*«, oder – pathetischer – »*Trompeten der Auferstehung*«. Sie wurden häufig in der britischen Presse oder in den russischen Oppositionszeitschriften zitiert, dem liberalen »*Rech*« und dem den Sozialdemokraten nahestehenden »*Sovremennij Mir.*« In Teheran hatte eine satirische Zeitschrift von ihrer ersten Nummer an einen ungeheuren Erfolg; die Karikaturisten nahmen mit Vorliebe käufliche Hofleute, die Bevollmächtigten des Zaren und vor allem falsche Frömmler aufs Korn.

Schirin frohlockte: »Letzten Freitag versuchten junge Mullahs im Basar Aufmerksamkeit zu erregen. Sie bezeichneten die Verfassung als ketzerische Einrichtung und wollten die Menge dazu aufrufen, zum Baharistan zu marschieren, dem Sitz des Parlaments. Erfolglos. Sie konnten reden, soviel sie wollten, die Bürger interessierte das nicht. Von Zeit zu Zeit blieb ein Mann stehen, hörte eine Weile zu und ging dann achselzuckend weiter. Schließlich kamen drei der würdigsten Ulema der Stadt hinzu und forderten die Prediger barsch auf, mit gesenktem Kopf und auf dem kürzesten Weg nach Hause zu gehen. Ich wage es kaum zu glauben: Es gibt keinen Fanatismus mehr in Persien.«

Diesen letzten Satz nahm ich als Titel für meinen besten Artikel. Ich teilte so sehr die Begeisterung der Prinzessin, daß mein Text eine Art Glaubensbekenntnis wurde. Der Herausgeber der »*Gazette*« ermahnte mich zu etwas mehr Mäßigung, aber die Leser gaben mir recht, wie ich aus der wachsenden Zahl von Briefen entnehmen konnte.

Einer dieser Briefe stammte von einem gewissen Howard C. Baskerville, einem Studenten an der Universität Princeton in New Jersey. Er hatte gerade seinen Bachelor of Arts gemacht und wollte nach Persien reisen, um die Ereignisse, die ich beschrieb, aus der Nähe zu beobachten. Ein Satz in seinem Brief erschütterte mich: »Ich bin fest davon überzeugt, wenn jetzt, zu Beginn des Jahrhunderts, der Orient nicht erwacht, wird bald der Westen nicht mehr schlafen können.« In meiner Antwort ermutigte ich ihn zu dieser Reise, versprach, wenn es soweit sei, ihm die Namen einiger Freunde zu nennen, die sich seiner annehmen würden.

Ein paar Wochen später kam Baskerville nach Annapolis, um mir persönlich mitzuteilen, er habe eine Stellung als Lehrer an der Memorial Boys School in Täbris erhalten, die von der amerikanischen Presbyterianermission geleitet wurde. Er sollte junge Perser in Englisch und den Naturwissenschaften unterrichten. Er stand kurz vor der Abreise und bat um einen Rat und Empfehlungen. Ich beglückwünschte ihn und versprach, ohne groß zu überlegen, ihn zu besuchen, wenn ich nach Persien käme.

Ich ahnte nicht, daß das so bald sein würde. Nicht, daß mir die Lust dazu fehlte, aber ich zögerte vor allem wegen des finsteren Verdachts, der noch auf mir ruhte. Galt ich nicht als der Komplize des Königsmörders? Trotz der raschen politischen Veränderungen in Teheran fürchtete ich, aufgrund irgendeines verstaubten Haftbefehls an der Grenze festgenommen zu werden und nicht einmal meine Freunde oder die Gesandtschaft benachrichtigen zu können.

Baskervilles Abreise veranlaßte mich jedoch, etwas zu unternehmen, um meine Situation zu klären. Ich hatte Schirin versprochen, ihr nie zu schreiben. Mir lag zu viel an unserer Korrespondenz, um sie aufs Spiel zu setzen, deshalb wandte ich mich an Fasel: Ich wußte, daß sein Einfluß von Tag zu Tag wuchs. Sein Wort als Abgeordneter in der Nationalversammlung, in der die großen Entscheidungen getroffen wurden, hatte Gewicht.

Ich erhielt seine Antwort drei Monate später. Es war ein freundschaftlicher, herzlicher Brief, dem ein offizielles Papier mit dem Siegel des Justizministeriums beilag: Danach war ich von jedem Verdacht der Beteiligung an dem Mord des früheren Schahs befreit. Ich konnte mich also in allen Provinzen Persiens frei bewegen.

Ohne noch länger zu warten, schiffte ich mich nach Marseille ein, von dort nach Saloniki, Konstantinopel und Trapezunt, bevor ich auf dem Rücken eines Maultiers am Berg Ararat vorbei bis nach Täbris ritt.

Ich kam an einem heißen Junitag dort an. Bis ich in der Karawanserei im Armenierviertel ein Zimmer bezogen hatte, war es schon später Nachmittag. Ich wollte Baskerville jedoch so früh wie möglich aufsuchen und ging deswegen zur Presbyterianermission: ein niedriges, aber langgestrecktes Gebäude, frisch und strahlend weiß gestrichen, rings umgeben von Aprikosenbäumen. Zwei diskrete Kreuze über dem Gitter und auf dem Dach über der Eingangstür das Sternenbanner.

Ein persischer Gärtner kam auf mich zu und brachte mich in das Arbeitszimmer des Pastors, eines großen, bärtigen, rothaarigen Mannes. Er hatte den Gang eines Seemanns, und sein Händedruck war fest und herzlich. Noch bevor ich richtig saß, bot er mir schon ein Bett für die Dauer meines Aufenthalts an.

»Wir haben ein Zimmer, das wir ständig für unsere Landsleute bereit halten, die uns mit einem überraschenden Besuch beehren. Ich folge mit dieser Einladung einem Brauch, der seit der Gründung der Mission besteht.«

Ich lehnte bedauernd ab.

»Mein Gepäck ist schon in der Karawanserei, und ich habe vor, übermorgen nach Teheran weiterzureisen.«

»Sie sollten sich für Täbris mehr als einen kurzen Tag Zeit lassen. Wollen Sie nicht wenigstens in aller Ruhe durch den größten Basar des Orients mit seinem Labyrinth von alten Gassen schlendern, nicht einen Blick auf die Ruinen der Blauen Moschee werfen, die in den *Erzählungen von Tausendundeiner Nacht* erwähnt ist? Heutzutage haben es die Reisenden alle eilig; eilig, rasch ans Ziel zu kommen – aber man kommt nicht immer nur am Ende des Weges an. Jede neue Etappe ist auch eine neue Ankunft, bei jedem Schritt kann man einen verborgenen Teil unseres Planeten entdecken. Man muß nur zu sehen wissen, zu glauben, zu wünschen und zu lieben.«

Er schien meine Hast aufrichtig zu bedauern, und ich fühlte mich gezwungen, mich zu rechtfertigen.

»Ich habe in Teheran einige Dinge zu erledigen. Diesen Umweg über Täbris habe ich nur gemacht, um einen Freund zu sehen, der bei Ihnen Lehrer ist, Howard Baskerville.«

Kaum hatte ich diesen Namen erwähnt, änderte sich seine Haltung. Keine Spur mehr von Freundlichkeit, Anteilnahme und väterlichem Vorwurf. Er wirkte verlegen, ja abweisend. Ein drückendes Schweigen, dann fragte er:

»Sie sind ein Freund von Howard?«

»Ich bin gewissermaßen schuld daran, daß er nach Persien gegangen ist.«

»Eine schwere Verantwortung.«

Seine Worte waren ernst gemeint. Er schien mir plötzlich bedrückt und gealtert. Er ließ die Schultern hängen und sah mich fast bittend an.

»Ich leite diese Mission seit fünfzehn Jahren, unsere Schule ist die beste der Stadt, und ich glaube, sie ist ein nützliches und christliches Werk. Denen, die bei uns arbeiten, liegt der Fortschritt dieses Landes am Herzen. Weshalb würden sie sonst freiwillig von so weit herkommen, um sich einer oft feindseligen Umgebung auszusetzen?«

Ich zweifelte keinen Augenblick daran, aber der Eifer, mit dem dieser Mann sich verteidigte, war mir unangenehm. Ich hatte sein Büro erst vor ein paar Minuten betreten und ihm weder etwas vorgeworfen noch ihn um etwas gebeten. Ich begnügte mich also, höflich mit dem Kopf zu nicken. Er fuhr fort:

»Wenn ein Missionar gegenüber dem Unglück des persischen Volkes gleichgültig wird, wenn ein Lehrer angesichts der Fortschritte seiner Schüler keine Freude mehr empfindet, rate ich ihm, nach Amerika zurückzukehren. Es kommt vor, daß die Begeisterung abflaut, vor allem bei den jüngeren. Das ist nur allzu menschlich.«

Nach diesen einleitenden Worten schwieg der Reverend, er hantierte nervös mit seiner Pfeife herum. Offensichtlich fand er nur schwer die richtigen Worte. Ich wollte ihm helfen und sagte so unbeteiligt wie möglich:

»Sie wollen damit sagen, daß Howard nach ein paar Monaten den Mut verloren hat, daß seine Begeisterung für den Orient nur vorübergehend war?«

Er protestierte:

»Guter Gott, nein, nicht Baskerville! Ich wollte Ihnen nur erklären, was wir gelegentlich mit unseren Mitarbeitern erleben. Bei Ihrem Freund ist genau das Gegenteil der Fall, und ich mache mir deswegen große Sorgen. Einerseits ist er der beste Lehrer, den wir je gehabt haben, seine Schüler machen erstaunliche Fortschritte, die Eltern verehren ihn glühend, die Mission hat noch nie so viele Geschenke erhalten, Lämmer, Hähne, Halva, alles verdanken wir Baskerville. Das Beängstigende ist, daß er sich weigert, sich wie ein Ausländer zu benehmen. Wenn er sich so wie die Leute hier kleiden, Polow essen und mich im einheimischen Dialekt anreden würde, hätte das weiter keine Bedeutung. Aber Baskerville ist kein Mann, der es mit Äußerlichkeiten bewenden läßt. Er hat sich sehr in der Politik engagiert, hält in der Klasse Lobesreden auf die Verfassung, ermutigt seine Schüler, die Russen, die Engländer, den Schah und die konservativen Mullahs zu kritisieren. Ich habe ihn sogar in Verdacht, daß er ein sogenannter ›Adamssohn‹ ist, das heißt, Mitglied in einem Geheimbund.«

Er seufzt.

»Gestern früh fand vor unserem Tor eine Kundgebung statt, mit zwei hohen religiösen Würdenträgern an der Spitze. Sie verlangten Baskervilles Abreise oder – ganz unverblümt – die Schließung der Mission. Drei Stunden später fand eine andere Versammlung statt, am gleichen Ort, die sich für Howard einsetzte. Begreifen Sie, wenn dieser Konflikt noch lange anhält, werden wir uns kaum in dieser Stadt halten können.«

»Ich vermute, Sie haben darüber schon mit Howard gesprochen.«

»Hundertmal, und mit allen möglichen Argumenten. Er entgegnet mir jedesmal, das Erwachen des Orients sei wichtiger als das Schicksal der Mission, und wenn die jetzige Revolution scheitere, seien wir ohnehin gezwungen, unsere Zelte abzubrechen. Natürlich kann ich seinen Vertrag jederzeit beenden, aber damit würde ich bei den Teilen der Bevölkerung, die uns immer unterstützt haben, auf Verständnislosigkeit und Ablehnung stoßen. Die einzige Lösung wäre, daß Baskerville seinen Eifer etwas dämpft. Vielleicht können Sie ihn zur Vernunft bringen?«

Ohne mich auf irgend etwas einzulassen, bat ich ihn, Howard sehen zu können. Der Reverend sah mich triumphierend an und sprang auf:

»Folgen Sie mir«, sagte er, »ich werde Sie zu Baskerville bringen. Ich glaube, ich weiß, wo er ist. Lassen Sie alles in Ruhe auf sich wirken, und Sie werden meine Gründe verstehen und meine Besorgnis teilen.«

Viertes Buch

Ein Dichter im Ozean

Spielzeuge sind wir, wie's dem Himmel gefällt.
Das ist wahr, kein Gleichnis; das Schachbrett der Welt
Sieht etwas uns spielen, bis eins nach dem andern
*Zurück in den Kasten des Nichtseins fällt.**

Omar Khajjam

* In der Übersetzung von Manuel Sommer

I

In der ockerfarbenen Dämmerung eines von Mauern umgebenen Gartens sehe ich eine weinende Menge. Ob Baskerville wohl darunter ist? Ich lehne mich gegen einen Baum und warte ab. Und beobachte. Vor einer erleuchteten Hütte eine improvisierte Bühne. Der Rose-Khwan, der Erzähler des Passionsspiels, ruft nach den Tränen der Gläubigen, ihren Klagen, ihrem Blut.

Ein Mann tritt aus dem Dunkel, ein freiwilliger Märtyrer. Füße und Oberkörper sind nackt; in den Händen hält er zwei Ketten. Mit weitausholender Geste läßt er sie über die Schultern auf seinen Rücken fallen. Das Eisen ist glatt, zunächst prallt es von der Haut ab. Erst nach dreißig, fünfzig Schlägen quillt das Blut aus den Wunden, ein schwärzliches Rinnsal, das über seinen Rücken fließt. Das Theater des Schmerzes, das tausendjährige Passionsspiel.

Die Geißelung hat ihren Höhepunkt erreicht; dem Stöhnen des Mannes antwortet das Stöhnen der Menge. Um das Geräusch der Schläge zu übertönen, muß der Erzähler die Stimme heben. Kurz darauf erscheint ein Schauspieler, er bedroht die Zuschauer mit seinem Säbel, schneidet Grimassen. Die Menge beschimpft ihn, einige bewerfen ihn mit Steinen. Er bleibt nicht lange allein auf der Bühne, kurz darauf erscheint sein Opfer. Die Zuschauer brüllen vor Entsetzen, und ich selbst kann einen Schrei nicht unterdrücken. Denn der Mann, der sich am Boden wälzt, hat keinen Kopf mehr.

Von Grauen gepackt wende ich mich an den Reverend. Er beruhigt mich lächelnd und flüstert:

»Das ist ein alter Trick. Man nimmt ein Kind oder einen sehr kleinen Mann, bindet über seinem Kopf den abgeschlagenen Kopf eines Hammels fest, aber umgekehrt, mit dem blutigen Hals nach oben. Dann bedeckt man das Ganze mit einem weißen Tuch, das in der Mitte ausgeschnitten ist. Wie Sie sehen, ist der Effekt überwältigend.«

Er zieht an seiner Pfeife. Der »Enthauptete« dreht sich und hüpft noch eine Weile auf der Bühne, bevor er das Feld einem skurrilen, tränenüberströmten Mann überläßt.

Baskerville!

Wieder drehe ich mich fragend zu dem Reverend um; er begnügt sich damit, eine geheimnisvolle Miene aufzusetzen.

Was mich am meisten verwundert ist, daß Howard wie ein Amerikaner gekleidet ist; er trägt sogar einen Zylinder, der trotz des ernsten Charakters dieses Spiels reichlich komisch wirkt.

Aber die Menge schreit laut und klagt; soweit ich sehen kann, zeigt niemand die geringste Heiterkeit. Abgesehen von dem Pastor, der mich nun doch aufklärt:

»In diesen Passionsspielen gibt es immer einen Europäer, und bemerkenswerterweise gehört er zu den Guten. Der Legende nach soll ein fränkischer Gesandter am Omaijadenhof vom Tode Husains, des größten Märtyrers der Schiiten, tief betroffen gewesen sein und das Verbrechen so lautstark getadelt haben, daß man ihn selbst mit dem Tode bestrafte. Natürlich haben die Leute hier nicht immer einen Europäer zur Hand, um mitzuspielen, dann nehmen sie einen Türken oder einen hellhäutigen Perser. Aber seit Baskerville in Täbris ist, muß er ständig diese Rolle spielen. Und er macht das großartig. Er vergießt echte Tränen.«

In diesem Augenblick kehrt der Mann mit dem Säbel zurück, schwingt ihn drohend über Baskerville, der stehen bleibt und mit einer raschen Handbewegung seinen Hut abwirft, unter dem sein blondes, sorgfältig gescheiteltes Haar zum Vorschein kommt. Dann fällt er langsam auf die Knie und legt sich auf den Boden. Das Licht fällt auf sein bartloses, tränenüberströmtes Kindergesicht. Ein Zuschauer wirft eine Handvoll Blütenblätter auf ihn.

Ich achte nicht mehr auf die Menge, sehe nur noch unverwandt auf meinen Freund, voller Angst warte ich darauf, daß er aufsteht. Die Zeremonie kommt mir endlos vor. Ich möchte, daß er endlich wieder zu sich kommt.

Eine Stunde später saßen wir in der Mission vor einer Schale Granatapfelsuppe. Der Pastor ließ uns allein. Ein verlegenes Schweigen herrschte zwischen uns. Baskervilles Augen waren noch gerötet.

»Ich muß erst meine westliche Seele wiederfinden«, entschuldigte er sich mit schwachem Lächeln.

»Laß dir Zeit, das Jahrhundert hat gerade erst begonnen.«

Er hustete, hielt die heiße Schale an seine Lippen, versank erneut in Gedanken. Dann erzählte er stockend:

»Als ich in dieses Land gekommen bin, verstand ich nicht, weshalb erwachsene bärtige Männer weinen und sich für einen Mord geißeln, der vor zweitausend Jahren geschehen ist. Inzwischen habe ich es begriffen. Die Perser leben in der Vergangenheit, weil die Vergangenheit ihre Heimat, die Gegenwart dagegen für sie etwas Fremdes ist, das ihnen nicht gehört. Alles, was für uns das moderne Leben verkörpert, die freie Selbstverwirklichung des Menschen, ist für sie ein Symbol der Fremdherrschaft: die Straßen, das ist Rußland; die Eisenbahn, das Telegraphennetz England, und die Post ist Österreich-Ungarn ...«

»... und der Unterricht in den Naturwissenschaften, das ist Baskerville von der amerikanischen Presbyterianermission.«

»Genau. Welche Wahl haben die Bewohner von Täbris? Sollen sie ihre Söhne in die traditionelle Schule schicken, in der sie sich innerhalb von zehn Jahren das unnütze, überholte Wissen, das ihren Vorfahren schon im 12. Jahrhundert eingetrichtert wurde, aneignen müssen? Oder sollen sie ihre Kinder in meine Klasse schicken, in der sie in etwa das gleiche lernen wie zu Hause unsere kleinen Amerikaner; allerdings im Schatten eines Kreuzes und eines Sternenbanners. Meine Schüler werden den größeren Horizont, das größere Wissen besitzen und ihrem Land am besten dienen können. Aber wie soll man die anderen daran hindern, sie als Abtrünnige zu betrachten? Schon in der ersten Woche meines Aufenthalts habe ich mir diese Frage gestellt, und während genau solch einer Zeremonie wie dieser eben habe ich die Lösung gefunden.

Ich stand mitten in der Menge, rings um mich stiegen Klagen auf. Während ich diese weinenden, verwüsteten Gesichter betrachtete, in ihre verstörten, scheuen und bittenden Augen sah, wurde mir das ganze Elend Persiens offenbar, eine zerrissene Seele, von endloser Trauer heimgesucht. Und ich fing ganz unwillkürlich an zu weinen. Die Umstehenden bemerkten das, man starrte mich an, war gerührt, schob mich auf die Bühne und ließ mich die Rolle des fränkischen Gesandten spielen. Am nächsten Tag suchten mich die Eltern meiner Schüler auf; sie waren überglücklich: In Zukunft konnten sie denen, die ihnen vorwarfen, ihre Kinder in die Presbyterianermission zu schicken, entgegnen: ›Ich habe meinen Sohn zu dem Lehrer geschickt, der über den Imam Husain geweint hat.‹ Einige unter den religiösen Würdenträgern waren jedoch verstimmt. Der Grund für ihre Feindseligkeit mir gegenüber ist mein Erfolg. Sie haben es lieber, wenn die Fremden sich auch wie Fremde verhalten.«

Ich verstand ihn jetzt besser; aber meine Zweifel waren geblieben.

»Für dich liegt die Lösung der persischen Probleme also darin, sich diesen weinenden Männern zuzugesellen.«

»Das habe ich nicht gesagt! Weinen ist keine Patentlösung. Und auch kein Verdienst. Nur eine hilflose, unschuldige Geste. Niemand soll sich dazu zwingen, Tränen zu vergießen. Wichtig ist allein, daß man das Leid der anderen nicht verachtet. Als man mich weinen sah, als ich die gleichgültige Überheblichkeit des Fremden ablegte, kam man zu mir und sagte mir im Vertrauen, das Weinen nütze nichts, Persien brauche keine neuen Männer, um zu klagen. Ich solle lieber dafür sorgen, daß die Söhne von Täbris etwas Anständiges lernten, das sei sehr viel nützlicher.«

»Weise Worte. Ich wollte dir gerade dasselbe sagen.«

»Aber hätte ich nicht geweint, wären sie auch nicht zu mir gekommen. Erst dadurch erwarb ich mir das Recht, den Schülern zu sagen, der Schah sei verderbt und die religiöse Clique von Täbris sei auch nicht viel besser als er.«

»Hast du das in der Schule gesagt?«

»Ja, das habe ich gesagt, ich, der bartlose Amerikaner, der kleine Schullehrer von der Presbyterianermission, ich habe gegen Krone und Turbane gewettert, und meine Schüler haben mir recht gegeben, genauso wie ihre Eltern. Nur der Reverend fand es skandalös.«

Er sah, daß ich schwankend wurde, und fuhr fort:

»Ich habe den Kindern auch von Khajjam erzählt und ihnen gesagt, daß Tausende von Amerikanern und Europäern die *Rubaijat* lesen. Sie haben Fitzgeralds Verse auswendig gelernt. Am nächsten Tag kam ein Großvater zu mir; er war ganz gerührt über das, was er von seinem Enkel gehört hatte, und sagte zu mir: ›Wir schätzen auch die amerikanischen Dichter sehr.‹ Natürlich hätte er mir keinen einzigen nennen können, aber das war unwichtig: Es war seine Art, seinen Stolz und seine Dankbarkeit auszudrücken. Leider haben nicht alle Eltern so reagiert. Ein Vater kam und beklagte sich. In Gegenwart des Pastors erklärte er: ›Khajjam war ein Gottloser und ein Trunkenbold.‹ Ich entgegnete ihm: ›Sie beleidigen mit Ihren Worten nicht Khajjam, sondern loben damit die Gottlosigkeit und die Trunksucht.‹ Dem Reverend blieb darauf fast die Luft weg.«

Howard lachte wie ein unverbesserliches Kind, dem man nicht böse sein kann.

»Du bist offenbar auch noch stolz auf alles, was man dir vorwirft! Bist du vielleicht auch ein ›Adamssohn‹?«

»Hat der Reverend dir das auch erzählt? Ihr scheint ja ganz ausführlich über mich gesprochen zu haben.«

»Es fehlte uns an anderen gemeinsamen Themen.«

»Ich will dir nichts verheimlichen; mein Gewissen ist so rein wie das eines Neugeborenen. Vor etwa zwei Monaten ist ein Mann zu mir gekommen, ein schüchterner bärtiger Riese. Er hat mich gefragt, ob ich im Anjuman, dem Klub, dessen Mitglied er ist, einen Vortrag halten könnte. Wenn ich dir sage, über welches Thema, wirst du es nicht glauben. Über die Darwinsche Lehre. Angesichts der gespannten politischen Lage in diesem Land fand ich das eher amüsant und rührend. Ich sagte zu, versuchte mir zu vergegenwärtigen, was ich über diesen Wissenschaftler noch wußte, und führte auch die Thesen seiner Gegner an. Ich glaube, meine Rede war ziemlich langweilig, aber der Saal war voll, und man hörte mir andächtig zu. Seitdem habe ich noch auf anderen Veranstaltungen gesprochen, über die verschiedensten Themen. Diese Leute sind ungeheuer wissensdurstig. Sie sind auch die entschlossensten Verteidiger der Verfassung. Gelegentlich gehe ich in ihrem Büro vorbei, um die letzten Nachrichten aus Teheran zu erfahren. Du solltest sie kennenlernen; sie träumen von der gleichen Welt wie du und ich.«

2

Am Abend sind im Basar von Täbris nur noch wenige Geschäfte offen, aber in den Straßen geht es lebhaft zu. Die Männer stehen auf den Plätzen zusammen, sitzen auf Korbstühlen im Kreis vor einer Wasserpfeife, deren Rauch nach und nach die tausend Gerüche des Tages verdrängt. Ich folgte Howard. Er fand seinen Weg ohne zu zögern in dem Gewirr der Gassen; von Zeit zu Zeit blieb er stehen, um den Vater eines Schülers zu begrüßen. Überall hörten die Kinder zu spielen auf und traten zur Seite, wenn sie ihn sahen.

Endlich kamen wir an ein rostzerfressenes Tor. Mein Begleiter öffnete es, wir gingen durch einen kleinen verwilderten Garten bis zu einem Haus aus Lehm, dessen Tür sich nach sieben Mal Klopfen quietschend öffnete. Wir kamen in einen größeren Raum. Mehrere Sturmlaternen hingen an der Decke, die im Wind ständig schaukelten. Die Anwesenden waren offenbar daran gewöhnt; ich aber hatte bald das Gefühl, mich an Bord eines Seelenverkäufers zu befinden. Ich konnte nirgendwo länger hinschauen; am liebsten hätte ich mich hingelegt und ein paar Minuten lang die Augen geschlossen. Aber die Begrüßung dauerte eine Weile. Baskerville war für die »Adamssöhne« kein Unbekannter. Man hieß ihn freundschaftlich willkommen, und ich als sein Begleiter wurde nicht minder herzlich empfangen, vor allem als Howard erzählte, den Entschluß, nach Persien zu gehen, verdanke er mir.

Als ich mich endlich hinsetzen und meinen Kopf gegen die Wand lehnen wollte, stand ein großer Mann in einer hinteren Ecke des Zimmers auf. An dem langen weißen Umhang über seinen Schultern war er leicht als der vornehmste Teilnehmer der Versammlung zu erkennen. Er kam auf mich zu:

»Benjamin!«

Ich sprang auf starrte ihn an: Fasel! Wir fielen einander überrascht in die Arme.

Um diese bei ihm ganz und gar ungewöhnliche Gefühlsregung zu erklären, rief er seinen Kameraden zu:

»Benjamin Lesage war ein Freund von Seyyid Dschamaladdin!«

In diesem Augenblick war ich für sie kein einfacher Besucher mehr, sondern eine Art historisches Monument, eine heilige Reliquie; man behandelte mich mit geradezu peinlicher Ehrerbietung.

Ich stellte Fasel Howard vor – sie kannten einander nur dem Namen nach. Fasel war seit mehr als einem Jahr nicht mehr nach Täbris gekommen, obwohl es seine Heimatstadt war. Im übrigen war seine Anwesenheit an diesem Abend in dem ärmlichen Haus, in diesen Räumen mit schwankenden Laternen für mich beängstigend und ungewöhnlich. War er nicht einer der herausragenden Vertreter der Parlamentarier, ein Pfeiler im Kampf um die Verfassung? War das für mich der geeignete Augenblick, um mich aus der Hauptstadt zu entfernen? Ich fragte ihn danach; er reagierte verlegen. Dabei hatte ich ganz leise und auf französisch gesprochen. Er warf einen besorgten Blick auf seine Nachbarn. Und statt einer Antwort erkundigte er sich:

»Wo wohnst du?«

»In der Karawanserei des Armenierviertels.«

»Ich komme heute nacht zu dir.«

Gegen Mitternacht saßen wir zu sechst in meinem Zimmer: Baskerville, Fasel, drei seiner Gefährten und ich selbst.

»Du hast mich vorhin gefragt, warum ich hier sei und nicht in Teheran. Ganz einfach, weil die Hauptstadt für die Verfassung bereits verloren ist. Ich konnte das vor den mehr als dreißig Anwesenden nicht so deutlich sagen, es wäre eine Panik ausgebrochen. Aber es ist die Wahrheit.«

Wir waren wie vor den Kopf geschlagen. Er fuhr fort:

»Vor zwei Wochen suchte mich ein Journalist aus Petersburg auf, der Korrespondent des *Rech*. Sein Name ist Panoff, aber er zeichnet mit dem Pseudonym ›Tane‹.«

Ich hatte schon von ihm gehört; seine Artikel wurden manchmal in der Londoner Presse zitiert.

»Er ist Sozialdemokrat«, fuhr Fasel fort, »ein Gegner des Zarenregimes. Aber als er vor ein paar Monaten nach Teheran kam, gelang es ihm, seine Überzeugungen so gut zu kaschieren, daß er Zugang zur russischen Gesandtschaft erhielt. Weiß der Himmel, durch welchen Trick er sich höchst kompromittierende Dokumente verschaffen konnte: Den Plan eines Staatsstreichs, um mit Hilfe der Kosaken die absolute Monarchie wiederherzustellen. Alles stand schwarz auf weiß geschrieben. Gauner und Verbrecher sollten auf den Basar losgelassen werden, um das Vertrauen der Kaufleute in das neue Regime zu erschüttern, religiöse Würdenträger sollten Bittschreiben an den Schah richten, in denen sie die Abschaffung der – angeblich gegen den Koran verstoßenden – Verfassung forderten. Natürlich nahm Panoff ein großes Risiko auf sich, als er mir die Dokumente brachte. Ich dankte ihm von ganzem Herzen und verlangte augenblicklich eine außerordentliche Versammlung des Parlaments. Nachdem ich die Fakten aufgedeckt hatte, forderte ich die Absetzung des Monarchen, die Berufung einer seiner jüngeren Söhne, die Auflösung der Kosakenbrigade sowie die Verhaftung der in die Sache verwickelten Religionsführer. Mehrere Redner bestiegen nacheinander das Pult, um ihrer Entrüstung Ausdruck zu verleihen und meine Forderungen zu unterstützen.

Plötzlich kam ein Amtsdiener herein und berichtete uns, der russische und der englische Botschafter stünden vor der Tür und hätten uns eine wichtige Note zu übergeben. Die Sitzung wurde unterbrochen, der Präsident des Medschlis und der Premierminister gingen hinaus. Als sie wieder hereinkamen, waren sie leichenblaß. Die Diplomaten hatten sie gewarnt: Wenn der Schah abgesetzt würde, sähen sich die beiden Mächte bedauerlicherweise zu einer militärischen Intervention gezwungen. Nicht nur, daß man uns die Kehle zuschnürte, man verbot uns auch noch, uns zu verteidigen.«

»Und der Grund für diese Haltung?« fragte Baskerville erschüttert.

»Der Zar will keine Demokratie an seinen Grenzen. Wenn er nur das Wort ›Parlament‹ hört, zittert er vor Wut.«

»Das trifft für die Briten nicht zu.«

»Nein. Aber wenn es den Persern gelingt, sich selbst zu regieren, könnte das den Indern den Kopf verdrehen. Und England müßte sich aus Indien zurückziehen. Außerdem ist da noch das Erdöl. Im Jahr 1901 hat ein gewisser Knox d'Arcy, ein Brite, für zwanzigtausend Pfund Sterling die Konzession erhalten, sämtliche Erdölvorkommen im persischen Reich auszubeuten. Bisher war die Produktion unbedeutend, aber vor ein paar Wochen hat man im Gebiet der Bachtiari-Stämme riesige Erdölfelder entdeckt; vielleicht haben Sie davon gehört. Das kann für das Land eine wichtige Einkommensquelle werden. Ich habe also das Parlament gebeten, den Vertrag mit London abzuändern und gerechtere Bedingungen auszuhandeln. Die meisten Abgeordneten haben mir zugestimmt. Seitdem lädt mich der englische Gesandte nicht mehr zu sich ein.«

»Dabei hat doch in seinen Gärten damals der Bast stattgefunden«, warf ich nachdenklich ein.

»Seinerzeit waren die Engländer der Ansicht, der russische Einfluß sei zu groß und lasse ihnen vom persischen Kuchen ein zu kleines Stück. Unser Protest kam ihnen wie gerufen; sie stellten uns ihren Garten zur Verfügung. Man behauptet sogar, sie hätten das kompromittierende Foto von Naus in Umlauf gebracht. Als unsere Bewegung Erfolg hatte, schloß London mit dem Zaren ein Teilungsabkommen: Nordpersien wird russisches Einflußgebiet, der Süden englisches. Kaum hatten die Briten, was sie wollten, interessierte unsere Demokratie sie plötzlich nicht mehr. Wie der Zar sehen sie jetzt darin nur noch Nachteile, und es wäre ihnen lieber, wenn sie verschwindet.«

»Wer gibt ihnen das Recht dazu?« rief Baskerville empört.

Fasel lächelte väterlich und fuhr mit seinem Bericht fort:

»Nach dem Besuch der beiden Diplomaten verloren die Abgeordneten den Mut. So vielen Feinden auf einmal waren sie nicht gewachsen, und es fiel ihnen nichts Besseres ein, als diesem unglücklichen Panoff die Schuld zuzuschieben. Mehrere Redner warfen ihm vor, ein Urkundenfälscher und Anarchist zu sein, dessen einziges Ziel es sei, einen Krieg zwischen Persien und Rußland heraufzubeschwören. Der Journalist war mit mir ins Parlament gekommen; ich hatte ihn in einem Büro unweit vom Sitzungssaal gelassen: Er sollte als Zeuge auftreten, falls es notwendig sein würde. Inzwischen verlangten die Abgeordneten, man solle ihn verhaften und dem Gesandten des Zaren ausliefern. Ein entsprechender Antrag wurde gestellt.

Dieser Mann, der uns gegen seine eigene Regierung unterstützt hatte, sollte dem Henker ausgeliefert werden! Ich bin zwar von Natur aus eher gelassen, aber jetzt konnte ich mich nicht mehr beherrschen, ich kletterte auf einen Stuhl und schrie wie ein Besessener: ›Bei der Erde, die meinen Vater bedeckt, schwöre ich, wenn dieser Mann verhaftet wird, rufe ich die Adamssöhne zusammen, und es wird hier im Parlament ein Blutbad geben. Keiner von denen, die für diesen Antrag stimmen, wird hier lebend herauskommen.‹ Sie hätten jetzt meine Immunität aufheben und mich ebenfalls verhaften lassen können. Sie haben es nicht gewagt, sondern die Sitzung bis zum nächsten Morgen vertagt. Noch in der Nacht habe ich die Hauptstadt verlassen und bin erst heute hier angekommen. Panoff hat mich begleitet, er hält sich irgendwo in der Stadt versteckt und wartet darauf, ins Ausland fliehen zu können.«

Unser Gespräch zog sich in die Länge. Bald überraschte uns das Morgenrot; die ersten Rufe zum Gebet ertönten, und es wurde immer heller. Wir diskutierten, wir verloren uns in tausend düsteren Spekulationen, wir redeten immer weiter, viel zu erschöpft, um aufzuhören. Baskerville streckte sich, unterbrach sich mitten im Satz, sah auf seine Uhr und stand wie ein Schlafwandler auf. Er kratzte sich nachdenklich den Kopf:

»Mein Gott, schon sechs Uhr, eine durchwachte Nacht! Wie trete ich bloß vor meine Schüler! Und was sage ich dem Reverend, wenn er sieht, daß ich so spät nach Hause komme?«

»Du kannst ihm ja erzählen, du seist bei einer Frau gewesen!«

Aber Howard war nicht zu Scherzen aufgelegt.

Ich will nicht von Koinzidenz sprechen, denn der Zufall spielt in dieser Angelegenheit keine große Rolle, aber ich will doch darauf hinweisen: Fast zur gleichen Stunde, in der Fasel uns von den gestohlenen Dokumenten und davon berichtete, was sich gegen die junge persische Demokratie zusammenbraute, wurde mit der Ausführung des Staatsstreichs begonnen.

Wie ich später erfuhr, marschierten an diesem Mittwoch, dem 23. Juni 1908, um vier Uhr morgens, tausend Kosaken unter dem Befehl von Oberst Liachow auf den Baharistan zu, den Sitz des Parlaments in der Innenstadt von Teheran. Das Gebäude wurde umstellt, die Ausgänge kontrolliert. Mitglieder eines benachbarten Anjuman bemerkten die Truppenbewegungen und liefen zu einem Gymnasium, in dem man erst kürzlich Telefon gelegt hatte, um einige Abgeordnete und demokratisch eingestellte Religionsführer anzurufen, wie zum Beispiel Ajatollah Behbahani und Ajatollah Tabatabai. Noch vor Morgengrauen begaben sich diese zum Parlament, um durch ihre Anwesenheit ihre Verbundenheit mit der Verfassung zum Ausdruck zu bringen. Erstaunlicherweise ließen die Kosaken sie durch. Sie hatten den Befehl, den Ausgang, nicht den Eingang abzusperren.

Die Zahl der Protestierenden wuchs ständig; bei Morgengrauen waren es bereits mehrere hundert, unter ihnen auch zahlreiche »Adamssöhne«. Sie hatten Karabiner, aber wenig Munition, jeder etwa sechzig Patronen. Damit konnte man einer Belagerung nicht standhalten. Sie postierten sich auf den Dächern und hinter den Fenstern, aber sie wußten nicht, ob sie als erste das Feuer eröffnen und damit das Signal zu einem unvermeidlichen Massaker geben sollten, oder ob es besser sei, abzuwarten, bis die Vorbereitungen zu dem Staatsstreich beendet waren.

Der Angriff der Kosaken verzögerte sich. Gemeinsam mit russischen und persischen Offizieren war Liachow noch damit beschäftigt, seine Truppen und seine – insgesamt sechs – Kanonen aufzustellen. Die größte stand auf dem Topkhane-Platz. Mehrere Male hatten die Verteidiger den vorrüberreitenden Oberst im Visier, aber die »Adamssöhne« wurden von den anderen Anwesenden am Schießen gehindert. Man fürchtete, der Zar könne einen solchen Zwischenfall zum Vorwand nehmen, um in Persien einzumarschieren.

Erst am späten Vormittag wurde der Befehl zum Angriff gegeben, und obschon er mit so ungleichen Kräften geführt wurde dauerte er nahezu sieben Stunden. Durch mehrere tollkühne Überfälle gelang es den Demokraten, drei Kanonen außer Gefecht zu setzen.

Aber das war nur der Heldenmut der Verzweiflung. Als die Sonne unterging, wurde auf dem ersten Parlament in der persischen Geschichte die weiße Fahne gehißt. Doch wenige Minuten nach dem letzten Schuß befahl Liachow seiner Artillerie, den Beschuß wieder aufzunehmen. Die Befehle des Zaren waren eindeutig: Es reichte nicht, das Parlament aufzulösen, man sollte auch noch das Gebäude zerstören, in dem es getagt hatte, damit die Bewohner von Teheran als warnendes Beispiel stets die Ruine vor Augen hatten.

3

Die Kämpfe in der Hauptstadt waren noch nicht beendet, da kam es auch in Täbris schon zur ersten Schießerei. Ich hatte Howard nach Unterrichtsschluß abgeholt; wir waren im Zentralbüro des Anjuman verabredet, um mit Fasel bei einem seiner Verwandten zu Mittag zu essen. Wir hatten den Basar noch nicht erreicht, als wir Schüsse, offensichtlich aus nächster Nähe, hörten.

Mit einer an Leichtsinn grenzenden Neugier gingen wir in die Richtung, aus der die Schüsse kamen. Und sahen uns bald, in knapp hundert Metern Entfernung, einer entfesselten Menge gegenüber, die auf uns zukam: Staub, Rauch, ein Wald von Knüppeln, Gewehren und brennenden Fackeln, Schreie, die ich nicht verstand, weil fast alle den türkischen Dialekt von Täbris, das Aseri, sprachen. Baskerville übersetzte: »Weg mit der Verfassung! Weg mit dem Parlament! Tod den Gottlosen! Es lebe der Schah!« Andere Bürger rannten aufgeregt durch die Gegend. Ein Greis führte eine verängstigte Ziege an einem Strick. Eine Frau stolperte und fiel hin; ihr etwa sechsjähriger Sohn half ihr aufzustehen und stützte sie, während sie humpelnd weiterflüchtete.

Wir beeilten uns, zu dem verabredeten Ort zu kommen. Unterwegs stießen wir auf junge Leute, die eine Barrikade errichteten: Zwei Baumstämme, auf denen in buntem Durcheinander Tische, Ziegelsteine, Truhen, Stühle und Tonnen übereinander gestapelt waren. Man erkannte uns und ließ uns passieren, riet uns aber, uns zu beeilen, denn: »Die sind auf dem Weg hierher«, »sie wollen das ganze Viertel in Brand setzen«, »sie haben geschworen, alle Adamssöhne umzubringen«.

Im Zentralbüro des Anjuman umringten etwa vierzig bis

fünfzig Männer Fasel, der als einziger kein Gewehr trug. Nur eine Pistole, eine österreichische Mannlicher, die keinen anderen Zweck zu haben schien, als jedem den Posten zuzuweisen, den er einnehmen sollte. Er war gelassen, die Angst der Nacht war verflogen. Er war so ruhig wie ein Mann der Tat, wenn die unerträgliche Zeit des Wartens vorbei ist.

»Da seht ihr«, rief er uns fast triumphierend zu. »Alles, was Panoff gesagt hat, stimmte. Oberst Liachow hat seinen Staatsstreich durchgeführt, er hat sich zum Militärgouverneur von Teheran ausrufen lassen und eine Sperrstunde festgesetzt. Heute morgen hat die Jagd auf die Anhänger der Verfassung begonnen, in der Hauptstadt und in allen anderen Städten, angefangen mit Täbris.«

»Wie rasch sich die Nachricht verbreitet hat!« wunderte sich Howard.

»Der russische Konsul hatte durch ein Telegramm von dem Staatsstreich erfahren und gleich heute morgen die religiösen Würdenträger von Täbris informiert. Die wiederum haben ihre Männer aufgerufen, sich zu Mittag im Deweschi, dem Viertel der Kameltreiber zu versammeln. Von dort aus sind sie in die Stadt ausgeschwärmt. Als erstes rotteten sie sich vor dem Haus von Ali Meschedi zusammen, einem Journalisten und Freund von mir, haben ihn, während seine Frau und seine Mutter weinend dabeistanden, herausgeschleppt, ihm die Kehle durchgeschnitten und die rechte Hand abgehackt. Dann haben sie ihn in einer Blutlache liegengelassen. Aber das schwöre ich, noch vor heute abend wird Ali gerächt sein.«

Seine Stimme versagte; er hielt einen Augenblick inne und holte tief Atem, bevor er fortfuhr:

»Ich bin deshalb nach Täbris gekommen, weil ich weiß, daß diese Stadt durchhalten wird. Der Boden, auf dem wir stehen, ist im Augenblick noch der Verfassung unterworfen. Hier wird in Zukunft der Sitz des Parlaments sein, der

Sitz der legitimen Regierung. Es wird eine denkwürdige Schlacht sein, und wir werden sie gewinnen. Folgt mir!«

Wir und ein halbes Dutzend seiner Anhänger folgten ihm. Er führte uns in den Garten und um das Haus herum zu einer Holztreppe, die sich oben in dichtem Gebüsch verlor. Wir gelangten auf das Dach und kletterten über einen Holzsteg. Noch ein paar Stufen, und wir kamen in einen Raum mit dicken Mauern und Fenstern, so schmal wie Schießscharten. Fasel forderte uns auf, einen Blick hinauszuwerfen: Wir befanden uns direkt über dem am meisten gefährdeten Zugang zum Viertel, der jetzt durch eine Barrikade gesichert war. Dahinter hockten etwa zwanzig Männer mit einem Knie auf der Erde und dem Karabiner im Anschlag.

»Das sind nicht alle«, erklärte Fasel. »Das ganze Viertel ist abgeriegelt. Wenn die Meute auftaucht, werden wir sie gebührend empfangen.«

Die »Meute«, wie er sagte, war nicht weit. Wahrscheinlich hatte sie unterwegs noch rasch zwei oder drei Häuser, die Adamssöhnen gehörten, angezündet, aber sie gab nicht auf. Ihr Gegröle und die Schüsse klangen schon ganz nahe.

Plötzlich überkam uns die Angst. Selbst wenn man darauf vorbereitet und rings von schützenden Mauern umgeben ist: Eine entfesselte, zu allem entschlossene Menge, die sich unerbittlich nähert, ist wahrscheinlich das Schrecklichste, was einem widerfahren kann.

Unwillkürlich flüsterte ich:

»Wie viele sind es?«

»Tausend, höchstens tausendfünfhundert«, erwiderte Fasel mit lauter, beruhigender Stimme.

Und fuhr gleich darauf fort:

»Jetzt werden wir sie mal ein bißchen erschrecken.«

Er bat seine Kameraden, uns Gewehre zu geben. Howard und ich wechselten ein paar hilflose Blicke; wir nahmen die

Waffen mit einer Mischung aus Faszination und Widerwillen entgegen.

»Postiert euch an den Fenstern«, rief Fasel, »und schießt auf jeden, der sich nähert. Ich muß euch verlassen, ich habe für diese Barbaren noch eine Überraschung bereit.«

Kaum war er draußen, begann die Schlacht. Von einer Schlacht zu sprechen, ist allerdings übertrieben. Die Meute zog heran, eine grölende, zu allem fähige Horde, und die ersten liefen auf die Barrikade zu, als handele es sich um ein Hindernisrennen. Die Adamssöhne schossen. Eine Salve. Dann eine zweite. Etwa zehn der Angreifer fielen, der Rest wich zurück. Einem einzigen gelang es, die Barrikade zu überklettern, da spießte ihn ein Bajonett auf. Sein Todesschrei ging mir durch Mark und Bein; ich wandte den Blick ab.

Der größte Teil unserer Gegner hielt sich vorsichtig im Hintergrund und begnügte sich damit, sich heiser zu schreien: »Tod den Adamssöhnen!« Dann wagte erneut ein Trupp den Ansturm auf die Barrikade, diesmal mit etwas mehr Methode, das heißt, indem sie auf die Männer hinter den Barrikaden und die Fenster, aus denen die Schüsse gekommen waren, zielten. Ein Adamssohn wurde in die Stirn getroffen: der einzige Tote in unserem Lager. Schon fegten die Salven seiner Gefährten die ersten Reihen der Angreifer hinweg.

Die Offensive stockte; die Leute auf beiden Seiten zogen sich zurück und berieten sich aufgeregt. Gerade wollte ein neuer Trupp einen Vorstoß wagen, als eine dumpfe Erschütterung durch das Viertel ging. Eine Granate war mitten unter den Angreifern explodiert. Die Überlebenden ergriffen die Flucht. Und die Verteidiger hoben ihre Gewehre und riefen: »*Maschrutijjat! Maschrutijjat!*« – Verfassung! – Auf der anderen Seite der Barrikade lagen fast hundert Tote und Verwundete. Howard flüsterte:

»Ich habe nicht einen einzigen Schuß abgefeuert. Und du?«

»Ich auch nicht.«

»Wenn man den Kopf eines Unbekannten im Visier hat und dann abdrücken soll, um ihn zu töten ...«

Fasel kam ein paar Minuten später.

»Nun, wie hat euch meine Überraschung gefallen? Es ist eine alte französische Kanone, eine de Bange, die mir ein Offizier der kaiserlichen Armee verkauft hat. Sie steht auf dem Dach, wollt ihr sie euch anschauen? Eines Tages wird man sie auf dem größten Platz von Täbris aufstellen und ein Schild daran befestigen: ›Diese Kanone hat die Verfassung gerettet!‹«

Ich fand seine Worte etwas zu optimistisch, obgleich ich zugeben mußte, daß er innerhalb kürzester Zeit einen bemerkenswerten Sieg errungen hatte. Sein Ziel war klar: So etwas wie eine Enklave zu schaffen, die den letzten Anhängern der Verfassung Schutz bot, wo sie sich versammeln, aber auch gemeinsam über die nächsten Schritte nachdenken konnten.

Hätte man uns an diesem ereignisreichen Junitag gesagt, daß wir mit unseren wenigen Lebel-Gewehren und einer einzigen de Bange-Kanone, mit denen wir ein paar schmale Gassen im Basar von Täbris verteidigt hatten, die Freiheit für ganz Persien zurückerobern würden, wer von uns hätte das geglaubt? Aber genau dies geschah; wenn auch der Unschuldigste unter uns sein Leben dafür lassen mußte.

4

Es waren düstere Tage in der Geschichte des Landes, in dem Khajjam gelebt hatte. Sah so das langerwartete Erwachen des Orients aus? Von Isfahan bis Kaswin, von Schiras bis Hamadan schrien sich Hunderte von Kehlen heiser: »Tod den Adamssöhnen! Tod!« Wer Freiheit, Demokratie und Gerechtigkeit sagte, mußte sich in Zukunft verstecken. Die Zukunft war ein verbotener Traum, die Anhänger der Verfassung wurden durch die Straßen gejagt, die Parteibüros der »Adamssöhne« verwüstet, ihre Bücher auf einen Haufen geworfen und verbrannt. An keinem Ort Persiens gelang es, diese abscheulichen Ausschreitungen zu verhindern.

Außer in Täbris. Obwohl, als endlich jener Tag des Staatsstreichs zu Ende ging, auch in dieser tapferen Stadt von den dreißig größeren Vierteln noch ein einziges Widerstand leistete: Das Amir-Khis-Viertel im äußersten Nordwesten des Basars. In jener Nacht lösten mehrere Dutzend junger Partisanen einander ab, um den Zugang zu bewachen, während im Sitz des Anjuman, das unser Hauptquartier geworden war, Fasel auf eine zerknitterte Karte voller Stolz kleine Fähnchen steckte.

Etwa zehn Männer und ich verfolgten im zitternden Licht der Sturmlaternen, wie er jetzt mit dem Bleistift verschiedene Punkte markierte. Nach einer Weile richtete er sich auf und sagte:

»Der Feind steht noch unter dem Schock der Verluste, die er erlitten hat. Er hält uns für stärker als wir sind. Er hat keine Kanonen und weiß nicht, über wie viele wir verfügen. Wir sollten die Gelegenheit nutzen und unverzüglich unser Gebiet erweitern. Der Schah wird so rasch wie möglich Truppen schicken, die in ein paar Wochen in Täbris sein werden. Bis dahin müssen wir die gesamte Stadt befreit haben. Noch in dieser Nacht werden wir angreifen.«

Er beugte sich wieder über die Karte; wir folgten seiner Erklärung.

»Wir überqueren überraschend den Fluß, marschieren auf die Zitadelle zu, greifen sie von beiden Seiten an, vom Basar und vom Friedhof aus. Spätestens morgen abend haben wir sie besetzt.«

Die Zitadelle wurde erst nach zehn Tagen endgültig erobert. Jede einzelne Straße war heiß umkämpft, aber unsere Männer drangen unaufhaltsam vorwärts; sie errangen einen Erfolg nach dem anderen. Einige »Adamssöhne« besetzten am Sonnabend das Indo-European Telegraph-Büro, so daß die Verbindung mit Teheran und den anderen Städten des Landes sowie mit London und Bombay aufrechterhalten werden konnte. Am gleichen Tag verbündete sich eine Polizeikaserne mit uns und brachte uns gewissermaßen als Morgengabe ein Maxim-Maschinengewehr und dreißig Kasten Munition. Diese Erfolge gaben der Bevölkerung wieder Vertrauen und neuen Auftrieb. Zu Hunderten strömten Jung und Alt in die befreiten Viertel, viele mit ihren Waffen. In nur wenigen Wochen war der Feind bis an die Stadtgrenze zurückgedrängt. Er hielt nur noch im Nordosten der Stadt ein kaum bewohntes Gebiet besetzt, das vom Kameltreiberviertel bis zum Sahib-Diwan-Feld führte.

Mitte Juli hatten wir eine Freiwilligenarmee aufgestellt und eine provisorische Regierung gebildet. Howard hatte die Aufgabe, sich um die Versorgung zu kümmern. Er verbrachte jetzt die meiste Zeit im Basar, wo er Vorratslisten anlegte. Die Händler zeigten sich erstaunlich kooperativ. Er selbst fand sich mühelos in dem persischen Maß- und Gewichtssystem zurecht.

»Man muß ganz einfach unsere Liter, Kilos, Unzen und Pinten vergessen«, sagte er. »Hier redet man von Dschaw, Miskal und Sir sowie von einer Eselslast, dem Kharwar.«

In leicht belehrendem Ton fuhr er fort:

»Die Grundeinheit ist der Dschaw, nämlich ein Gerstenkorn mittlerer Größe mit den Deckspelzen, aber ohne die Grannen.«

»Versteht sich«, erwiderte ich grinsend.

Der Lehrer warf seinem Schüler einen vorwurfsvollen Blick zu. Etwas beschämt wollte ich nun doch meinen Lerneifer beweisen:

»Ein Dschaw ist also die kleinste Gewichtseinheit.«

»Irrtum«, entgegnete Howard und vertiefte sich in seine Notizen:

»Ein Gerstenkorn entspricht dem Gewicht von siebzig Senfkörnern oder auch sechs Roßhaaren aus einem Maultierschweif.«

Im Vergleich dazu war meine Aufgabe leicht! Da ich den städtischen Dialekt nicht sprach, hatte man mich damit beauftragt, die Verbindung zu den ausländischen Einwohnern aufrechtzuerhalten, ihnen Fasels Pläne zu erläutern und über ihre Sicherheit zu wachen.

Täbris war bis zum Bau der transkaukasischen Eisenbahn zwanzig Jahre zuvor das Tor nach Persien gewesen, der obligatorische Durchgangsort für Reisende, Waren und neue Gedanken.

Daher hatten hier mehrere europäische Firmen ihre Zweigstellen angesiedelt, so zum Beispiel die deutsche Mossig und Schünemann-AG oder die Orientalische Handelsgesellschaft, eine bedeutende österreichische Firma. Konsulate hatten ihren Sitz in Täbris, auch die amerikanische Presbyterianermission und noch verschiedene andere Institutionen. Ich kann voll Stolz sagen, daß während der ganzen schwierigen Monate der Belagerung kein einziger Ausländer in der Stadt angegriffen wurde.

Ja, es herrschte sogar eine zu Herzen gehende Brüderlichkeit. Ich rede hier nicht von Baskerville oder von mir selbst und auch nicht von Panoff, der sich rasch unserer Bewegung anschloß. Nein, ich meine damit andere, wie zum Beispiel Mr. Moore, den Korrespondenten des *»Manchester Guardian«*, der sogleich an Fasels Seite kämpfte und dabei verwundet wurde, oder Kapitän Anginieur, der uns half, schwierige Versorgungsprobleme zu lösen, und durch seine Artikel in der *»Asie française«* dazu beitrug, in Paris und der ganzen Welt eine Solidaritätsbewegung zu wecken, die Täbris vor dem drohenden Bruderkrieg rettete. Die Gegenwart dieser engagierten Ausländer war für gewisse Religionsführer der Stadt ein Argument gegen die Verteidiger der Verfassung. »Ein Haufen« – ich zitiere – »von Europäern, Armeniern, Babis und Ungläubigen aller Art.« Die Bevölkerung jedoch ließ sich von dieser Propaganda nicht beeindrucken. Dankbarkeit und herzliche Freundschaft verbanden uns: Jeder Mann war für uns ein Bruder, jede Frau eine Schwester oder eine Mutter.

Aber natürlich waren es die Perser selbst, die vom ersten Tag an die Widerstandsbewegung ganz spontan und tatkräftig unterstützten. Zunächst einmal die Bewohner von Täbris, aber auch die Flüchtlinge, die ihrer Überzeugung wegen ihre Städte oder Dörfer hatten verlassen müssen und in der letzten Bastion der Verfassung Zuflucht gesucht hatten. Dazu gehörten vor allem Hunderte von Adamssöhnen, die aus allen Teilen des Reichs zusammengeströmt waren und nur darauf warteten, eine Waffe in die Hand zu bekommen, aber auch zahlreiche Abgeordnete, Minister und Journalisten aus Teheran, denen es gelungen war, der umfassenden Säuberungsaktion zu entgehen, die Oberst Liachow befohlen hatte: Meist kamen sie in kleinen Gruppen an, erschöpft, verstört und hilflos.

Unsere wertvollste Verbündete jedoch war zweifellos Schirin. Sie hatte, trotz des Ausnahmezustands, in ihrem Automobil die Hauptstadt verlassen, ohne daß es die Kosaken gewagt hätten, sie daran zu hindern. Ihr kleiner Landauer wurde gebührend von allen Einwohnern bestaunt, vor allem, weil ihr Chauffeur aus Täbris stammte, einer der wenigen Perser, der einen solchen Wagen fahren konnte.

Die Prinzessin hatte sich in einem verlassenen Palast einquartiert. Ihr Großvater, der alte ermordete Schah, hatte ihn für sich bauen lassen; er beabsichtigte, dort einen Monat im Jahr zu verbringen. Aber schon in der ersten Nacht, so erzählte man sich, ergriff ihn ein heftiges Unwohlsein. Seine Astrologen rieten ihm, nie mehr einen Fuß in dieses Unglückshaus zu setzen. Seit dreißig Jahren hatte niemand dort gewohnt; man nannte es, nicht ohne leises Grauen, den leeren Palast.

Schirin gab nichts auf diesen Aberglauben, und ihre Residenz wurde von nun an gewissermaßen zum Zentrum der Stadt. Die Führer der Widerstandsbewegung trafen sich gern in den weitläufigen Gärten, die an den Sommerabenden willkommene Kühle boten. Auch ich war oft dort.

Die Prinzessin schien jedesmal froh, mich zu sehen. Unsere Korrespondenz hatte zwischen uns ein festes freundschaftliches Band geknüpft. Natürlich waren wir nie allein. Bei jeder Versammlung, bei jedem Essen umgab uns eine ganze Schar von Kameraden. Es wurde unermüdlich diskutiert, gelegentlich auch gescherzt, aber ohne anstößig zu sein. In Persien duldet man keine Vertraulichkeiten. Man ist von peinlicher, gelegentlich pathetischer Höflichkeit; oft wendet man sich an seinen Gesprächspartner mit der Floskel »Ich bin der Sklave des Schattens ihrer Größe«, und sobald es sich um Hoheiten handelt, vor allem um weibliche Hoheiten, küßt man, wenn nicht gar in der Realität, so doch mit geschraubten Sätzen den Boden vor ihren Füßen.

Dann kam jener verwirrende Donnerstagabend. Der 17. September, genau gesagt. Wie könnte ich ihn je vergessen?

Meine Gefährten waren aus irgendwelchen Gründen alle schon gegangen; ich hatte mich zusammen mit den letzten verabschiedet. Als ich gerade durch das Außentor der Residenz gehen wollte, bemerkte ich, daß ich auf meinem Platz eine Aktentasche liegengelassen hatte, in der sich ein paar wichtige Papiere befanden. Ich kehrte also um, aber keineswegs in der Absicht, die Prinzessin wiederzusehen. Ich war überzeugt davon, sie habe sich, nachdem die Gäste verabschiedet waren, ebenfalls zurückgezogen.

Doch nein. Sie saß noch allein, umgeben von zwanzig leeren Stühlen. Gedankenverloren, abwesend. Ohne den Blick von ihr zu wenden, nahm ich meine Aktentasche so langsam wie möglich. Schirin wandte mir noch immer ihr regloses Profil zu, ohne auf meine Gegenwart zu achten. Ich setzte mich schweigend und sah sie lange an. Es war mir, als erlebte ich noch einmal jene Szene in Konstantinopel in Dschamaladdins Salon. Zwölf Jahre waren seither vergangen. Damals hatte sie auch so dagesessen; ich sah ihr Profil, ein blauer Schal bedeckte ihr Haar und fiel über die Stuhllehne herab. War sie damals siebzehn, achtzehn Jahre alt gewesen? Die heute Dreißigjährige war eine reife, eine kluge und überlegene Frau. Und noch so schlank wie an jenem Tag. Sie hatte es verstanden, den Versuchungen von Frauen ihres Ranges zu widerstehen: Müßiggang und Gourmandise, sich den lieben langen Tag auf einem weichen Diwan zu räkeln. Hatte sie sich verheiratet, war sie geschieden oder Witwe? Wir sprachen nie darüber.

Ich hätte ihr gern mit klarer Stimme gesagt:

»Ich habe dich seit Konstantinopel geliebt.« Meine Lippen zitterten, ich preßte sie zusammen und brachte nicht den geringsten Ton heraus.

Dabei hatte Schirin sich mir jetzt ohne Hast zugewandt. Sie sah mich an, als sei ich weder gegangen noch zurückgekommen, ohne Überraschung. Ihr Blick zögerte; sie entschied sich für das »du«:

»Woran denkst du?«

Ohne zu überlegen erwiderte ich:

»An dich. Von Konstantinopel bis Täbris.«

Ein, vielleicht verlegenes, Lächeln, das aber keineswegs abweisend gemeint war, glitt über ihre Züge. Und mir fiel nichts Besseres ein, als ihren eigenen Satz zu wiederholen, der zwischen ihr und mir gewissermaßen zum Erkennungszeichen geworden war:

»Wer weiß, vielleicht kreuzen sich unsere Wege noch einmal.«

Einen Augenblick lang versanken wir beide schweigend in Erinnerungen. Dann sagte Schirin:

»Ich habe Teheran nicht ohne das Buch verlassen.«

»Das Manuskript von Samarkand?«

»Es liegt immer auf der Kommode neben meinem Bett. Ich blättere oft darin. Die *Rubaijat* und die Chronik am Rand des Textes kenne ich auswendig.«

»Zehn Jahre meines Lebens gäbe ich für eine Nacht mit diesem Buch.«

»Und ich würde wohl eine Nacht meines Lebens geben.«

Im nächsten Augenblick beugte ich mich über Schirins Gesicht, unsere Lippen berührten sich, unsere Augen waren geschlossen, nichts mehr existierte um uns als der monotone, betäubende Gesang der Zikaden. Ein langer Kuß, ein heißer Kuß, ein Kuß all der durchlebten Jahre, ein Kuß der überwundenen Schranken.

Aus Angst, es könnten noch andere Gäste oder Dienstboten kommen, standen wir auf; ich folgte ihr durch eine überdachte Allee. Eine kleine verdeckte Tür öffnete sich, eine Treppe mit ausgetretenen Stufen führte bis zu der Wohnung des früheren Schahs, in dem seine Enkelin nun lebte. Zwei schwere Flügeltüren schlossen sich hinter uns, ein fester Riegel wurde vorgeschoben, und wir waren allein und zusammen.

In einem majestätischen Himmelbett umarmte ich meine königliche Geliebte. Ich löste jeden Knoten an ihrem Gewand, jeden Knopf, ich zeichnete mit meinen Fingern, meinen Händen, meinen Lippen jede Linie ihres Körpers nach. Sie überließ sich meinen Zärtlichkeiten, meinen ungeschickten Küssen, und aus ihren geschlossenen Augen rannen Tränen.

Bei Morgengrauen hatte ich das *Manuskript* noch nicht geöffnet. Ich sah es auf einer Kommode, auf der anderen Seite des Bettes; aber Schirin schlief nackt, ihr Kopf lag an meinem Hals, ihre Brüste berührten meine Seite, ich hätte mich um nichts auf der Welt bewegt. Ich atmete ihren Atem, ihren Duft, ihre Nacht, ich betrachtete ihre geschlossenen Lider und versuchte verzweifelt zu erraten, welcher Traum von Glück oder Angst sie bewegte. Als sie erwachte, drangen schon die ersten Geräusche der Stadt zu uns herein. Ich mußte sie in aller Eile verlassen und schwor mir, Khajjams Buch meine nächste Liebesnacht zu opfern.

5

Als ich den »leeren Palast« verlassen hatte, lief ich mit eingezogenen Schultern – in Täbris ist es am frühen Morgen nie warm – in Richtung meiner Karawanserei. Ich nahm keine Abkürzung: Ich hatte es nicht eilig, anzukommen, denn ich brauchte etwas Zeit zum Nachdenken. Die Erregung der Nacht war in mir noch nicht abgeklungen, ihre Bilder, ihre Gesten, ihr Flüstern waren mir noch ganz gegenwärtig. Ich wußte nicht, ob ich glücklich war. Gewiß, meine Sehnsucht war gestillt; aber jenes unvermeidliche Schuldgefühl, das einer heimlichen Liebesbeziehung anhaftet, ließ mich nicht völlig los. Ständig kehrten immer die gleichen Gedanken wieder, quälend, wie alle Gedanken schlafloser Nächte: »Ist sie, nachdem ich sie verließ, mit einem Lächeln wieder eingeschlafen? Bereut sie diese Nacht? Wenn ich sie wiedersehe und wir nicht allein sind, wird sie sich vertraut oder abweisend geben? Heute abend noch gehe ich zu ihr zurück und suche in ihren Augen eine Antwort.«

Plötzlich dröhnte ein Kanonenschuß. Ich blieb stehen und lauschte. War es unsere brave, einsame de Bange? Einen Augenblick Schweigen, dann ein längeres Gewehrfeuer, und wieder Stille. Ich ging weiter, nicht ohne gelegentlich mit gespanntem Ohr stehenzubleiben. Wieder ein Kanonendonner, dem gleich darauf ein dritter folgte. Diesmal bekam ich es mit der Angst; eine einzige Kanone konnte nicht in so kurzen Abständen feuern; es mußten zwei oder sogar mehrere sein. Zwei Granaten explodierten nur ein paar Straßen von mir entfernt. Ich fing an zu rennen – in Richtung der Zitadelle.

Fasel bestätigte mir bald darauf, was ich bereits befürchtet hatte: Die ersten vom Schah geschickten Truppen waren eingetroffen. Sie hatten sich in den Vierteln, die von den Religionsführern besetzt waren, festgesetzt. Andere Truppen folgten ihnen. Sie rückten von allen Seiten heran. Die Belagerung von Täbris hatte begonnen.

Die Rede, die Oberst Liachow, der Militärgouverneur von Teheran und der Führer des Staatsstreichs, vor dem Abmarsch seiner Truppen nach Täbris gehalten hatte, lautete:

»Tapfere Kosaken,
der Schah ist in Gefahr, die Einwohner von Täbris erkennen seine Autorität nicht mehr an, haben ihm den Krieg erklärt und wollen ihn zwingen, die Verfassung zu akzeptieren. Aber die Verfassung will auch eure Privilegien beseitigen, eure Brigade auflösen. Wenn die Verfassung triumphiert, werden eure Frauen und Kinder hungern. Sie ist euer schlimmster Feind, gegen den ihr wie die Löwen kämpfen müßt. Als ihr das Parlament gestürmt habt, waren die Blicke der ganzen Welt voller Bewunderung auf euch gerichtet. Macht tapfer weiter, erobert die aufrührerische Stadt, und ich verspreche euch, im Namen der Herrscher Rußlands und Persiens, Geld und Ehre. Alle Reichtümer der Stadt Täbris sollen euer sein. Ihr braucht euch nur zu bedienen.«

In Teheran und Petersburg schrie man es laut, in London flüsterte man es, aber die Losung war die gleiche: Man muß Täbris zerstören, man muß seine Einwohner exemplarisch bestrafen. Ist die Stadt einmal besiegt, wird es niemand mehr wagen, von Verfassung, Parlament oder Demokratie zu reden, und der Orient kann wieder beruhigt in seinen tausendjährigen Schlaf versinken.

Und so wurde die ganze Welt in den kommenden Monaten Zeuge eines sonderbaren und erschütternden Phänomens: Während in verschiedenen Teilen Persiens durch das Beispiel von Täbris die Flamme des Widerstands von neuem entfacht wurde, litt die Stadt selbst unter einer immer härteren Belagerung. Würde den Anhängern der Verfassung noch genügend Zeit bleiben, sich zu sammeln, sich neu zu organisieren und zu den Waffen zu greifen, bevor ihre Bastion fiel?

Im Januar trugen sie ihren ersten großen Erfolg davon: Isfahan, die ehemalige Hauptstadt, folgte dem Aufruf der Bachtiari-Anführer. Schirins Onkel mütterlicherseits leistete Widerstand und erklärte seine Solidarität mit Täbris und sein Festhalten an der Verfassung. Als sich in der belagerten Stadt diese Nachricht verbreitete, gab es ein wahres Freudenfest. Die ganze Nacht hindurch erscholl unablässig: »Täbris – Isfahan, das Land erwacht!« Doch am nächsten Tag zwang ein massiver Angriff die Verteidiger, mehrere Positionen im Süden und Westen der Stadt aufzugeben. Es gab nur noch eine einzige Straße, die aus der Stadt hinausführte, und das war die nach Norden, zur russischen Grenze hin.

Drei Wochen später kam es in Raschid zu einem Aufstand. Wie Isfahan verweigerte auch diese Stadt dem Schah die Gefolgschaft, stimmte für die Verfassung und erklärte sich mit Fasel solidarisch. Und wieder ein Freudensturm in Täbris, auf den die Belagerer sofort reagierten: Die letzte Straße wurde abgeschnitten, der Ring um Täbris war geschlossen. Es gab keine Post mehr, keine Lebensmittel. Um die etwa zweihunderttausend Bewohner der Stadt zu versorgen, mußte man eine strenge Rationierung einführen.

Im Februar und März 1909 folgten neue Verbündete. Die Fahne der Verfassung wehte jetzt auch in Schiras, Hamadan, Mesched, Asterabad, Bandar und Buschir. In Paris bildete sich ein Komitee zur Verteidigung von Täbris, das ein bekannter Orientalist, Dieulafoy, leitete; in London gab es eine ähnliche Bewegung unter dem Vorsitz von Lord Lamington und, was noch wichtiger war, die einflußreichsten schiitischen Religionsführer aus Kerbela im osmanischen

Irak sprachen sich feierlich und unzweideutig für die Verfassung aus und verurteilten die rückständigen Mullahs.

Täbris triumphierte.

Aber Täbris lag am Boden.

Der Schah, der nicht gegen so viele aufständische Städte zugleich kämpfen konnte, verfolgte voller Besessenheit nur einen Gedanken: Täbris, die Brutstätte des Übels, mußte fallen. War diese Stadt erst einmal erobert, würden die anderen einlenken. Und da er sie nicht im Sturm einnehmen konnte, beschloß er, sie auszuhungern.

Trotz der Rationierung gab es bald kaum noch Brot. Ende März zählte man bereits mehrere Tote, vor allem Greise und kleine Kinder.

In London, Paris und Petersburg begann die Presse sich zu entrüsten und die Regierungen zu kritisieren: In der belagerten Stadt, so war zu lesen, lebten auch noch zahlreiche eigene Bürger, die jetzt in Gefahr seien. Wir waren telegraphisch über die neuesten Entwicklungen informiert.

Eines Tages rief Fasel mich zu sich und erklärte mir:

»Die Russen und die Engländer werden bald ihre Landsleute evakuieren, damit die endgültige Vernichtung der Stadt im Ausland keine allzu große Unruhe hervorruft. Für uns ist das ein harter Schlag, aber du sollst wissen, daß ich mich dieser Ausreise nicht widersetzen werde. Niemand soll hier gegen seinen Willen festgehalten werden.«

Und er beauftragte mich damit, die Betroffenen darüber zu informieren, daß man alles tun werde, um ihre Evakuierung zu ermöglichen.

Doch da ereignete sich etwas ganz und gar Ungewöhnliches. Daß ich Zeuge dieses Geschehens wurde, hilft mir, über so manche menschliche Schwäche hinwegzusehen.

Ich begann meinen Rundgang durch Täbris mit dem Besuch der Presbyterianermission. Und fürchtete ein wenig das Wiedersehen mit dem Reverend: Würde er mir Vorwürfe machen? Er, der auf mich gezählt hatte, um Howard zur Vernunft zu bringen, würde mir sicherlich vorhalten, denselben Weg wie er gewählt zu haben. Der Empfang war tatsächlich kühl und gerade noch höflich zu nennen.

Aber kaum hatte ich ihn über den Grund meines Besuches informiert, erwiderte er mir ohne Zögern:

»Ich werde nicht abreisen. Wenn man fähig ist, einen Transport zur Evakuierung der Ausländer zu organisieren, sollte es auch möglich sein, die verhungerte Stadt mit Lebensmitteln zu versorgen.«

Ich dankte ihm für seine Haltung, mit der er die religiöse und menschliche Ideologie seiner Mission in die Tat umsetzte. Dann suchte ich drei Handelshäuser ganz in der Nähe auf, wo man mir zu meiner großen Überraschung die gleiche Antwort gab. Ebensowenig wie der Pastor wollten die Kaufleute ausreïsen. Einer von ihnen, ein Italiener, erklärte mir:

»Wenn ich Täbris jetzt in dieser schweren Zeit verlasse, müßte ich mich schämen, wenn ich später zurückkomme, um meine Tätigkeit wieder aufzunehmen. Also bleibe ich. Vielleicht kann mein Entschluß dazu beitragen, daß meine Regierung endlich handelt.«

Überall erhielt ich auf meine Anfrage unverzüglich die gleiche eindeutige Antwort. Selbst der britische Konsul, Wratislaw, ja sogar das Personal des russischen Konsulats – mit Ausnahme des Konsuls selbst, Pokhitanoff – erklärten einstimmig: »Wir bleiben hier.« Und diesen Entschluß teilten sie ihren Regierungen mit.

Diese bewundernswerte Solidarität der Ausländer gab den Bürgern der Stadt neuen Mut. Aber die Lage war verzweifelt. Am 18. April telegraphierte Wratislaw nach London: »Heute gibt es nur noch wenig Brot; morgen wird es überhaupt keins mehr geben.« Am 19. sandte er folgende Botschaft: »Die Situation ist aussichtslos. Zur Durchbrechung der Belagerung erwägt man einen letzten Sturmangriff.«

Das stimmte; an diesem Tag fand in der Zitadelle eine Versammlung statt. Fasel teilte mit, daß die Truppen der Verfassungstreuen von Raschid auf Teheran zumarschierten. Die Machthaber könnten sich nicht mehr lange halten; ihr Fall und der Sieg unserer Sache seien so gut wie sicher. Aber Howard ergriff nach ihm das Wort und erinnerte ihn daran, daß in den Basaren keinerlei Lebensmittel mehr vorhanden seien.

»Die Leute haben bereits ihre Haustiere und die wilden Katzen geschlachtet, ganze Familien laufen Tag und Nacht durch die Straßen, auf der Suche nach einem verschrumpelten Granatapfel, dem Rest einer Brotfrucht, die vielleicht in den Rinnstein gerollt ist. Wenn es so weitergeht, kommt es noch zum Kannibalismus.«

»Zwei Wochen, nur noch zwei Wochen müssen wir durchhalten.«

Fasels Stimme klang flehentlich. Aber Howard blieb unerbittlich:

»Dank unserer Vorräte konnten wir bisher überleben. Aber jetzt haben wir nichts mehr. Wir sind am Ende. In zwei Wochen wird es keine Bevölkerung mehr geben; Täbris wird eine Geisterstadt sein. Allein in den letzten Tagen haben wir achthundert Tote gezählt. Zu dem Hunger kommen jetzt auch noch die Krankheiten hinzu.«

»Zwei Wochen! Lächerliche zwei Wochen!« wiederholte Fasel. »Selbst wenn wir nur noch fasten müssen.«

»Wir fasten alle schon seit mehreren Tagen.«

»Was sollen wir denn tun? Kapitulieren? Und diese Flamme der Solidarität, die wir so mühsam genährt haben, soll sie wieder verlöschen? Gibt es keinen anderen Weg, um durchzuhalten?«

Durchhalten. Zwölf erschöpfte Männer, von Hunger und Müdigkeit, aber auch von dem Rausch eines zum Greifen nahen Sieges halb benommen, hatten nur einen Gedanken: Durchhalten.

»Es gäbe eine Möglichkeit«, sagte Howard. »Vielleicht ...« Alle Blicke waren auf Baskerville gerichtet.

»Wir könnten einen überraschenden Angriff versuchen. Wenn es uns gelänge, diese Position« – er zeigte auf einen Punkt auf der Karte – »zu erreichen, könnten unsere Truppen mit etwas Glück die Stellung halten und die Verbindung mit der Außenwelt wiederherstellen. Bis der Feind sich von seiner Überraschung erholt hat, ist die Rettung vielleicht in Sicht.«

Ich lehnte seinen Vorschlag sofort ab, und unsere Militärexperten waren der gleichen Meinung; alle, ohne Ausnahme, hielten den Plan für glatten Selbstmord. Der Feind befand sich auf einem Felsvorsprung, etwa fünfhundert Meter von unseren Linien entfernt. Und es ging darum, diese Entfernung auf ebenem Gelände zu überwinden, eine hohe Lehmmauer hinaufzuklettern, den Gegner in die Flucht zu schlagen und die Stellung mit genügend Soldaten zu besetzen, um den unvermeidlichen Gegenangriff abwehren zu können.

Fasel zögerte. Er sah nicht einmal auf die Karte; was ihn interessierte, war der politische Erfolg der Aktion. Würde man damit ein paar Tage gewinnen können? Die Diskussion zog sich in die Länge, wurde immer heftiger. Baskerville ließ nicht von seinem Plan ab, führte Gründe dafür an; Moore unterstützte schließlich sein Vorhaben. Der Korrespondent des *»Guardian«* brachte seine eigenen militärischen Erfahrungen ins Spiel, meinte, der Überraschungseffekt könnte tatsächlich den entscheidenden Ausschlag geben. Fasel faßte schließlich seinen Entschluß:

»Ich bin noch immer nicht überzeugt, aber da uns kein anderer Weg bleibt, will ich mich Howards Vorschlag nicht widersetzen.«

Am nächsten Tag, dem 20. April, um drei Uhr morgens, begann der Angriff. War um fünf Uhr, so hatten wir vereinbart, die Stellung eingenommen, würden an verschiedenen

Stellen der Front weitere Aktionen erfolgen, um den Feind daran zu hindern, seine Truppen zum Gegenangriff zusammenzuziehen. Aber schon nach den ersten Minuten stellte sich heraus, daß wir nicht siegen konnten: Unsere Vorhut, sechzig Freiwillige unter Moore und Baskerville, wurden von einem Sperrfeuer empfangen. Offensichtlich war der Feind keineswegs überrascht. Hatte ein Spion ihn über unsere Vorbereitungen informiert? Das ist nicht sicher; gerade dieser Abschnitt war besonders gut geschützt. Liachow hatte einen seiner fähigsten Offiziere hier eingesetzt.

Fasel war vernünftig. Er befahl, den Angriff unverzüglich zu beenden, und ließ das Signal zum Rückzug geben. Die Kämpfenden wichen zurück. Mehrere, unter ihnen Moore, waren verwundet.

Ein einziger kehrte nicht zurück. Baskerville. Ihn hatte bereits die erste Salve tödlich getroffen.

Drei Tage lang trauerte Täbris: Diskrete Beileidsbezeugungen in der Presbyterianermission, lärmendes, entrüstetes und leidenschaftliches Aufbegehren in den Vierteln der »Adamssöhne«. Mit von Tränen geröteten Augen drückte ich die Hände von meist unbekannten Menschen, ließ mich von ihnen umarmen.

Unter den zahlreichen Besuchern befand sich auch der englische Konsul. Er nahm mich beiseite.

»Vielleicht ist es ein Trost für Sie, wenn ich Ihnen noch etwas mitteile: Sechs Stunden nach dem Tod Ihres Freundes bekam ich eine Nachricht aus London, daß zwischen den beteiligten Mächten ein Abkommen über Täbris geschlossen wurde. Howard Baskerville ist nicht vergebens gefallen. Ein Expeditionskorps ist bereits mit Lebensmitteln unterwegs; es wird die Stadt befreien und die Ausländer evakuieren.«

»Ein russisches Expeditionskorps?«

»Allerdings«, gab Wratislaw zu. »Sie sind die einzigen, die hier in der Nähe über eine Armee verfügen. Aber wir haben Garantien ausgehandelt. Den Anhängern der Verfassung wird nichts geschehen, und die Truppen des Zaren müssen sich zurückziehen, sobald ihr Auftrag beendet ist. Ich verlasse mich auf Sie, daß Sie Fasel dazu überreden, die Waffen niederzulegen.«

Warum sagte ich zu? Aus Erschöpfung? Aus Resignation? Hatte mich die persische Schicksalsgläubigkeit schon so weit ergriffen? Jedenfalls protestierte ich nicht und ließ mich zu diesem verwünschten Auftrag herbei. Doch ich beschloß, nicht gleich zu Fasel zu gehen. Ich wollte mir ein paar Stunden Aufschub gönnen. Bei Schirin.

Seit unserer Liebesnacht hatte ich sie nur noch in der Öffentlichkeit getroffen. Die Belagerung hatte in Täbris eine bisher unbekannte Stimmung hervorgerufen. Ständig sprach man von feindlicher Unterwanderung. Überall sah man Spitzel oder Kundschafter. Bewaffnete Männer patrouillierten in den Straßen und bewachten den Zugang zu den wichtigsten Gebäuden. Vor den Toren des »leeren Palastes« standen oft fünf oder sechs, manchmal noch mehr Soldaten. Obwohl sie mich stets mit ihrem freundlichsten Lächeln empfingen, verbot mir ihre Gegenwart jeden heimlichen Besuch.

Doch an diesem Abend war die Bewachung fast überall aufgehoben. Ich konnte mich unbemerkt in das Zimmer der Prinzessin schleichen. Die Tür stand halb offen; ich trat leise ein.

Schirin saß im Bett, das geöffnete *Manuskript* auf ihren angezogenen Knien. Ich schlüpfte an ihre Seite, Schulter an Schulter, Hüfte an Hüfte. Weder ihr noch mir stand der Sinn nach Zärtlichkeiten. In dieser Nacht liebten wir uns auf andere Weise, in dasselbe Buch vertieft. Sie kannte jedes

Wort, jede Zeichnung; ich sah das Buch zum ersten Mal und folgte ihren Blicken.

Oft übersetzte sie mir auf ihre Art ein paar Zeilen eines Gedichts ins Französische, Zeilen von einer so tiefen Weisheit, einer so zeitlosen Schönheit: Man vergaß ganz, daß sie acht Jahrhunderte zuvor in irgendeinem Garten von Nischapur, Isfahan oder Samarkand geschrieben worden waren.

Verletzte Vögel verstecken sich, um zu sterben.

Worte des Trotzes und des Trostes, der erschütternde Monolog eines großartigen, eines resignierten Dichters:

Friede dem Menschen in dem schwarzen Schweigen des Jenseits.

Aber auch Worte der Freude, ja der Sorglosigkeit:

Bring Wein, so rot wie deine Wangen, mein fester Vorsatz
*Ward wirr wie deiner Locken Pracht . . .**

Nachdem wir die Vierzeiler bis zum letzten zusammen laut gelesen und lange jede Miniatur bewundert hatten, schlugen wir wieder die erste Seite auf, um uns der Chronik am Rande zuzuwenden. Zunächst der von Vartan dem Armenier, die sich über gut die Hälfte des Werkes erstreckt und dank der ich in dieser Nacht die Geschichte von Khajjam, Dschahane und den drei Freunden erfuhr. Darauf folgten die Chroniken der Bibliothekare von Alamut – Vater, Sohn und Enkel hatten je etwa dreißig Seiten geschrieben –; in ihnen wird das außergewöhnliche Schicksal des *Manuskripts*

* In der Übersetzung von Manuel Sommer

nach jener dramatischen Nacht in Merw, sein Einfluß auf die Assassinen und ihre Geschichte bis zu den Mongoleneinfällen geschildert.

Schirin las mir die letzten Zeilen vor, deren Schrift ich nur mit Mühe entzifferte: »Am Tag, bevor Alamut zerstört wurde, mußte ich nach Kirman fliehen, meiner Heimatstadt. Ich nahm das *Manuskript* des unvergleichlichen Khajjam aus Nischapur mit und beschloß, es noch am gleichen Tag zu verstecken, in der Hoffnung, daß es erst wiedergefunden wird, wenn die Menschen würdig sind, seine Verse zu lesen. Alles liegt in der Hand des Allerhöchsten; er leitet, wenn er will, auf richtigem oder falschem Pfad.« Es folgte ein Datum, das, nach meiner Berechnung, dem 14. März 1257 entsprach.

Ich bemerkte nachdenklich:

»Das *Manuskript* endet mit dem 13. Jahrhundert. Dschamaladdin bekam es im 19. Jahrhundert geschenkt. Und was ist zwischendurch geschehen?«

»Nichts; ein langer Schlaf«, erwiderte Schirin. »Eine endlose orientalische Siesta. Und ein erschrockenes Erwachen in den Armen dieses verrückten Mirsa Resa. Stammte er nicht auch aus Kirman, wie die Bibliothekare von Alamut? Findest du es so erstaunlich, daß einer seiner Vorfahren ein Assassine war?«

Sie stand auf, setzte sich auf einen Hocker vor ihren ovalen Spiegel und kämmte sich. Stundenlang hätte ich ihr so zusehen können, der anmutigen Bewegung ihres nackten Armes, aber sie brachte mich in die nüchterne Wirklichkeit zurück:

»Du mußt bald gehen, sonst überrascht man dich noch in meinem Bett.«

Tatsächlich, durch die dünnen Vorhänge fiel schon das Tageslicht in das Zimmer.

»Du hast recht«, erwiderte ich etwas erschöpft, »fast hätte ich deinen Ruf vergessen.«

Sie drehte sich lachend zu mir um:

»Natürlich bin ich auf meinen Ruf bedacht. Soll man vielleicht in jedem persischen Harem erzählen, ein gutaussehender Fremder hätte eine ganze Nacht an meiner Seite verbracht, ohne sich auch nur auszuziehen? Kein Mann würde sich mehr für mich interessieren!«

Ich legte das *Manuskript* in den Kasten zurück, küßte meine Geliebte und verschwand dann durch einen Flur und zwei versteckte Türen. Draußen empfing mich der Tumult der belagerten Stadt.

6

Warum habe ich, unter all denen, die in diesen leidvollen Monaten gestorben sind, Baskerville ausgesucht, um sein Schicksal zu beschreiben? Weil er mein Freund und mein Landsmann war? Wahrscheinlich. Und auch, weil er keinen anderen Ehrgeiz hatte, als in diesem Land, das ihm letzten Endes doch fremd war, der Freiheit und Demokratie zum Sieg zu verhelfen. Hat er sich vergebens geopfert? Wird man in zehn, zwanzig, in hundert Jahren im Westen noch von seinem Beispiel sprechen, wird sich Persien an seine tapfere Tat erinnern? Ich will nicht darüber nachdenken, aus Angst, in die unvermeidliche Melancholie derer zu verfallen, die in zwei Welten leben, in zwei Welten, die ebenso verführerisch wie enttäuschend sind.

Und wenn ich jetzt von den Ereignissen berichte, die unmittelbar auf Baskervilles Tod folgten, kann ich vielleicht die Leser und mich davon überzeugen, daß mein Freund doch nicht vergeblich gestorben war.

Es folgten die Intervention des Auslands, die Aufhebung der Belagerung, die Lebensmitteltransporte. Dank Howard? Vielleicht war diese Entscheidung schon vorher gefallen. Aber sein Tod hatte die Rettung der Stadt beschleunigt, und Tausende fast verhungernder Bürger verdankten ihm ihr Überleben.

Natürlich war Fasel vom Einmarsch der Soldaten des Zaren in die belagerte Stadt nicht gerade begeistert. Ich bemühte mich, ihn zur Vernunft zu bringen:

»Die Bevölkerung kann keinen Widerstand mehr leisten. Das einzige, was du noch für sie tun kannst, ist, sie vor dem Hungertod zu retten. Und das bist du ihr nach allem, was sie erlitten hat, eigentlich schuldig.«

»Soll ich zehn Monate lang gekämpft haben, um die Stadt jetzt Zar Nikolaus, dem Beschützer des Schahs, zu überlassen?«

»Die Russen handeln nicht allein, sondern im Auftrag aller ausländischen Regierungen. Unsere Freunde in der gesamten Welt sind glücklich über diesen Ausgang. Wenn wir jetzt diese Hilfe ablehnen, setzen wir die ungeheure Solidarität aufs Spiel, die man uns bisher entgegengebracht hat.«

»Sich unterwerfen und die Waffen niederlegen, obgleich der Sieg so nahe ist.«

»Soll das eine Antwort sein, oder beschwörst du das Schicksal?«

Fasel zuckte zusammen; sein Blick ruhte vorwurfsvoll auf mir.

»Täbris verdient eine solche Erniedrigung nicht.«

»Ich kann nichts daran ändern, und du kannst nichts daran ändern; es gibt Augenblicke, in denen jede Entscheidung bedauernswert ist. Man muß dann wenigstens die wählen, die man am wenigsten bereut.«

Er schien sich zu beruhigen und angestrengt nachzudenken.

»Was geschieht mit meinen Freunden?«

»Die Briten stehen für ihre Sicherheit ein.«

»Und unsere Waffen?«

»Jeder darf sein Gewehr behalten. Man wird die Häuser nicht durchsuchen, mit Ausnahme derer, aus denen noch geschossen wird. Aber die schweren Geschütze müssen abgeliefert werden.«

Er schien noch immer nicht ganz überzeugt.

»Und wer zwingt den Zaren morgen, seine Truppen zurückzuziehen?«

»Vertrau auf die Vorsehung!«

»Deine Denkweise ist plötzlich reichlich orientalisch.«

Ich kannte Fasel und wußte, daß ›orientalisch‹ bei ihm selten ein Kompliment bedeutete. Vor allem, wenn er es so verächtlich aussprach. Ich fühlte mich also gezwungen, meine Taktik zu ändern; ich seufzte tief auf.

»Wahrscheinlich hast du recht. Es war ein Fehler, mit dir zu diskutieren. Ich werde dem englischen Konsul sagen, daß ich dich nicht überzeugen konnte. Anschließend komme ich zurück und bleibe bis zum bitteren Ende bei dir.«

Fasel hielt mich zurück.

»Ich habe dir nichts vorgeworfen, ich habe noch nicht einmal deinen Vorschlag abgelehnt.«

»Meinen Vorschlag? Ich habe dir nur eine Nachricht übermittelt und dir genau gesagt, von wem sie kommt.«

»Beruhige dich und versuch, mich zu verstehen. Ich weiß genau, daß ich keine Möglichkeit habe, den Einmarsch der Russen in Täbris zu verhindern. Und ich weiß auch, daß, wenn ich ihnen den geringsten Widerstand entgegensetze, die ganze Welt mich verurteilen wird, angefangen bei meinen Landsleuten, die nur noch auf die Befreiung warten, von welcher Seite auch immer sie kommt. Und ich weiß auch, daß das Ende der Belagerung für den Schah eine Niederlage bedeutet.«

»War das nicht das Ziel deines Kampfes?«

»Eben nicht! Gewiß, ich verabscheue diesen Schah, aber ich kämpfe nicht gegen ihn. Über einen Despoten zu siegen, kann nicht das letzte Ziel sein: Ich kämpfe dafür, daß die Perser endlich begreifen, daß sie freie Menschen sind, ›Adamssöhne‹, wie wir hier sagen, daß sie Vertrauen zu sich selbst, in ihre eigene Stärke gewinnen, daß sie einen Platz in der Welt von heute finden. Dieses Bewußtsein wollte ich hier hervorrufen. Diese Stadt hat sich aus der Vormundschaft des Monarchen und der Religionsführer befreit, sie hat den Mächtigen dieser Welt getrotzt, sie hat die Solidarität und die Achtung aller Menschen guten Willens gewonnen. Die Bürger von Täbris sind dem Sieg ganz nahe; aber man will das nicht zulassen, man fürchtet ihr Beispiel zu sehr, man will sie erniedrigen. Diese stolzen Männer sollen sich für ein Stück Brot vor den Soldaten des Zaren zu Boden werfen. Du bist in einem freien Land frei geboren, du solltest mich verstehen.«

Ich ließ ein paar Sekunden verstreichen, bevor ich ihn ohne Umschweife fragte:

»Und was soll ich dem englischen Konsul antworten?«

Fasel setzte sein schönstes falsches Lächeln auf:

»Sag ihm, ich wäre glücklich, wieder einmal bei seiner Majestät Asyl zu finden.«

Ich brauchte eine Weile, um zu begreifen, wie sehr Fasels Bitterkeit gerechtfertigt war. Denn zunächst einmal schienen die Ereignisse seine Befürchtungen nicht zu rechtfertigen. Er blieb nur einige Tage im britischen Konsulat. Dann brachte ihn Wratislaw in seinem Wagen durch die russischen Linien bis kurz vor Kaswin. Dort schloß er sich den verfassungstreuen Truppen an, die nach einer längeren Pause wieder weiter in Richtung Teheran zogen.

Solange Täbris nämlich noch bedroht gewesen war, hatte der Schah ein überzeugendes Druckmittel in der Hand. Er konnte seine Gegner einschüchtern, sie zwingen, sich zurückzuhalten. Aber als die Belagerung aufgehoben wurde, hatten Fasels Freunde erneut freie Hand und nahmen unverzüglich ihren Marsch auf die Hauptstadt wieder auf. Es waren zwei Armeekorps; das eine näherte sich von Kaswin im Norden, das andere von Isfahan im Süden. Am 23. Juni nahm das südliche Armeekorps, das sich fast ausschließlich aus Männern der Bachtiari-Stämme zusammensetzte, Qum ein. Ein paar Tage später wurde ein gemeinsames englisch-russisches Kommuniqué herausgegeben, das die militanten Verfassungsanhänger aufforderte, ihre Offensive sofort zu beenden und sich mit dem Schah zu einigen. Sonst sähen sich die beiden Mächte zum Eingreifen gezwungen. Fasel und seine Freunde aber ließen sich nicht einschüchtern und zogen weiter: Am 9. Juli vereinigten sich die beiden Armeekorps vor den Mauern von Teheran. Am 13. marschierten zweitausend Männer durch ein unbewachtes Tor im Nordwesten, in der Nähe der französischen Botschaft, in die Hauptstadt ein; der Korrespondent des »*Temps*« wurde Zeuge des Ereignisses.

Nur Liachow versuchte noch, Widerstand zu leisten. Mit dreihundert Soldaten, ein paar alten Kanonen und zwei Creusot-Schnellfeuergeschützen gelang es ihm, mehrere Viertel im Zentrum zu halten. Die erbitterten Kämpfe zogen sich bis zum 16. Juli hin. An diesem Tag, um acht Uhr dreißig morgens, suchte der Schah, von fünfhundert Soldaten und Hofleuten begleitet, Zuflucht in der russischen Botschaft. Es war das Zeichen seiner Abdankung.

Der Kommandant der Kosaken hatte keine andere Wahl, als die Waffen niederzulegen. Er verpflichtete sich, in Zukunft die Verfassung zu respektieren und sich mit seinen Soldaten in den Dienst der Sieger zu stellen – unter der Bedingung, daß seine Brigade nicht aufgelöst wurde. Er erhielt eine entsprechende Zusage.

Der jüngste Sohn des abdankenden Monarchen wurde zum neuen Schah bestimmt. Er war noch nicht einmal zwölf Jahre alt. Schirin, die ihn von der Wiege auf kannte, versicherte, er sei ein sanfter, empfindsamer Junge, zu keiner Bosheit und Heimtücke fähig. Als er am Tag darauf in Begleitung seines Vormundes, Smirnoff, durch die Stadt zum Palast fuhr, rief man ihm laut »Es lebe der Schah« entgegen. Es waren dieselben Männer, die noch am Tag zuvor »Tod dem Schah« geschrien hatten.

7

In der Öffentlichkeit benahm der junge Schah sich, wie es sich für einen König ziemt, lächelte, doch nicht übertrieben, winkte mit der Hand, um seine Untertanen zu grüßen. Aber seine nähere Umgebung machte sich große Sorgen seinetwegen. Denn kaum war er wieder im Palast, weinte er ohne Unterlaß über die plötzliche Trennung von seinen Eltern. Er unternahm in diesem Sommer sogar einen Fluchtversuch, um zu Vater und Mutter zu kommen. Als man ihn wieder zurückbrachte, versuchte er sich an der Decke des Palastes zu erhängen. Aber dann bekam er doch Angst und rief um Hilfe. Man konnte ihn noch rechtzeitig retten, bevor er erstickte. Dieses letzte Abenteuer beeinflußte ihn zum Guten: Er war in Zukunft von seinen Ängsten geheilt und spielte würdig und leutselig seine Rolle als konstitutioneller Monarch.

Tatsächlich aber lag die Macht in den Händen Fasels und seiner Freunde. Sie begannen die neue Ära mit einer raschen Säuberungsaktion: Sechs Anhänger des alten Regimes wurden hingerichtet, unter ihnen die beiden einflußreichsten Glaubensführer aus Täbris, die zum Kampf gegen die »Adamssöhne« aufgerufen hatten, sowie der Scheich Faslollah Nuri. Ihm warf man vor, für die Massaker verantwortlich gewesen zu sein, die auf den Staatsstreich im Jahr zuvor gefolgt waren. Er wurde also wegen Anstiftung zum Mord verurteilt; die schiitischen Würdenträger bestätigten das Urteil, das im übrigen – daran bestand kein Zweifel – auch symbolischen Charakter besaß: Nuri hatte als einer der ersten erklärt, die Verfassung verstoße gegen den Glauben. Er wurde am 31. Juli 1901 auf dem Topkhane-Platz öffentlich gehängt. Bevor er starb, soll er gesagt haben: »Ich bin kein Reaktionär«, und gleich darauf habe er seinen Anhängern in der Menge zugerufen, die Verfassung sei unvereinbar mit dem Glauben, und dieser werde letztendlich siegen.

Aber die erste Aufgabe der neuen Regierenden bestand darin, das Parlament wieder aufzubauen: Das Gebäude erstand neu aus den Ruinen, und Wahlen wurden durchgeführt. Am 15. November eröffnete der junge Schah feierlich das zweite Madschlis der persischen Geschichte:

»Im Namen Gottes, der uns die Freiheit gibt, unter dem verborgenen Schutz seiner Heiligkeit des Imam der Zeiten, in Freude und Vertrauen möge die beratende Nationalversammlung ihre Arbeit aufnehmen.

Der geistige Fortschritt und die Entwicklung des Denkens haben diese Veränderung erforderlich gemacht, die unser Land in schwere Konflikte gestürzt hat. Aber Persien hat in seiner langen Vergangenheit viele Krisen gemeistert, und heute sieht sich das Volk am Ziel seiner Wünsche. Mit Freuden stellen wir fest, daß diese neue fortschrittliche Regierung die Unterstützung der Bürger hat, daß sie dem Land den Frieden und das Vertrauen zurückbringt.

Um die notwendigen Reformen durchführen zu können, müssen Regierung und Parlament es als ihre vordringlichste Aufgabe betrachten, den Staat, vor allem die öffentlichen Finanzen, neu zu ordnen, nach Gesetzen, die einer zivilisierten Nation würdig sind.

Wir bitten Gott, er möge die Schritte der Vertreter unseres Staats lenken und Persien Ehre, Unabhängigkeit und Glück schenken.«

Die Stadt feierte diesen Tag in gebührender Form: Ganz Teheran war auf den Straßen, auf den Plätzen wurde gesungen, wurden Verse improvisiert, in denen sich, manchmal mehr schlecht als recht, alles auf »Verfassung«, »Demokratie« und »Freiheit« reimte. Die Händler boten den Passanten Getränke und Süßigkeiten an, ein paar Dutzend Zeitungen, die seit dem Staatsstreich ihre Tätigkeit eingestellt hatten, traten jetzt wieder mit Sonderausgaben hervor.

Bei Anbruch der Nacht erleuchtete ein Feuerwerk die Stadt. In den Gärten des Baharistan hatte man Bänke aufgestellt. Auf der Ehrentribüne saßen das diplomatische Corps, die Mitglieder der neuen Regierung, die Abgeordneten, die religiösen Würdenträger und die Vertreter des Basars. Als Freund von Baskerville saß ich in einer der ersten Reihen; mein Stuhl stand direkt hinter dem von Fasel. Es war ein großartiges Feuerwerk, das den Himmel in ein buntes Lichtermeer verwandelte. Mit fast kindlich beglücktem Lächeln sahen alle den emporsteigenden Raketen nach. Draußen riefen die unermüdlichen Adamssöhne schon seit Stunden die gleichen Slogans.

Plötzlich mußte ich an Howard denken. Wie sehr hätte ich ihm dieses Fest gegönnt. Im gleichen Augenblick drehte Fasel sich zu mir um:

»Du wirkst so traurig.«

»Nein, gewiß nicht. Ich habe mir schon immer gewünscht, einmal auf orientalischem Boden ›Freiheit‹ rufen zu können. Aber einige Erinnerungen schmerzen mich.«

»Verscheuch sie, lächle, freu dich, nutz die letzten unbeschwerten Stunden!«

Es waren beunruhigende Worte. Sie nahmen mir an diesem Abend die ganze Festtagsstimmung. War Fasel dabei, nach nur sieben Monaten, den schweren Kampf wiederaufzunehmen, den er schon in Täbris geführt hatte? Gab es neue Gründe für seine Besorgnis? Ich war entschlossen, ihn gleich am nächsten Tag aufzusuchen, um mir Gewißheit zu verschaffen. Aber dann gab ich es auf. Ein ganzes Jahr lang vermied ich es, ihm zu begegnen.

Weshalb? Ich glaube, nach dem gerade überstandenen dramatischen Abenteuer begann ich ernsthaft daran zu zweifeln, ob mein Engagement in Täbris so vernünftig gewesen war. Ich war auf den Spuren eines Manuskripts in den Orient gekommen; hatte ich das Recht, mich so intensiv an einem Kampf zu beteiligen, der nicht der meine war? Und außerdem, mit welchem Recht hatte ich Howard geraten, nach Persien zu gehen? Für Fasel und seine Freunde war Baskerville ein Märtyrer; für mich war er ein toter Freund, gestorben in einem fremden Land für eine fremde Sache, ein Freund, dessen Eltern mir eines Tages schreiben und mich fragen würden, warum ich ihr Kind verleitet hatte.

Also Gewissensbisse wegen Howard? Es war wohl eher ein gewisser Sinn für das, was der Anstand gebot. Ich weiß nicht, ob das das richtige Wort ist; was ich damit sagen will ist, daß ich nach dem Sieg meiner Freunde keinerlei Lust hatte, in Teheran herumzustolzieren und mir anzuhören, wie man meine angeblichen Heldentaten während der Belagerung von Täbris rühmte. Ich hatte eine zufällige, unbedeutende Rolle gespielt, und vor allem hatte ich einen Freund gehabt, einen Helden und Landsmann. Mir stand nicht der Sinn danach, gewissermaßen auf seine Kosten Privilegien und Lobreden einzuheimsen.

Kurz und gut, ich hatte nur den einen Wunsch: mich zurückzuziehen, in Vergessenheit zu geraten, weder mit Politikern noch mit Parteianhängern oder Diplomaten Umgang zu pflegen. Nur Schirin sah ich jeden Tag und mit einer Freude, die durch nichts getrübt wurde. Ich hatte sie überredet, in eines der zahlreichen Landschlösser ihrer Familie zu ziehen. Es lag außerhalb der Hauptstadt unweit von Sarganda, einer Sommerfrische. Ganz in der Nähe hatte ich selbst ein kleines Haus gemietet, aber nur um den Schein zu wahren, denn meine Tage und Nächte verbrachte ich bei ihr; ihre Dienerinnen waren eingeweiht.

In jenem Winter verließen wir manchmal wochenlang nicht ihr großes Zimmer. Ein prachtvolles kupfernes Kohlebecken wärmte uns, und wir lasen das *Manuskript,* auch einige andere Bücher, verbrachten lange und friedliche Stunden damit, den Kalyan zu rauchen, Wein aus Schiras und gelegentlich auch Champagner zu trinken, Pistazien aus Kirman und Nougat aus Isfahan zu essen. Meine Prinzessin war vornehme Dame und liebenswertes Kind zugleich; jeder Augenblick war erfüllt von unserer Zärtlichkeit füreinander.

Wenn es erst einmal heiß wurde, belebte sich Sarganda. Ausländer und reiche Perser hatten hier ihre prunkvollen Residenzen, in denen sie sich während der Sommermonate inmitten einer üppigen Vegetation erholten. Kein Zweifel, nur die Nähe dieses Paradieses versöhnte zahlreiche Diplomaten mit der tristen, grauen Stadt Teheran. Im Winter jedoch war Sarganda wie ausgestorben. Nur die Gärtner, einige Wächter und die wenigen Dorfbewohner blieben. Schirin und ich genossen dieses zurückgezogene Leben.

Leider tauchten schon im April die ersten Sommergäste auf. Schaulustige drängten sich vor den schmiedeeisernen Toren, auf den Parkwegen spazierten die Besucher. Nach jeder Nacht, nach jeder Siesta trank Schirin mit neugierigen Damen aus ihrer Bekanntschaft Tee. Ständig mußte ich mich verstecken und durch die Gänge entfliehen. Der Winterschlaf war vorbei; es war Zeit, Abschied zu nehmen.

Als ich meiner Prinzessin diesen Entschluß mitteilte, war sie betrübt, aber gefaßt.

»Ich dachte, du seist glücklich.«

»Ich habe eine Zeit seltenen Glücks erlebt; ich will gehen, solange dieses Glück noch unversehrt ist, um es unversehrt wiederzufinden. Ich werde nicht müde, dich staunend und voller Liebe zu betrachten. Und all die Leute, denen man jetzt in Scharen hier begegnet, sollen meinen Blick nicht trüben. Ich verlasse dich im Sommer, um dich im Winter wiederzufinden.«

»Sommer, Winter, du gehst fort, du kehrst zurück, du

glaubst, du könntest ungestraft über die Jahreszeiten, die Jahre, dein Leben und das meine verfügen. Hast du nichts von Khajjam gelernt? ›Du willst erst übermorgen mich erfreuen? Wer weiß, vielleicht lacht mir kein Morgen mehr!‹«*

Sie sah mich aufmerksam an, als wolle sie meine Gedanken lesen. Sie verstand und seufzte.

»Wohin willst du reisen?«

Ich wußte es noch nicht. Ich war zweimal nach Persien gekommen, und zweimal hatte ich gewissermaßen im Untergrund gelebt. Ich hatte noch den ganzen Orient zu entdecken, die Türkei vom Bosporus bis zum Kaspischen Meer – es hatte dort zur gleichen Zeit wie in Persien eine Revolution stattgefunden; nach der Absetzung des Sultans und Kalifen traten Abgeordnete, Senatoren, Parteien und eine Oppositionspresse auf den Plan. Auch das stolze Afghanistan kannte ich noch nicht, das die Briten schließlich unterworfen hatten, aber um welchen Preis! Und natürlich stand mir noch ganz Persien offen. Ich kannte Täbris und Teheran. Aber Isfahan? Schiras, Kaschan und Kirman? Nischapur und Khajjams Grab, der graue Stein, über den seit Jahrhunderten die Blütenblätter hinwegwehten?

Welchen Weg sollte ich einschlagen? Das *Manuskript* wählte für mich. Ich fuhr mit dem Zug bis nach Krasnowodsk, kam durch Aschchabad und das alte Merw, hielt mich in Buchara auf.

Und vor allem besuchte ich Samarkand.

* In der Übersetzung von Friedrich Rosen

8

Ich war neugierig, was von der Stadt noch übriggeblieben war, in der Khajjam seine Jugend verbracht hatte.

Was war aus dem Asfisar-Viertel geworden, aus diesem Gartenpavillon, in dem Omar Dschahane geliebt hatte? Und jene Vorstadt von Maturid, in der jener jüdische Papierhersteller noch im 11. Jahrhundert nach alten chinesischen Verfahren die Zweige von weißen Maulbeerbäumen zerstampfte, war sie ganz und gar vergessen? Wochenlang streifte ich zuerst zu Fuß, dann auf einem Maultier durch die Straßen; ich fragte Händler, Passanten, die Imame der Moscheen, aber ich erntete nur ein Schulterzukken, ein amüsiertes Lächeln und großzügige Einladungen zum Tee, auf ihren hellblauen Bettsofas.

Aber ich hatte Glück. Eines Morgens stand ich auf dem Reghistan-Platz, als eine Karawane vorüberzog, eine kurze Karawane: Es waren nur sechs oder sieben Bachtiari-Kamele mit dichtem Fell und festen Hufen. Der alte Kameltreiber war vor einer Töpferei stehengeblieben. Er hielt ein neugeborenes Lamm an seine Brust gepreßt. Offensichtlich schlug er einen Tausch vor; der Handwerker diskutierte. Ohne die Hände von dem Krug auf der Drehscheibe zu lassen, deutete er mit dem Kinn auf einen Stapel glasierter Schalen. Ich beobachtete die beiden Männer mit ihren schwarzen, mit Litze gesäumten Wollkäppchen, in ihren gestreiften Gewändern, mit ihren rötlichen Bärten und ihren immer gleichen Gesten. Hätte sich nicht genau die gleiche Szene auch zu Khajjams Zeiten abspielen können?

Ein leichter Wind, der Sand begann sich zu drehen, die Gewänder flatterten, ein fast unwirklicher Schleier legte sich über den Platz. Ich sah mich um. Auf dem Reghistan-Platz stehen drei Denkmäler, drei riesige Monumente aus

Türmen, Kuppeln, Toren, hohen Mauern, geschmückt mit gold-amethyst- und türkisfarben schillernden Mosaiken und Arabesken, mit kunstvollen Schriftzeichen. Das Ganze wirkte noch sehr majestätisch, aber die Türme waren schief, die Kuppeln eingefallen und die Fassaden rissig, von der Zeit, dem Wind und der Gleichgültigkeit der Jahrhunderte zerfressen. Niemand achtete mehr auf diese Monumente, stolze, hohe, vergessene Kolosse, eine grandiose Kulisse für ein Stück über die Vergänglichkeit.

Ich trat ein paar Schritte zurück, stieß mit jemandem zusammen, drehte mich um, wollte mich entschuldigen und sah mich plötzlich einem Mann gegenüber, der wie ich europäisch gekleidet war und von einem ebenso fernen Planeten zu kommen schien. Wir unterhielten uns miteinander. Es war ein russischer Archäologe. Auch er war mit tausend Fragen hierhergekommen. Aber er hatte bereits einige Antworten erhalten.

»In Samarkand zählt die Zeit von einem Umsturz zum anderen, von einer Zerstörung zur anderen. Als die Mongolen im 13. Jahrhundert in die Stadt einfielen, verwandelten sich die bewohnten Viertel in Leichen- und Ruinenfelder. Man mußte sie verlassen; die Überlebenden bauten ihre Häuser an einem anderen Ort etwas weiter südlich. So daß die ganze alte Stadt, das Samarkand der Seldschuken, nach und nach von Erd- und Sandschichten zugedeckt wurde. Es ist nur noch ein riesiges, etwas erhöhtes Feld davon übriggeblieben. Unter dem Boden, der jetzt Weideland ist, schlummern Schätze und Geheimnisse. Eines Tages wird man alles ausgraben müssen, die Häuser und die Straßen. Dann wird das wiederentdeckte Samarkand uns seine Geschichte erzählen.«

Er fragte mich plötzlich:

»Sind Sie auch Archäologe?«

»Nein. Diese Stadt interessiert mich aus anderen Gründen.«

»Ist es indiskret zu fragen, aus welchen?«

Ich erzählte ihm von dem *Manuskript,* den Gedichten, der Chronik, den Zeichnungen, die die Liebenden von Samarkand darstellen.

»Ich würde dieses Buch sehr gerne sehen. Wissen Sie, daß alles aus dieser Epoche zerstört wurde? Es ist wie ein Fluch. Die Mauern, die Paläste, die Obstplantagen, die Gärten, die Bewässerungsanlagen, die Moscheen, die Bücher, die wichtigsten Kunstwerke. Die Gebäude, die wir heute bewundern, sind sehr viel später, vor knapp fünfhundert Jahren, von Tamerlan und seinen Nachfolgern erbaut worden. Aber aus Khajjams Zeit sind kaum mehr als ein paar Scherben übriggeblieben und, wie ich erst jetzt erfahre, offenbar dieses *Manuskript.* Es in Händen zu halten und darin blättern zu können, ist ein großes Privileg. Ein Privileg und eine schwere Verantwortung.«

»Dessen bin ich mir voll und ganz bewußt. Seit Jahren, seit ich erfahren habe, daß dieses Buch noch existiert, ist es gewissermaßen zu meinem Lebensinhalt geworden, es hat mich von Abenteuer zu Abenteuer geführt, seine Welt ist die meine geworden, und seine Besitzerin ist meine Geliebte.«

»Und Sie sind jetzt nach Samarkand gereist, um auf den Spuren Khajjams zu wandern?«

»Ich habe zumindest gehofft, die Leute hier könnten mir sagen, wo die alten Viertel lagen.«

»Es tut mir leid, wenn ich Sie enttäusche«, entgegnete der Russe, »aber aus der Epoche, die Sie interessiert, gibt es nur noch Legenden, Geschichten von *Dschinnen* und *Diws.* Daran ist diese Stadt reich.«

»Reicher als die anderen Städte Asiens?«

»Ich fürchte ja. Ich frage mich, ob nicht die Gegenwart diesere Ruinen die Phantasie unserer unglückseligen Zeitgenossen so anregt. Und natürlich auch die Stadt unter der Erde. Kinder sind in den vergangenen Jahrhunderten in

Erdspalten gefallen, und man hat sie nicht wiedergefunden. Man hörte seltsame Geräusche, die offenbar aus dem Bauch der Erde kamen – oder glaubte sie zu hören. Und so entstand die berühmteste Legende von Samarkand. Das Geheimnis, das sich mit dieser Stadt verbindet, hat hier ihren Ursprung.«

Ich ließ ihn erzählen.

»Man sagt, ein König von Samarkand wollte den Traum eines jeden Menschen verwirklichen: dem Tod zu entgehen. Er war überzeugt, dieser steige vom Himmel herab, und so baute er sich einen unterirdischen Palast, damit der Tod ihn nie erreichen könne. Er verschloß jeden Zugang zu seiner riesigen ehernen Wohnstatt. Da er märchenhaft reich war, hatte er sich auch eine künstliche Sonne schmieden lassen, die morgens aufging und abends versank, die ihn wärmte und an der er die Tageszeiten ablas. Aber es gelang dem Gott des Todes, die Wachsamkeit des Monarchen zu täuschen; er schlich sich in den Palast ein und vollendete sein Werk. Er bewies damit allen Sterblichen, daß kein Geschöpf dem Tod entgeht, wie mächtig und wie reich, wie geschickt und wie stolz es auch sein mag. Samarkand ist damit zum Symbol der unausweichlichen Begegnung zwischen dem Menschen und seinem Schicksal geworden.«

Wohin sollte ich anschließend reisen? Für mich war Samarkand das äußerste Ende des Orients, der Ort aller Wunder und einer unergründlichen Nostalgie. Als ich die Stadt verließ, beschloß ich, erst einmal nach Hause zurückzukehren, nach Annapolis. Dort wollte ich ein paar Jahre bleiben, mich von meinen Reisen ausruhen und erst dann wieder zu neuen Ufern aufbrechen.

Und da faßte ich einen ziemlich verrückten Plan: Zurück nach Teheran zu fahren, und Persien gemeinsam mit Schirin und Khajjams *Manuskript* zu verlassen. In irgendeiner großen Weltstadt, Paris, Wien oder New York, in der niemand uns kannte, mit ihr zu leben, im Abendland, aber im Rhythmus des Orients – wäre das nicht das Paradies?

Während der Rückfahrt mied ich jede Gesellschaft. Meine Gedanken kreisten ständig um die Argumente, die ich Schirin entgegensetzen würde. Immer nur fortgehen – kannst du dich nicht einmal damit zufrieden geben, glücklich zu sein, würde sie mir entgegnen. Aber ich traute mir zu, ihre Vorbehalte zu zerstreuen.

Als ich in dem Kabriolett, das ich am Ufer des Kaspischen Meers gemietet hatte, vor meinem Haus in Sarganda angelangt war, stand dort schon ein anderer Wagen, ein Jewel-40, mit dem Sternenbanner mitten auf der Motorhaube. Der Chauffeur stieg aus, fragte, wer ich sei. Ich hatte fast den Eindruck, er wartete hier schon seit meiner Abreise auf mich. Aber er versicherte mir, er sei erst seit heute morgen hier.

»Mein Herr hat befohlen, bis zu Ihrer Rückkehr zu warten.«

»Ich hätte erst in einem Monat, in einem Jahr oder gar nicht kommen können.«

Mein Erstaunen beeindruckte ihn nicht weiter.

»Nun, jetzt sind Sie ja da.«

Er übergab mir ein kurzes Schreiben von Charles W. Russel, dem Gesandten der Vereinigten Staaten:

Sehr geehrter Mister Lesage.

Sie würden mir einen großen Gefallen tun, wenn Sie heute nachmittag um vier Uhr in die Gesandtschaft kommen könnten. Es handelt sich um eine wichtige und dringende Angelegenheit. Ich habe meinen Chauffeur gebeten, sich zu Ihrer Verfügung zu halten.

9

Zwei Männer erwarteten mich in der Gesandtschaft, beide mit der gleichen Ungeduld. Russel erinnerte in seinem grauen Straßenanzug, mit der Moiréfliege und seinem herabhängenden Schnurrbart etwas an Theodore Roosevelt, er war nur etwas schlanker und muskulöser. Fasel trug wie immer seine weiße Tunika, einen schwarzen Umhang und einen blauen Turban. Natürlich ergriff der Diplomat zuerst das Wort, in zögerndem, aber korrektem Französisch.

»Dieses Treffen heute gehört zu denen, die den Lauf der Geschichte beeinflussen werden. Wir stehen uns hier als Vertreter zweier Nationen gegenüber, die Entfernungen und Unterschiede zu überwinden trachten: Die Vereinigten Staaten, ein junger Staat mit einer schon alten Demokratie, und Persien, ein jahrtausendealtes Land, aber eine noch ganz junge Demokratie.«

Er sprach ein wenig feierlich, ein wenig geheimnisvoll und schaute jetzt kurz zu Fasel hinüber, um sich zu vergewissern, ob dieser sich durch seine Worte nicht gekränkt fühlte. Und fuhr dann fort:

»Vor ein paar Tagen war ich im Demokratischen Club von Teheran eingeladen und sagte meinen Zuhörern, wie groß meine Sympathie für den Kampf um die Verfassung sei. Präsident Taft und unser Staatssekretär, Mister Knox, teilen meine Meinung. Übrigens ist Mister Knox über unsere momentane Besprechung informiert und wartet darauf, von mir telegraphisch zu erfahren, zu welchen Ergebnissen wir gekommen sind.«

Er überließ es Fasel, das Weitere zu erklären:

»Erinnerst du dich an den Tag, an dem du mich dazu überreden wolltest, den Truppen des Zaren keinen Widerstand zu leisten?«

»Ich hatte kein leichtes Spiel damals.«

»Ich habe es dir nie übel genommen; du hast getan, was du tun mußtest, und du hattest ja auch nicht ganz unrecht. Aber leider ist das, was ich damals fürchtete, eingetreten: Die Russen haben Täbris nie verlassen, die Bevölkerung ist ständigen Repressalien ausgesetzt, die Kosaken reißen den Frauen auf der Straße den Schleier vom Gesicht, und jeder Vorwand ist ihnen recht, um die ›Adamssöhne‹ zu verhaften.

Aber es gibt noch Schlimmeres. Schlimmer als die Besetzung von Täbris und schlimmer als das Schicksal meiner Gefährten. Unsere Demokratie ist in Gefahr. Mister Russel nannte sie eben ›jung‹, er hätte noch ›verletzlich‹ und ›bedroht‹ hinzufügen können. Nach außen hin geht alles gut, das Volk ist glücklich, der Basar floriert, und die Glaubensführer zeigen sich versöhnlich. Und doch müßte schon ein Wunder geschehen, damit nicht alles wieder zusammenbricht. Warum? Weil unsere Kassen leer sind, wie sie es immer waren. Das frühere Regime hatte eine sonderbare Art, die Steuern zu erheben: Jede Provinz wurde an irgendeinen raffgierigen Betrüger verpachtet, der die Bevölkerung aussaugte und das Geld für sich behielt. Einen Teil davon verwandte er allerdings darauf, sich das Wohlwollen des Hofes zu erkaufen. Daher kommt all unser Unglück. War die Staatskasse leer, machte man Anleihen bei den Russen und den Engländern, die sich ihrerseits Konzessionen und Privilegien geben ließen, um ihr Geld zurückzubekommen. Auf diese Weise konnte der Zar sich in unsere Angelegenheiten einmischen, und wir haben all unsere Reichtümer verschleudert. Die neue Regierung steht vor dem gleichen Dilemma wie die früheren Machthaber: Gelingt es ihr nicht, die Steuern so einzutreiben, wie dies in modernen Ländern üblich ist, muß sie die Vormundschaft der großen Staaten akzeptieren. Für uns ist zunächst einmal das Wichtigste, unsere Finanzen zu ordnen. Es gibt keine Reformen, wenn dieses Problem nicht gelöst wird; Persiens Freiheit steht auf dem Spiel.«

»Wenn das alles so klar ist, warum unternimmt man nichts?«

»Kein Perser ist heute in der Lage, sich einer solchen Aufgabe zu stellen. Bei einer Nation von zehn Millionen Einwohnern ist das eine bedauerliche Tatsache; aber man darf das Ausmaß der Unwissenheit nicht unterschätzen. Nur ein paar von uns haben – wie die hohen Staatsbeamten der fortschrittlichen Länder – eine moderne Ausbildung erhalten. Das einzige Gebiet, auf dem wir wirklich etwas leisten, ist das der Diplomatie. Aber was die Armee, das Transportwesen und vor allem die Finanzen angeht, liegt alles im Argen. Hätte unsere Regierung zwanzig, dreißig Jahre Zeit, würde sicherlich eine Generation heranwachsen, die fähig wäre, auch diese Aufgaben zu übernehmen. Bis dahin gibt es für uns nur eine Lösung: uneigennützige und fähige Ausländer ins Land zu holen. Ich weiß, es ist nicht leicht, solche Männer zu finden. Wir haben bereits schlimme Erfahrungen hinter uns, mit Naus, Liachow und vielen anderen. Aber ich gebe die Hoffnung nicht auf. Ich habe mich darüber mit einigen Kollegen im Parlament und in der Regierung unterhalten, und wir glauben, die Vereinigten Staaten könnten uns helfen.«

»Das ist sehr schmeichelhaft«, sagte ich spontan, »aber warum gerade mein Land?«

Charles Russel reagierte auf meine Bemerkung mit überraschtem und besorgtem Blick. Fasels Antwort beruhigte ihn jedoch:

»Wir haben uns daraufhin alle großen Staaten genauer betrachtet. Die Russen und die Briten würden uns nur allzu gern in den Bankrott treiben, um uns besser beherrschen zu können. Die Franzosen sind zu sehr mit ihren Beziehungen zum Zarenhof beschäftigt, um sich für unser Schicksal einzusetzen. Ganz allgemein gesehen ist Europa in ein Netz von Bündnissen und Gegenbündnissen verstrickt; Persien würde für sie nur ein bloßes Tauschobjekt sein, ein Bauer auf dem Schachbrett. Allein die Vereinigten Staaten könnten sich für uns interessieren, ohne uns gleich besetzen zu wollen. Daher habe ich mich an Mister Russel gewandt und ihn gefragt, ob er nicht einen Amerikaner kennt, der fähig wäre, eine so schwere Aufgabe zu übernehmen. Ich muß zugeben, er war es, der deinen Namen erwähnt hat; ich hatte völlig vergessen, daß du Volkswirtschaft studiert hast.«

»Dieses Vertrauen ehrt mich«, erwiderte ich, »aber ich bin bestimmt nicht der Mann, den Persien braucht. Trotz des Examens, das ich gemacht habe, bin ich nur ein mittelmäßiger Finanzexperte, und ich hatte nie Gelegenheit, mein Wissen auch anzuwenden. Mein Vater trägt daran die Schuld; er hat so viele Schiffe gebaut, daß ich für meinen Lebensunterhalt nicht arbeiten mußte. Ich habe mich immer nur um die wirklich wichtigen, das heißt, die eitlen Dinge des Lebens gekümmert: reisen und lesen, lieben und glauben, zweifeln und kämpfen. Gelegentlich auch schreiben.«

Ein verlegenes Lächeln, überraschte Blicke. Ich fuhr fort:

»Wenn der Mann erst einmal gefunden ist, kann ich mich ihm zur Verfügung halten, ihm sicherlich auch mit Rat und Tat zur Seite stehen. Aber er müßte die notwendige Kompetenz und Energie mitbringen. Ich bin zwar voll guten Willens, aber unerfahren und faul.«

Fasel gab es auf, weiter in mich zu dringen und entgegnete mir in bestimmtem Ton:

»Das ist richtig, ich kann es bezeugen. Und du hast noch einen anderen Fehler, der viel schwerwiegender ist. Du bist mein Freund, das ist allgemein bekannt; meine politischen Gegner hätten nur ein Ziel: Dir Steine in den Weg zu werfen.«

Russel hörte uns schweigend zu; er lächelte geistesabwesend. Unsere Plauderei war sicherlich nicht nach seinem

Geschmack, aber er ließ sich nichts anmerken. Fasel wandte sich an ihn:

»Ich bedauere Benjamins Absage, aber sie ändert nichts an unserem Übereinkommen. Vielleicht ist es besser, diese Verantwortung einem Mann zu übertragen, der bisher noch nie in irgendeiner Weise mit den persischen Problemen zu tun hatte.«

»Denken Sie an jemanden?«

»Ich habe keinen Namen im Kopf. Ich wünsche mir einen Mann mit festem, ehrlichem und unabhängigem Charakter. Ich weiß, solche Männer gibt es bei Ihnen. Ich kann ihn mir genau vorstellen, ja ich sehe ihn fast vor mir: Ein eleganter, bestimmt auftretender Mann, der sich gerade hält, einen geraden Blick und eine gerade Sprache hat. Ein Mann, der Baskerville ähnlich ist.«

Am 25. Dezember 1910, einem Sonntag, dem ersten Weihnachtstag, sandte die persische Regierung ihrer Gesandtschaft in Washington folgendes Telegramm:

»Bitte ersuchen Sie unverzüglich den Staatssekretär, Sie mit amerikanischen Finanzexperten zusammenzubringen. Gesucht wird für das Amt des Schatzmeisters ein unbestechlicher Amerikaner mit entsprechenden Fähigkeiten, auf der Basis eines – vorläufigen – Dreijahres-Vertrags, der noch vom Parlament genehmigt werden muß. Die Aufgaben werden die Neuordnung der Staatseinnahmen und -ausgaben sowie die Erhebung der Einkommenssteuer sein. Ihm wird ein erfahrener Rechnungsführer und ein Inspektor zur Verfügung stehen, der die Steuererhebung in den Provinzen überwacht.

Der Gesandte der Vereinigten Staaten in Teheran hat uns darüber informiert, daß der Staatssekretär einverstanden ist. Nehmen Sie direkt Verbindung mit ihm auf und vermeiden Sie andere Verhandlungspartner. Übermitteln Sie ihm den Text dieser Nachricht und handeln Sie seinen Vorschlägen entsprechend.«

Am 2. Februar des darauffolgenden Jahres billigte das Parlament mit großer Mehrheit und unter starkem Beifall die Ernennung amerikanischer Experten.

Einige Tage später wurde der Finanzminister, der den Abgeordneten den Plan vorgetragen hatte, auf offener Straße von zwei Georgiern ermordet. Noch am gleichen Abend begab sich der Dolmetscher der russischen Gesandtschaft zum persischen Außenministerium und forderte, man möge ihm die Mörder – Untertanen des Zaren – unverzüglich ausliefern. In Teheran war jedem klar, daß dieser Akt die Antwort von Petersburg auf die Entscheidung des Parlaments war. Aber die Regierung zog es vor, nachzugeben, um die Beziehungen zu ihrem mächtigen Nachbarn nicht zu belasten. Die Mörder wurden also zur Gesandtschaft gebracht und von dort aus zur Grenze. Danach waren sie frei.

Der Basar schloß aus Protest seine Tore, die »Adamssöhne« riefen zum Boykott russischer Waren auf. Es wurden auch einige Racheakte gegen die zahlreichen georgischen Landsleute, die Gordschi, verübt.

Dennoch rief die Regierung, von der Presse unterstützt, zur Geduld auf: Die wirklichen Reformen würden erst beginnen, Experten würden ins Land kommen, bald würde die Staatskasse wieder voll sein, die Schulden könnten beglichen werden, wir könnten uns aus unseren Abhängigkeiten befreien, würden Schulen und Krankenhäuser haben, eine moderne Armee, die den Zaren zwingen könnte, aus Täbris abzuziehen, und die ihn daran hindern würde, uns weiter zu bedrohen.

Persien erwartete ein Wunder. Und tatsächlich sollte sich ein solches Wunder ereignen.

10

Auf das erste Wunder machte mich Fasel aufmerksam. Er flüsterte mir triumphierend zu:

»Schau ihn dir an, ich hatte dir doch gesagt, daß er Baskerville ähnelt.«

Er, das war Morgan Shuster, der neue Schatzmeister Persiens, der gerade auf uns zukam, um uns zu begrüßen. Wir waren ihm auf der Straße von Kaswin entgegengegangen. Er und seine Familie hatten die Reise in einem alten klapprigen Postwagen mit ebenso klapprigen Pferden gemacht. Erstaunlich, diese Ähnlichkeit mit Howard: Die gleichen Augen, die gleiche Nase, das gleiche glattrasierte Gesicht, vielleicht ein wenig rundlicher, das gleiche helle Haar, auf die gleiche Art gescheitelt, der gleiche höfliche, aber zupackende Händedruck. Unsere Art, ihn anzustarren, mußte ihm unangenehm sein, aber er ließ sich nichts anmerken. Da er unter so außergewöhnlichen Umständen in ein fremdes Land kam, war er wohl auch darauf gefaßt, überall Aufmerksamkeit zu erregen. Und so war es auch. Während der ganzen Zeit seines Aufenthalts wurde er voller Neugier gemustert, jeder seiner Schritte beobachtet. Gelegentlich mit böser Absicht. Alles, was er tat, wurde weitererzählt und kommentiert, gelobt oder getadelt.

Eine Woche nach seiner Ankunft brach die erste Krise aus. Unter den Hunderten von Besuchern, die tagtäglich ihn und die Seinen willkommen hießen, erkundigten sich einige bei Shuster, wann er die englische und russische Gesandtschaft aufzusuchen gedenke. Die Antwort war ausweichend. Aber die Fragen wurden immer eindringlicher, und die Angelegenheit begann Staub aufzuwirbeln. Im Basar wurde heftig darüber debattiert: Sollte der Amerikaner den Gesandtschaften einen Höflichkeitsbesuch abstatten oder nicht? Und diese wiederum ließen verlautbaren, sie fühlten sich brüskiert. Die Situation spitzte sich zu. Aufgrund der Rolle, die er bei Shusters Ernennung gespielt hatte, war Fasel über diese diplomatische Verwicklung besonders beunruhigt. Der Erfolg des ganzen Unternehmens schien bedroht. Er bat mich um Vermittlung.

Also begab ich mich zu meinem Landsmann ins Atabak-Palais, einem weißen Steingebäude. Die dreißig geräumigen Zimmer – voll mit Teppichen und Kunstgegenständen – waren teils orientalisch, teils europäisch möbliert. Die schlanken Säulen der Fassade spiegelten sich in einem Teich. In dem riesigen Park, der das Palais umgab, sorgten Wasserläufe und künstliche Seen für Erfrischung: Ein persisches Paradies, in dem die Geräusche der Großstadt sich mit dem Gesang der Zikaden mischten. Diese Residenz, eine der schönsten Teherans, hatte einem früheren Premierminister gehört, bevor ein reicher Händler zoroastrischen Glaubens, ein glühender Anhänger der Verfassung, sie erwarb. Er hatte sie freundlicherweise den Amerikanern zur Verfügung gestellt.

Shuster empfing mich auf der Freitreppe. Er hatte sich inzwischen von den Anstrengungen der Reise erholt und kam mir jetzt sehr jung vor. Er war erst vierunddreißig Jahre alt, und selbst das sah man ihm kaum an. Ich hatte eher gedacht, Washington würde uns einen grauhaarigen älteren Herrn vom Typ des Reverend schicken.

»Ich komme wegen der Gesandtschafts-Affäre.«

»Sie auch!«

Er schien sich darüber zu amüsieren.

»Ich weiß nicht«, entgegnete ich eindringlich, »ob Sie sich darüber im klaren sind, welche schwerwiegenden Folgen diese Protokollfrage haben kann. Vergessen Sie nicht, wir sind hier im Land der Intrigen.«

»Oh, wissen Sie, ich liebe Intrigen.«

Er lachte schallend, unterbrach sich jedoch plötzlich und setzte eine überraschend ernsthafte, förmliche Miene auf.

»Mister Lesage, es geht hier nicht nur um das Protokoll. Es geht auch um Prinzipien. Bevor ich diesen Posten annahm, habe ich mich ausgiebig über die zahlreichen ausländischen Experten informiert, die vor mir in dieses Land gekommen sind. Einigen fehlte es nicht an Kompetenz und gutem Willen. Aber alle haben sie Schiffbruch erlitten. Wissen Sie, weshalb? Weil sie in eben die Falle gegangen sind, die man heute mir stellen will. Ich wurde vom persischen Parlament zum Schatzmeister Persiens ernannt. Also ist es ein Gebot der Höflichkeit, daß ich den Schah, den Regenten und die Regierung von meiner Ankunft unterrichte. Ich bin Amerikaner, also kann ich auch diesen reizenden Mister Russel aufsuchen. Aber warum verlangt man von mir, den Russen, den Engländern, den Belgiern oder den Österreichern einen Höflichkeitsbesuch abzustatten?

Ich will es Ihnen sagen: Weil man allen, dem persischen Volk, das so viel von den Amerikanern erwartet, und dem Parlament, das mich allen Vereitelungsversuchen zum Trotz ernannt hat, beweisen will, daß Morgan Shuster ein Ausländer ist wie alle anderen auch, ein Farangi. Gleich nach meinen ersten Besuchen würde man mich mit Einladungen überschütten. Die Diplomaten sind höfliche, gastfreundliche und kultivierte Leute, sie sprechen mir geläufige Sprachen und vergnügen sich bei Sport und Spiel. Ich könnte hier ein glückliches Leben führen, Mister Lesage, bei Bridge, Tee, Tennis, Reiten und Maskenbällen, und als reicher, fröhlicher, gut erholter und sportlich-gebräunter Mann in drei Jahren nach Hause zurückkehren. Aber deshalb bin ich nicht hierhergekommen, Mister Lesage.«

Er schrie jetzt fast. Eine unsichtbare Hand, vielleicht die seiner Frau, schloß diskret die Tür zum Salon. Er schien es nicht zu bemerken und fuhr fort:

»Ich bin mit einem präzisen Auftrag hierhergekommen:

das persische Finanzwesen zu reformieren. Man hat sich an uns gewandt, weil man Vertrauen in unsere Institutionen und unsere Verwaltungstätigkeit hat. Ich habe nicht vor, diese Leute zu enttäuschen. Und noch viel weniger, sie zu betrügen. Ich komme aus einem christlichen Land, Mister Lesage, und für mich bedeutet das etwas. Was stellen sich die Perser heute unter christlichen Nationen vor? Das allerchristlichste England, das ihnen ihr Erdöl nimmt, das allerchristlichste Rußland, das ihnen seinen Willen aufzwingt, nach dem zynischen Gesetz des Stärkeren? Was waren das für Christen, die ihnen bisher begegnet sind? Schwindler, arrogante, gottlose Menschen, Kosaken. Was sollen sie bloß von uns halten? Und in welcher Welt sollen wir miteinander leben? Haben wir ihnen nichts anderes anzubieten, als unsere Sklaven oder unsere Feinde zu sein? Können sie nicht auch gleichberechtigte Partner sein? Glücklicherweise glauben noch einige von ihnen an uns und unsere Ideale, aber wie lange werden sie noch die tausendfachen Stimmen derer niederhalten können, für die der Europäer ein Ungeheuer ist?

Wie wird das Persien von morgen aussehen? Das wird von unserem Verhalten abhängen, von dem Beispiel, das wir geben. Baskervilles Opfer hat die Raffgier vieler anderer etwas in Vergessenheit geraten lassen. Bei aller Hochachtung für ihn muß ich Ihnen doch sagen, daß es keineswegs meine Absicht ist, zu sterben. Ich will ganz einfach anständig bleiben. Und ich werde mich für Persien einsetzen, wie ich mich für irgendeine amerikanische Firma einsetzen würde: Ich werde mich an Persien nicht bereichern, sondern versuchen, es zu sanieren und zu einem wohlhabenden Land zu machen. Ich werde den Verwaltungsrat respektieren, aber ohne Handkuß und ohne Bückling.«

Ich konnte meine Tränen nicht mehr zurückhalten. Shuster schwieg und sah mich forschend und etwas verlegen an.

»Verzeihen Sie mir, wenn ich Sie durch meinen Ton oder meine Worte verletzt haben sollte. Es war nicht meine Absicht.«

Ich stand auf und ergriff seine Hand.

»Sie haben mich nicht verletzt, Mister Shuster, sondern erschüttert. Ich werde meinen persischen Freunden von unserem Gespräch berichten; ihre Reaktion wird nicht anders sein als die meine.«

Kaum hatte ich ihn verlassen, lief ich eilig zum Baharistan. Ich wußte, dort würde ich Fasel treffen. Schon von weitem rief ich ihm zu:

»Fasel, noch ein Wunder!«

Am 13. Juni beschloß das persische Parlament fast einstimmig, Morgan Shuster alle Vollmachten zu erteilen, um das Finanzwesen des Landes zu reorganisieren. Und in Zukunft nahm er regelmäßig an den Sitzungen des Ministerrats teil.

In der Zwischenzeit beschäftigte ein weiteres Ereignis den Basar und die Regierung. Einem Gerücht zufolge sollte Morgan Shuster einer persischen Sekte angehören. Wer es in die Welt gesetzt hatte, ließ sich unschwer erraten. Die Beschuldigung erschien zwar absurd, aber die Verleumder hatten sich bemüht, ihrer üblen Nachrede zumindest den Anstrich von Wahrscheinlichkeit zu geben. Von einem Tag auf den anderen begann die Bevölkerung, den Amerikanern zu mißtrauen. Und wieder einmal wurde ich beauftragt, mit dem Schatzmeister darüber zu reden. Inzwischen waren wir Freunde geworden. Er nannte mich Ben und ich nannte ihn Morgan. Ich eröffnete ihm, was man ihm zur Last legte:

»Man behauptet, unter deinen Dienern gäbe es einige stadtbekannte Babis oder Bahais, was Fasel mir auch bestätigt hat. Und man behauptet, die Bahais hätten gerade eine sehr aktive Gemeinde in den Vereinigten Staaten gegründet. Daraus schließt man nun, daß alle Amerikaner der Delegation verkappte Bahais seien, die unter dem Vorwand, die Finanzen des Landes zu sanieren, Anhänger zu gewinnen trachteten.«

Morgan dachte einen Augenblick nach:

»Ich will dir auf die einzig wichtige Frage antworten: Nein, ich bin nicht gekommen, um zu predigen oder zu bekehren, sondern um die persischen Finanzen zu ordnen, die das weiß Gott nötig haben. Daß ich kein Bahai bin, wirst du dir denken können. Ich habe von der Existenz dieser Sekten erst kurz vor meiner Abreise durch ein Buch von Professor Browne erfahren. Aber den Unterschied zwischen Babi und Bahai könnte ich auch heute nicht genau sagen. Was meine Diener angeht – für dieses riesige Haus sind es mehr als ein Dutzend –, so weiß jeder, daß ich sie von meinem Vorgänger übernommen habe. Sie erledigen ihre Arbeit zu meiner Zufriedenheit, und das ist das einzig Wichtige. Ich pflege meine Mitarbeiter nicht nach ihrem Glauben oder der Farbe ihrer Krawatte auszusuchen.«

»Ich begreife deine Haltung, sie entspricht meinen eigenen Überzeugungen. Aber wir sind hier in Persien; hier empfindet man die Dinge etwas anders. Ich komme gerade von dem neuen Finanzminister. Er meint, um die Verleumder zum Schweigen zu bringen, müßte man die betroffenen Diener entlassen. Zumindest einige von ihnen.«

»Der Finanzminister kümmert sich um so etwas?«

»Mehr als du denkst. Er fürchtet, es könnte seine ganze Amtstätigkeit lahmlegen. Er hat mich gebeten, ihm noch heute abend von unserem Gespräch zu berichten.«

»Dann will ich dich nicht länger aufhalten. Du kannst ihm von mir ausrichten, daß ich keinem Diener kündigen werde, und daß für mich die Angelegenheit beendet ist.«

Er stand auf; ich fühlte mich verpflichtet, nicht lockerzulassen:

»Ich bin nicht sicher, ob diese Antwort ausreichend ist, Morgan.«

»So, meinst du? Dann sag ihm noch von mir: ›Herr Finanzminister, wenn Sie nichts Besseres zu tun haben, als meinen Gärtner auf seine Religion hin auszuspionieren, können Sie von mir weit wichtigere Akten haben, um sich die Zeit zu vertreiben.‹«

Ich gab dem Minister seine Bemerkungen nur in groben Zügen wieder, aber ich vermute, Morgan hat sie ihm bei der ersten Gelegenheit wortwörtlich wiederholt. Übrigens ohne dramatische Folgen. In Wirklichkeit waren alle froh, daß man endlich vernünftige Dinge auch unverblümt sagen konnte.

»Seit Shuster hier ist«, sagte Schirin eines Tages zu mir, »weht in diesem Land ein sauberer, gesunder Wind. Angesichts einer chaotischen, ausweglosen Lage denkt man immer, es brauche Jahrhunderte, um alles ins Lot zu bringen. Plötzlich taucht ein Mann auf, und wie durch ein Wunder grünt der Baum wieder, den man schon aufgegeben hatte, trägt Blätter und Früchte und spendet Schatten. Dieser Fremde hat mir den Glauben an die Menschen meines Landes wiedergegeben. Er spricht nicht zu ihnen wie zu Eingeborenen, er schont nicht ihre Empfindlichkeiten und ihre Kleingeisterei, er spricht zu ihnen wie zu Männern, und die Eingeborenen werden wieder zu Männern. Weißt du, daß die alten Frauen in meiner eigenen Familie für ihn beten?«

11

Ich entferne mich keineswegs von der Wahrheit, wenn ich behaupte, daß dieses Jahr – 1911 – für ganz Persien das Jahr des »Amerikaners« war. Von allen einflußreichen Männern war er bei weitem der populärste und unzweifelhaft auch einer der mächtigsten. Die Presse unterstützte ihn mit um so größerer Begeisterung, als er sich gelegentlich die Mühe nahm, die Redakteure zusammenzurufen, um ihnen seine Pläne zu erläutern und sogar ihren Rat bei besonders kniffligen Fragen einzuholen.

Aber vor allem – und das ist das Wichtigste –, er konnte bereits erste Erfolge verbuchen. Noch vor der Neuordnung des Steuerwesens war es Shuster gelungen, das Budget auszugleichen, und zwar, indem er ganz einfach Diebstahl und Verschwendung unterband. Vor ihm stellten unzählige Fürsten, Minister oder hohe Würdenträger ihre Forderungen in Gestalt einer auf einen schmuddeligen Zettel gekritzelten Zahl. Und die Beamten der Schatzkammer waren gezwungen, die Summe auszuzahlen, um nicht ihre Stellung oder gar ihr Leben zu verlieren. Unter Morgan hatte sich das von einem Tag auf den anderen geändert.

Ein Beispiel unter vielen anderen: Am 17. Juni forderte der Kriegsminister, Amir-i-Asam, von Shuster im Ministerrat in pathetischem Ton die Summe von 42 000 Toman, um den Sold der Truppen von Teheran zu bezahlen.

»Sonst wird ein Aufstand ausbrechen! Den Schatzmeister trifft dafür die volle Verantwortung«, rief der oberste Emir.

Shuster erwiderte:

»Der Herr Minister hat bereits vor zehn Tagen die gleiche Summe erhalten. Was ist damit geschehen?«

»Ich habe es ausgegeben, um einen Teil des rückständigen Solds zu bezahlen. Die Familien der Soldaten hungern, die Offiziere sind alle verschuldet, die Situation ist unhaltbar.«

»Ist der Herr Minister sicher, daß von dieser Summe nichts mehr übrig ist?«

»Nicht einmal die kleinste Münze.«

Da nahm Shuster aus seiner Tasche ein Stück Papier, warf ostentativ einen Blick auf die Notizen in seiner minuziösen Handschrift, bevor er erklärte:

»Das Geld, das die Schatzkammer vor zehn Tagen ausbezahlt hat, wurde ausschließlich auf das Privatkonto des Ministers eingezahlt; nicht ein Toman wurde ausgegeben. Ich habe hier den Namen des Bankiers und die Zahlen.«

Der oberste Emir, ein feister Riese mit vor Zorn gerötetem Gesicht, stand auf. Er legte seine Hand flach auf die Brust und sah seine Kollegen wutentbrannt an:

»Versucht man hier etwa, meine Ehre anzugreifen?«

Da niemand ihm widersprach, fügte er hinzu:

»Ich schwöre, wenn eine solche Summe tatsächlich auf meinem Privatkonto sein sollte, weiß ich nichts davon.«

In der Versammlung gab es mehr als eine ungläubige Miene. Man beschloß, den Bankier zu holen, und Shuster bat die Mitglieder des Kabinetts, solange zu warten. Als der Mann schließlich auftauchte, lief der Kriegsminister ihm eilig entgegen. Nach einer kurzen geflüsterten Unterhaltung kehrte der oberste Emir mit Unschuldslächeln zu der Versammlung zurück.

»Dieser Dummkopf von Bankier hat meine Anweisungen nicht begriffen; er hat die Truppen noch nicht bezahlt. Es war ein Mißverständnis.«

Man zog einen Schlußstrich unter diese peinliche Affäre. Aber in Zukunft wagten es die hohen Würdenträger des Staates nicht mehr, die Schatzkammer frisch-fröhlich zu plündern, wie es seit Jahrhunderten Brauch war. Gewiß gab es Unzufriedene, aber sie wagten nichts zu sagen, denn die meisten Leute, zum Teil sogar die Verantwortlichen der Regierung, hatten allen Grund, zufrieden zu sein: Zum ersten Mal in der Geschichte erhielten die Beamten, die Soldaten und die persischen Diplomaten im Ausland ihr Gehalt pünktlich.

Selbst in der internationalen Finanzwelt begann man an das Wunder Shuster zu glauben. Der Beweis: Die Gebrüder Seligman, Londoner Bankiers, beschlossen, Persien ein Darlehen von vier Millionen Pfund Sterling zu gewähren, und zwar ohne jede der üblichen demütigenden Klauseln, die bisher mit solchen Geschäften immer verbunden waren: keine Verrechnung mit den Zolleinnahmen, keine Hypothek irgendwelcher Art, ein normales Darlehen wie für jeden anderen normalen, rechtschaffenen und einigermaßen solventen Kunden. Das war ein wichtiger Schritt. In den Augen derer, die Persien zu unterjochen versuchten, war es ein gefährliches Beispiel. Die britische Regierung griff ein, um das Darlehen zu blockieren.

In der Zwischenzeit nahm der Zar Zuflucht zu sehr viel brutaleren Methoden. Im Juli erfuhr man, daß der frühere Schah und zwei seiner Brüder an der Spitze eines Söldnerheers auf dem Weg nach Persien waren, um den Thron zurückzuerobern. Dabei lebte er doch in Odessa unter strenger Bewachung, dabei hatte doch die russische Regierung ausdrücklich versprochen, ihm unter keinen Umständen eine Rückkehr nach Persien zu gestatten! Man erkundigte sich bei den Verantwortlichen in Petersburg, die erwiderten, nach seiner offenbar geschickt geplanten Flucht sei der Schah mit einem falschen Paß gereist. Die Waffen seien in Kisten mit der Aufschrift »Mineralwasser« transportiert worden. Sie träfe also keine Schuld an den Ereignissen. Der Schah soll also seine Residenz in Odessa verlassen haben, mit seinen Männern von der Ukraine nach Persien – eine Entfernung von mehreren hundert Meilen – gereist sein, sich mitsamt seiner Waffen auf einem russischen Passagierdampfer eingeschifft, das Kaspische Meer überquert haben und an der persischen Küste gelandet sein, ohne daß von all dem die Zarenregierung, seine Armee oder die Ochrana, seine Geheimpolizei, etwas gewußt haben?

Aber wozu streiten? Man mußte vor allen Dingen verhindern, daß die bedrohte persische Demokratie zusammenbrach. Das Parlament bat Shuster um Kredite. Und diesmal diskutierte der Amerikaner nicht. Im Gegenteil, er trug mit dazu bei, daß in wenigen Tagen eine Armee mit der bestmöglichen Ausrüstung und genügend Munition bereitstand. Er selbst schlug den Kommandanten vor, Ephraim Khan, einen glänzenden armenischen Offizier, der innerhalb von drei Monaten den Ex-Schah vernichtend schlug und ihn zurück über die Grenze jagte.

In den Staatskanzleien der ganzen Welt wagte man es kaum zu glauben: Sollte Persien ein moderner Staat geworden sein? Normalerweise zogen sich solche Aufstände jahrelang hin. Für die meisten Beobachter sowohl in Teheran als auch im Ausland bestand die Antwort in einem einzigen Namen: Shuster. Seine Rolle ging jetzt weit über die eines einfachen Schatzmeisters hinaus. Er war es, der dem Parlament vorschlug, den früheren Schah zu einem Gesetzlosen zu erklären und an den Mauern aller Städte im Land »Wanted«-Plakate im reinsten Wild-West-Stil anzuschlagen. Für die Ergreifung des kaiserlichen Rebellen und seiner Brüder wurde eine größere Belohnung ausgesetzt. In den Augen der Bevölkerung verlor der gestürzte Monarch damit noch den letzten Rest an Achtung.

Der Zar jedoch gab nicht auf. Für ihn war mittlerweile klar, daß er seine ehrgeizigen Pläne bezüglich Persiens nicht verwirklichen konnte, solange Shuster noch da war. Um ihn loszuwerden, mußte man einen Zwischenfall inszenieren, einen schwerwiegenden Zwischenfall. Ein Mann wurde mit dieser Mission betraut: Pokhitanoff, der ehemalige Konsul von Täbris, jetzt Generalkonsul von Teheran.

Mission ist ein beschönigendes Wort, denn in Wirklichkeit handelte es sich um ein zwar sorgfältig, aber ohne besondere Raffinesse geplantes Komplott. Das Parlament hatte beschlossen, den Besitz der beiden Brüder des Ex-Schahs, die zusammen mit ihm die aufständischen Truppen angeführt hatten, zu konfiszieren. Shuster, dem es als Schatzmeister oblag, den Beschluß auszuführen, wollte sich bei seinem Vorgehen an die Buchstaben des Gesetzes halten. Das größte der betroffenen Besitztümer lag nicht weit vom Atabak-Palais und gehörte dem kaiserlichen Prinzen, den man »Sonne des Sultanats« nannte; der Amerikaner schickte, zusammen mit einem Trupp der Gendarmerie, Zivilbeamte zum Palais, die einen offiziellen Vollstreckungsbefehl vorweisen konnten. Dort wurden sie von Kosaken in Begleitung russischer Offiziere des Konsulats empfangen, die den Gendarmen den Zutritt zu dem Gelände verweigerten und sie unter Androhung von Waffengewalt zum Abzug zwangen.

Als Shuster erfuhr, was sich zugetragen hatte, schickte er einen seiner Mitarbeiter zur russischen Gesandtschaft. Er wurde von Pokhitanoff empfangen, der ihm in äußerst aggressivem Ton folgendes erklärte: die Mutter des Prinzen »Sonne des Sultanats« habe sich an den Zaren und die Zarin mit der Bitte um Schutz gewandt, und dies sei ihnen großzügig zugesagt worden.

Der Amerikaner traute seinen Ohren nicht: Daß Ausländer, so sagte er, in Persien das Privileg der Straflosigkeit genießen, daß die Mörder eines persischen Ministers nicht verurteilt werden können, weil sie Untertanen des Zaren sind, das sei zwar ungerecht, habe sich aber so eingebürgert und lasse sich nur schwer wieder ändern. Aber daß Perser von einem Tag auf den anderen ihren Besitz unter den Schutz eines ausländischen Monarchen stellen, um die Gesetze ihres Landes zu umgehen, das sei ein neues, bisher nie dagewesenes und ganz unglaubliches Verfahren. Shuster wollte sich nicht geschlagen geben. Er befahl den Gendarmen, die betroffenen Grundstücke zu besetzen, ohne Gewalt anzuwenden, aber ohne sich abweisen zu lassen. Diesmal gab Pokhitanoff nach. Er hatte den Zwischenfall inszeniert. Sein Auftrag war damit beendet.

Die Reaktion ließ nicht lange auf sich warten. In Petersburg wurde ein Kommuniqué veröffentlicht, in dem zu lesen war, es handele sich bei dieser Aktion um einen Angriff gegen Rußland, eine Beleidigung des Zaren und der Zarin. Man forderte eine offizielle Entschuldigung der Regierung von Teheran. Erschrocken holte der persische Premierminister den Rat der Briten ein; das Foreign Office erwiderte, der Zar sei zum Äußersten entschlossen; er habe Truppen in Baku zusammengezogen und sei bereit, in Persien einzumarschieren. Es sei also ratsam, das Ultimatum anzunehmen.

Am 24. November 1911 begab sich der persische Außenminister voller Bitterkeit in die russische Gesandtschaft, begrüßte unterwürfig den Botschafter und gab folgende Erklärung ab:

»Exzellenz, meine Regierung hat mich beauftragt, Ihnen ihr tiefes Bedauern für die Kränkung auszusprechen, die die Offiziere Ihrer Regierung erlitten haben.«

Der Vertreter des Zaren schüttelte die ihm dargebotene Hand und entgegnete:

»Wir akzeptieren Ihre Entschuldigung als Antwort auf unser erstes Ultimatum, aber ich muß Sie davon in Kenntnis setzen, daß in Petersburg gerade ein zweites Ultimatum vorbereitet wird. Ich werde Sie über den Inhalt informieren, sobald es mir zugegangen ist.«

Ein Versprechen, das auch gehalten wurde. Fünf Tage später, am 29. November um 12.00 Uhr mittags, erschien der Diplomat beim Außenminister mit dem Text des neuen Ultimatums. Mündlich fügte er hinzu, man habe bereits die Zustimmung Londons eingeholt und erwarte, daß es innerhalb von achtundvierzig Stunden erfüllt werde.

Erster Punkt: Die Entlassung Morgan Shusters.

Zweiter Punkt: Die Verpflichtung, keine ausländischen Experten mehr einzustellen, ohne vorher das Einverständnis der russischen und der britischen Gesandtschaft eingeholt zu haben.

12

Im Parlamentsgebäude warten die sechsundsiebzig Abgeordneten, die einen mit einem Turban, die anderen mit einem Fes oder einer Kappe auf dem Kopf; einige »Adamssöhne«, vor allem die militantesten unter ihnen, sind sogar europäisch gekleidet. Um 11.00 Uhr steigt der Premierminister auf die Rednertribüne, als ginge er zum Schafott, und verliest mit tonloser Stimme das Ultimatum. Er weist eindringlich auf die Unterstützung des Zaren durch London hin, bevor er die Entscheidung seiner Regierung bekannt gibt: Keinen Widerstand zu leisten, das Ultimatum zu akzeptieren, den Amerikaner zu entlassen; mit einem Wort, sich lieber in die Abhängigkeit der Großmächte zu begeben, als von ihnen vernichtet zu werden. Um das Schlimmste zu verhindern, erklärt er, brauche er eine klare Vollmacht; er stellt also die Vertrauensfrage, erinnert die Abgeordneten daran, daß das Ultimatum um 12.00 Uhr mittags ausläuft, die Zeit also begrenzt ist und die Debatten sich nicht allzulange hinziehen dürfen. Während seiner Ausführungen wirft er ständig besorgte Blicke zu der Besuchergalerie, wo der allmächtige Pokhitanoff sitzt: Niemand hat es gewagt, ihm den Zutritt zu verwehren.

Als sich der Premierminister wieder setzt, gibt es weder Buhrufe noch Beifall. Nur ein lastendes, drückendes, unerträgliches Schweigen. Dann steht ein ehrwürdiger Seyyid auf, ein Nachkomme des Propheten und einer der Demokraten der ersten Stunde, der Shuster immer unterstützt hatte. Seine Rede ist kurz:

»Vielleicht ist es Gottes Wille, daß uns Freiheit und Unabhängigkeit gewaltsam entrissen werden. Aber wir werden sie nicht freiwillig aufgeben.«

Erneutes Schweigen. Dann eine andere Stellungnahme,

im gleichen Sinn und ebenso kurz. Pokhitanoff schaut ostentativ auf seine Uhr. Der Premierminister sieht das, zieht eine feinziselierte Taschenuhr heraus, die an einer Kette hängt, und hält sie dicht vor die Augen. Es ist zwanzig vor zwölf. Er wird unruhig, stößt mit seinem Stock auf den Boden, bittet, daß man zur Abstimmung übergeht. Vier Abgeordnete ziehen sich eilig und unter verschiedenen Vorwänden zurück; die zweiundsiebzig, die geblieben sind, sagen alle »nein«. Nein zum Ultimatum des Zaren. Nein zu Shusters Entlassung. Nein zur Haltung der Regierung. Das bedeutet den Rücktritt des Premierministers; er verläßt mit seinem gesamten Kabinett den Saal. Pokhitanoff steht ebenfalls auf; er hat den Text, den er nach Petersburg telegraphieren muß, bereits abgefaßt.

Die große Mitteltür wird zugeschlagen, das Echo hallt in der Stille noch lange nach. Die Abgeordneten sind allein. Sie haben gesiegt; aber niemand hat Lust, das zu feiern. Die Macht ist in ihren Händen: das Schicksal des Landes, seiner Verfassung hängen von ihnen ab. Was können sie noch tun, was wollen sie tun? Sie wissen es nicht. Eine unwirkliche, pathetische, chaotische Sitzung. Und in gewisser Weise trägt sie auch kindische Züge. Von Zeit zu Zeit macht jemand einen Vorschlag, der sogleich vom Tisch gefegt wird:

»Und wenn wir die Vereinigten Staaten bitten würden, uns Truppen zu schicken?«

»Warum sollten sie; sie sind mit Rußland befreundet. War es nicht Präsident Roosevelt, der den Zaren mit dem japanischen Kaiser ausgesöhnt hat?«

»Aber würden sie denn Shuster nicht helfen wollen?«

»Shuster ist in Persien sehr populär; in Amerika kennt man kaum seinen Namen. Seine Regierung dürfte nicht gerade erfreut darüber sein, daß er sich mit Petersburg und London überworfen hat.«

»Wir könnten ihnen vorschlagen, eine Eisenbahnlinie zu

bauen. Vielleicht lockt sie das, vielleicht kommen sie uns dann zu Hilfe.«

»Vielleicht. Aber nicht vor sechs Monaten, und der Zar wird in zwei Wochen hier sein.«

»Und die Türken? Und die Deutschen? Und warum nicht die Japaner? Haben sie nicht die Russen in der Mandschurei vernichtet?« Plötzlich schlägt ein junger Abgeordneter aus Kirman durchaus ernsthaft vor, man solle doch den persischen Thron dem Mikado anbieten. Da wird es Fasel zuviel:

»Wir sollten uns endlich darüber klar werden, daß wir nicht einmal mit der Hilfe Isfahans rechnen dürfen. Wenn es zu einer Schlacht kommt, so hier in Teheran, mit Teherans Bürgern und den Waffen, über die wir im Augenblick noch verfügen. Wie in Täbris vor drei Jahren. Und es werden nicht tausend Kosaken sein, gegen die wir zu kämpfen haben, sondern fünfzigtausend. Wir haben also nicht die geringste Chance, zu siegen.«

Wäre diese vernichtende Bemerkung von einem anderen gekommen, hätte es daraufhin eine Flut von Anschuldigungen gegeben. Da sie aber von dem Helden von Täbris kam, dem einflußreichsten »Adamssohn«, nimmt man seine Worte für das, was sie sind, den Ausdruck einer bitteren Wahrheit. Es ist schwierig, jetzt noch von Widerstand reden zu wollen. Aber genau das tat Fasel.

»Wenn wir bereit sind zu kämpfen, so einzig und allein, um die Zukunft zu bewahren. Lebt nicht Persien heute noch in der Erinnerung an den Imam Husain? Dabei hat dieser Märtyrer nichts weiter getan, als eine verlorene Schlacht zu führen; er wurde besiegt, vernichtet und umgebracht. Aber wir verehren ihn. Persien braucht Blut, um zu glauben. Wir sind zweiundsiebzig Männer, wie Husains Gefährten. Wenn wir sterben, wird dieses Parlament zu einem Wallfahrtsort werden; die Demokratie wird für Jahrhunderte im Boden des Orients verankert bleiben.«

Alle, so sagten sie, waren bereit zu sterben, aber sie starben nicht. Nicht etwa, daß sie schwach geworden oder ihre Sache verraten hätten. Ganz im Gegenteil, sie gingen daran, die Verteidigung der Stadt zu organisieren. Eine große Zahl von Freiwilligen schloß sich ihnen an, vor allem »Adamssöhne«, wie in Täbris. Aber es war aussichtslos. Nachdem die Truppen des Zaren den Norden des Landes besetzt hatten, marschierten sie jetzt auf die Hauptstadt zu. Nur der Schnee hinderte sie an einem rascheren Vordringen.

Am 24. Dezember beschloß der gestürzte Premierminister, durch einen Putsch wieder an die Regierung zu kommen. Mit Hilfe der Kosaken sowie von Bachtiari-Stämmen und einem Großteil der Armee und der Gendarmerie übernahm er die Macht in der Stadt und ließ die Auflösung des Parlaments verkünden. Mehrere Abgeordnete wurden verhaftet und die einflußreichsten verbannt. Fasel stand als erster auf der Liste. Die erste Handlung des neuen Regimes war, offiziell das Ultimatum des Zaren anzunehmen. Ein höflicher Brief informierte Morgan Shuster, er sei seines Amtes als Schatzmeister enthoben. Er war erst seit acht Monaten in Persien: acht atemlose, ereignisreiche, stürmische Monate, acht Monate, die beinahe das Antlitz des Orients verändert hätten.

Am 11. Januar 1912 wurde Shuster ehrenvoll verabschiedet. Der junge Schah stellte ihm seinen eigenen Wagen mit seinem französischen Chauffeur, Varlet, zur Verfügung, um ihn zum Hafen von Enseli zu bringen. Viele – Ausländer und Perser – hatten sich, teils vor seiner Residenz, teils an der Straße versammelt, um Abschied von ihm zu nehmen. Gewiß gab es keinen lauten Beifall, aber Tausende winkten ihm zu, Tausende vergossen Tränen, Tränen der Verlassenheit. Auf dem ganzen Weg kam es nur zu einem winzigen Zwischenfall: Ein Kosake hob einen Stein auf, als die Kolonne vorüberkam, und wollte ihn in Richtung des Amerikaners werfen; soweit ich mich erinnere, war es jedoch bei der Geste geblieben.

Als der Wagen hinter dem Tor von Kaswin verschwunden war, lief ich ein paar Schritte mit Charles Russel. Dann ging ich allein weiter, zu Fuß, bis zu Schirins Palast.

»Du bist ja ganz verstört«, sagte sie, als sie mich sah.

»Ich habe gerade Shuster verabschiedet.«

»Ach, ist er endlich weg!«

Ich war mir nicht sicher, ob ich ihren Ausruf richtig verstanden hatte. Sie wurde deutlicher:

»Ich frage mich heute, ob es nicht besser gewesen wäre, wenn er nie einen Fuß in dieses Land gesetzt hätte.«

Ich sah sie entsetzt an:

»Das sagst du?«

»Ja, ich, Schirin, sage das. Ich, die das Kommen des Amerikaners begrüßt, die jede seiner Handlungen gebilligt und in ihm einen Retter gesehen hat. Ich bedaure jetzt, daß er nicht in Amerika geblieben ist.«

»Aber was hat er denn falsch gemacht?«

»Nichts, das ist es ja. Und das ist auch der Beweis, daß er Persien nicht verstanden hat.«

»Ich begreife dich nicht.«

»Ein Minister, der gegen seinen König recht hat, eine Frau, die gegen ihren Mann recht hat, ein Soldat, der gegen seinen Offizier recht hat – sind sie nicht doppelt bestraft? Für die Schwachen ist es ein Fehler, recht zu haben. Rußland und England gegenüber ist Persien schwach; es hätte sich auch so verhalten müssen.«

»Bis in alle Ewigkeit? Muß es sich nicht eines Tages auf eigene Füße stellen, einen modernen Staat gründen, sein Volk erziehen und sich unter die wohlhabenden und geachteten Nationen einreihen? Das hat Shuster zu tun versucht.«

»Dafür bewundere ich ihn zutiefst. Aber ich kann nicht

umhin, eines festzustellen: hätte er weniger Erfolg gehabt, wären wir heute vielleicht nicht in dieser Lage; unsere Demokratie ist vernichtet, unser Land besetzt.«

»Angesichts der ehrgeizigen Pläne des Zaren mußte es früher oder später so weit kommen.«

»Es ist immer besser, wenn ein Unglück wenigstens später geschieht. Kennst du nicht die Geschichte von Nollah Nasreddins sprechendem Esel?«

Nasreddin ist in Persien, Transoxanien und Kleinasien der legendäre Held aller Anekdoten und Parabeln. Schirin erzählte die Geschichte:

»Ein König, der nicht mehr ganz bei Verstand war, soll eines Tages Nasreddin zum Tode verurteilt haben, weil er einen Esel gestohlen hatte. Als man ihn zur Hinrichtung führte, rief Nasreddin: ›Dieses Tier ist in Wirklichkeit mein Bruder, ein Zauberer hat ihm diese Gestalt verliehen, aber wenn man mir den Esel ein Jahr lang überließe, würde ich ihm beibringen, wieder wie ein Mensch zu sprechen.‹ Der erstaunte Monarch ließ den Verurteilten diese Worte wiederholen und erklärte dann: ›Gut. Aber wenn in genau einem Jahr der Esel nicht spricht, wirst du hingerichtet.‹ Als er nach Hause kommt, gibt ihm seine Frau zu bedenken: ›Wie kannst du so etwas versprechen? Du weißt doch genau, daß dieser Esel nie reden wird.‹ – ›Natürlich weiß ich das‹, erwidert Nasreddin, ›aber bis dahin kann der König sterben, kann der Esel sterben und ich kann auch sterben!‹«

Die Prinzessin fuhr fort:

»Hätten wir noch ein bißchen Zeit gewonnen ... Vielleicht steckt Rußland bald bis über den Hals im Krieg auf dem Balkan oder in China. Und außerdem, der Zar wird nicht ewig leben; er kann sterben, seine Stellung kann erneut durch Aufruhr und Revolution erschüttert werden, wie vor sechs Jahren. Wir hätten Geduld haben müssen, abwarten, taktieren, hinhalten, nachgeben und lügen, versprechen. Darin lag immer die Stärke des Orients: Shuster wollte uns den Rhythmus des Abendlands aufzwingen und hat uns geradewegs in die Katastrophe geführt.«

Es schien sie zu schmerzen, all das sagen zu müssen. Deshalb vermied ich es auch, ihr zu widersprechen. Sie fügte hinzu:

»Persien erinnert mich an ein Segelschiff, das vom Unglück verfolgt wird. Die Seeleute beklagen sich, sie hätten nicht genügend Wind, um vorwärts zu kommen. Und plötzlich schickt ihnen der Himmel, wie um sie zu bestrafen, einen Sturm.«

Wir schwiegen eine Weile, bedrückt und in Gedanken versunken. Dann legte ich liebevoll meinen Arm um sie.

»Schirin!«

War es die Art, in der ich ihren Namen gesagt hatte? Sie fuhr zusammen, rückte von mir ab und warf mir einen mißtrauischen Blick zu.

»Du reist ab.«

»Ja. Aber anders.«

»Wie kann man ›anders‹ abreisen?«

»Ich reise mit dir.«

13

Cherbourg, am 12. April 1912.

Vor mir lag, soweit das Auge reichte, der Ärmelkanal, mit kleinen silbrigen Wellen. Neben mir stand Schirin. In unserem Gepäck befand sich das *Manuskript.* Rings um uns eine bunte, orientalische Menge.

Man hat soviel von den strahlenden Berühmtheiten an Bord der »Titanic« geredet, daß man darüber beinahe die vergessen hat, für die dieses Ungetüm der Meere gebaut worden war: Die Einwanderer, Millionen von Männern, Frauen und Kindern, die kein Land mehr ernähren konnte, und die von Amerika träumten. Der Dampfer sammelte sie nacheinander ein, die Engländer und Skandinavier in Southampton, die Iren in Queenstown und in Cherbourg die, die von weiter her kamen: Griechen, Syrer, Armenier aus Anatolien, Juden aus Saloniki oder Bessarabien, Kroaten, Serben, Perser.

Dieses orientalische Volk konnten wir im Hafengebäude beobachten. Die Leute scharten sich um ihr schäbiges Gepäck, ängstlich, ungeduldig, endlich fortzukommen. Plötzlich suchte einer ein verschwundenes Formular, ein herumtollendes Kind, ein Bündel, das unter eine Bank gerollt war. Jeder trug in seinem Herzen ein Stück Abenteuer, eine Portion Bitterkeit, eine Herausforderung. Und alle empfanden es als ein Privileg, daß sie, kaum in Frankreich angekommen, an der Jungfernfahrt des schnellsten, modernsten und sichersten Dampfers, der je von einer Werft gegangen war, teilnehmen durften.

Ich selbst empfand kaum anders. Drei Monate zuvor hatte ich in Paris geheiratet und unsere Abreise nur hinausgeschoben, um meiner Gefährtin eine Hochzeitsreise bieten zu können, die dem orientalischen Prunk, in dem sie aufgewachsen war, in nichts nachstand. Es war nicht nur eine Laune von mir. Schirin hatte es lange abgelehnt, sich in Amerika niederzulassen, und wäre nicht ihre Enttäuschung über die Entwicklung in Persien gewesen, hätte sie meinen Vorschlag nie akzeptiert. Ich hatte den Ehrgeiz, für sie eine noch märchenhaftere Welt zu schaffen als die, die sie hatte verlassen müssen.

Die »Titanic« war genau das, was ich suchte. Sie schien von Männern entworfen zu sein, die in diesem schwimmenden Palast die luxuriösen Freuden insbesondere des Orients zu realisieren trachteten: Ein türkisches Bad, das denen von Konstantinopel oder Kairo in nichts nachstand; palmengeschmückte Veranden und eine Turnhalle, in der zwischen dem Barren und dem Pferd ein elektrisches Kamel stand. Der Reiter mußte nur auf einen Knopf drücken und hatte schon den Eindruck, mit einer Wüstenkarawane unterwegs zu sein.

Aber wir suchten während unserer Reise auf der »Titanic« nicht nur die exotischen Erinnerungen. Gelegentlich gaben wir uns auch ausgesprochen europäischen Genüssen hin: Wir aßen Austern und anschließend ein gebratenes Hühnchen à la Lyonnaise, eine Spezialität des Küchenchefs. Dazu tranken wir einen Cos-d'Estournel 1887 und lauschten dem Orchester in nachtblauem Smoking, das *Hoffmann's Erzählungen*, die *Geisha* oder Luders *Großmogul* spielte.

Schirin und ich genossen diese Augenblicke um so mehr, als wir uns in Persien immer hatten verstecken müssen. So weiträumig und prächtig die Gemächer meiner Prinzessin in Täbris, Sarganda oder Teheran auch gewesen sein mögen, ich litt ständig darunter, daß wir unsere Liebe verbergen mußten: Unsere einzigen Zeugen waren die prunkvollen Spiegel an den Wänden und die scheuen Augen der Dienerinnen. Jetzt gaben wir uns dem kindlichen Vergnügen hin, gemeinsam gesehen zu werden, ein Paar, Arm in Arm, das keine fremden Blicke mehr zu scheuen brauchte. Und erst spät in der Nacht gingen wir zurück in unsere Kabine, die immerhin eine der geräumigsten auf dem ganzen Dampfer war.

Eins unserer letzten abendlichen Vergnügen war ein regelmäßiger Spaziergang. Gleich nach dem Diner suchten wir einen Offizier auf – immer denselben –, der uns zum Tresor führte. Wir nahmen das *Manuskript* heraus und führten es dann feierlich über die Schiffsdecks und durch die Flure spazieren. Wir setzten uns in einen der Korbstühle im »Pariser Café«, lasen zusammen einige Vierzeiler und nahmen dann den Aufzug hinauf zum Promenadendeck. Dort küßten wir uns zärtlich, ohne Angst vor fremden Blikken, umweht vom kühlen Meereswind. Spät in der Nacht nahmen wir dann das *Manuskript* mit in unser Zimmer, wo es die Nacht über blieb, bevor wir es am nächsten Morgen in Gegenwart desselben Offiziers in denselben Tresor legten. Ein Ritual, das Schirin entzückte. So daß ich mich bemühte, mir jedes Detail zu merken, um es am nächsten Abend ohne Abweichung zu wiederholen.

Am vierten Abend hatte ich das *Manuskript* zufällig auf der Seite aufgeschlagen, auf der Khajjam seinerzeit geschrieben hatte:

Du fragtest mich nach der Erscheinungswelt,
Willst wissen, was der Weise von ihr hält? –
Ein Nebelbild, das aus dem Weltmeer steigt
*Und wiederum zurück ins Weltmeer fällt.**

Die Erwähnung des Meeres amüsierte mich: Ich wollte es etwas langsamer noch einmal lesen. Schirin unterbrach mich:

* In der Übersetzung von Friedrich Rosen

»Bitte, hör auf!«

Sie schien einer Ohnmacht nahe; ich sah sie besorgt an.

»Ich kannte dieses *Rubai* auswendig«, sagte sie mit tonloser Stimme, »und plötzlich ist es mir, als hörte ich es zum ersten Mal. Als ob . . .«

Sie vollendete ihren Satz nicht, holte tief Atem und fügte dann etwas beruhigter hinzu:

»Ich wünschte, wir wären schon angekommen.«

Ich zuckte die Schultern.

»Wenn es ein Schiff auf der Welt gibt, auf dem man völlig unbesorgt reisen kann, dann dieses. Ja, wie Kapitän Smith gesagt hat, selbst Gott könnte diesen Dampfer nicht versenken.«

Ich hatte geglaubt, sie mit diesen Worten und diesem unbeschwerten Ton aufmuntern zu können, aber das Gegenteil war der Fall. Sie klammerte sich an meinen Arm und murmelte:

»Sag so etwas nie mehr! Nie mehr!«

»Warum regst du dich so auf? Du weißt doch genau, es war nur ein Scherz.«

»Bei uns würde nicht einmal ein Atheist es wagen, so etwas zu sagen.«

Sie zitterte am ganzen Körper. Ich verstand diese heftige Reaktion nicht. Aber ich schlug ihr vor, in unsere Kabine hinunter zu gehen. Auf dem Weg dorthin mußte ich sie stützen, damit sie nicht fiel.

Am nächsten Tag schien sie sich wieder erholt zu haben. Um sie etwas abzulenken, gingen wir gemeinsam auf Entdeckungsreise durch das Schiff; ich stieg sogar auf das elektrische Kamel, zur großen Heiterkeit von Henry Sleeper Harper, dem Herausgeber der gleichnamigen Wochenzeitschrift. Er leistete uns eine Weile Gesellschaft, lud uns zum Tee ein und erzählte uns von seinen Reisen in den Orient. Anschließend stellte er uns höchst feierlich seinem Pekinesen vor, den er – eine recht zweifelhafte Ehre – Sun Yat-sen genannt hatte, nach dem ersten provisorischen Präsidenten der chinesischen Republik. Aber selbst das vermochte Schirin nicht aufzuheitern.

Während des Diners war sie schweigsam; sie sah sehr angegriffen aus. Ich hielt es also für besser, auf unseren rituellen Spaziergang zu verzichten, und ließ das *Manuskript* im Tresor. Wir gingen zu Bett. Sie fiel sofort in einen unruhigen Schlaf. Ich dagegen, besorgt und nicht daran gewöhnt, so früh zu Bett zu gehen, verbrachte einen Teil der Nacht damit, ihren Schlaf zu bewachen.

Ich will nicht lügen: Als der Dampfer mit dem Eisberg zusammenstieß, habe ich es nicht einmal bemerkt. Erst, als ich später den genauen Zeitpunkt des Unglücks erfuhr, glaubte ich mich daran zu erinnern, daß ich kurz vor Mitternacht ein gedämpftes Geräusch, wie das Zerreißen von Stoff, gehört hatte. Nichts weiter. Ich habe auch keinen Aufprall gespürt, so daß ich schließlich doch einschlief. Erst, als jemand heftig an die Tür klopfte und einen Satz schrie, den ich nicht verstand, schreckte ich auf. Ich sah auf meine Uhr, es war zehn vor eins. Dann zog ich meinen Morgenmantel über und öffnete die Tür. Der Flur war leer. Aber von weitem hörte ich eine laute Unterhaltung, was für diese späte Stunde ziemlich ungewöhnlich war. Ohne mir aber wirklich Sorgen zu machen, beschloß ich, nachzusehen, was da vorging. Natürlich hütete ich mich, Schirin zu wecken.

Auf der Treppe begegnete ich einem Steward, der in fast beiläufigem Ton von »einigen kleinen Problemen« sprach, die sich ergeben hätten. Der Kapitän, so sagte er, hatte befohlen, daß sich alle Passagiere der ersten Klasse oben auf dem Sonnendeck versammelten.

»Soll ich meine Frau wecken? Sie fühlte sich gestern nicht besonders wohl.«

»Der Kapitän hat gesagt, alle ohne Ausnahme«, entgegnete der Steward nicht besonders überzeugend.

Ich ging zurück in die Kabine und weckte Schirin so sanft wie möglich. Strich ihr über die Stirn, die Augenbrauen, flüsterte ihren Namen. Als sie die Augen aufschlug, sagte ich leise:

»Du mußt aufstehen, wir müssen an Deck gehen.«

»Nicht heute abend, mir ist kalt.«

»Es geht nicht um einen Spaziergang, der Kapitän hat es befohlen.«

Bei diesem Wort zuckte sie zusammen; sie sprang sofort aus dem Bett und rief:

»Khodaja! Mein Gott!«

Sie zog sich so überstürzt an, daß ich sie beruhigen mußte, sie ermahnen, sich wieder zu fassen, so eilig hätten wir es gar nicht. Aber als wir an Deck kamen, herrschte dort doch eine gewisse Aufregung, und man führte die Passagiere zu den Rettungsbooten.

Der Steward, den ich kurz zuvor getroffen hatte, war auch da. Ich ging auf ihn zu; er ließ sich durch nichts aus der Ruhe bringen.

»Zuerst alle Frauen und Kinder«, rief er, als handle es sich um einen guten Witz.

Ich nahm Schirin bei der Hand und wollte sie zu einem der Boote bringen, aber sie rührte sich nicht vom Fleck.

»Das *Manuskript!*« bat sie.

»Wir würden es in dem Durcheinander nur verlieren! In dem Tresor ist es besser aufgehoben.«

»Ohne Khajjam verlasse ich das Schiff nicht!«

»Das sollen Sie ja auch gar nicht«, mischte sich der Steward ein. »Die Passagiere sollen für ein oder zwei Stunden von Bord gehen, das ist alles. Ich halte das nicht einmal für notwendig. Aber der Kapitän ist der Herr an Bord ...«

Nicht, daß wir sie überzeugt hatten ... Nein, sie ließ sich

einfach widerstandslos an der Hand zu den Rettungsbooten ziehen. Ein Offizier rief mich zu sich:

»Würden Sie bitte hierherkommen?«

Ich gehorchte.

»In diesem Boot fehlt noch ein Mann; können Sie rudern?«

»Natürlich, ich bin in der Bucht von Chesapeake aufgewachsen.«

Erleichtert bat er mich, in das Rettungsboot zu steigen, und half Schirin, über die Bordwand zu klettern. Etwa dreißig Passagiere saßen bereits auf den Bänken, und es war noch Platz für mindestens ebensoviele. Aber der Befehl lautete: Frauen und Kinder zuerst, sowie einige erfahrene Ruderer.

Man ließ uns auf die Wasseroberfläche hinunter, übrigens nicht gerade sanft, wie ich fand, doch es gelang mir, das Boot wieder auszubalancieren, und ich fing an zu rudern. Aber wohin? Welches Ziel bot mir diese schwarze Unendlichkeit? Ich hatte nicht die geringste Ahnung, und die, die sich um unsere Rettung kümmerten, wußten es auch nicht. Ich beschloß lediglich, nicht zu dicht am Schiff zu bleiben und in einer halben Meile Entfernung darauf zu warten, daß man uns durch irgendein Signal zurückrief.

Während der ersten Minuten waren wir alle bemüht, uns vor der Kälte zu schützen. Ein eisiger Wind wehte, so daß wir die Melodien, die das Orchester noch immer spielte, nicht mehr hören konnten. Aber als ich – in angemessener Entfernung – die Ruder schließlich einholte, sahen wir alle, was geschehen war: der Bug der Titanic neigte sich deutlich; nach und nach wurden auch die Lichter schwächer. Wir waren alle stumm vor Entsetzen. Plötzlich hörten wir den Hilferuf eines Mannes, der auf uns zuschwamm; ich drehte bei und ruderte auf ihn zu; Schirin und eine andere Frau halfen ihm ins Boot. Wir nahmen noch eine Reihe anderer Überlebender an Bord. Während wir gerade damit beschäftigt waren, schrie Schirin plötzlich auf: Die »Titanic« ragte inzwischen senkrecht aus dem Wasser; ihre Lichter waren erloschen. Noch fünf endlose Minuten, dann sank sie dem Grund des Meeres entgegen.

Am 15. April, als die Sonne schon hoch am Himmel stand, befanden wir uns endlich – erschöpft und von der mitleidigen Besatzung umgeben – an Bord der »Carpathia«, die ein Notsignal aufgefangen und Kurs auf die Unglücksstelle genommen hatte, um die Schiffbrüchigen aufzulesen. Schirin stand schweigsam an meiner Seite. Seit dem Untergang der »Titanic« hatte sie kein Wort mehr gesagt; ihre Blicke wichen mir aus. Ich hätte sie am liebsten geschüttelt, ihr klar gemacht, was für ein unwahrscheinliches Glück wir gehabt hatten, daß der größte Teil der Passagiere umgekommen war, daß hier an Deck Frauen neben uns standen, die ihren Mann verloren hatten, Kinder, die zu Waisen geworden waren.

Aber ich vermied es, ihr Vorhaltungen zu machen. Ich wußte wohl, daß dieses *Manuskript* für sie wie für mich mehr war als ein Wertgegenstand, mehr als eine Antiquität, daß es gewissermaßen der Grundstein unserer Beziehung war. Sein Verlust mußte Schirin, nach all den anderen Schicksalsschlägen, besonders hart treffen. Ich glaubte, es sei besser, die Zeit ihre Wunden heilen zu lassen.

Als wir uns spät am Abend des 18. April dem Hafen von New York näherten, erwartete uns ein lärmender Empfang: Reporter waren uns mit gemieteten Booten entgegengerudert und wandten sich mit Hilfe von Lautsprechern an uns. Einige Passagiere antworteten auch auf die herübergerufenen Fragen, die Hände trichterförmig an den Mund gelegt.

Kaum war die »Carpathia« gelandet, stürzten sich andere Journalisten auf die Überlebenden, jeder versuchte, sich den herauszugreifen, von dem er sich die wahrste oder die sensationellste Geschichte versprach. Ein junger Redakteur der »*Evening Sun*« kam auf mich zu. Er interessierte sich vor allem für das Verhalten von Kapitän Smith und der Besatzung im Augenblick der Katastrophe. Hatten sie den Kopf verloren? Oder versucht, den Passagieren die Wahrheit zu verbergen? Stimmte es, daß man zuallererst die Passagiere der ersten Klasse gerettet hatte? Ich mußte über seine Fragen kurz nachdenken und versuchen, mich zu erinnern. Wir unterhielten uns eine ganze Weile, zuerst, während wir das Schiff verließen, und dann auf dem Kai. Schirin war, noch immer schweigsam, an meiner Seite geblieben, doch dann war sie plötzlich verschwunden. Ich machte mir keine Sorgen deswegen; sie konnte ja nicht weit sein. Wahrscheinlich war sie ganz in der Nähe, stand hinter einem Fotografen, der sein Blitzlicht auf mich gerichtet hatte.

Als der Journalist mich verließ, bedankte er sich für meinen aufschlußreichen Bericht und schrieb sich meine Adresse auf, um sich später mit mir in Verbindung zu setzen. Und jetzt erst sah ich mich um, rief, mit immer lauterer Stimme: Schirin war nicht mehr da. Ich beschloß, mich nicht von der Stelle zu rühren, um sicher zu sein, daß sie mich wiederfand. Und ich wartete. Eine Stunde. Zwei Stunden. Der Kai war inzwischen fast menschenleer.

Wo sollte ich sie suchen? Zunächst einmal begab ich mich in das Büro der White-Star-Line, der Gesellschaft, der die »Titanic« gehörte. Dann fragte ich in allen Hotels nach, in denen man die Überlebenden über Nacht einquartiert hatte. Aber auch hier war meine Suche ergebnislos. Ich ging zurück zu den Kais. Sie waren verlassen. Da beschloß ich, allein zu dem einzigen Ort zu fahren, dessen Adresse sie kannte: mein Haus in Annapolis. Ich hoffte, sie würde dorthin kommen, wenn sie sich erst einmal beruhigt hatte. Lange wartete ich auf ein Zeichen von Schirin. Vergeblich. Sie schrieb mir nicht. Niemand erwähnte mehr ihren Namen mir gegenüber.

Heute frage ich mich: Hat sie überhaupt existiert? War sie vielleicht nur eine orientalische Traumgestalt? Des Nachts, in der Einsamkeit meines allzu großen Zimmers, wenn der Zweifel in mir wach wird, wenn meine Erinnerung unsicher wird, wenn mein Verstand sich zu trüben beginnt, stehe ich auf und mache alle Lichter an, nehme ihre Briefe von früher zur Hand und tue so, als hätte ich sie gerade erst erhalten: Ich atme ihr Parfüm ein, lese ein paar Seiten. Und gerade ihr kühler Ton ist es, der mich besänftigt. Er gibt mir die Illusion, noch einmal die Geschichte unserer Liebe zu erleben. Erst dann lege ich sie beruhigt zurück und lasse es wieder Nacht um mich werden. Ohne Schrecken kann ich mich jetzt den strahlenden Bildern der Vergangenheit hingeben: jene Worte, die sie im Salon von Konstantinopel zu mir sagte, zwei durchwachte Nächte in Täbris, das wärmende Kohlebecken während unseres Winters in Sarganda. Und von unserer letzten Reise jene Szene: Wir waren auf das Promenadendeck hinaufgefahren und küßten uns zärtlich in einem stillen, dunklen Winkel. Um ihr Gesicht in meine Hände nehmen zu können, hatte ich das *Manuskript* flach auf einen Poller gelegt. Als Schirin das sah, lachte sie ausgelassen, trat einen Schritt zurück und rief mit theatralischer Geste:

»Die *Rubaijat* auf der Titanic! Das Juwel des Morgenlandes auf dem Stolz des Abendlandes. Khajjam, wenn du das noch erleben könntest!«

Orient im 11. Jahrhundert

Aral-
see
Jaxartes
Oxus
Buchara
Samarkand
Kaschgar
TRANSOXANIEN
Merw
Nischapur
Kajin
Balch
Ganges
Indus
INDIEN
Arabisches
Meer

Inhalt

Amin Maalouf

Leo Africanus

Roman
Aus dem Französischen von Bettina Klingler
und Nicola Volland
st 3121. 480 Seiten

»Ich, Hassan, Sohn von Mohammed, dem Waagemeister, ich, Johann Leo von Medici, beschnitten von der Hand eines Barbiers und getauft von der Hand eines Papstes, werde heute Africanus genannt, doch komme ich nicht aus Afrika noch aus Europa oder Arabien. Ich bin ein Sohn der Straße, meine Heimat ist die Karawane, und mein Leben ist eine Reise voller Überraschungen«, beginnt Leo Africanus seine Lebensgeschichte. Im Jahre 1518 nehmen sizilianische Piraten einen Mekkapilger aus dem Maghreb gefangen und schenken ihn Papst Leo X. Der Afrikaner trat in Rom zum Christentum über, publizierte 1550 seine *Descriptio Africae* und kehrte später in den Maghreb und zum Islam zurück.

In seiner fiktiven Biographie umkreist Amin Maalouf den Konflikt zwischen den Kulturen, den verschiedenen Identitäten einer Person und lässt mit der Lebensgeschichte des Leo Africanus gleichzeitig eine ganze Epoche wiederaufleben, die Renaissance.

Amin Maalouf, 1949 im Libanon geboren, lebt seit 1976 in Paris.

NF 217/1/5.00

Linda Lê

Irre Reden

Roman
Aus dem Französischen von Brigitte Große
st 3137. 184 Seiten

Mutter und Sohn haben sich im erbitterten Zweikampf verhakt. Ätzender Hass und ein unstillbares Liebesbedürfnis binden sie aneinander. Sie, ein alterndes Luxusweibchen, exzentrisch, egomanisch, hypochondrisch, rächt sich an ihm für die Gleichgültigkeit seines Vaters ihr gegenüber. Er, ein Wurm, ein Rohrkrepierer, ist an den Rollstuhl gefesselt und von ihrem Tisch verbannt, weil sie in ihm den Ausdruck ihres Scheiterns sieht. Virtuos spielen beide auf der Klaviatur der Abhängigkeiten, entblößen und zerfleischen sich in Worten und Taten und ohne jedes Tabu. Ein sprachgewaltiger, kompromissloser Roman, der die Perversion familiärer Verletzungslust auf die Spitze treibt.

Linda Lê wurde 1963 in Südvietnam geboren und lebt heute in Frankreich.

NF 220/1/5.00

Patrick Modiano

Ruinenblüten

Erzählung
Aus dem Französischen von Andrea Spingler
st 3133. 128 Seiten

Eine Nacht im April 1933. Aus mysteriösen Gründen begehen zwei junge Eheleute in ihrer Pariser Wohnung Selbstmord. In dieser Nacht haben sie die Bekanntschaft zweier Frauen und zweier Männer gemacht, ein Tanzlokal und später ein Haus mit einem roten Aufzug besucht. Jahrzehnte später denkt der Erzähler über diese Geschichte nach, an der – so scheint es – auch Weggefährten seines Lebens beteiligt waren. Fragen, die sich um das Verschwinden anderer Menschen aus seinem Leben drehen, die den Erzähler ohne eine Erklärung zurückgelassen haben und ihm aus heutiger Sicht wie Phantome erscheinen. Beweise und Indizien für ihre Existenz verdichten sich zu Silhouetten, Begegnungen und Namen. Unabweislich real bleibt die Stadt Paris, durchwandert – zu Fuß und im Kopf.

NF 218/1/5.00

Yann Queffélec

Barbarische Hochzeit

Roman
Aus dem Französischen von Andrea Spingler
st 1682. 317 Seiten

Die 14-jährige Nicole, selig verliebt, fällt ihrem betrunkenen Freund und dessen Kumpanen in die Hände. Als Folge der Barbarei ist sie schwanger. Ihrem Kind, auf dem Speicher ausgesetzt, gibt man zwar die tägliche Mahlzeit, lässt ihm aber keinerlei Wärme zukommen und schiebt es schließlich in ein Heim für Debile ab. 15-jährig bricht Ludo von dort in einer Weihnachtsnacht aus.
Es kommt zu einer Begegnung zwischen Mutter und Sohn, die einem gegenseitigen Erkennen Raum gibt.

»Yann Queffélec beschreibt in seinem preisgekrönten Roman hochsensibel das Martyrium eines ungeliebten Kindes als bittere Konsequenz von Gewalt und Gegengewalt.« *stern*

Yann Queffélec, 1949 geboren, wurde für seinen ersten Roman, *Barbarische Hochzeit,* mit dem *Prix Goncourt* ausgezeichnet.

NF 219/1/5.00